U0626189

失语荆钗

舒中民 ——

著

北京联合出版公司
Beijing United Publishing Co.,Ltd.

图书在版编目（CIP）数据

失语荆钗 / 舒中民著 . -- 北京：北京联合出版公司，2024.8
ISBN 978-7-5596-7609-2

Ⅰ.①失… Ⅱ.①舒… Ⅲ.①长篇小说—中国—当代
Ⅳ.① I247.5

中国国家版本馆 CIP 数据核字（2024）第 083726 号

失语荆钗
作　　者：舒中民
出 品 人：赵红仕
责任编辑：李　伟
版式设计：豆安国
责任编审：赵　娜

北京联合出版公司出版
（北京市西城区德外大街 83 号楼 9 层　100088）
北京华景时代文化传媒有限公司发行
北京文昌阁彩色印刷有限责任公司印刷　　新华书店经销
字数 240 千字　　690 毫米 × 980 毫米　　1/16　　24 印张
2024 年 8 月第 1 版　　2024 年 8 月第 1 次印刷
ISBN 978-7-5596-7609-2
定价：59.80 元

版权所有，侵权必究
未经书面许可，不得以任何方式转载、复制、翻印本书部分或全部内容。
本书若有质量问题，请与本公司图书销售中心联系调换。电话：（010）83626929

「楔　子」

那个宁静的夜晚，星星在破晓之前渐渐消隐，她完全沉浸在夜色之中，慌乱地往山坡上奔去，依稀听见一些令人惊悚的声音。白昼里暗伏的虫子叫了起来，夜行动物正在猎食。丈夫说后山有野猪，还有人在远处的密林里见过狼。也许，这些凶猛的动物习惯在黑夜活动，而且因为暗夜赐予的警醒而更具攻击性。

茅房孤零零地矗立在兽栏后面的灌木丛中。她离茅房越来越近，眼中的茅房也越来越大。那座形状扭曲的吊脚小屋，由未加工的木板制成，木板弯曲、龟裂、发灰，茅草覆盖成篷顶，没有窗，活动门板歪歪地靠在一边。茅房里没人。

但直觉告诉她，夜色沉浸的吊脚下有活着的东西——人或动物。

她咳了一声，好让里面的东西知道她来了。一只乌鸦从树梢上振翅飞起，除此之外，没有任何动静。

她踏进茅房，抓住被当作门的拼接木板，把入口拦住。茅房顿时变得黑黢黢的。

她吁了口气。踏板旁放着一根棒槌，是当茅房的门闩用的，在这睡意丰沛的凌晨当然用不着。她蹲下去，宁静接踵而至，但她似乎听见了什么声音。那不是夜枭的声音，不是乌鸦的声音，也不是昆虫蜕壳的声音。

代谢物快速泄出，水声掩盖了那个声音，她的心脏因恐惧而剧烈跳动。腹中仍有隐痛，她想再蹲一会儿。在黑暗中聆听，她的脉搏跳得很快，耳中响起血液奔涌的轰鸣声。因此，当一只手触碰到她的后腰时，她并未立刻做出反应，直到那只手的指尖游走到她的臀，而且不断向下移动，她的身体才在微凉的秋风里突然紧绷起来。

她迅速转过身，不料背后猛地钻出一道黑影，压向她的身体，双眼在黑暗中闪闪发光。果然有人藏在灌木丛里。

"是你？"她说。

"嘘……"他说，声音嘶哑而怪异。

她有瞬间的瘫软，好像所有的神经被一把剪刀铰碎。夜光昏暗，穿过木板的裂缝，在狭小的空间里像灰纱似的垂下。她两手乱抓，那根棒槌像活了似的跳到她的手里。她狠狠地抓着它，宛如一只疯狂的母豹，不管三七二十一地朝那人猛击过去。过去种种折磨和苦难激发了她内心的愤怒，让她无所顾忌，也让她紧紧地闭起眼睛，深信手里的棒槌会赶走一切。

此刻，时间似乎停止了。她听着那一声声木棒落在皮肉和骨头上的声响，只感觉恨意一阵阵倾泄而出，直到双臂无力，直到对面悄无声息。

她睁开眼，茅房里仍是一片沉沉夜色，却突然看到另一张脸……她还没有来得及尖叫，"砰"的一声，右臂遭到重击。她的脑袋向前奔拉着，五脏六腑像是要冲出胸膛，令她无法呼吸。她艰难地眨了眨眼睛，但跳跃在眼前的，只有细碎的星星点点的金光。

「目 录」

085 ────────── 第二部
连环局

第一部

同心结

第一章

一

地铁列车突然停了下来。

窗外一团漆黑，列车像一条冬眠的节肢动物，静静地趴在隧道里。终于，拉着吊环的乘客开始焦急地东张西望，似乎希望观察到一点什么，好让这次意外停车有所交代。

何夕猜测，他们正停在鸟语站与文化站之间。时间是周一下午2点25分，她几乎可以肯定，约见要迟到了。挤在身旁的几位大叔散发出的体味熏得她透不过气来，有湿乎乎的衣角披在她的手臂上，却不是她的。

何夕的下巴舒适地偎在天鹅绒围巾里，身子朝窗口仰靠在椅背上，同时小心翼翼地向前伸了伸脚，露出一双精致的高跟鞋。那是她为了跟胡悠悠的朋友们聚会买的，印着某国际著名品牌限量版的标签，却是仿造的。现在，由于在进地铁站的路上浸了水，鞋尖已经上翘。凭经验，她知道雨水会在皮革上留下擦不掉的污渍。以后再也不能穿了。

每次跟胡悠悠及她的朋友们聚会，何夕都感到巨大的压力。但业务需要，她又不得不曲意逢迎。她们都是亿万富翁的妻子，是何夕律师业务的金主。她们都穿着设计师量身定做的衣服和鞋子，挎着精心设计的手提包，拥有特制的其他装饰品——哦，可别忘了还有首饰。每一位，穿戴一身的饰品都不会低于几十万元。她可不敢跟她们攀比，但也不能让她们瞧不起。

更让她提心吊胆的是，她们还是一群醋缸子，尤其是胡悠悠。

作为天鉴律师事务所的首席律师，何夕第一次跟豁达房地产公司谈法律顾问业务时，见到的不是老板席贝仁，而是他的妻子胡悠悠。

"你太迷人了，我怕他扛不住，先跟你见个面。"胡悠悠说得非常直接，"我也担心他单独跟你见面，会影响我们的婚姻呢。"

"别打趣我啦，在你这样的女神面前，我只是一只丑小鸭而已。"何夕虚与委蛇，语气却十分坦率。

事实上，她跟席贝仁已经见过面，而且不止一次。她对客户的选择是挑剔的，也正是在交谈中，她发现席贝仁对法律十分敬畏，对律师的雇用，不是出于对一枚棋子的使用，而是出于对她这个律师及其业务能力的信任。她认为，老板和法律顾问只有在这种纯粹的需求中才是绝对平等的。

"不，说真的，"胡悠悠说，"他这个人，看到美女就走不动道儿，甚至无法集中精力工作的。"

"是吗？"何夕脑海里浮现出席贝仁阳光、幽默的形象，他们在几次愉快的交谈中建立了不错的友谊。

这次见面，律师业务一个字都没聊，时间全是在奉承里度过的。

何夕之前做过背景调查，知道胡悠悠比席贝仁小20多岁，是席贝仁的第三任妻子，是个极富心机的女人。他们的恋爱经历在圈子里是个传奇。

胡悠悠出身农村，虽然家庭富裕，但父亲只是鱼类养殖业主，那股鱼腥味会让城市富豪看不起，所以，她父母早早地就把她送进城里。从父母那里遗传来的生存本能，不仅让胡悠悠在城里生存下来，也慢慢让她成为独立自主、不理会别人目光的人，尤其是不理会那些自称来自上流社会、被宠坏的女同学的目光。这些人总是躲在角落里嘲笑胡悠悠这类女孩的不自量力。胡悠悠进行的小报复就是嫁给一个其他女孩无法企及的富豪。

大学毕业那年，胡悠悠找到了结婚目标，那就是席贝仁。

胡悠悠有美貌，这是她十几年来从男人的目光里看到的。最重要的是她那双眼睛，她祖上可能有西方血统，虹膜是浅蓝色的，周围一圈特别白，科学证明这非常吸引异性。因此胡悠悠很少戴太阳镜，除非想刻意营造效果——在特别时机摘下眼镜。

何夕曾说胡悠悠长得像奥黛丽·赫本，是有道理的，这代表胡悠悠有着柔媚与冷峻混合的美。也许正因如此，当席贝仁在胡悠悠的学校做完讲座，一大群女生蜂拥而上求签名时，席贝仁首先就注意到了她，也许只是注意到了她。当时席贝仁的反应犹如一匹受惊的野马，视线飘忽，却又专注不移，像个一见钟情却又害羞无助的小男生。

胡悠悠明白，她已经取得了先机。

最后，席贝仁不仅给她签了名，还在名字下方留下了手机号码。

约会从此开始。胡悠悠看得出来，席贝仁非常喜欢她浅蓝色的眼珠和清澈的巩膜。但约会始终偷偷摸摸，席贝仁从不带胡悠悠见人，甚至不在校园里公开露面。

于是，胡悠悠悄悄地展开调查，发现席贝仁之所以不敢公开，是因为他有着根深蒂固的传宗接代观念。而他现在的妻子，给他生了一个男孩。席贝仁的妻子发过狠话，只要发现他出轨，就带走那个孩子。

胡悠悠没有放弃，她把自己当成一张白纸，在席贝仁面前显得无欲无求、毫无心机，背后却积极地做着怀孕准备，并专门回了趟家乡，寻找生育男孩的偏方。

终于，胡悠悠怀孕了，她坚信自己怀的是男孩。

胡悠悠知道自己已经用套索套住了这个男人。假以时日，她还能再套上马具和马鞍。儿子出生，席贝仁给她买了别墅。再一年，席贝仁离了婚，他的前妻一怒之下远走他国。她终于跟席贝仁结了婚，两人名正言顺地住在一起。

在律师这个圈子里，深色的西裤套装、整洁的裙装和短上衣以及配套的鞋子，几乎形成了千篇一律的单调风格，但何夕身上的某种东西，一直拒绝被工作的严肃性和机械性同化。她出于本能地反其道而行之，但跟胡悠悠那群富婆相比，何夕的时尚还是让她们大跌眼镜。

二

侧面的乘客捕捉到何夕脸上闪过的微笑，便上下打量着她。何夕避开他那欣赏的目光，反过来对他进行了一番目测，这套程序已经成了她的第二天性。他衣着体面，却略显保守，讲究得有点过分，不完全是商人做派。是学术界的上层人物？不，西装是定制的。医生？保养得很好的双手提供了佐证。何夕断定这是一名富有名望，手下带着一班崇拜他的医护人员的临床医生，他正在赶去自己从业的医院途中。他身边拉着吊环的是一名前卫女郎。染成紫色的头发支棱着，紧身的夹克衫里面是前后都穿着孔的T恤衫。这个年纪的女孩在下午挤地铁并不多见。可能在服装店、音像店或者……嗯，猜到了。她的拇指上有一道浅浅的、发亮的剪刀压痕，她是一名美发师。

列车突然启动，让何夕猝不及防。她的面颊又一次贴在猩红色围巾柔软的细毛上，香气将她包围起来。这种气味使她一下子深深地感受到了男友苏越的存在。

一个周末晚上，苏越用一大束玫瑰包裹着这两样东西送到她的住所。在如何略施小计讨人欢喜方面，他的直觉总是错不了。

她还记得那天的每一个细节。苏越从香港洽谈一笔业务归来，下飞机的第一件事就是搜索娇兰香水、古驰围巾专卖店，然后招呼也没打，径直来到何夕家门口。她当时正在洗澡，一边听着芭蕾舞剧《睡美人》，一边想着最近的一桩诉讼。当她走出浴室时，客厅地板上铺满了鲜花，空气里充满了迷迭香的气味——香气宜人，沁人心脾。

他们喝光了一瓶免税的路易王妃香槟。

"你是不是也是这样挑逗其他女孩子的？"何夕不无醋意地打趣道。

"天地可鉴，你是第一个，也是最后一个。"苏越严肃认真地回答，"世道真是太残酷了，等了这么多年，就只等到一个你。"

尽管也许不是这样，但她是相信他的。他有着近乎猫科动物般的亲和力，这种能力使他在房地产领域成了最优秀的业务员之一；享乐方面，他却是一个保守者，对同事在外面寻欢作乐极尽嘲笑之能事。

此刻，感受着地铁列车飞驰向前，何夕突然意识到，苏越成功的真正原因，正是他的专注和执着，这也是她喜欢他的原因。享乐会消耗他的精力。即使他施加魔法把她变作一只天堂里的小鸟，也是执着的，否则他对她就全然没有吸引力了。

她真想把他的事情告诉母亲。自从认识苏越，她终于想通了母亲那一通关于嫁个好人的善意而乏味的说教。

"你干吗要跟胡悠悠那些人混在一起？还不如跳操或练练瑜伽呢！"

"妈，别说了！"何夕仿佛看到，某个富二代挥着鲜花向她冲了过来，眼睛熠熠发亮，衬衫上镶着五颜六色的褶皱花边。

"吃过亏你就理解了。"母亲温和地说，然后重新埋头整理起相册来。过了一两分钟，她取出何夕的一张初中毕业照。"你还记得郑航吗？"

"记得，"何夕谨慎地回答，"我们工作上有往来。"

"他刚刚升任了刑警大队长，小孩已经上了幼儿园。"母亲说。

"我知道。"何夕咕哝了一声。

母亲其实是在旁敲侧击，真正的意图是埋怨她当年不入警，而执意读硕士，当执业律师，现在几乎成了一辈子嫁不出去的老姑娘，就连胡悠悠介绍的那个富二代在跟她交往一段时间后，都嫌弃她年纪大了点。

何夕昨晚才从母亲那里脱身。她每周必回父母家住一天，虽然那里还有弟弟妹妹，但如果哪个星期没有回去，父母会担心，她也于心不安。

随着一声长叹和一阵胃肠胀气般的颤抖，列车再次停了下来。何夕听着语音播报，这回终于到站了。

三

郑航心头一惊，猛地睁开双眼，感觉到一股彻骨的寒意。

二月了。他想，今年的寒冬迟迟不去。他迅速折起被子，双脚踏上地面。瓷砖寒冷如冰，脚下竟有刺痛之感。他走进卫生间，在镜中端详自己，他在镜子里也看见了冬天：扭曲、灰白、阴郁。

一如往常，他额头像粘着一块桦树皮，皱皱褶褶里全是苍白，双眼布满血丝，眼睛下方竟然挂着眼袋，透出拳击过后的淡青色。等用冷水浸润过脸颊，拿毛巾擦干，再眺眺远景，那抹淡青色才会褪去，或者说，他猜想那抹淡青色会褪去。他还不到30岁，正是青春阳光的时候，他不知道自己的脸庞怎么会呈现这等样貌。

最近，他几乎每晚都被噩梦侵扰，中午想补补觉，但仍然持续被噩梦猎捕，被悲怆的阴影笼罩。他有些不知所措，以前办了那么多杀人放火的大案，都没做过噩梦，现在这是怎么啦？

手头也就一起拐卖妇女案而已，怎么会如此折腾他的心境？他想不明白，因为他以前也办过同类的案子。不过，那时他没有直面过被拐卖对象，更没有深入地探索被拐卖者的心理。因为每次办案，他只是进入纯粹的警察角色里，没有从被害者的视角来观察这个他一度习以为常的世界。

在警察角色里，他会透过嫌疑人的容貌，寻找他们的痛苦、弱点、噩梦、动机和自我欺骗的原因，聆听嫌疑人述说那些听来令人倦怠的谎言，并试着找出做这份工作的意义。他的工作就是把那些已在内心禁锢自己的人关进监狱，他十分了解那些充满仇恨和自我轻视的罪犯是怎么回事。

郑航抚摸根根直竖的短发。从他冻僵的脚跟到头上黑发之间的距离，不多不少正好180厘米。他的锁骨突出于肌肤之上，仿佛一个衣架。自从上个案子告一段落后，他进行了大量的体能训练，有人认为他锻炼身体到了近乎狂热的地步，除了骑自行车、在野外奔跑，公安局健身房里的器械几乎被他练遍。

他喜欢超负荷训练产生的那种灼热痛楚，以及思绪受到抑制的感觉。然后他的体形越变越瘦，身上的脂肪消失，剩下的肌肉铺排在肌肤和骨骼之间。过去他看起来肩宽膀圆，方娟说他是天生的运动员身材，如今他看起来像是在照片里见过的一头沙漠狼，一只肌肉遒劲、体形精实、时刻睁着一双掠食眼的动物。他会变成这样，原因很简单，责任越来越大，没有好的身体扛不起来。

郑航叹了口气。

他走出卫生间，喝了杯水，试图舒缓头痛。外面的天空看起来越来越幽暗了，窗外挂着一幕水帘，球场、公园，全灰蒙蒙的，什么都看不清晰。他又想起了那只同心结。他年轻时折过同心结，那是追求方娟的时候。但现在作为证物的同心结颇为特别，藏在那个被拐卖妇女戴在头上的荆钗里，结里还存有一张小照片，照片上有人名、出生日期，还有一滴血迹。

电视机里正播放大自然生态节目，讲到每年夏天，海豹会聚集在某海峡，一只公海豹一旦争取到一只母海豹，整个繁殖期都会跟这只母海豹厮守在一起。公海豹会照顾他的伴侣，直到小海豹诞生并能够独立生活。节目说以达尔文的进化论来看，海豹维持一夫一妻完全出于天择，而非尊重或保护雌性。

真是这样吗？郑航心里说。他不屑地转过头，夹着雾水的风扑了他一脸。

四

一阵脚步声从接警室里传来，接着，何夕出现在郑航面前。中午休息前郑航给何夕打过电话。

何夕是个非常有魅力的女人，不刻意展露魅力就很吸引人。她身材纤细，一绺绺头发活泼生动地垂落在脸颊两侧，面庞鲜艳，轮廓柔和，带着严肃且疲惫的神情，这种神情郑航在其他美丽绝伦的女人脸上也曾见过。

"啊，你可真会选时间！"何夕一边抱怨，一边使劲儿甩着手里的雨伞。

郑航的目光从她鲜亮、精致的面庞转到她水淋淋的大伞，又转到她身后的瓢泼大雨。

"是啊，时间太巧了。"郑航咕哝了一句。何夕径直朝他走来。

"谢谢你赶过来。"郑航接着说。片刻的尴尬，两人都在想他们是该握手、拍肩，还是其他什么。何夕终于伸出手来，问题解决了。他们是中学同学，也是职业上的熟人。

"本来想让刑警队长失望一次的。"何夕慢条斯理地说。郑航挤出一丝僵硬的笑容，承认了他的新头衔，但没做任何评价，现在可不合时宜。

"下这么大的雨把我叫过来，到底什么事？"她轻快地问，"在这里说，还是去你办公室？"

"刑事鉴定中心。"

"刑事鉴定中心？"何夕质疑的目光没有投向郑航，而是他的身后。

一个便装女警径直向他们走来，小直筒牛仔裤、细高跟靴子、宽松翻领的羽绒服，拉链锁到领子顶端，脸庞周围是凌乱的黑色卷发。她长得像个封面女郎，气质却活脱脱一个假小子，特别是她的眼神：果断、直接、严肃。

何夕的目光回到郑航身上。

"这是我们刑事鉴定中心的副主任，"郑航介绍道，"关欣。"

关欣停住脚步，脸上并未露出笑容。她像棵树似的站着，直视着何夕跟郑航。郑航立马意识到，自己跟何夕挨得太近，显得太亲密。但这时候拉开距离又显得刻意了。"这是天鉴律所的首席律师何夕。"他只好继续介绍。

关欣终于露出些许笑意，说："很高兴认识你，何律师。"

何夕伸出手，关欣握住。"别介意，我只是在测试他。"她说。

"你一天到晚测试别人的心理承受能力，不累吗？"

关欣并不接话，打量着何夕。然后，领着他们沿着长长的拱廊，来到刑事鉴定中心的身份验证入口。她一路观察着何夕，根据何夕的表情、声音和肢体语言判断她的心情，嘴角挂着一丝若有若无的微笑。

"你们的'团圆行动'搞得挺有声势啊。"何夕说。

她似乎对公安局的历史图展十分感兴趣——趁着郑航验证，她仔细端详着对面展板上张贴的每一张照片，阅读着那些标题，在展板前来回走着。

关欣微微一笑。何夕如此说，说明她对自己的事一无所知，郑航一定也没有向她透露，忙碌的律师大概没时间留心那条新闻，对失踪人口或者拐卖案件更不感兴趣。倘若何夕知道那枚同心结跟她的关系，恐怕不会有这样轻松的心情。

关欣的脚步头一次有些犹豫。既然郑航已做出决定，她就绝不能改变，即使跟何夕同为女人，理解她的心情，但现在她已经到这儿了。

进门的验证挺复杂的，跟着郑航进来，何夕通过了金属检测仪，负责的警察还要求看她的身份证，检查她的背包，然后用一种让她主动坦白的眼神上下打量她，仿佛她是来公安局投案自首的。

"你是跟他们一起的吗？"身穿制服的警察神情严厉地看着何夕。他身材高大，皮肤白皙。

"不是。"何夕赌气一般地说。

又是一番上下打量："那你不能进去。"对方是公事公办的口气。

时间一分一秒地过去，郑航和关欣什么也没说，仪器"嘎"的响了一声，还是开了。

第二章

一

刑事鉴定中心的办公楼跟这座城市中的任何一栋高档写字楼没什么区别。明亮的光线、巨大的窗户以及锃亮的水磨石地板。接待室时髦而雅致，还配备了咖啡机、茶盘和纯净水机，黑色的沙发和棕色的文件柜旁装饰着各种植物、书籍和警民一家的美术作品，即使在这个暴雨如注的初春，仍让人感受到温馨。

何夕做了这么多年的刑辩律师，一直对这个地方充满好奇，此刻置身其中，却发现毫无新鲜感可言。

她正要随郑航往前面走，却听见郑航手机突然响了。郑航瞄了一眼手机屏幕，大约非常紧急，或者是特别重要的人物打来的，他迅速转身说了声抱歉，便走了出去，快得让何夕说句"没关系"的时间都没有。

看到何夕尴尬的样子，关欣露出一个心领神会的微笑。

这个微笑恰巧被何夕捕捉到了。何夕的心里突然升起一股哀怨，觉得自己是那么孤独，像旷野里任凭风吹雨打的小树。何夕的手指不由得捏紧了包。她是需要郑航回避的嫌疑人吗？又或者是重要线人、受害者家属？她试图从这位美女警官的眼里看到自己，但什么也没有。

"矿泉水？"关欣轻快地问道。

"不用，谢谢。"

"饮料？绿茶？"

"不用，谢谢。"何夕有些不耐烦，"有什么事尽快说。"

"哦，那你自便，我很快就回来。"关欣并没生气，只是径直走出了房间。

何夕想，这可能意味着关欣并不把她当嫌疑人。何夕放下包，再次环视这个地方。没什么可看的，只是没事可做而已。房间太小，家具太大。老实说，她有点讨厌这种环境。

门再次打开，关欣回来了，这次还带了台录音机。何夕立即摇了摇头。

关欣冷静地看着她："这跟录口供不一样，有些事我们需留档备查。"

"不能录音。"

"为什么？"

"你还没告诉我到底是什么事情。我是律师，知道你们的程序。"

关欣把录音机放下，但没有打开。很长一段时间里，她一直盯着何夕。很长很长时间里，何夕也回盯着她。她们俩几乎一样的身高，体重也差不多。只是关欣肩膀更宽，从手臂的肌肉线条看，她训练更多，或许练习过举重。

门又开了。一个男警察走了进来，并不高大，一米七五的样子，但瘦削，棱角分明。看到何夕，他温润的目光有点吃惊，随后马上控制住了，变得没有表情。

何夕看着他有点面熟，应该是他穿着的深蓝色裤子和褐色棉衣唤起了她的记忆。年初的某天，她跟郑航吃饭，眼前这个男警察到餐厅跟郑航说了几句话，就出去了。

男子伸出手，说："刘畅，郑航的同事。"

何夕迟疑地和他握了握手。手指上有茧，抓握很有力，握手的时间持续得稍长。她知道他是在揣摩，试图看出些什么。黑色的眼睛很冷静，仿佛在打量猎物。

"不喝点什么吗？"刘畅问。

何夕摇了摇头，说："不好意思，我只想快点结束这件事。"她感到自己无法融入这里。

两名警察交换了一下眼神。刘畅拉了把椅子坐下，最靠近门的那把。何夕把双手放到膝盖上。她其实并不紧张，但这里显得过于拥挤，给人一种压迫感。

"好吧，我知道你是郑队的朋友，但我们希望……"刘畅说着，伸手去开录音机，关欣轻轻碰了下他，制止了。

"我叫何夕，是天鉴律所的律师。"何夕开始说话，"我跟警方多有合作，因此，接到你们的电话，我尽快赶了过来，现在，我只想知道你们的用意。"

刘畅点点头，又深吸了一口气，似乎在理清凌乱的思绪。

"我们有个案子，嗯……"他说，"电视台和晚报都报道了。我们解救了一个二十六七年前被拐卖的妇女，她的身份正在调查之中。不过，她头上有一枚荆钗，钗里有一个同心结，里面有些重要证据，经鉴定，疑似跟你有关系。"

接到郑航电话之后的两个多小时里，何夕一直在猜测警方这么神秘到底是因为什么。自己手头的某个案子让警方难受了？或者，警方需要自己提供什么帮助？但是，和她的预测恰恰相反，现在似乎一切都倒了过来。

单调的雨声从窗外扑进来，带着些微寒意，她用力抱紧身子，似乎在想法子回答两位警官的问题。她想说她没什么可说的，可脑海里灵光一闪，一件童年小事像一枚印章一样，给了她一个鲜红的提醒。

"读幼儿园时，有人喊过我野仔仔。"她告诉两位警察，"但我父母一直否认，还到幼儿园跟老师做了说明，让对方家长给我道歉……其他没有什么可说的。"

"哪一年？"刘畅问。

"应该是幼儿园小班的时候，1996年或者1997年吧。"何夕说，"我比同班的小朋友都大，我还问过我妈，为什么不送我去中班读书。"

记忆已经有些模糊，但她永远记得别人骂她"野仔仔"的情形，而且那次被骂之后，虽然对方道了歉，但她父母很不开心，没让她继续在那里待下去，而是把她转到了一家很远的幼儿园。

她将这些经历从头到尾罗列了一遍，语调越来越不确定，越来越有自卫性，她感觉到，他们还没有问到关键问题呢。

"为什么？"关欣很直白地问。她摊开手，说："故事很有趣，难道你就从没想过要问清楚，你父母为什么要将你转到更远的地方去？"

"我不知道。"

"你不知道？"

"我爸一直告诉我，那只是一句骂人的话，是小孩子不讲文明礼貌的表现。"

关欣扬起了眉。何夕没有责怪她。如果不是警察问起，她自己从未想过"野仔仔"背后的含义。只是，现在她开始怀疑自己的出身了。

"你看到过自己的出生证明吗？"关欣清楚地问。

"没事看自己的出生证明干什么……"何夕愕然了。

"出生证明才能证明你的原始出身。"关欣向前倾了倾身子，近得何夕都能看见她眼睛下面的黑眼圈，以及由于睡眠不足或许还有缺乏耐心而导致的细纹和苍白的面颊。

"我们是想帮你，何律师。可你什么也没告诉我们，什么也没提供给我们。你知道那些记者是怎么挖新闻的吗？只要那个同心结的事一公开，你，甚至你的家人，都会成为舆论热点。这是你想要的吗？"

"不是。"

"不是？那可能给你的律师生涯添上浓墨重彩的一笔。"

何夕火了："你们想要我说什么？你们才是警察。我有父有母，还有弟弟妹妹，一家人亲亲热热地生活在一起。现在你们怀疑我不是父母亲生的，该我来问你们才对！你们是警察。证据？你们自己去找。"

不对等的问话，似乎演变成了一场艰苦的辩论，何夕的喉咙变得很干，她想如果刚才答应要一杯水就好了。她尴尬地陷入沉默之中，很清楚两名警察都在盯着她。

关欣缓缓站起身，和刘畅交换了一个眼色，离开了房间。何夕感觉关欣就是想让她发火，而自己的失控正中了她的圈套。

这时候，刘畅倒了一杯水过来，小心翼翼地放在她面前。这一举动其实是让何夕感到温暖的，她的鼻子不由得酸了起来。她感觉自己像一朵在水里漂来漂去的浮萍。她仍然盯着对面的墙壁，不想缓和剑拔弩张的气氛。

随即，关欣带着一个大纸袋回来。她戴上橡胶手套，揭开袋口，从里面拿出一只塑胶证据袋。很小，很轻，却鼓鼓的，看起来只是一小团碎纸片。

何夕看着她把纸片扯出来，放在戴着手套的掌心里，再拆开来。里面有一张黑白一寸照。照片已经有些发黄，但依然可以看出是一个1岁多的小女孩，大大的眼睛，椭圆形的脸。关欣把照片翻过来，背面写着一行歪扭的字：丁燕，1992.12.22。还有落款：许盈。

"你看着这个女孩眼熟吗？"

何夕盯着照片很久，认真地在脑海中搜索着。她的手指无意识地抚摸着自己的嘴唇和颧骨，好像在与照片里的女孩比对。她的嘴唇有点翘，大家都说那是她最性感的所在，她的颧骨有点平，那是她美中不足之处。她很轻地说："她的嘴和颧骨跟我有点像。"

"不是有点像，"关欣说，"就是你。你明白现在人像比对技术的先进性。"

何夕又有些气急。"不可能！随便谁小的时候不都是这个样子吗？"

关欣盯着何夕看，慢慢地，脸上浮起笑容。

何夕说："我看不出还有什么相似性。"

关欣嘴角牵了牵说："你是出生于1992年12月22日这一天吗？"

何夕摇了摇头，忍着没有去抓那张照片。这时候，她荒诞地以为只要在照片上留下指纹，就会让人认定那个女孩就是她了。在她迟疑之间，关欣没有催促，只是一直专注地望着她的脸。最后，她竟不由得产生了某种犯罪感。

"我身份证登记的不是这一天，"何夕低声说，"不过……我妈非常信命，却从不当着我的面找算命先生给我算命，即使她一直急着让我结婚……难道，难道我的身份证上的出生日期并不准确？"

关欣跟刘畅交换了一个眼神，接着静静地望着她。何夕能感觉出他们突然而至的释然，她知道他们现在明白了是怎么回事。

"丁燕这个名字，你听父母说起过吗？"一直翻着案卷没有说话的刘畅问。

"没有。"

"许盈呢？"

"没有。"

"吴晓癸呢？"

何夕正要继续摇头，突然瞥见关欣对她投来意味深长的一瞟。但是她真不记得谁跟她提过这些名字，也不知道这些名字对她有什么意义。她反问道："这些都是涉案人吗？你认为我跟他们有什么关系？"

关欣不动声色，说："我们不能对任何没有结案的调查给予评论。"

何夕本想起身离去，但刘畅目光柔和地望着她，好像在等着她的回答。"丁燕是许盈的女儿吗？你们认为我就是丁燕，我是她的女儿，是这样吗？"她问刘畅。

"不知道。"刘畅温柔地回答。

关欣皱了皱眉，埋头翻着案卷，看得很认真的样子。房间里陷入一种无边的寂静，几分钟过去了，关欣终于从案卷上抬起头说："不能确认的事就不说了，接下来需要你配合。"

何夕很不耐烦。"需要我怎么配合？"

"做一切我们认为必要的事。"

春雨淅沥，充满寒意的水珠不时飘洒到窗玻璃上，水汽氤氲，萧瑟得很。何夕将自己的身体靠在椅背上，吁了口气。她觉得自己的人生从现在开始像陷入了一场噩梦，让她心里发凉，身体也颤抖起来。她问："不是进行过人像比对了吗？难道还要做DNA……"

"那正是我们接下来要做的。"关欣的语气不带任何感情色彩。

何夕将视线转向刘畅，似乎想求助。但刘畅抱歉地摇摇头。他告诉何夕，他们带她过来，就是想给她采个样。

"我……我晕血，不能采样。"她嘟囔着，心里响起警报：危险。她徒劳地想要挽救自己的生活。

"没关系。我们的技术员可以不让你看到。"刘畅笑了，说，"还有，如果你想起有关自己身世的更多线索，请随时拨打我的电话。"

何夕没有理会，站起来，抓上她的包，跟在刘畅后面，进入更里面的一间房子。那里用帘子隔成了几个小间，一个穿白大褂的女孩在其中一间等着。何夕站在门口，犹豫地问道："你们就只有我一个怀疑对象吗，跟那个被拐卖女人有联系的？"

"我们还在调查中。"刘畅也说起了外交辞令。

何夕忍着眩晕将手伸进帘子里。那个女孩很细心，抽完血，还帮她处理好针口，才让她收回手去。她道了声谢，然后问刘畅："案件嫌疑人落网了吗？"

刘畅摇了摇头。她没有接着问下去，知道得再多，对她也没有任何意义。

那天是关欣陪着她下楼的。她们一路沉默，只有鞋跟响亮而有节奏的声音在楼道回响。

到了楼下，关欣一手推开通向验证大厅的沉重的金属门，另一只手递给何夕一张名片。

"保持联系。"

"当然。"何夕说。她不得不承认，自己的生活正在走向灾难，接下来究竟怎样，都不是以她的意志为转移的。她大步走出玻璃大门，走进初春的雨里。云层比来时压得更低了，仿佛全部压在她翻滚的心上。

二

那天郑航不是有意回避对何夕的询问。上学的时候，他跟何夕被称为金童玉女，关系不错，但彼此间却并没有爱情。不过，他们的关系比朋友要多那么一点东西。郑航相信自己工作严谨，不论什么场合，都不会给属下留下任何口实。

电话是副局长肖永明打来的，涉及他在专案组里的威信问题。当然，作为副局长，肖永明不会这么直接，是转着弯问的，问题来自关欣。

关欣是刑事鉴定中心副主任、视频侦查（图侦）专家，对面孔的识别能力无人能及。一个专家在某个专案组里"专"起来，这样的安排是没有先例的。所以，她有骄矜的资本。而且，拐卖妇女案是郑航新任队长后的第一宗大案，这不能不让领导对他们的配合表示关心。

肖永明却不知道，他看到的只是表面现象，私下里，关欣跟郑航的关系称得上是铁杆儿。关欣虽然对自己进专案组有微词，但政治部头一天通知报到，第二天她就在执法办案区域一间小小的审讯室里开始工作了。

关欣不是新手，参与过部省挂牌督办案件的调查，也许最初对这起案件有些轻视——在这个专案小组的工作经历，不会给她的履历增加什么砝码。

不过，在见过那个被拐卖妇女、读了案卷后，她深切地意识到，这个案子不是作为一名警察，特别是一名女警可以漠然对待的。最好尽快解决掉，否则会夜复一夜地梦见蛇蜕。

其他专案组成员也是同样的想法。因为记者参与了解救那个被拐卖妇女的行动，新闻一见报，网络上就吵翻了天，仿佛在全社会掀起了血雨腥风，办案部门被推上了风口浪尖。

离开肖永明的办公室，何夕也已经离开刑事鉴定中心，郑航直接回了专案组。

这样的案子最不缺乏的就是加班。郑航在专案组里已经待了两天。如果有组员不见了，基本上就是去洗澡、刮脸了。他们吃的是方便面、八宝粥和外卖，多数就在自己的办公桌前解决。

没有业余生活，没有家庭生活。孩子的班主任总是在接送儿子的最后一分钟接到道歉电话，男警们晚上7点钟溜进审讯室，只是为了找一点小小的隐私空间，给妻子打个电话，说晚餐不用等他。只有刘畅最逍遥，单身汉一个，老舒的父亲还在重症监护室里，因脑梗死、颅内出血而危在旦夕。

严谨的专案调查就像组装一台高精密仪器，有着一套复杂的工作流程：警察们高速运转，各负其责，各管所辖，搁置了所有其他事务。

人人都想有些进展，但谁都知道办案子不是一蹴而就的。

电视台已经播报了案件消息，许多自以为是的网红、"大V"，还有蒙在鼓里的网民在网上发声，要更多第一手资料，嚷嚷着民众有知情权，指责公安机关对社会安全不负责，特别是对妇女受到的重大威胁予以隐瞒。

在甚嚣尘上的舆论压力下，郑航必须竭尽全力组织和进行全面的侦查。

查明任何一起案件，第一步必须确立人物、地点、时间。不幸的是，这个专案里的受害人是精神失常、失语、毫无表达能力的妇女；发现她的地方周边几乎没有一个真正的知情人，对案件的侦查几乎毫无作用。时间线主要基于受害者头上那枚荆钗及现场研究报告生成，大约是二十六七年前。

现场位于汉洲市西北方向的山岭上，叫虎头村，离城约30公里。城市高速发展，繁荣昌盛，村民逐渐往城里移居，这个美丽富饶、总人口曾高达一千多人的村子现在只剩下不到一百个老弱病残的村民。受害人也算是这个村子的留守村民之一，收买她的男人要不是意外遭遇车祸，还不知她要在那暗无天日的地窖里待多久。

她在那个地窖里只留下一枚荆钗和一个叫许盈的人的户口本。古玩专家对那枚荆钗进行了鉴定，认定是一件古董，却只是过去农村妇女的常用之物。虽然中空的木钗很少，但鉴定不了是古时哪家首饰店的工艺。

省林科所的一位植物学家仔细研究了地窖里的野草和树根，最准确的估计是25年的生长期，上下可能浮动5年。

虽然不是很精确的时间线，但也能让他们在这个基础上着手调查了。

郑航在专案组下面又分设几个小组，刘畅负责调查自1985年以来全国失踪妇女的名单。因为电脑记录只从2003年开始，这意味着要手动翻阅之前20年的所有失踪案件纸质档案，确定哪些还没有结案，或者涉及成年女性未找到、未确认的，然后将这些卷宗的序列号录入电脑以供查阅。现在，这个小组每24小时能整理完5年的失踪案，他们办公室门口的垃圾桶里堆满了快餐盒、副食盒和茶叶袋。

除了全国"团圆行动""护蕾行动"热线，专案组专门设立了一个"荆钗"报案热线。这个热线每天几乎被打爆。民众只知道找到一个被拐妇女，拐卖时间大约是25年前。即使这样，也足够让热心的人们倾巢出动了。几乎每个电话都令人伤心欲绝：有父母打电话说，那个女人可能是自己失踪的女儿；有丈夫说，她可能是自己被拐走的妻子；也有年轻人说，她可能是自己失踪多年的母亲。还有人说，那个女人可能是他的邻居、亲戚、同学……

也有人说，那个女人就是本地人，只是跟亲属失去了联系，又被男人长期藏匿在地窖里，患上了严重精神病，才失去了辨别回家之路的能力……

每个电话都要生成一份报告，每个报告都有一个调查组负责跟进，包括每天都打一次电话进来的一名女精神病患者，坚持说她的前夫就是拐卖那个妇女的罪犯，她自己也是被拐卖的，现在她已经把前夫控制起来，请警察尽快去抓他。这些工作安排了五名警察处理。

专案管理工作和精准研判事宜归郑航、关欣负责。走访山村留守老人，梳理历年拐卖案件里的嫌疑人名单，查找同类被拐卖对象；鉴于那个收买妇女的男人已经死亡，对他亲属和邻居的询问成为案件重点，尽管耗费了大量时间，但一无所获；还有将海量的相关犯罪资料输入打拐计划数据库。

现在，郑航坐在小小的值班室里——这里已经成了他的临时办公室。他仔细梳理着1994年审结的一起特大拐卖妇女儿童团伙案。这起案件受害妇女儿童达50余人，其中妇女28人、儿童20多人，解救出37人，遍及全国6个省市。

郑航之所以盯住这个案子，是因为它的案发时间跟本案解救的妇女被拐卖的时间最相近，而且他研究过这个案子的拐卖妇女路线图，他们所处的城市正在路线图内。

但是，照片背面的"许盈"并不在案卷载明的受害妇女之中。他怀疑"许盈"是犯罪分子记不起名字，或者刻意隐瞒的妇女之一。他已经翻阅了原始卷宗的所有资料，包括相当完整的照片采集，还打电话给当时的专案组组长李忠诚——8年前已经退休去了深圳——请他回忆办案的每一个细节，但依旧没有任何证据解释他心中的疑虑。

本案的首犯叫吴晓癸，在改革开放之前因"投机倒把"判过刑，20世纪80年代出狱后，网罗了几个狱友一起拐卖妇女儿童。他们以招工的名义，诱骗农村女孩，然后将其拐卖到需要的人家，几乎形成了一条产业链。1994年罪行暴露，他被判处死刑，缓期执行。不过，他入狱前就患了重症，在监狱待了不到两年，就发病死了。

根据李忠诚的回忆，吴晓癸落网的时候，"许盈"还在哺乳期，难道这意味着"许盈"的被拐跟吴晓癸案没有关系？

三

郑航正望着窗玻璃上氤氲的水珠发呆，猛然听到沙发发出"嘭"的一声，接着看到关欣像断线的木偶一样落在上面。

"那个女人可真难缠。"她说，"分明心里有事，嘴上却什么都不愿说。你让我替你做恶人，算得真是够精明。要不是我一番敲打，还真会让她蒙混过关。"

"哦，说说看，有什么好消息？"

看到挑起了郑航的兴趣，关欣的脸上随即露出梨花一样的笑容。她用手捋了捋额前的头发。"口渴死了，来一杯茶吧？不，等等，我要喝咖啡，还有，方姐是不是送了什么好吃的？"

"你先好好看看这个。"郑航把桌上的拐卖路线图递过去。

关欣看起来像个名模，却和重劳力一样能吃。郑航和方娟约会的时候，她就常常当电灯泡——那时他们还刚刚录警，有人怀疑她要跟方娟抢男朋友，只有关欣自己知道，郑航约会的前戏通常会在餐馆里——她可以放开肚皮大吃一顿，甚至包括方娟的那一份。

看着关欣用咖啡泡着饼干吃，郑航又一次感到了小小的心痛。

"你该找个男朋友了。"郑航叹气说。

关欣的肩膀沉了下去，随即岔开郑航的话题。"晚上请我吃牛排，怎么样？"

"糟糕，我已经让刘畅订了快餐，你想吃美味的七分熟牛肉，恐怕只有找他了。"

关欣斜了郑航一眼，仿佛郑航有意为难她似的，埋下头认真地看着拐卖路线图。她一直笃信同心结里的女孩跟何夕人像比对相似不是偶然，而吴晓癸团伙案件跟许盈被拐卖在时间上的契合，正是突破点。

郑航将关欣喝光咖啡的杯子洗干净，放进橱柜里，回过身听到关欣重重地呼出一口气，坐直身子靠到桌子上——她最喜欢的思考姿势。"我们来从头梳理一下。"她说。

关欣认为何夕的年龄正好符合许盈的生育年纪，如果何夕是许盈的女儿，许盈生育时大约20岁，这不算早婚。也许许盈被拐卖前就已经结婚生子，只是她的家庭没有报案，或者报案了，当时的公安机关没有查到。而何夕正是她们母女俩一起被拐卖时丢失的。

郑航说："你的分析很有道理。"

关欣再次呼出一口气，吹动了额头的刘海。"那时，何夕大约1岁，或者不到1岁，还没有什么记忆。"她看着郑航点头，又在路线图上点了点，补充了一句。"这跟吴晓癸的交代也是一致的，他们往我市贩卖过不少于5名妇女儿童，但这条路线上解救的被拐卖者只有三人，许盈和何夕可能就是剩下的两人。"

郑航想了想，说："或许更为复杂，如果许盈是他拐卖的，也是他最后拐卖的几个人之一，他应该记忆深刻才对……结合本案受害者被深藏地窖，也许有更深层次的原因。"

"下一个重要证据是……"

"收买她的男人为什么把她藏匿在地窖里，难道仅仅是怕她逃跑吗？"

"可那个男人死了，线就断了。"关欣说，"一是他在我们的档案里干干净净的，竟然没有前科；二是他竟然跟邻居几乎没有来往；三是他竟然没有活在世上的其他家庭成员，没什么可以调查下去的社会关系。"

郑航缓缓地点点头。"是的，所以，我们最紧要的任务是查明许盈到底来自哪里。"

"我想，是不是先接触一下何夕的父母？"关欣提议。

"不，没有取得证据之前，怀疑人家的女儿是领养的，有违人伦。别忘了，她还有两个弟弟妹妹，她父母可不是不能生育的人。"郑航更谨慎一些。

"可我们有人像比对，还有她关于'野仔仔'的话……"

"谁小时候没被编排过呢。而且，我认识的何夕一直无忧无虑，从没听说过任何流言。"郑航叹了口气，也靠到椅背上，双手交叉着放在后脑勺上，这是他最喜欢的思考姿势。

"从心理学的角度看，"关欣反驳道，"一个人，特别是一个小孩子只会对自己特别敏感的事有记忆，即使成年后，仍放在心里，这叫作心理阴影。"

"你坚持认为她是许盈的女儿？"

"DNA化验会给出结果的。"

郑航耸耸肩。他对这一切早就有所谋划，虽然他紧盯着吴晓癸案，盯着他的拐卖路线图，将此案中没有被解救的对象，以及人名、地址不够详尽的对象作为调查重点，但他又专门安排了刘畅调查其他拐卖妇女案件，特别是没有录入执法办案系统的案件，对许盈的人像对比又撒得更宽泛些，看她会不会出现在其他省份的偏僻县区的案卷里。

同时，他还想到吴晓癸案件里可能存在漏网之鱼。他想，让他们感到蹊跷的地方或许就跟漏网之鱼有关。还有，虎头村为什么没有出现在路线图上……

"应该还有知情人的，"在郑航略略有些走神的时候，关欣接着说，"当然，但愿他们不像吴晓癸死得那样早。"

郑航想，如果吴晓癸知道自己给警方的工作造成这么大的困扰，恐怕会躲着窃笑。但他没有接关欣的茬儿，说："你把路线图复印一份拿去吧，给自己上上基础侦查训练课。"

关欣白了他一眼，撇了撇嘴说："是，老师。"她晃晃悠悠地站起来，看起来意犹未尽的样子。果然，到了门口，她又停了下来。

"你会约她见面吗？亲自听听她怎么说。"

"有的是机会。"

"你觉得她会主动打电话吗？"

"如果她不是领养的，很可能不会。但一旦发现自己身份可疑……"

关欣笑了。"我可以陪你一起去见她。"

"你做好自己的事就是。"

"方娟……"

郑航皱了皱眉头，好像脑袋里飞进无数只蜜蜂，盯着关欣一字一顿地说："你想跟她说什么，就自己拿起电话打给她。我不在乎身边人八卦。"

他语调平和，目光却是严厉的。关欣尖刻地剜了他一眼，然后从从容容地走了出去。

第三章

一

何夕父母居住的神滩村，现已改为社区，因为夷江环绕，还有一片受国家保护的古树林，这里成了高楼林立的宝地。如今，村子里只有她家跟几户邻居的砖房因为古树林的关系遗世独存。她每回去一次，就觉得自家房子比上次又小了许多，不过，一家人居住足够了。

家里一开始只有何夕一个孩子，她上小学后，母亲接连生了弟弟妹妹。在她的记忆里，在这里生活的20年，是她人生中最快乐的一段岁月。

现在是二月中旬，窗外风景如画，细雨绵绵地漂在江面，映衬出对面山坡的一片墨绿。父亲何旭升在阳台上忙碌，为一大群绿植剪枝、培土。他已经有些谢顶，但保养得不错，说话慢条斯理，胡子刮得干干净净，给人的印象是聪明睿智。他是戎马重工的工程师，从手工作业到机械化，再到自动化，30多年来，他的大脑仿佛也随着科技进步而进化。对他身边人而言，当然包括他的孩子们，他给人的印象就是百折不挠，不可战胜。

望着父亲的背影，何夕突然有种奇怪的感觉。在开口之前，她努力回忆了一下。她的人生其实很简单，尚未经历多少年，没有太多的阅历。但谁说得准呢？生活就像万花筒里的彩色玻璃片，看似相同，运用镜子的反射作用，给人以错觉，组合是可以变化的，直至无穷。

但是，父亲不是万花筒，她相信。她说："爸，我可以问您一个问题吗？"

"当然，"何旭升说，"你可以问我任何问题。"

"是关于我出生的事。"

父亲的眉毛往上挑了挑，流露出惊讶的神情。作为一名精密件工程师，何旭升经常揣摩孩子们的心思，但拐弯抹角的探问不是他的行事风格。孩子们的快乐，就是他的快乐。

"哦，"何旭升说，"这还用问吗？你也是成年人了，你妈妈和我是正常夫妻哦。"他的语气十分俏皮，充满了幽默感。

"爸，我是跟你说正经的。"

接着，何夕告诉了父亲自己被叫到公安局询问一事，尽量把自己跟那起拐卖案件的关联性表达得清清楚楚。随即，她坦陈："……我只想知道真实情况，如果我真是你们抱养的，我也绝不会因为对生身父母的关注，而伤害跟你们的感情。在我心里，只有你们俩是我的父母，永远都是！"

何旭升的身子抖了一下，看得出他在回忆，内心在挣扎。

"没事的，小夕，"他说，"你是成年人，你拥有一切真相的知情权。我跟你妈商量多次了，想告诉你，但你妈认为要等到你结婚，那时有人保护你，对你感情的伤害要小一些。因此，我们一直没有那样做，希望你明白我们的良苦用心。"

"所以，警察的怀疑是真的？"

何旭升点点头，面色凝重。

何夕一时有些难以接受，但她不想让父亲看出来。她是个内心坚强的女人，律师场上什么情景没有见过，她得挺过去。"我知道了，"她说，"爸，请您和妈放心，我永远是你们的女儿，永远不会变的……"

何旭升打断她的话。"想让我们在你心里的地位下降？没门儿，我想你永远甩不掉我们。只不过，突然之间有事情发生了，你有理由去调查，或者……协助调查。"

"我想知道，你们是怎么收养我的，我的父母在哪里？"

何旭升摊了摊手。"真不愧为律师，调查开始了。我得说，这是个不错的着手点，问题是我不知道。"他抬起一只手，"我明白，这话说起来有点荒唐，可是哪一年呢？1994年的事！"他大声道，然后又面向何夕。"这事你妈妈比我知道得更多。"

何夕的母亲仇英在厨房里炒菜，香味弥漫到阳台里。她手里拿着一瓶醋，走过来站在门廊上。她个子中等，年近花甲，依然长得清清秀秀，一头浓密的头发盘在头顶，显得优雅高贵，就像是从几百年前穿越过来的清朝公主。

"我在这儿呢，"她高声说，"需要拿什么伺候你们？"

"什么都不需要，"何旭升说，"我喊你，是告诉你，我们担心的事提前发生了。"

一丝阴影掠过脸庞，仇英咬了咬嘴唇，然后阴影消失不见了。"这事很简单。说实话，我知道一点，但知道的真的不多。"

"妈……我真是你们捡来的吗？"

仇英点点头，拉过一把餐椅坐下。"当时收养孩子，不像现在这样手续烦琐。那一年，我在街头看到你，才1岁左右，坐在花坛里哇哇地哭，我便将你送去派出所。派出所的人带了你一个下午，又打电话给我，问我能不能代养一下，他们人手不够，等有人认领了再送过去。就这样，我们一直养着，一年后，派出所帮着办了领养手续，上了户口。"

"就这么简单？"何夕疑惑。

"派出所当然做了很多调查工作，还发布了认领公告，但一直无人认领。当时，我跟你爸结婚几年没有生育，以为自己无法生育，你又聪明伶俐，就动了收养的心思。"

"我从没觉得自己是你们领养的。"

父亲耸耸肩。"看来你妈妈和我这活儿干得不赖。"

"那时你还太小，"仇英说，"我们代派出所喂养时，你才1岁左右，还嗷嗷待哺。而且，当时我们悄悄地，跟谁都没说。收养手续办好后，有人问起，你爸说我在乡下住了一段时间，是在乡下生的。我们不想让收养一事成为你成长的负担。"

"谢谢爸妈，我真的从来没有感觉自己是领养的。"

"我们时刻担着心，"仇英说，"如果让人知道，有些孩子可是什么事都干得出来的。你5岁那年，就有人骂过你。我们后来了解到，那孩子其实并不知道你是领养的，只是信口那么骂，但我们还是给你转了学。"

"就是说，你们从来不知道我的生身父母在哪里，是什么人，是否还活在世上？"

母亲明显地摇了摇头。

"就没有留下任何信息吗？"

"当时，"仇英说，"你的襁褓里好像有一张纸片，写着出生日期。"

"写了些什么？"何夕急切地问。

"就19921222几个数字，"母亲道，"字迹歪歪扭扭的，文化水平不高或者写得很急躁。可能就是你的出生日期。可派出所登记时，是以发现你的时间加1岁算的。"

何夕问："就是说，我现在的生日，是你发现我的那天？我的出生证明呢？上学不是需要吗？难道襁褓里没有？"

母亲摇摇头。"你上学需要的东西，都是派出所出具的，连名字都是那个所长给取的。"

何夕跌坐在另一把餐椅上。"那几个数字后面没有名字？"

父亲说："我看过那张纸条，确实没有其他的字……不过，你可以去派出所查查。"

何夕窝在椅子里，高大的椅背耸立在她头顶，看上去像是她身体上长出了一根支架。"我肯定会去的。"她说，"还有一个问题：你们从婴儿襁褓里看到过照片吗？从以往的同类事情来看，如果那串数字是出生日期，就说明婴儿是父母有意遗弃的。"

"当时警察也这么说，但那串数字说明不了问题。"母亲说。

二

"遗弃"这个字眼后来成了何夕心里一个飘忽不定的伤痕。她暗自思忖，遗弃她的人是否还健在。也许他们在外地用了另外的名字，拥有了新的子女。几乎每时每刻，她都想着那对给她生命的人。他们存在过吗？不是父母因为移情弟妹而造成的幻影吗？当然不是，太多的细节、太多的事件都向她证实。

独坐在房间里，她觉得自己在感受另一种更有刺激性和诱惑力的生活，或者在幻想那种生活。如果她不理会，那些人将永远成为陌生的面孔，她为此将感到宽慰，但也感到后悔。

刹那间，那么多面孔，那么多故事，犹如远方闪烁的星星，它们透露出那么多的秘密。一想到就此沉默，将永远成为一个谜，她便感到仿佛被人割去了体内的一个脏器，痛彻心扉。

父母帮不上她什么，就只有找执法机构。那时虽然没有闭环视频的天网，但派出所不仅抓作奸犯科者，还救助遗弃婴儿，基础工作丝毫不会比当下差劲。

既然印证了自己是被收养的遗弃者，何夕不可能整天捏着手机，等待那两个分别唱黑脸、红脸的警察打电话过来，她必须亲自去查证自己的身世。她的书桌上堆满了乱七八糟的证据、起诉书和客户申诉状，整个房间里没有一点点生活气息。她把所有这些拢在一起，转移到文件柜里，横七竖八地塞得像一个垃圾桶。

桌面干净了，她的笔记本电脑终于露了出来。插线、开机，开始干活。首先，她搜索国家失踪与拐卖妇女儿童援助中心的网站，点击打开，第一眼就看到本周宣布失踪的两名儿童的照片：一个男孩，6岁；一个女孩，才1岁半，都长得乖巧可爱。她怀疑自己那时也是被拐卖的，只是拐卖犯可能被追捕，一时带不走，便扔在花坛里。这么想，对她的生身父母来说，就洗脱了遗弃的嫌疑，对她来说，心里也好过些。

国家失踪与拐卖妇女儿童援助中心网站有内置的搜索引擎。何夕输入"女""汉洲"和"30年内失踪"等关键词，点击箭头开始搜索，然后靠到椅背上，眯起眼睛。

空气里氤氲着春雨的味道，雨声从窗外传来，敲打着她的肋骨。头顶的白炽灯光苍白而透明，像变冷的火堆上升起来的烟，在她脸上飘来飘去，仿佛在跟她做游戏。

搜索完成。电脑屏幕上滚动出现一张张稚嫩、快乐的脸蛋：校园红领巾照、家庭相册里剪出的特写……照片上的失踪者总是一脸幸福和开心，或许目的就是跟他们的遭遇对比，令人更加心痛、更惹人怜悯。页面底部显示：搜索结果17人。

何夕拿起鼠标，一个一个往下拉：张红英、刘文娟、詹妮、高迪、李琳……

她不忍心看他们的照片。即使她绝对相信养父母的话，她也总会想自己会不会曾经就是他们中的一员。但是，一个母亲怎么会忍心遗弃自己的儿女呢？一个父亲怎么会不堪到养不起亲生子女？

丁燕这个名字没有出现在名单上。她心里不太好受，但又想自己被收养前，或许是另外的名字，姓氏那么多，汉字那么多，可以随便组合。她的心紧紧地收缩着。

不知什么时候，湿漉漉的夜色里，现出一轮披着烟霭的月亮，在灰暗的夜光里，仿佛一个女人的脸庞。何夕越发觉得是有人在俯视着她，与她的生命有着很深很深的联结。那种感觉让她背后一阵阵发凉。

何夕感觉自己完全进入了一种戒备状态，跟鸡零狗碎的时光出现了背离。随后，她更注意到失踪人员的日期，没有一个是2000年以前的。尽管搜索不限制时间，但数据库可能是2000年之后建立的，缺乏以前的资料。

她想在微博上写写自己的遭遇，但那可能引发更多的问题。她更喜欢网络搜索的匿名性。至少表面上是匿名的，至于层出不穷的黑客软件，或者是舆情监测机构，或者营销大数据系统，是不是在跟踪她的每个举动，她管不着了。

她在搜索引擎里键入"民间打拐"，许多跟打拐有关的网站跳了出来。她点击一个，再点击一个，处理陈旧失踪案的页面很多，她不知道先看哪儿，因为哪一页都让她伤心。

"人贩子克星"！

"互联网+打拐"已成为当前打拐的新模式。一家2016年开发的系统上线就接到儿童失踪案3900多件，失踪儿童找回率达到98%。如此强大，可没有她要的任何信息。

这个念头让何夕打了个寒战，她一只手握紧椅背，另一只手在搜索关键词中输入：汉洲。

映入眼帘的景象让她有点眩晕：同一个女孩的三张照片，第一张是她5岁的时候，后面两张分别是年岁增长到20岁和30岁时可能的模样。她在1995年失踪，已推断为死亡。

女孩亲属报警称，她前一分钟还在院子里玩，下一分钟就不见了。一名服刑的拐卖犯供认带走并杀害了这名女孩，但是记不起在哪里杀的、尸体扔在哪里。现在公安部门和那对父母仍在疯狂地寻找女孩的遗体，就像27年前寻找女孩一样。

何夕想，这对父母看着这些随年岁增长的照片，心里会是什么感受呢？看一看他们的女儿长大后可能的样子，想想她的幸福生活，特别是设身处地地想到自己的生活，那对父母该是如何地伤心难过。

"没有任何认领的信息。"何夕想着养父母的话。不，不可能！天下没有这种父母。

要么就是父母自身遭遇了不测。

他们会是汉洲的打工者吗？他们是在28年前就已经死了吗？何夕心里又浮现出另一层恐惧。《中原刑警》上线时，每次看到血淋淋的命案，她都会感受到这种恐惧。一对蜗居出租屋为生存奔忙的夫妇，面对穷凶极恶、杀人越货的罪犯，他们能做什么来改变结果呢？导演们也许有他们的想象，但何夕一直是个现实主义者。

如果你是社会个体，没有法律保护，对方是个有预谋有组织的团伙，结果只可能是受到伤害，轻重程度只看你跟他们的利害关系。

何夕进入刑事网，输入时间、地点搜索词，点击，进入1990年至1997年搜索圈。她找到了吴晓癸拐卖妇女儿童团伙案件。

她没想到那个团伙不仅拐卖儿童，还拐卖妇女，30多个妇女！如果说一个妇女被拐卖相当于是社会的一个脓包，那么30多个妇女被拐卖无疑是一枚社会的毒瘤。她看着那些妇女的境遇，然后走进洗手间，一直吐到什么都吐不出来为止。

她回到书房，脑袋一直嗡嗡地响。她在椅子上坐了好久好久，一动都不能动。她为自己的搜索发现大惊失色，惶惑不安，并无比惊愕，不知所措，仿佛经历了一段可怕的人生。她相信任何人见证如此苦难，都不可能不心存怜悯而不露痕迹。当感觉四肢可以活动时，她换上跑鞋，下了楼，然后开始跑步。她一直跑啊跑啊，跑……

等她回到家，已经过了午夜。她想她已经平静下来了，她感到有点冷，彻骨的冷。她想收拾东西回父母家去，这房间里确实是太冷了。

但是，当她拖着行李箱来到门口，却又停住脚步，她突然觉得自己到了一个空间和时间的真空地带，失去了指导自己生活方向的轴心。

三

第二天上午，何夕来到了母亲说的那家紫梅派出所。她大学毕业前在派出所实习过，当时她感觉派出所的工作真是琐碎无聊。有太多暴躁无趣、无事生非的年轻人，也有太多能力不够、责任心不强甚至吸食毒品上瘾的父母，还有太多嗷嗷待哺却无人管理的孩子。这些事都得派出所来管，那真是太无聊了。她无数次地在脑海中想过：一对父母，如果照顾不好自己的孩子，干吗要让他们出生呢？

这个名字浪漫的派出所跟她实习的派出所一样，每个民警、辅警都忙个不停——有人被群众围着，有人在打电话，有人坐在电脑前键盘敲得噼噼啪啪。

来此之前，何夕已经做过功课。知道紫梅派出所的所长曾经在刑警队待过，跟她在一起案件的起诉中有过协作。她微笑着站在所长面前，直截了当地说明了自己的来意。

所长跟她没有私下的交往，并不了解她的家庭，但何夕的诉说打动了他。既然她袒露出自己的隐私，他没有不积极协助的道理。他说："我们刚搬了办公楼，老档案还没来得及清理，要找到它，恐怕没那么容易。"

几分钟后，何夕跟着所长进入了三楼档案室旁的一间小屋。室内就一盏昏黄的灯泡，废弃的桌椅、沙发、热水壶等杂物堆占了半壁江山，小屋最里面的角落堆着几个可移动的箱子。所长指了指，何夕明白档案就在那些箱子里。

她配合所长将堆叠的桌椅搬下来，堆在一边，几乎把门都堵住了。老档案装了十个大箱子，值得庆幸的是，箱子侧面标着年份，而且沿墙壁按年份顺序，采用两排并列、每排五个箱子堆置在一起。最新的档案箱保存的是2003年的资料，也就在那一年，公安机关开始实施无纸化电脑办公。

何夕对所长表示感谢，说："所长，谢谢你带我到这儿，下面的事让我一个人来。"

所长跟她对视了一眼，迟疑了一下，说："我帮着翻一堆吧。我也不知道是不是按时间顺序整理的，也许可以给你一些建议。"

"不用了，您去忙吧，我能行。"她的声音在屋子里显得如此清晰而坚硬，把自己也吓了一跳。

所长无声地退了出去。接下来，何夕埋首在1991年至1995年那一箱档案里。终于，她在箱子中部发现了自己的名字，她的目光沉了进去，越过纸面迅速抵达了28年前的那个清晨。冷寂的街头，有一条翡翠般的绿化带，裹茧似的自己就躺在一丛雏菊上。养母说那天有雨。她不知道自己是否淋得湿透，反正她整个的青少年时期因为那场雨变得潮湿了。

何夕抬头的时候，所长就站在身后。他是何时进来的，她一点也没有知觉。

她的脸颊变得通红，双手冰冷，抖个不停。所长碰了碰她的肩膀。她仍然没有知觉，只是将档案读出了声，僵硬而刺耳："孩子的父亲被杀，有谋杀丈夫嫌疑的母亲失踪……"

后来，所长扶住了她的肩，将她扶到一把椅子上，她才显得淡定些。

但她仍死死地抓着那个档案袋，从中抽出一张张照片来。

"这是我吗？"她看着照片上的女孩坐在过去的派出所办公室木沙发上，不大确信那是自己1岁多的样子。所长跟她差不多年纪，不过冷静得多。他说凭着小女孩的眼神能认出应该是她。但是，就她而言，一切都发生了巨大的变化。

找到27年前的档案，看着令人意想不到的资料，她内心深处波澜起伏，眼前的一切有了一种模糊的味道，显得依稀而不真实。

"这个……是我妈的照片？"何夕拿起另一张照片端详着，怎么都不能相信。

短发，鹅蛋脸，笑起来有两个小酒窝，如果不是脸颊和额头各有一道纵横的伤疤，应该挺美的。还有皮肤，薄得近乎透明，幽蓝色的毛细血管暴露在表面，那么脆弱，仿佛轻轻一戳就会破裂。手臂也有一条长长的伤疤。

那天，派出所所长显得十分共情。事后想来，何夕内心里十分感激。在她过于情绪化的时候，是他帮助她看完了那些档案。

"这是从一本案卷里复制来的照片。"所长解释说，"标注的时间显示，应该是在花坛发现你十个月之后，派出所发布的认领启事勾连上戎城的一起杀人案件。他们前往做了调查，复印了这些案卷回来。"

所长非常细心，把一沓泛黄的纸摊在何夕面前。那是一起杀人案件的主要证据材料。许盈，也就是何夕的母亲，杀人主要证据是一根棒槌，手柄上有她的指纹、血迹，槌头上有丁维杰——何夕的父亲——的血迹和毛发；案件发生在午夜的茅房里，茅房踏板上有许盈的脚印，茅房下面有丁维杰的足迹；丁维杰倒在茅房下面，当晚没有目击证人，被发现时已是第二天上午，发现他的是一个65岁的老人。

"她……她怎么就莫名其妙地把丈夫杀了呢？"何夕喃喃自语。

"哦，不能说是莫名其妙，当地警察对他俩的情况调查得比较清楚。"所长犹豫着说，"他们不是正常夫妻……嗯，他们之间出现了一些问题。"

所长停顿了一下。"真实的情况是，许盈是被拐卖过去的，日子过得并不快乐。有了一个小女孩后，钱很紧张，他们经常打架。"

所长的声音温吞吞、滑溜溜的，不知不觉地渗透到何夕的心里，造成某种类似凌迟的感觉，让她置于它的控制之下。她问："这个许盈……我母亲也是被拐卖的？"

"嗯，案卷里没有她被拐卖的直接证据，是村民在询问材料里说的。也有人说，他们夫妻开始感情还可以，丁维杰并不像其他男人那样把许盈囚禁起来，有时还把她一个人留在家里，许盈还可以一个人上街去。"

"她怎么就不逃跑，却去杀人呢？"何夕依然喃喃自语。

所长帮她翻看着案卷。"因为警方没有抓到她，具体情况并不清楚。但他们吵架的事，接受询问的村民确有反映过。他们甚至有过几次大吵大闹，丁维杰还动手打了许盈，连村主任都出面做过调解，但没有解决问题。"

何夕还是不能相信，但情绪稳定了些。所长窥见了她最隐秘的一面，却那么耐心地帮她，让她几乎将他当作了亲人。"这些案卷会不会是假的？"

所长摇摇头，拿起一份粘贴着照片的案卷副本："你看看这个。"

照片上是一家三口：许盈、丁维杰，还有个看上去不足1岁的小女孩。那女孩跟何夕的养母在花坛里捡到的女孩——和在这家派出所拍的照片一模一样——是一个人。

所长安抚般地叹了口气，说："不管怎样，丁维杰和许盈是28年前派出所发出认领公告的那个女孩的生身父母。这一点，不容置疑。"

何夕的心里被割开了无数条口子，口中依旧喃喃地重复道："她怎么就不逃跑，却去杀人呢？"

"她逃了，还带走了自己的女儿。"所长说，"案卷显示，警察赶到时，许盈和女儿都不见了。村里人反映，前一天晚上，她们都还在家里。当地警方跟我们派出所联系上后，还发布了对许盈的通缉令，但一直找不到人，因此，就将小女孩留在了这里。"

"什么叫把我留在了这里？"

"卷宗有记载，说何旭升家当时已经收留了你，带出了感情，因为丁维杰没有其他家庭成员，所以……"

"等等，他们没有其他家庭成员？是怎么回事？"

"……唉，许盈是被拐卖过去的，当地无人知道她来自哪里，而她自己从来没有跟人谈起。收买许盈的是丁维杰的父母，丁维杰开始似乎并不知情，几个月后，也就是在丁维杰正式接纳许盈后，他的父母却在一场车祸中丧生。因此，在那个村里就他们两人。而丁维杰的其他旁系亲属，没人愿意领养你。"

何夕逃也似的离开了派出所。她意识到，自己同别人一样脆弱，一时难以接受。没有什么使她真正区别于穿行在街头的人。但是，究竟是什么样的天谴，使她从花一样的幸福突然深陷泥沼般的痛苦中呢？她需要事物的确定性，需要回到日复一日的心安理得的生活之中，这得依赖于她的专业和执着，或者不甘平庸。是的，她不能怠惰，不能放弃。

第四章

一

老舒是掐着点儿走进专案会议室的。专案组的老成员们难得有时间不用伏案工作，三三两两地凑在一起说着什么，以缓解高度紧张状态下的疲惫不堪。他看到年轻的专案组组长郑航已经坐在圆桌的中线位置上，清点人数。老舒悄悄地坐进角落里时，郑航朝他深深地看了一眼，会场里一下子安静得出奇。老舒低垂着头，感觉自己像一只独自吊在秋千架上的猴子。

老舒对自己在大案队的人气不抱幻想。他是反扒大队的老人，最近该大队撤销，能分配到郑航手下，是因为二十几年来积累的几十枚奖章为他加了分，此外他没有任何技侦方面的优势——现在可是信息时代。

很多人都知道，老舒喜欢喝酒，可如今出台了"最严禁酒令"，正在抓典型，督察的目光盯紧了老舒。曾经让老舒左右逢源的爱好，竟然把他放逐成了局外人。

二

　　室内又响起低沉的交谈声，郑航没有制止，专心地喝起了茶。老舒觉得郑航有一股读书人的味道，这与他听说的郑航形象不太一致，传说中的郑航聪明干练，办事雷厉风行，像豹子一样机警、敏锐。他喜欢读书人的味道，但害怕郑航像读书人一样夸夸其谈，只会说些鼓舞士气的话。

　　"好了，各位。"老舒听到郑航说，"距离发现被拐卖女，"郑航瞄了瞄手表，"已经过去了45小时17分钟，但我们获得的线索非常有限，首先——"

　　郑航说到这里，目光扫视着全场。老舒缩了缩头，想躲到别人背后，不想郑航目光一扫，直接盯在他的身上。他不得不弹簧一样挺起身子，下意识地正了正衣领，紧接着内心里又为自己仿佛见大领导似的紧张而感到羞愧。

　　郑航接着说："我给大家介绍一位新加入我们的同志——老舒，原反扒大队的老牌侦查员。虽然这是他第一次参加专案会议，但我相信，他丰富的办案经验肯定能对我们有所启迪。老舒，你来说两句吧？"

　　老舒没想到郑航如此单刀直入，窗前飘荡的破絮般的阳光灿烂起来。他说："郑队长过奖了，其实我前期没做什么，也没什么主意，我先说说我了解的情况，就当抛砖引玉。"

　　反扒大队撤销后，老舒像一只迷失方向的蝴蝶。他觉得自己必须做些什么，因为他对侦查工作还充满了胆气和豪情，凭空出现的"地窖女"让他看到了机会。

　　20多年的基层侦查工作经验高速运作起来。他梳理了全国自1988年至1997年的女性失踪案件，了解到1988年至1992年25岁以下没有结案的失踪女性有8个，1993年到1997年有6人。如果算上期间结案但未查实或无人报失踪的，超过20人。这个数字并不大，难就难在结案未查实、失踪未报警的。这10年间，没有执法办案系统，没有信息化，他的梳理工作全靠跟全国各地基层所队的人脉和关系。他获取了一些受害者的资料，但缺乏DNA等关键证据，即使有同类对象也不知道是否能找对目标。

这确实是一个难题。风将暗紫色的窗帘吹起来，会议室里一阵沉默，然后郑航说："但这是一个很好的思路。刚才，关欣拿来了一份DNA鉴定报告，证实解救的女人跟我们找到的关系人何夕没有血缘关系，就是说她们不是母女，或者说那个女人不是许盈，何夕跟这起案子根本就没有关系。你们说，何夕这条线还要不要查下去？"

老舒笑了，说："不论有没有关系，何夕这条线值得深查。"

郑航没有说话，望着窗玻璃上半明半暗的光线。

老舒接着说："还有吴晓癸团伙案，值得大家关注。一是他的团伙成员，据我所知，应该还有在世的，必须进一步调查；二是那些被拐卖女，除了路线图上的，吴晓癸团伙成员没有供述的应该还有不少。"

他变魔术般地拿出厚厚的一摞资料，请身旁的同志传递给郑航。

"这是我昨晚胡乱收集的一些情况，"他说，"我没汇报清楚的，也都在这里。"

"这么多啊！"有人惊叹。

老舒循声看过去，发现是坐在郑航旁边的年轻人。年轻人看起来挺机灵，身材精瘦，脸、下巴、脖子上有着明显的肌肉线条，说明经过艰苦的训练。头发相当浓密，发型很怪异，两道粗大的眉毛预示着他体毛旺盛。此时，他下巴向前凸出，嘴巴张开呈O形，捧着老舒的资料袋，像在看一本鬼怪故事集。

郑航拿过资料袋，说："刘畅，以后你就跟着老舒，好好跟着师傅学习学习。"

"Yes，Sir！"刘畅顽皮地应道，站起身向老舒鞠了个躬。"师傅好！"

老舒瞥了他一眼，说："不敢当。不过，如果郑队长这么安排，我们就互相学习吧。"

"老舒给你机会了啊。"关欣把额前的刘海拨到一旁，盯着刘畅说，"不过，我看，你刚才的鞠躬还不够诚意。"

众人发出一阵疲惫的笑声。

老舒仔细端详关欣片刻，感觉这个刑事鉴定中心副主任如此说话，可能跟刘畅的关系不一般。他对关欣了解不多，以前送反扒类的鉴定样本去刑事鉴定中心，她看上去还是个害羞内向的年轻女子，对他们的反扒案件也不太重视。从内心里讲，他并未在她身上看见明显的鉴识才能。

他看着远处的关欣，笑了一下，说："关主任跟天鉴律所的何夕律师谈过，不知有什么感触？今天上午我在紫梅派出所碰到她了，当然，她没认出我。"

关欣有些惊讶。"她去了紫梅派出所？她去那里干什么？"

刘畅说："她一定是去派出所查自己的户籍了。如果是查线索，工作量可有点大，全国有近五万个派出所，我市就有一百多个，失踪案件几乎每个派出所都有，有的甚至达几十个同类案例。而且是近30年前的，别说要走多少路，就是翻阅纸质档案，那也是几百万份，我估计这辈子都翻不过来。"

老舒说："调查有调查的规矩和方法，要将失踪妇女的信息、相关派出所情况做分类处理；如果单个处理的话，不仅费时费力，也看不出分类才能看到的隐含信息。另外，也不用每个地方都跑。只是，何夕不跟我们打招呼就到处跑，会不会影响我们的调查？"

关欣白了刘畅一眼，心里暗骂他死脑筋。"好好听师傅教你，知道吗？难怪这么长时间没长进。"

郑航摆摆手，让关欣别说了。

还未报到，老舒就进行了这么多调查，实属不易。请调之前，有人说这个老警察几乎一辈子跟三教九流打交道，可以从可怕的犯罪案件甲通过似乎没有关联的证据乙直接找到邪恶的罪犯丙；也有人说禁酒令束缚了他的手脚，让他的耿耿忠心里不免夹杂了一股怨气，恐怕不会太出力。因此，能否真正让郑航感到惊喜，还需要时间来过滤。

三

翻滚的日影转得很快，光线从会议室西角落到会议桌面上时，专案会终于散了。老舒没有想到，仅仅见一次面，他就从内心里认可了郑航。这个年轻的队长，没有一句空话、官话，说话有条有理，思路清晰，丝毫不拖泥带水……

郑航安排老舒负责失踪妇女信息的调查分析，还分管"荆钗"热线和舆情处理。

"荆钗"热线自设立以来，电话一天比一天多，平均几分钟就有一个电话打进来，还不算网站上的评论和留言，收集的信息只能用海量来形容。

这份工作还安排了三个女警，她们主要负责分类、研判，接听电话的工作由指挥中心的接警员承担。不过，最浪费精力的，还是排除干扰电话——更多的是打听、追问案件详情的人，老舒怀疑大部分来自媒体，或者自媒体的好事者。这没关系，他指示女警直接将他们从名单上删掉。所以，电话很多，但进展还算顺利。

老舒从海量的电话里梳理出一条线索，向郑航做了汇报。

那是一个自称20世纪90年代中期在汉洲监狱坐过牢的人打来的电话，那人说同监房的一个狱友是汉洲一个非常有钱的老板的兄弟，每天沉默寡言，从不跟人交流。有传言说，这个狱友是代人受罪，坐几年牢出去可以获得一大笔钱。这个狱友叫贾礼，犯的就是拐卖妇女儿童罪，是一个团伙的喽啰之一，判刑不重；传言还说团伙里还有许多罪行没有深挖，如果全挖出来，让他顶罪的人就是死刑。

老舒已经联系了监狱和当时的看守，应该很快就能找到打电话的人。

不过，老舒同时表示，这起拐卖妇女案就像无名尸案一样，需要很多同类案件及有相似性的拐卖妇女家庭的扩展资料，还要展开更大范围的调查，还有更长的名单要追查。

郑航扬了扬眉毛。"比我预想的要好，"他说，"至少给了我们一条线索，还有一个人名，让我们可以有的放矢。"

"是的，"老舒干巴巴地回答，"我还是那句话，夜色漫长。还有的等呢。"

郑航说："面上展不开，就以点带面。"

这时，刘畅举了举手，像一棵从浮土里拱出来的青草，说："我有一个路子，可以了解到更多关于吴晓癸案的信息。"

"说说看。"郑航点点头。

刘畅说："我申请明天去戎城，跟我妹妹的同学罗玉能见个面，他是市中级人民法院的档案管理员，他父亲是老法官。我想，吴晓癸案是戎城审判的，当时是什么情形，有什么遗漏，法官和办案警察是怎么考虑的，即使他没有参与，应该也知道些什么。"

"这个主意太好了，刘畅。"

一个法院档案管理员确实可以提供很多便利，何况还有一位老法官父亲。

郑航立即同意了，他说："我马上给你开介绍信。你说的那个罗玉能我认识，是政法大学毕业的，前两年好像出了点小事，离开了书记员岗位。你明天跟他面谈后，最好形成一份书面材料，提交到专案组。特别是他父亲的想法，你一定要问详细点，说不定能给我们提供些不一样的东西。"

会议到这里就结束了，老舒看着郑航把相关资料收拢来，整成一摞，放进文件盒里。

"好了，各位。目前，我们只能像机关枪扫射似的开展调查，把子弹铺天盖地地撒出去，希望我们可以打中点什么。我知道这很累人、很麻烦、很痛苦，但这就是我们的工作。"

郑航看了下手表。"还有48小时，肖局长要召开新闻发布会。倒计时开始，去找点有用的东西，后天中午12点前准时回来报告。谁第一个给领导一些在新闻发布会上可以用的东西，谁就可以休息一晚。"他仍坐在椅子上，声音变得有些沙哑。

"我们都看到过那个'地窖女'，"他接着说，"肯定不止她一个，可能还有成百上千个像她一样的女人，背后有成百上千个被罪恶毁灭的家庭……"郑航好像在说自己的母亲、自己的家庭，声音哽咽了。会议桌周围的同志们也都很不自在地低下头，将目光盯向手里的材料。老舒看过很多不堪的场面，但是那些涉及妇女孩子的案件总是最能触动每个参战侦查员的神经。

他听见郑航清了清喉咙，非常动情地说："我想让她们回家……"

"我想送她们回家，让她们过上正常的生活。时间太久了，20多年住在地窖里……作为警察，是我们的失职。我知道大家都很累，每个人压力都很大，但是我们必须向前进，我们要完成这个任务，我们要追踪到那个遭天杀的，要让这些妇女回到属于她们自己的家。无论多苦多难，我们都要去做。这就是我现在最想做的。"

老舒心里一热，就那么久久地静默着。他突然觉得自己的花白头发一根根竖了起来。

第五章

一

这是一个浪漫的夜晚，何夕和苏越手牵手进了三叶草清吧。门外，昭阳大道充满了狂热和成功者的炫亮荣光；门里，穿着讲究、时髦无比的客人们络绎不绝，所有的餐台都坐满了顾客，还有一群人聚在前台旁，等待着呼号入席。

何夕和苏越是这儿的老主顾，清吧服务员认识他们。不到五分钟，就神奇地为他俩找了两个"预订好"的座位——一个小卡席，相对而坐，就在吧台的右端。

苏越给何夕叫了一杯莫吉托，而他依旧喝大都会。两人干完一杯之后，何夕也换成了大都会。今天，她有一醉方休的想法。

这几天，何夕频繁地往公安局、派出所里跑，律所里找不到人，打电话不接。于是，苏越就在律所门口等着，直到夜色降临，终于看到何夕孑然的身影。他越看越不对劲，又不明就里，便生拉硬拽将她带到这个清吧里。

喝了两杯酒后，何夕哭了，心里话像这个初春绵延数日的雨水似的倾泻出来。苏越丝毫没有感到愕然。他轻轻地拍着半躺在怀里的何夕，说："好，好，哭出来就好了。"

清吧里灯光迷蒙，四处弥漫着玫瑰色的雾气，一个卡席仿佛是一个独立的梦境。苏越一边听着何夕述说，一边帮她分析。

事情发生在二十七八年前。算起来，她的生身母亲现在已经步入中年，至少45岁，也许50岁往上。她会在哪儿？又被拐卖了吗？拐卖她的人还在吗？这一切都是接下来要解决的问题。还有，这么多年过去，如果拐卖犯持续作案，可能待在监狱里；如果他懂得审时度势，也可能已经改名换姓，洗手不干了，甚至功成名就，这都是他们要考虑的问题。

何夕坚信生母是被拐卖的，苏越就从拐卖的角度给她分析；何夕认为生母将她扔在花坛里，之前一定发生了不同寻常的事情，苏越就说她生母当时可能正遭遇不测，无暇顾及她，希望她遇到好心人。

还有，何夕坚信生父不一定是生母杀的，凶手另有其人，而生母只是被嫁祸的。凶手在杀害生父后，一定挟持了她和母亲，然后逃到了汉洲。凶手需要的只是她的生母，认为她是个累赘，扔下她，他们才能顺利逃走。

苏越提醒她，这么说虽然有一定道理，但可能让人误会生母跟凶手是一伙的。

何夕的苦恼全写在脸上。她又提出一种可能：生母跟凶手是亲戚？

她认为两个人协同杀人的可能比较大。生父母两人经常吵架，生父有虐待她的倾向，案卷里有多个证人这么说。但这又怎么可能呢？生母虽然是被拐卖的，但她的亲人从没找过她，她有条件逃跑，却没有逃走，怎么会莫名地出现一个同伙呢？这就是问题的症结所在，而案卷里自始至终没有提到另一个人参与。

她又反过来说，如果男人偷袭上厕所的女人，男人应该是有备而来才对，被打当然会躲避、会反击。但案卷里丝毫没提到反击、躲避，每一棒都落在脑壳上。这不正常！要么那男人是有意挨打，要么他被人抓住，被动挨打。即便有意挨打，那也应该存在下意识的躲避行为。这就说明，必定有另一个人参与。

苏越认为何夕分析得非常对。而且那人可能就是原来拐卖她生母的人。因为如果是何夕前面讲到的所谓亲戚，或者她生母真正的同伙，她生母没必要杀人，事前逃走，有的是机会。搞"仙人跳"的拐卖者，是从来不杀人的。

自始至终，苏越说话的语气，像她最亲的亲人一样，每一句话都说到了她心坎上。何夕越是分析，越是感觉生身父母的这起案件存在着猫腻。她想起案卷中知情人的询问材料，都说到生父的人品，几乎所有人都认可他的品质，说生父对生母管得确实很松，几乎不限制她的自由。其中有一个人说生父曾劝生母离开，投奔自己的亲人，他甚至表示可以送她过去。

不过，所有材料都没有说到生母不离开的原因。也许她确实没有其他亲人，无处可去，也许她受到坏人的监视，不敢离开。

那就只有一种可能，是另外的人杀了她生父。他听到了什么风声，感到她生母和生父的存在威胁到了他的安全。

这个想法将何夕自己都吓了一跳。

她将自己深深地埋在椅子里，很长一段时间一句话也没说。她梳理着刚才跟苏越的对话。她一直在说着"父亲""母亲"和"我"，虽然整个案情都是推测，他们所有的分析都只是推测而已，但她内心里对"许盈""丁维杰"的抵触已经没有了。她认定了随同许盈一起失踪的那个女孩就是她。她觉得当年紫梅派出所虽然没有找到她生身父母，但工作还是扎实的，有事实依据。

这个晚上，何夕真的喝醉了。她在谈论自己的身世，却似乎将自己代入了历年所有的妇女儿童拐卖案件里；她在探讨生身父母的案件真相，却似乎带着挽救所有受害者的复仇之心。她想将自己的身世调查清楚，却又一直在羞愧中纠结、犹疑，怕伤害养父母的感情——或许他们嘴上说全力支持，但心里不一定愿意，只是面对现实只能打落牙往肚里吞。她理解，但她不知该拿什么补偿他们。

在这种无法调和的矛盾里，苏越像一个蹩脚演员，无法细腻地表演，说了一些违心的虚假的话，却又逃不过何夕精明的眼睛。他的意思是让何夕知难而退，这些疑问可以交给警察，但何夕的思路显然跟他不在一条道上。于是，两人不欢而散。不过，何夕上楼时还是让他在脸上得体地吻了一下，便独自回了自己的公寓。

她第一时间进入书房，想再看看复印回来的案卷。然后，她有一种意犹未尽的感觉，想再喝杯红酒。后来，她自己也不知道喝了多少杯，等到酒杯空了，她挥挥酒瓶，发现新开的酒看起来所剩不多了，才意识到今晚不能再干诸如案情分析之类的活了。事已至此，她又倒了一杯，直至委顿在地上……

二

何夕走进了黑夜，看到茅屋、灌木丛。野地里风有些大，她看见一个女人在坡地里走着，头发被风吹乱，胸口不知蹭在哪里脏了一块，这让那女人带着一点人间的烟火气，但丝毫没有减损她的高贵，以至于虽然四野荒芜，她却总觉得那女人漫步在城市的街头。那种赏心的感觉让她想起自己被关欣和刘畅询问之前的生活，一股强烈的自由感涌上心头。

突然之间，何夕成了躺在灌木丛里的婴儿，就那样仰面直视着女人。女人眼里带着恐惧的阴影，她的美丽和那种恐惧相互依存。就在她俯身来抱何夕的时候，一个巨大的黑影笼罩过来，步步进逼。女人毫无知感，依然俯下身来。何夕想提醒她。

但她发不出声音，直瞪瞪地看着女人和那个黑影，然后就什么都看不见了，接着听到一声让人窒息的呼喊。女人一定是被黑影拖走了，然后发生了争斗，像是被扼住脖子后无奈呼救的声音。她依然躺在地上，却无法抬头看女人在哪里。她终于喊出了声音："妈妈！妈妈！"女人没有回应。恐慌之下，她决定爬起来，去寻找母亲，可不知怎么回事，她所处的位置不一样了，像是挂在荆棘上，浑身被缠住了。

她挣扎着，可荆棘像活了似的紧紧地缠住她，让她无法脱身。因此，她往荆棘下面缩，从枝干下面探出身去，从缝隙里溜出来，身上依然缠满了荆棘。她滚到茅房下的灌木丛里，此时四野寂静，黑影不见了，女人也不见踪影。

她感到有液体滴在脸上，又浓又黏，还热乎乎的。她抹了一把，但越抹越多，然后，她滚开去，看到一双死鱼般的眼睛，那不是黑影的眼睛。她挣扎着站起来，终于看到了女人，透过微弱的星光，她看到女人浑身是血，被黑影捆绑着，嘴里发出无声的呜咽，她……

何夕在地上翻了个滚，猛地跳起来，失声喊道："妈妈——"

她大口地喘着气，双手掩面。

在一片漆黑之中，她小心地伸出手去，生怕抓到荆棘，却打翻了书桌上的灯。眼前一片雪亮，她把抓紧灯具的手收回来，尽力让自己平静。她认出这儿就是自己的家，但一时半会儿想不起自己是怎么躺下的。地上散落着笔、文件夹和案卷纸。墙上的电子钟显示时间是凌晨2点52分。她深吸了几口气，扫视着书房的各个角落，直到让自己感觉对环境熟悉起来，感觉没有受到威胁为止。

"天啊！"她喃喃地说道。

她闭上眼睛，让自己变得坚强起来，尽力重现梦中出现的景象。

已分不清是婴儿的视角，还是她自己亲眼看见的，那个女人在野地里走，茅房是莫名出现的，黑影也是突然出现的，主要的一幕就是黑夜里女人被人捆绑着，奋力挣扎。

血，谁流出的血？一个陌生的面孔。

就婴儿的年纪来说，那不可能是记忆。那只是一个梦。何夕慢慢地从地上站起来。她需要喝点水，床头柜里有瓶治头痛的药。她想走过去，但还没站稳，一个念头就以巨大的力量击中了她。她不可能记得当时的情景，一切都只是案卷赋予她的想象力。

三

何夕在窗前站了很久，缠绵多日的雨终于停了，深沉的天幕上竟然露出几颗星星，给她寂冷的心平添了些许暖意。

这个周末，她又回了神滩的家。她比平常回去得更早，始终跟养父母待在一起，寸步未离。养父母坦然地谈起她的身世，对她受到的伤害感到自责，把一切归于他们自己的错误。当她要重申跟他们的感情时，他们毫不介意地安慰她：什么都不会被影响的，从花坛里抱起她的那一刻，他们之间就滋生了父母与女儿的感情，任何事都无法改变的。

但她明白，她已经被带到另一种生活里，任何口头的承诺都是枉费心机，她只能竭尽全力使自己在这个家里的生活比以前更平稳，更和谐。她和他们都没有什么过错。有过错的，是她以前从不相信的命运。这是命中注定的，怎么挣扎也无济于事。

她做出一个决定：专业的事要让专业的人去做。这事是郑航先惊扰她的，她没必要遮遮掩掩。当然，这也是熟悉警察套路的好处。既然养父母全力支持，要想尽快水落石出，作为当事人，该找警察的时候，还是找警察更方便些。

郑航仿佛一直在等着她电话似的，两人一拍即合，在派出所拿到案卷，就直奔目的地。

那个小山村叫马塘，属于戎城市管辖，距离戎城市区100多公里，高速公路在村口有个互通口，带动了山村的经济，在外面打工的村民有不少回原籍兴办了实体，村里的人气比20多年前更加浓郁。

在中年村主任的大客厅里，何夕拿出自己一家三口的照片，照片中的她还是个婴儿，一个满地爬的女孩，照片上的夫妻看起来都那么年轻，那么单纯，那么快乐。何夕对此没有任何记忆，但照片上的女孩跟养母捡到的女孩、跟现在的她都经过了人像技术比对，是同一个人。

村主任看着他们，露出惊讶的表情，随即从内室拿出一沓照片。"那是维杰一家三口，我认识的。"他说，"我跟维杰还是同学呢。"

他将照片递过来。何夕一张张地翻看，有那么一会儿，照片中的人触动了她，让她不住地眨着眼睛，忍住眼泪。"看起来，他好像有残疾。"

"是的，维杰小时候得过小儿麻痹症，右腿有点儿瘸，不然丁叔也不会给他买媳妇。不过，维杰很聪明，也很勤奋，经营好生活没有问题。而且他为人善良，有主见，起初对买来的姑娘很反感……"

村主任看了一眼照片，接着说："你就是那个小女孩吧，眼神看得出来。"

"可我没有丝毫记忆了，我记不起他们。"何夕看着照片上的女人正抱着小时候的自己。她不太确信村主任说靠母亲的眼神就能认出自己，但是，就她的观察，她的模样确实留着照片上许盈的影子。

照片上的丁维杰下巴有些黑，显然是刮过胡子，正得意地咧嘴笑。他穿着一件白色文化衫，一手插在口袋里，一手抚摸着小女孩的头，身体倾斜，靠在许盈的身上。一家三口幸福美满的样子。"他们根本不像拐卖夫妻，"何夕问，"这是怎么回事？"

"他们俩其实人都挺好的。"村主任说，"年轻人嘛，一来二往，感情就好了，何况许盈也没地方可去。"

"她没地方可去？她的老家，家人呢？"

"她……唉，我也只是粗略地了解。老家在哪里不太清楚，只听说她十几岁就离家出走了，跟父母不和，还断绝了关系，她不喜欢谈起这事。不对，不是不喜欢谈起，而是不愿意谈起。不管什么缘故吧，反正挺苦的，她很安心当时的生活。"

何夕把照片收起来。"听起来，你跟他们交往挺多，关系挺好的。"

村主任笑了，露出一副怀念的神情。"那时待在村里的年轻人很少，我大部分时间也在外面打工，父亲突然生病，需要照顾我才回来。我们经常照面，他们的婚礼还是我主持的呢。那几乎是村里最简单的婚礼了，维杰没有其他亲戚，就他跟父母三个人，再加上村里的几个长辈。我骑车到镇里买回红喜字，砍了几斤肉，一应的事都是我张罗着做的。"

"许盈……我妈在村里待了多长时间？"

"两年多吧。"村主任回忆道，"她的日子过得也挺难，维杰残疾，做不了多少事。父母为了让他们过得好点，除了农活，还到处打工。他们就是在一次打工回家的途中出事的……车祸，听说车主方赔了点钱。维杰也真是命苦。"

郑航问："丁维杰父母出事，跟他出事隔多长时间？"

"应该只有几个月。"村主任说，"他父母出事我回来帮过忙。他家几代单传，没其他旁系亲属，村里的人又都在外面打工。"他犹豫了一下："生活并不总是一帆风顺的，有了女儿后，他们之间可能出现了一些问题。"

村主任又停顿了一下。"我对他俩的情况了解得比较清楚，日子过得并不和乐，也许是为了钱。许盈在家带着女儿，维杰买了辆残疾车……"

何夕插了一句："总比以前要好些了。"

"唉，这山望着那山高，人心还要比海深。维杰打零工挣不了几个钱，许盈认为三个人需要更多的钱，就逼着维杰交出父母的赔偿金。维杰或许另有想法，两人时不时为这事吵架，而且越吵越凶，几乎不可开交。"

"那也不能到水火不容的地步呀。"

村主任最终和盘托出。"维杰可能没有跟我说出全部内情。他向我借过钱，还向其他人借过，我问他钱哪里去了，不是刚拿到事故赔偿金吗，他不说。后来就听说他们夫妻吵架，有过几次大吵大闹，甚至动起了手，连我父亲都叫去了。那时，我父亲是村主任。"

"我在案卷中读过他俩打架的事，都是村里的好心人提供的旁证材料。"

村主任点点头。"是这么回事，里面有我的，也有我爸的。但他们怎么吵到那个地步，真不可思议。"他叹了口气。"不管怎样，为他们的事，我爸操了不少心，帮维杰找了好几份事，为村里新修的学校看守材料，看守水库养鱼。许盈也开始出来做事，除了带孩子……她的裁缝手艺不错。"

村主任的语调低沉下来。"我们都以为他俩能渡过难关，本质上，两个人都是好人，只是年轻了一点，穷了一点，那时谁能看透世事呢？他们是爱着对方的，我知道这一点，任何人来问我，我都会说到这一点。在某种程度上，他们的爱胜过任何人。如果不是另外一个女人来找她的话……"

"你是说，有人来找过许盈？"郑航抢着问。

"是的，那人也是被拐卖过来的，就在曾家村，距这儿七八公里。"

何夕追着问："那人还在吗？夫家叫什么名字？"

"叫曾小强，前几天我还见过他。只是那女人早就跑了，也没留下一男半女。"

四

在曾家村，郑航看到了曾小强其乐融融的一家人，朴实无华的妻子、单纯可爱的儿女。于是，他一直等曾妻带着一双儿女出了门，才像亲戚串门似的递上自己的警官证。

曾小强依旧对当年收买拐卖女的事情讳莫如深。他望着妻儿远去的背影，梗着脖子说："我不知道你在说什么，你们找错人了。"

何夕直直地盯着他，等那一大两小三个背影完全消失后，才凝神静气地说："我是丁维杰和许盈的女儿。"

曾小强以为自己听错了，他揉了一把耳朵，说："你再说一遍。"

何夕将那张一家三口的老照片递过去。曾小强越看越震惊，又反复翻看了郑航的证件，才说："是有那么个女人，我宁愿从来没有见过她。"

何夕感到自己的推测得到了印证，对案卷里始终没有提到这个人感到诧异。她甚至觉得，这个让曾小强恐惧的女人是一个躲藏在人间角落里的鬼魅。她急切地问："你了解她吗？她是一个什么样的女人？"

"我太了解她了，简直到了害怕了解她的地步。"

"怎么会害怕了解她呢？她跟你生活了多长时间？"

曾小强想了片刻。"半年多吧。她给我一种毛骨悚然的感觉，当面一套背后一套，还跟不三不四的人混在一起，就像那些搞仙人跳的。丁维杰我很熟悉，许盈我也见过很多次，不过，她跟你妈妈完全不是一路人。"

"她有那么可怕吗？"

"她做的事桩桩件件都让人觉得可怕。在人前她是我老婆，背着人不准我挨近，还处处压榨我，她随时做着提包走人的准备。"

"逃跑？"

曾小强摇摇头。"跑就跑吧，反正当初我也没花多少钱，看起来像逃难过来的。但进门后，她行为举止很不对劲，说话很不对劲，奇奇怪怪的。"

"你见过她那些不三不四的朋友吗？或者他们有没有留下什么东西？"

"当然见过，不然怎么知道？至于东西，倒是没留下什么。"

"她交往的是些什么人呢？"

"不知道。只是听口音，应该是外地的吧。"他停了一下，"有一个男的出现次数多，我怀疑他们有私情，还偷偷跟踪过他们。"

"男的？长什么样？"

"模样儿挺端正，很强壮，手臂孔武有力，像个干重活的。"

"能给我们描绘一下他的长相吗？"

曾小强哑了一下，说不清楚。

"不过，"他脸上突然浮现起神采。"你等一下，我好像有他的照片。跟踪的时候，我留了个心眼，借了朋友的相机。照片应该还在箱子里。"

没一会儿，郑航看到曾小强拿着几张发黄的照片走出来，并把照片递给了何夕。何夕先用手机逐一拍照留存，然后一张张地看。有那对男女各自的单人照，也有他们的合影，但看得出来，都是偷拍的。那个男人30来岁，长得挺俊，但眼光凶狠，在跟那个女人说话时，两眼瞪得圆圆的，带着威胁的意味。

"我们可以带走吗？这些照片。"何夕征求他的意见。

"你选几张吧。我也想留着，这是我一辈子的仇恨，我不想忘记。她没有杀我，是我机警……"

临走时，郑航看向他，问："关于那起杀人案，你听说过什么吗？"

"真难以想象。如果我霸王硬上弓，胡珍珠肯定会杀了我。"胡珍珠是那个女人的名字。"但许盈……"曾小强说，"但许盈杀了维杰，真让人想不到。她是那么温柔的一个女人，而且两人生活得挺好的。"

"我也不相信，所以我想知道原因。"

"当时村里很多人都疑惑许盈怎么会杀人。当然，我们都不清楚他们之间发生了什么事，但维杰知书达理，与人为善，从不尖刻暴虐；许盈看起来温柔贤淑。在我看来，他俩表现得也很恩爱。不过，有人说他们吵过架，两人在屋子里大喊大叫，也有人说两人还动了手，看到维杰冲出门，沮丧万分、愤怒不已……"

五

村主任非常客气，郑航和何夕回过头跟他告别时，客厅里已摆上热腾腾的饭菜。郑航没有过多推却。乡亲的热情，对饱受心灵煎熬的何夕是一个慰藉，她开始自我修复起来。

"我听许盈叫她小薇，"村主任边吃边聊，"当时派出所也注意到了她，只是在找人时却消失了，据说是几天前跑了的，还有邻居说她自称叫刘薇。"

"派出所找曾小强印证过吗？她到底叫胡珍珠，还是刘薇？"

"这要问派出所当时办案的人。你们怀疑刘薇是杀维杰的同伙吗？"

"不好说。我只想搞清事情的来龙去脉。现在至少知道，乡里有很多人不相信我母亲是杀人犯，包括你和曾小强。如果我们是对的，这意味着其中有冤情，如果可以的话，我要找到凶手，找到我母亲。"

"我对刘薇这个人印象不太好。"

"你看到她跟男人来找过我母亲吗？"何夕似乎已经习惯了叫许盈母亲，或者是为了更进一步博得村主任的同情。

"没见过。只听说她来串过门，也许还有其他情况。"村主任耸耸肩。

"你听其他人谈起过刘薇吗？有些什么说法？"

"有人说几次见到她和你母亲在一起。但时间久了，谁说的已经没有印象了。"村主任轻轻叹了口气，"有人猜测，她可能是你父母不和的主要原因。"

"为什么这样说？"何夕抓住每一个字眼寻根问底。

村主任看着天花板。"有人说刘薇是个好攀比的女人，每次出现都打扮得花枝招展的。你知道，当时刚改革开放，很多人把新奇当时尚。"

"那我母亲呢，也跟她攀比？"

"不清楚。她俩一定有某种渊源，你母亲跟她很要好，她来找你母亲，你母亲每次都接出好远。不管怎样，你父亲不喜欢刘薇，担心她对你和你母亲产生不良影响，或许还有其他原因。"村主任放下筷子，"每次我跟你父亲在一起，总能听到她的名字。这也是我对她的名字比我对她本人印象更深的原因。"

"你知道她是在我父母出事前多久跑的吗？"

"不知道，当时没太关心。"

何夕叹了口气，放下了碗筷，准备送去厨房。村主任妻子连忙接着，不让她起身。

"你知道，小何。"村主任说，"她们都是外地人，关系不一般可以理解，她们可能秉性并不相同，可能在其他任何时候都不会成为朋友，但当她们面对相同境遇时，举目无亲，甚至没有一个可以交流说话的人时，就会不断联系。"

"我父母因钱的事吵架，我父亲有没有跟你说起，这与刘薇有多大关系？"

"这个倒没听说，也许她对你母亲会有所影响，但你父亲倒没跟我说过。"

何夕呼出一口沮丧之气。"刘薇、胡珍珠，哪个是真实姓名呢？我妈叫她小薇，或许她以前跟我妈认识时用的是这个名字。逃走后，说不定又会用其他姓名。"

村主任摊开手掌，无可奈何地摇摇头。"我真希望能帮上你，"他说道，"可我一无所知，也不知道你能从哪儿找到她。"

六

说话间，天就黑了，像是不耐烦地落下大幕，急着结束一场已成定局的戏。但何夕不会就这么放手，她钻进郑航的汽车，两人直奔镇上的派出所。

郑航说："多少往事浮现心头？"

"不是，应该说没有记忆，我对这个地方毫无印象。这个村落跟当年案卷里的描绘也截然不同。梦里出现的东西，可能只是凭着案卷的想象。但每次惊醒，都大汗淋漓，不知身在何处，实在是……有点焦虑，或者非常害怕。"

郑航望着何夕，两人相识这么多年，他自信很了解她。他说："你不是胆小怕事的人，怎么会这样？"

"是啊，也许我一辈子太顺利，无法接受这样的剧变。最近老是做同一个梦，梦见母亲被捆绑，被虐待，发出无声的嘶吼，而我却无能为力……"何夕弱弱地呼着气，"从没梦见过父亲，只有一个黑影，恶魔般的黑影，跨在母亲的身上，折磨她，让她无法翻身，我想看清他的面容，却怎么都看不清。"

"那一定不是你父亲。"

"对，肯定不是他。是带走母亲的那个人，他想从我的梦里逃走，但我能感觉到他。我会找到他的，一定会找到他。可是，我心里那种不祥的感觉，你是不能理解的。"

郑航怔怔地叹了口气，说："但愿廖大明老所长能告诉你一些情况。"

老廖还没70岁，已经坐上了轮椅，身上裹着羽绒被，在自家客厅里迎接他俩的到来。现任派出所所长黄泽成帮着老廖戴上氧气罐，鼻孔里插上两根透明的塑料管。廖妻给大家端来茶水之后，就坐在老廖旁边的摇椅上，把右手放在老廖的左臂上。在整个谈话过程中，她的右手都不曾离开过丈夫的左臂。

"非常感谢您能抽出时间见我们。"何夕首先说。

老廖抬起头，逆光中，他的脸像一口深井。"你们两个一起合作？"他用让人惊讶的嗓音问道，"我想不起警察和律师在案件侦查之初有多少合作的先例。"

"不，何小姐只是案件的当事人。"

"现在可以带着当事人单独出来办案了？"

郑航沉吟了一下，说："你说得也是。但目前只是怀疑，我们怀疑正在处理的一起案件涉及何小姐，何小姐怀疑发生在1994年的一起杀人案涉及她的生身父母。"

老廖呵呵笑了一声。"哦，28年前的事了。"接着，他以严肃的语气对何夕说，"孩子，那是一起什么案件？你母亲叫什么名字？"

"许盈。"

老廖像受了惊吓似的直起背，目光锐利地盯着何夕。"丁维杰的案子。"

廖妻插话道："老廖一直记挂着丁维杰的案子。他常挂在嘴边，觉得那是他从警生涯里最耻辱的一起案件。"

"你是他们的女儿？"老廖说，干枯的手紧紧抓着何夕的手臂，"是有点儿像。嗯，那起案件，真是太遗憾了。"

"你还记得，真是太好了，"郑航说，"其实案卷材料很扎实，我们来，是想了解一些案卷里没有提到的情况，比如背景性、旁证性的东西。"

"什么？"老廖问。

何夕说："比如刘薇，或者胡珍珠的情况。您听说过这两个名字吗？"

老廖想了一会儿。"想不起来了，"他眯缝着眼睛，看着窗户，"材料里有吗？"

"没有。"郑航说，"马塘村村主任说的。"

"哦，"老廖打断了她，"我记得那个老村主任，他相信你母亲是无辜的，是少数持此观点的人之一，他还活着？"

"我们只见到了他儿子，也就是现在的村主任。"

"新老村主任都认为刘薇和你父母的案件有关？"

"也不肯定，只是她的出现有些蹊跷。"何夕说，"她出现前，我父母好好的，她一出现，他们就不和，甚至不断地吵架。"

"我倒没听说过这个人。案件调查的关键就在于作案的动机，如果有这么个人，在其中起了这样重要的作用，应该会纳入调查视线。"老廖说，"当时，最伤脑筋的，就是似乎找不到足够的理由让你母亲非得杀了你父亲不可。当然，作案的动机每一次都会被破案的方法和偶然给击败。因为你母亲带着你逃走，而且走得销声匿迹，没有留下任何线索，当时又没有视频监控……现场除了你母亲的手印、血迹，没有其他人的痕迹，最后无法认定有他人参与，所以只能认定是你母亲杀人。

"我记得，当时除了听邻居反映他俩吵架之外，什么原因都找不到。你知道，除了通缉有些杀人理由的人，没有其他办法，而作案的动机就是其中一个理由。"老廖似乎意识到他在做一个简短的演讲，有点不好意思地笑了。"我想，如果有什么特别的动机，不管是什么动机，村民肯定会反映！可当时好像没人说过。"

何夕感觉老所长绕来绕去，说的都是废话。"你是否想过另一种可能，"她说，"案子根本就不是我母亲做的，凶手另有其人。"

老廖松开抓她的手，沉吟着说："当时……没想过。"

"为什么会这样？"

这个问题显然刺痛了他，可老廖没有表现出来。"当时……明面上所有证据都指向她，现场没有其他痕迹。专案组多次开会讨论都认为是许盈作的案，确实如此，我很抱歉这样说。你有什么实实在在的理由证明她没做过呢？"

何夕拿出那天的走访记录，递给老廖。老廖快速地翻了一下，几乎是一扫而过。"这些东西谈不上是有说服力的证据。"他说道，"马塘有人见过那男的吗？这么多年过去了，怎么才想到去找他们？"

"是这样，"郑航插话道，"最近，我们在办理一起拐卖妇女案件的过程中，发现被拐卖妇女身上携带着何律师幼时的照片。这时，她才知道自己是被人收养的。"

"哦，"廖妻用手捂住嘴巴，"多么可怕的打击啊！"

老廖摆了摆手，制止妻子的感慨。"你认为这些证词，"他一边指着那些记录，一边说道，"就可以让你怀疑你母亲没有杀过人？"

"他们的说法是有道理的，如果事情不是这样，他们不会一致这么说。"

这个有言外之意的问题并不难回答。对于这位上了年纪的警察来说，答案清楚明了。

老廖摇着头，用柔和的语气答道："时过境迁，谁的记忆都不是准确的——每个人都会以自己的好恶来修改记忆，仅仅这些，不足为证。"

"可是，他们跟我的母亲非亲非故，为什么这么说呢？"

"因为是你当面问他们，"老廖摊了摊手掌，"他们什么代价也没有付出，但说出的话会让你感觉好受些。为什么不这么干呢？不好意思，也许是我胡乱揣度人心。"

"他们有什么必要讨好我呢？"何夕说，"我父亲才是他们的熟人。"

老廖挠了挠面颊，也许是被何夕显然要他相信她母亲的无辜弄得有点尴尬。

郑航赶忙打圆场，说："我们不纠缠这些问题，老廖，你给我们说说当时的调查情况，就是你知道的，但在案卷里没有体现出来的东西。特别是关于丁维杰，有没有经济纠纷或者婚外情，或者许盈是如何被拐卖过来的？"

老廖缓缓摇着头。"如果有这样的事，你认为我们不会存进案卷里吗？如果我们发现另外一个能指认出来、与此案扯得上关系的嫌疑人，难道你认为我们不会拼命地调查吗？我向你保证，我们肯定会这样做的。当然，也许因为许盈逃走，让许多事情无法调查核实。"

老廖的矢口否定让何夕很沮丧。她从内心深处失去了自信。她坚持要连夜赶回去。

回到车中，继续沿着高速公路往东开时，郑航安慰她说："还是有不少收获的。"

何夕下巴的肌肉抽搐起来。"我相信曾小强和村主任的说法，"她说，"我不在乎老廖怎么说，我认为他们的案子办得确实不仔细。"

"真正的律师精神！"

"这跟律师精神无关，郑航。肯定是别的人杀了我父亲，我母亲知道，只要找到她，一定可以抓住那个人。"

"何夕，不能说没有这个人。但是，如果有这么个人，警察调查时怎么就无人提起呢？老廖的话也不是完全没有道理。"

"也许知情人被警察带偏了，也许是因为我母亲的消失让他们慌了神，情急之下，事实太明显了，让他们没有机会深入地考虑背后的原因。显然，村民和警察都在就事论事，围绕着我父亲被杀、母亲逃走来想问题。他们只是普通村民，没有那么高深的智慧。"

第六章

一

回汉洲的路上，何夕满腹无功而返的埋怨，反复絮叨着马塘派出所的无能和失职。春天已然逼近公路两侧的原野，绿意浓浓地与汽车擦肩而过。郑航做不到心无旁骛，他一边驾车，一边开导何夕。就在他们进入何夕居住的小区时，郑航说漏了嘴。

"你竟然不告诉我地窖的事？"何夕一边气冲冲地往自家走，一边大声吼道，"你怎么能毫不留情地榨取我的信息，却把这么重要的、跟我息息相关的细节隐瞒不说？那个女人可能就是我的母亲，我的母亲！你怎么忍心这样！"

"我以为你一直在关注新闻。"郑航说，"我是无心的。"

"无心？你伤害了我，知道吗？全汉洲的人都知道了，混蛋。"

郑航追着何夕上楼。何夕进了门，却"啪"地把他关在门外。他倚在门首，身子歪斜着，走廊那盏顶灯昏黄的光笼罩着他，让他百感交集。

他隔着门对何夕喊："听着，我们的目的是一样的。我原先并不知道在你身上到底出了什么事情，我只是想找到那个该死的拐卖犯。鉴于这一点，你可以允许我进去吗？"

门打开时，何夕已经换了套便服，低腰的黑色宽松长运动裤，灰色的长袖上装将她裹得严严实实，连腰都不见了。乌黑的头发在脑后松散地扎成个马尾。卸了妆，素面朝天，任何一个小疤点都露了出来。郑航第一次为她和照片上的许盈的相似性感到吃惊。但他一时又想不出还有哪两个女人像她们这样不同。

律师何夕是个精心包装的包裹，一个知道如何职业化并将女性魅力作为武器使用的女人；而家居的何夕，或者说刚被拐卖到马塘的许盈，却只是个漂亮俊秀、五官端正的女性。

当何夕将半杯白开水猛地放在郑航手里的时候，他丝毫没有感觉到她平时的优雅节制，而是仿佛面对正生气了的许盈。她双臂交叉抱在胸前，盯着他。

"消消气。"郑航说。

"你让我怎么消气，二十七八年了，我已经接受了养父母就是生身父母的事实，现在却冒出一个关在地窖里的被拐卖女许盈，我的照片出现在她的身上，她……她用着我生母的名字，却并非我生身母亲。"她停了下来，难以继续。一只手紧紧地捂着嘴巴，另一只胳膊防御性地护在腹部。

"但是，你已经长大成人，你已经拥有自我生存的能力，还担心什么？"

"是你告诉我另外还有个母亲，案卷里还说她杀了我父亲，我该怎么办？查下去肯定会伤害养父母的感情，可让我放任不管，又怎么对得起生身母亲？你说，你说！"她泪流满面，不断地重复着，好像再多说几遍郑航就能给她答案。

郑航没有马上回答，给了她一分钟，让她冷静地整理好情绪，下巴收拢，肩膀松开。他明白她受到的伤害，甚至已经看到了她的伤痕。不仅仅是她，还有那许许多多被拐卖了妻女和儿子的家庭，都被抛到了绝望的境地。他理解她，28年过去了，她没有丝毫心理准备。但关于那个案件，那个"地窖女"，还存在很多疑问。从现有的证据看，她就是许盈的女儿，此许盈却非彼许盈。

这时，室内不知何处响起铃声，何夕几乎惊得跳了起来。

"哪里……"她紧张地说，"我没有打开报警器……"她很快走到飘窗前，四处搜寻着，观察门铃和报警装置。郑航感觉到了她的紧张，完全不像一个律师。然后，这个插曲就像突然袭击发生时一样，很快就告终了。何夕在换鞋处的手包里发现了手机，闪烁的屏幕亮起的名字，令她下意识地笑了，双肩放松了下来。

"干什么？"她吼道，"我正忙着呢。"何夕态度任性，但语气渐渐地变得舒缓，显露出暧昧和温柔，直至哀求对方不要打扰。然后挂了电话。

"男朋友？"郑航问道。

她摇摇头，默默地坐回沙发上。

这次中断给了郑航片刻时间来重新整理思路。他大脑里的记录又多了对何夕生活现状的了解：有一个暖心的男友，可以任意发脾气，安全意识强，但内心仍然脆弱。

以前呈现在他面前的何夕，并非全方位的她。

那天晚上，郑航终于做了个决定，一个关欣稍后可能会因此骂他的决定。他把前期侦查的全部情况都告诉了何夕，包括媒体正在追着打听的那个被拐卖女人的情况。不过，他们的调查还没有全面展开，没有获得更多的信息。

何夕突然说："我想看看她。"

"什么？"

"你们解救的那个女人，还有你们发现她的地方，我想去看看。"

"不行，"郑航立即说，"犯罪现场只有专业人员才能进出，不供公众参观。"

何夕抬起下巴，盯着郑航。"我不是公众，我是潜在的证人。"

"DNA样本匹配检测已经证明，你跟她没有血缘关系。"

"只是DNA不匹配，不能说明我的照片为什么出现在她身上。我去那儿看一下也许会帮你们发现些什么。"

"何夕，你不会想去看那个犯罪现场的。不过，你要去看看那个被拐卖女倒可以，如果你能提供些什么，就是你能做得最好的事情。"

何夕并不罢休。"你们不是认为吴晓癸拐卖妇女团伙案跟这个女人被拐卖可能有联系吗？我也许能够给你们提供一些东西。"她说。

"身为当事人，跟我们信息共享是你的义务。"

话虽这么说，由不得郑航不相信。作为律师，何夕有自己的调查路径，她的信息来源或许没有章法，但有时比警方更便利。

何夕蹲坐在沙发上，左右手交互，紧紧地抱着自己的身子，直挺挺的样子，像极了一只狩猎的母豹。她说："前提是，你带我去看地窖和那个身上带着我照片的女人。或许，我看到她会有所发现……甚至可能会有些突破。"

郑航知道此刻她在琢磨自己会不会答应她，因为她的身体越绷越紧。他没有回答，她的脸沉了下去，眼睛微闭着。他在等她爆发、咒骂，甚至是身体暴力。但是，她只是蹲在那儿，像只等待时机的母豹，让人不可捉摸。

"你不再是原来的郑航，"她咕哝道，"你只想利用我，只想自己破案立功。"她墨玉般的眼睛忽闪着，烁亮了一下，盯着他。"地窖里或许还有跟我有关的东西。"

"认真搜索过了。"

"记号，或者刻下的一条线，只有我明白。"

这个理由对郑航有着致命的诱惑。他无法抗拒想要看到她发现关键证据的强烈念头。"我要跟同事商量一下，我不能一个人带你过去。"他说。

"好，就这样说定了。"何夕笑了。

郑航点了点头，承认自己的失败。但这仍然没有软化她双肩的僵持和扬起的下巴的倔强。他这才意识到，他的隐瞒伤害了她。

他觉得自己应该说些什么，但又不知道说什么。警务工作常常需要对身边人保密，如果需要，他还会这样做的，为这个道歉毫无意义。

他起身离开，何夕解除了房间的报警装置，满怀期待地注视着他。

"最近才安装的？"郑航突然问，指了指那个报警器。

"昨天。以防万一，这个世界并不太平。"她浅浅地笑了笑，拉开防盗门，站在走廊柔和的橘黄色光线里说，"你今天也累了，早点回去休息吧。"

郑航没有马上进电梯，看着何夕把门关上，又听到报警器响起"嘀"的启动声，这才觉得深刻的疲倦从脚底升起。他意识到，接下来的事情可能远远超出自己的想象。

二

那天郑航驾着警车来到何夕楼下，他一直盯着何夕的单元门，看到她款款地走下楼来，丝毫没有犹豫地走到警车面前，先是拉了拉后排座的车门，然后坐进了副驾驶室里。

"你的美女搭档呢？"她一边问，一边耸着鼻头。警车看起来刚刚清洗过，车厢里弥漫着清新剂的清香，但仍旧不可避免地溢出烟气和汗味。

以前他们都是开私车出行的，何夕虽然经常跟警察打交道，但对警车有着一种自然的排斥心理。她抓起安全带，带着明显的紧张，扣了三次才扣上了金属扣。郑航好奇地注视着她，没有说什么。

下楼之前，何夕抓紧处理了前几天接的一个案子。但是，多数时候，她是把那些案卷材料看成了她母亲杀害父亲的旁证，思想总是走神。她打开电脑，地窖藏匿拐卖女事件的报道很容易搜索到，所有新闻热点和栏目都在全天24小时轮番播报。不幸的是，信息量很小，全然没有什么不同的内容。

事情缘于汉洲城郊发生的一起摩托车与渣土车相撞事故，摩托车驾驶人当场死亡。根据知情人指认，交警找到驾驶人的家，搜索中发现卧室的床下发出异常的响声。在村民和派出所民警的协助下，移开木床，下面是一个地窖，地窖里住着一个蓬头垢面的女人。

何夕翻看网页的速度越来越快，内心充满了怅惘的感觉。报道充斥着漫无边际的无端猜测，没有提到那个同心结，没有提到吴晓癸案，关联的几起拐卖案件都是最近发生的。

她又搜索了一下吴晓癸团伙案，主新闻区里没有，但在一起最近发生的拐卖案报道讨论区有几个长长的链接。发帖人说以吴晓癸为首的拐卖团伙拐卖的妇女还有十余人没有得到解救。这些妇女至今可能还在悲惨的境遇里呼号。还有帖子说，警方摧毁这个团伙时除恶未尽，漏网之鱼至今逍遥法外，甚至为恶社会。还有帖子说，这个团伙当初积累了大量的财富，但警方在冻结财产时，发现大额钱物不翼而飞，估计是漏网之鱼给卷走了。这条罪恶的漏网之鱼一定肩负着重要使命，或许正是吴晓癸保护着放走的。有人说，吴晓癸有私生子女，漏网之鱼已经为他抚养成人。

帖子的说法千奇百怪，但何夕从中抓住了两点，一是有吴晓癸没有交代的被拐卖妇女，二是团伙里有漏网之鱼。还有就是警方打掉团伙的时间跟养母在花坛里捡到她的时间对不上。吴晓癸落网时间比她出现在汉洲市花坛里早了几个月。到底是发帖人搞错了，还是真实如此？何夕没有看到吴晓癸的案卷，一时不好判断。

她坐在郑航身边时什么也没问。相反，她想先观察一段时间，看警方到底是怎么办案的。出现这么长时间的差异，警方为什么还把她母亲和"地窖女"的案子跟吴晓癸案联系在一起？会有答案的。

郑航开车并不认真。何夕捕捉到他的目光不时地瞟向她。她也不时地偷偷瞟他一眼，看到他右手随意地抓着方向盘，左手肘撑在车门上。警察生涯明显已经让他对汉洲的交通有了免疫力。他在狭窄的街道和拥挤得里三层外三层的车流里穿插而过，像是参加汽车大赛的选手在做着赛前热身。照这个速度，他们半个多小时就能赶到那个山村。她不知道自己是不是已经准备好。

她转过头，盯着窗外。他想偷瞟，就让他偷瞟去，她能在沉默中装得泰然自若。

她不知道自己为什么这么想去看那个地窖。她就是想。前段时间她忙于手头的案子，一直没时间看新闻，即使关欣跟她谈起同心结，也没有想到自己跟拐卖女有什么关系。即使现在她脑海里仍充满疑问。郑航告诉她，她跟那个"地窖女"的DNA配对不符，而且刘薇，或者叫她胡珍珠，从人像对比上看，也跟"地窖女"没有相似之处。

那么，"地窖女"跟她是什么关系呢？是生母的另一个熟人，或者是拐卖母亲的团伙里的另一个受害者，她们仅仅在被拐卖过程中有过交集？

从"地窖女"在地窖的生活时间看，这个结论是成立的。她在汉洲郊区的这个小山村至少生活了25年。母亲为什么把同心结放在她身上，而她如此守信地保管了二十七八年，可见她的挚诚。

据说，找到"地窖女"时，除了塞着这枚同心结的荆钗，她身上没有一件属于她自己的东西。想到这里，何夕觉得既感动又羞愧，不是一句谢谢能表达的。

车速慢了下来。何夕眨了眨眼睛，不好意思地发现泪水在自己的眼眶里打转。她尽可能迅速地抬手，用手背抹了抹。

郑航把车停到路边。何夕发现他们已经进入山里，四周都是茂密的树林，几间砖屋散落在树林之中。有的看起来像别墅，红砖绿瓦飞檐琉璃；有的破败不堪，承载着岁月的风雨。

"我们来说说接下来该怎么做，如果你同意，我们就继续。"郑航转过头对何夕说，"现场我们已经保护起来，但也只圈了周围几栋房屋。许多媒体记者在圈子外安营扎寨，不顾一切地想要获得口头评论或者抓拍照片，以便发布新闻。我猜，你不想蹭热度吧？"

想象自己出现在电视、报纸或者网络里，何夕就战栗不已。

"坚决不能。"

"那我们的想法是一致的。"郑航朝后座指了指，何夕看见一条叠好的毯子，跟座套差不多一个色调。"现在，你就坐到后排座位去，躺下来，用毯子蒙住头脸。到了地方后，我叫你掀开，你才可以掀开它。"

何夕一句话也没说，自觉换到后座，侧身躺下，蜷起膝盖，胳膊紧紧抱在胸前。郑航"啪"的一声抖开毯子，盖在她身上。又掖了两下，遮住她的双脚。

"一会儿就好。"郑航安慰她说。

何夕闷在里面没有出声。后门关上了。她听见他走回去，驾车继续前行。

她再也看不到什么。只听见沙石路面在车轮下发出的隆隆声。清新剂的香味消失了，只能闻到不知沾染了多少层汗水的坐垫发出的恶心气味。

她紧闭双眼。那一刹那，她明白了。她体会到了生母被绑架、拐卖时的感受——被人捆绑着扔进不知名的车里，塞上口塞（可能是一双破袜子），蒙上眼睛（用的是又臭又脏的内衣）。她体会着生母怎样将身子越蜷越紧，怎样紧闭双眼，希望自己的身体能够消失。她不知道生母有没有念过书，她当时用什么来安慰自己。小时候，如果父母外出，她一个人睡在家里，一旦从噩梦中醒来，就背诵课文来等待天明；当然更多的时候，父母就在身边，她可以哭着喊妈妈，妈妈肯定会第一时间拥抱她。

生母第一次被拐卖时多大呢？应该没有20岁。这是马塘村的村主任说的。她未满20岁时，每每在外面有了心事就嚷着要跟妈妈睡。

可生母呢？她在被绑架拐卖的途中！

躲在那条毯子下面，何夕用双手遮住脸，哭了，没有发出任何声音。她从来没有这样无声地哭泣过，从来没有这样哭得肝肠寸断，却又不敢出声。汽车再次慢下来，听到窗玻璃降下来的声音，还有郑航报出自己的名字，然后是一阵嘈杂声：有人认出了他，喊着他的名字，彼此握手，寒暄近段的辛苦。

窗玻璃又摇了上去，汽车继续往前开，上坡时引擎调了低挡。

三

"准备好了吗？"郑航问。何夕在毯子下面擦了一把沾满泪水的脸。为了生母，她跟自己说，为了生母，她必须坚强。

郑航让她从后座出来。他脸上的表情难以捉摸，尖锐的眼眸凝视着她身后的某个地方。她追寻着他的目光，看到另一辆警车，已经停在一棵落光了叶子，像张开的伞骨一样的巨大的白桦树下面。关欣站在车旁，穿着黑色的警察皮夹克，耸着肩膀，一如既往的严肃表情。

"她负责刑事鉴识，"郑航小声说，"只能由她陪同你进入地窖，因为她怕有人破坏现场。别担心，她只是在生我的气，不会对你怎样。"

何夕已经领教过她的黑脸，一点都不担心。她挺直背，舒展了一下肩膀。郑航赞许地点点头，突然间，她怀疑这是否是他的意图。他在像刘畅一样唱红脸——这个念头比关欣永恒不变的尖刻表情更让她失去平衡。

关欣向郑航走来，何夕站在他身边没动，双臂抱在胸前取暖，有点对抗的意思。这个上午天气迷蒙，寒风冷冽。屋角的两棵柿树虽然仍挂着鲜艳的柿果，亮丽的明黄带着喜庆，但树叶已落光，光溜溜的枝干带着压抑的灰褐。空气潮湿，尽是开花散叶的气味。没有看到家禽家畜，但闻到了畜屎的腐臭。

除此之外，何夕并没有感到异常的寒冷，也没有那种挥之不去的罪恶感。她站在沙石路面上——是村村通公路时铺的，却没有硬化，看着一片片茂密的枝丫缠绕的灌木丛，丛里竟然还开着几朵不知名的野花，路口有一棵巨大的有上百岁年纪的槐树，也不知是死是活，虬枝盘曲，直冲云霄。树下的灌木、野花和枯草在寒风中摇曳着，这幅景象很动人。这更像是一次野外远足，而不是即将走近犯罪现场。

关欣从一条羊肠小径越过灌木丛走来，带着他们走向一栋破旧的砖屋时，何夕的心情已经平静。他们跨过一条已经干涸开裂的檐坑，坑里飘散的落叶已经腐败，檐廊灰尘很厚，四处堆着某种类似生活垃圾的东西。关欣突然停下来，指着前面那个庞大的垃圾堆。

"痕迹技术员开始在那里搜寻，"她对郑航说，"发现了我们在地窖里看到的相关物品，似乎是从地窖里清理出来的。我正在让鉴定中心进行辨识和鉴定。"

"你认为那些物品是她用过的？"郑航问。

"不知道，但是那些塑料袋……据知情人说她丈夫生活很放浪，大部分时间待在城里，速食品应该都是她在地窖里吃的。"

关欣又开始往前走，郑航紧跟其后，何夕走在后面，对他们的交流感到疑惑不解。

他们穿过堂屋，来到一间卧室，一条红色警戒带圈在四周，一个灰黑的地洞出现在何夕面前。

她第一次停下脚步。是她的想象，还是这里真的更寂静些？没人移动脚步，没有风吹拂，也没有人发出呼吸声。她甚至连任何活物都感觉不到。一切似乎都使了定身法，等待着。

关欣像突然受惊似的迈开大步，步伐坚定。何夕意识到她根本不想待在这儿。这让她紧张起来：什么样的犯罪现场连警察都会感到害怕呢？黑色地窖很宽，很深，四周临时打了铁桩，围起红色警戒带。关欣拿出两个小包，递了一个给何夕。她自顾自地解开包装，里面是一副尼龙手套和一件一次性白色连体防护衣。关欣抬起警戒带，用脚试探了一下，踩在黑暗处的梯子上。何夕并没有看清梯子，可见地窖里是多么黝暗。

"虽然技术人员已经处理过现场，但我仍希望你别沾染了里面的病菌。"她并没有看何夕，但语气里透出关心和照顾，"这种情形下……你永远不知道新来的人会不会更进一步发现些新的东西，所以我们要做好准备。"

何夕很快穿上连体衣，虽然她弄不清哪是胳膊哪是腿，但她看着关欣的动作，照葫芦画瓢还是把自己弄妥当了。关欣在前面摁亮了手电，郑航不知从哪里弄来一盏探照灯，举在头顶，但光线并没有照到底。何夕一时没有适应强光，眼前一黑，什么也看不见。关欣从下面抓住她的腿，一步一步地往下面移。何夕脸颊发热，有些难为情。当她能看清下面时，第一眼是关欣的脸，她黝蓝的眼睛里满是冷静和审视。

"接下来，你所看到的一切都必须绝对保密。"关欣明确地说道，"你不能和任何人，包括你的男朋友、邻居、同事谈起，这是我们的纪律。"

"知道。"

"你不能拍照，或者绘图。"

"我懂了。"

"还有，因为看过现场，你的名字会出现在犯罪现场日志上，如果案件提起诉讼，有可能会请你在法庭上做证，你会同时受到原告方和被告方的质询。"

"好的。"何夕说。她虽然是律师，但来之前真的从未想过这些。不过，现在不是她担心这些问题的时候。

"另外，我需要你承诺，无论我有什么需要，你都要积极配合办案。特别是过一会儿，我们一起去看望那个被拐卖的女人，你要如实回答我们提出的问题。"

"好的，我同意。"何夕快速地说。她有些不耐烦了，站在这儿越久，她就越紧张。

关欣最后一次给了她一个审视的表情。何夕也回之以相同的表情，虽然她知道自己的眼神没有关欣那么坚毅。她之前可能看错了这个女警，如果她们在拳击场上相遇，她是不可能打败她的。她们一样年轻，注重训练，但是关欣更强硬，那种九头牛拉不回的必胜式的强硬。

"当然，你现在还可以后悔，马上爬上来。"郑航在何夕头顶说。她放开梯子，脚落到地窖底部，然后就强迫自己什么也不要想。

首先让她惊讶的是温度，地下比地上感觉要暖和一些，四面的土墙使这里密不透风，将寒意隔绝在外面。

然后感觉很开阔。事实上，她可以挥动手臂、前后左右自由行走。之前她以为自己必须佝偻着身子，会有幽闭恐惧症般的紧张。相反，这个地窖相当宽敞，即使再有两个男性技术员加入其中，也不显得拥挤。

她的眼睛适应了光线，分辨出糅合着明亮探照灯的浓黑的阴影。她走向一面墙，摸了摸带有浅痕的墙面，感觉到紧实的泥土。"我不明白，"何夕开口说道，"一个人不可能徒手挖出这么大空间，如果是挖土机、大型重机械，施工时又怎么可能掩人耳目呢？"

关欣出乎意料地做出回答："我们认为这是砖房修建之初就挖好的，是建筑工程的一部分，也许最初就有其他的考虑，或者当时就存在一口深坑，后来只是重新整修了墙面。"

"这个房主当时就有不正当需要的阴暗心理？"

"可能吧。"关欣耸耸肩，"这栋房子已经建成40多年了，目前还没有找到从那个年代走过来的知情人询问。"

何夕抬起手，摸着木制的靠椅，向前走着，触到窄小的木床。"这些都是'地窖女'进来后准备的？比如，桌椅、床及其他改造之类？"

"这是我们的猜测。"

"那个女人可能一卖过来，就被关进了这里。"没人提出异议。

"这是有预谋的。"何夕继续说道，大声表达自己的想法，"村里人都不知道她，难道这里的基层组织不管事吗？"

关欣又一次耸耸肩。"20世纪80年代开始，这里的村民绝大多数在城里打工或者生活，包括在交通事故中死亡的男人，他有一套完整的说辞糊弄村民，包括自己的婚姻，几乎没人知道真相，也没人来调查真相。"她说，"除了潮湿、霉变，他在尽力改善这里的环境。"

何夕努力忍受恶臭，控制着不让自己颤抖，走到了床角的马桶旁边，接着问："她是什么时候被关进来的，你们有没有具体测算？"

"不知道。地窖靠左出口的树根伤疤约是40年前留下的，左边马桶墙面的树根伤疤大约是20多年前留下的，结合马桶下面的植被生长年龄，我们推测是90年代初期。"

"这说明了她使用马桶的时间。"

"还结合了调查访问的情况。"关欣补充道。

何夕观察着四面土墙，说："能不能找到更准确的判断时间的痕迹？"

"对于这样的地窖，什么都是可能的。"但关欣的声音告诉何夕，她对此也表示怀疑。何夕感觉到她的注意力都集中在马桶附近。那么床呢？如果中途没有换床，卧具最应该是随着人一起进来的，这意味着床的使用时间可能是女人被关进这里的准确时间。

不过，床也可能在其他地方用过。这个想法让何夕有点泄气。她抬起下巴，继续不懈地坚持她作为当事人和业余调查员的角色。

"这张床，你们拆卸过吗？"何夕问。"我是说每一个接口，木工的技术活。"

"没有，但我们检查了被头、床板、床垫和床的每一个缝隙。"

"桌椅、灯具去了哪里？"

"搬了上去，也检查过了。"关欣罕见地耐心。

"发现时还有其他什么东西？"

"没有了。但是，从盖着地窖的床底下放了根电线下来，挂着一盏白炽灯。"

何夕摇晃了一下，伸手扶住冰冷的土墙，然后抽回手。"灯具和被铺类的东西会常换，藏不住东西。"

关欣的表情变得凝重，目光很锐利。"说说看，如果你是那个取证的人，你会在这里翻查哪些物品，如何发现有用的证据？"

"床，或其他固定不换的用具。"

"想象你作为一个1岁左右的女孩，如果到过这里，会不会留下什么记忆？"

"不可能，"何夕的声音很微弱，"我从没来过这儿。我想，"她的手抓住床沿，手指试探性地触摸着它。"我想，如果我来过，那我母亲呢，她被杀害在这里？"

何夕的心里一阵阵战栗。

"我们派出了工作组，没找到尸体。"关欣无情地陈述事实，"应该不会。"

她走上前，站在何夕身旁。她把手放在何夕的手旁，五指张开，手掌平贴着这冰冷的床沿，似乎想证明她能比何夕更好地处理这个现场。"我们仔细勘查过，这里只住过一个女人。你不用担心，你母亲没来过这里。"

何夕的手指抽搐着，指甲深深陷进木屑中，感觉着手指下坚实致密的木质。那一刹那，她发誓她可以感觉到它，那种深嵌其中的罪恶，那种刺痛、强大的寒意。她慌忙蹲下，双脚不由自主地伸进了床底，身子向后倒去。一时间，她躺着不想起来，关欣拉扯她的手臂，她还直往下坠，两眼紧盯着床板，寻找着蛛丝马迹。

那是什么呢？血迹？破布条？碎纸屑？

关欣感觉到她目光紧盯之处，卧下身子，将拇指和食指尖伸向床头木榫接口处，捏住了那个东西。又一个同心结！

余下的时间里，何夕一句话都没说。技术员将床拆开来，仔细检查，再无其他东西。那枚同心结是用小刀细细地顶进去的，破损严重，但可以看出是20多年前的纸张。

四

何夕走出了地窖，随郑航走向下一个行程。她一直想吐，但始终吐不出来。她的思绪正在快速、艰难地翻腾着，回想这几年办过的案子，回想看过的每个犯罪现场的照片。

"她是怎么做到的？"何夕发现自己很苛求，"她被关了那么久，怎样坚强的意志才能让她如此坚韧？她一直、一直地待在这下面，忍受非人的折磨，时刻被黑暗包围……"

"停车！"她的声音变得尖锐，语无伦次。"该死的，我不想听到任何声音，我在聆听她对我说话。她在告诉我他都对她做了什么！她最深切的感受！"

郑航抓住她的双手，将她的手掌紧紧合在一起，平息她的抽搐，又将她的双手放回到她的胸前。他什么也没说，只是停下车，用他那双坚定的眼睛看着她。

然后，微弱的"啪"的一声响，何夕内心的某处被折断了。她的肩膀松弛下来，手臂垂下，刚才的歇斯底里让她筋疲力尽。她没了力气，心如刀绞，不停地想着母亲，想着自己被扔进花坛后，母亲跟"地窖女"一样经历了怎样非人的磨难。

终于到了精神病院，院里有一种极致的安静，但看不见的某处，不时迸发出尖叫。病房门都关着，里面一定有人，却看不见人的行为。何夕被郑航推着，朝最里面挪着步子。他们来到了一间病房里。一个年轻警察守着，看到郑航就说病人已经稳定，只是还有些胡言乱语。

"把她的每句话都录下来，带回去好好分析。"

年轻警察点点头。"我时刻关注着的。"

女人睡着了，郑航和关欣带着何夕过去，怀着十足的耐心和诚意，让她从容不迫地辨认。在有意被她拉长的时间里，何夕好几次险些走神。女人已经过护士的精心护理，头发洗得很干净，修剪过；脸也一样，几处小伤口抹着药，已开始愈合，面色带着病态的萎靡不振，却没有疯狂或恐惧。她待在地窖时一定不是这样的！现在的一切都太安全、太正常了。

何夕将眼前的女人跟想象中的"地窖女"或者不知生死的母亲进行对比，虽然这让她有罪恶感。说实话，她喜欢女人此时脸上的表情，喜欢她嘴角边宁静的笑容。

她想，女人在地窖时偶或也会露出笑容，那是嘲弄、挑战或者轻蔑的笑容，她用这种笑对抗磨难，坚强地、坚定无比地活下去——尽管胸中有巨大的压力，时刻被一只拳头紧攥着心脏，重重地挤压着。她不知道一个女人怎么能带着这样的痛苦活下来，不知道女人是怎么熬过这二十几年、上万个日日夜夜的。

难道这就是女人生命的模样吗？她不得不在生死不明和黑暗中饮泣吞声之间做出选择？是什么样的魔鬼才能做出这样的恶行？母亲逃脱得了吗？

这时，女人似乎清醒过来。

"我要出去，我要出去……松开我……"她嘴里喃喃自语。

"松开，松开我……"

年轻警察俯靠在郑航耳边，轻声说："这是她说得最多的话，真是太悲惨了。"

郑航没有言语，默默盯着女人。女人一直说着，声音渐渐低下去，低得像耳语，低至无声。所有人都静静地看着，何夕也那样看着，内心里一时感到高兴，一时又觉得不安，大脑的隐蔽处有个阴影在轻轻跳跃着……

她在祈祷。何夕不知道自己是怎么知道的，但她就是知道。女人的祈祷成功了，那个男人得了报应。她抑制不住自己的泪水，举起双手，抱住前额。

"我们走吧。"何夕说。

没有人表示异议。郑航走在前面。到了医院门外，他拿出一包纸巾，何夕拒绝了。初春的风凌厉地吹来，穿过正在萌发新芽的树枝，发出响亮的沙沙声。她抬起脸，迎向这刺骨的寒风，然后将手指握成拳，用力地打出去。

第七章

一

周末的黄昏，慵懒的阳光洒在书房的窗棂上，郑航坐在窄小的转椅里，喝着当天的第四杯咖啡。儿子跟邻居小朋友在外面的空地上滚皮球，晴朗的周末下午，他都是这样度过的。方娟去了农贸市场，郑航一边望着儿子，一边在想地窖里那个深不可测的阴冷的故事，他的脑子里就像塞进了一团刚刚从夷水河里捞起来的水草。

他感觉何夕离他越来越远，在电话里听起来境况不妙，差不多变成一个完全不同的人。她看起来举步维艰，内心狂躁，无法控制好情绪。他认识何夕这么长时间，在她成年的大部分时间，还从没有见过她对自己的心理失去控制。因为自小就想做律师，她的内心比其他女孩更坚毅，信心十足，甚至有点狂妄自大。

可现在，知道自己是领养的，生母背着杀人嫌疑不知去向，她所经历的心理变化让她开始怀疑自己，怀疑起自己的心性。至少，听起来给人这样的感觉。他很明显地意识到，她表面上看起来乐观向上，其实只是养父母带给她的幸福生活养成的。

猛然间，幸福被打碎，在养父母家里，她一定再也找不到过去的那份恬静和安谧，而又调查不到生母的消息，只有案卷显示生父竟是生母杀害的，这是怎样的厄运和孽障？她从哪里可以寻找某种力量，支撑着自己走下去？

郑航不必刻意去想象何夕现在正努力面对的痛苦。他自己也曾有过感同身受的经历，父亲作为警察牺牲时，他才8岁，忧郁成疾的母亲病故时，他也才16岁，比何夕知道自己失去双亲的岁数小许多。不得不面对痛苦和挫折时，他没有真正的好方法来推翻这一切。不过，他还可以依靠公安这个组织，跟关心爸爸遗属的领导和同事共同承担这种痛苦，通过渐进的、来之不易的心理承受力来设法克服痛苦。

何夕的情况和他不同。她已到了被称为"理智之年"的懂事年龄，只能独自品尝其中的辛酸。她的痛苦、恐惧都是猛然的、猝不及防的，只能独自垂泪，直到眼泪流干为止。

也许这就是他们的命运，他们得面对这个命运。

他是男人，他的内心力量可能比何夕要强大。如果何夕无法承受这一切，可能得依靠他才行。这个念头让他感到责任重大。

不是说他不愿意，而是他对能不能做好没有信心。那天看完地窖和"地窖女"之后，她独自上楼的背影，一方面吓了他一跳，另一方面也更加重了他的顾虑。

他意识到何夕正处于如此虚弱的状态，仿佛真的无法振作起来。何夕一定需要他。想到何夕无法自己处理这些问题，他就忧心忡忡。

同时，现实给他带来了一种镇定的感觉。因为两人没有年龄差距，因为何夕是一名律师，拥有丰富的生活和社会经验、永不松懈的信心以及成年人的理智。他对她的担心，只是好朋友之间的默契。他们在力量和安全方面有着真正可比肩的特质。

他几次拿起手机，都没有给她打电话。因为他知道，安慰的话帮不了她。要先让她独处，让她冷静，让她镇定下来，才能渡过难关。他知道她在面对什么，知道她是什么样的人。从某种程度上说，也许她自己也刚刚明白这一点。

他想，她可能一直没完全弄明白：她以前从不承认自己的挫折感和痛苦感，这一切带来的震撼从没有这样让她胆战心惊过。

郑航起身走到窗前，看到方娟已经回来了，正带着儿子郑诺和邻居小朋友唱《三只老虎》，清越的童音宛如天籁。在方娟看来，小孩子怎么放开嗓子唱都可以，声音大是中气足的表现。在她跟郑航养育的孩子身上，看不到一丝扭捏之态，跟儿子一起玩的两个小朋友似乎也能够适应这种环境。因此，他们家总是那么吵闹，她喜欢这样。

方娟在一个学者的家庭长大。在那个家里，看电视几乎静音，听广播必须在大家都去上班之后，平时各自在房间里学习的时候，如果有人发出声响，立即就会有人提出抗议。方娟和郑航是在办案中认识的，郑航第一次开车去她父母家接她，在楼下按响喇叭，然后站在窗前大声喊她的名字，惹得她家窗户齐开。一边是她父母的白眼，一边是她大声的回应。这是她第一次顶撞父母，可她愿意，感觉郑航甚合她的芳心。

现在，她进了厨房，为孩子们烤上鸡翅，给郑航炖上他最喜欢的排骨，然后着手清洗蔬菜和蘑菇，她最拿手的自制肉丸也摆上了案台。打开煤气灶，系列菜肴十五分钟就可上桌。

孩子们已经开始品尝她从超市带回的甜点，郑航走出书房，打开一瓶葡萄酒，斟上两个半杯——这是郑航不办案、不值班、在家陪她的必备品。

"鸡翅来喽！"方娟走出厨房喊道。孩子们呼啦一下围了上来。她把盘子放在桌子中央，拉出椅子坐下来。郑诺给她留了两块甜点，放在她的盘里。"甜点是顺时针方向分配的，"她说，"那鸡翅就该逆时针方向分配了。"

在这里吃饭是可以说话的。分享故事，说笑话，指责"郑爸"又多了几条皱纹，都可以，畅所欲言。方娟和郑航碰杯，孩子们碰他们的鸡翅。大家全都安静下来时，便听见一片咀嚼声，因为菜里放了点辣椒，不时有孩子吸溜着鼻涕。

晚饭结束，邻居来接两个小朋友回家，家长们说着客气话。这时，两个小朋友挺郑重地说:"谢谢郑爸爸、方阿姨,鸡翅太好吃了!欢迎你们到我家做客!"

这些话都是大人们教的,但方娟听着,内心十分受用。

不巧的是,郑航的手机响了。

"就你事多,"方娟嗔怪地说,"跟朋友们说说话都不得消停。"

郑航已经把手机捏在手里,看着屏幕。他举起手机,似乎这样方娟也能看到屏幕上的来电号码似的。"是肖局长打来的。"他说。如果肖永明在周末给他打电话,那一定是非常紧急的事情。

"你们聊,我去客厅接电话。"他指了指两个小朋友,"记得说郑爸爸好话哦,否则我就把你们逮捕起来,让方阿姨看着你们。"

"我们愿意!"两个孩子齐声喊。

在一阵哄堂大笑声中,方娟看着他走过拱廊,走进客厅另一头的阳台里。

几分钟后,邻居都走了,方娟安置好孩子,回到客厅。郑航已不再躲在阳台里,脸拉得很长,方娟对此倒是一点也不感到惊讶。

"虽然肖局长同意将何夕母亲的案子跟'地窖女'案并在一起,"他说,"但证据勾连方面还是没有任何进展。"

方娟凝视着他,说:"同心结本身就是勾连,怎么会……"

"时间上存在差异。昨天搜索发现的那个同心结,经鉴定证实,'地窖女'进地窖的时间确实在许盈杀人案之后……还有一件我不喜欢的事发生。"

"什么事?"

"那是……我甚至连说都不想说。"

"当然要说了。"方娟拿来一块毛毯,铺在两人的腿上。两人并排坐在阳台的摇椅上,在夜幕里极目张望着,依稀能看到遥不可及的北极星。仰望北极星,是他们认识后培养的爱好,几乎是他们爱情的见证。"说吧,什么事?"

郑航向窗外望了望,似乎害怕有人在墙下偷听。"我想这事不能怪肖永明,你懂的。肖局长接到了市里领导的电话,一个非常合乎情理的电话,说戎城的前任法院院长莫凡宁跟领导抱怨说我们公安机关多事,你明白其中的关系吗?"

"明白，可到底是什么事？"

"我们认为吴晓癸案跟'地窖女'案有关系。吴晓癸案，你知道，那是一起二十几年前审结的案件，大部分涉案人都不在了。严格意义上说，那是一起办结得很圆满的案件，能解救的人都解救了，能审判的罪犯都入了狱。任何团伙案件都不可能不留尾巴，盗窃、抢劫也好，杀人放火也好，一个人连杀人案都交代了，没有交代某次盗窃很正常。吴晓癸也是这样，他拐卖了那么多人，有几个想不起来的，并不影响对他的判决。可就有人精于算计，害怕这事牵连到他们，要求一位调查此案的警察收手，你知道这会让我想到什么吗？"

"你其实心里有底，对吧？"

"我无法想象。"

方娟侧过身子，嘴巴贴到郑航的耳边。"这叫置法律和生命财产于不顾，"她小声说，"甚至有可能是同谋呢。"

郑航压低了嗓音："仅仅听到说出这样的话就让我来气。我不信这套玩意儿，连在电影中看到这玩意儿我都不信。"他昂着脑袋，失望之情溢于言表，心头像被牛轭压住一样不能释怀，"这事，在法律至上、人民至上的中国，不可能被叫停的！我才不在乎谁说的、谁抗议的。我们拿着国家的钱、人民群众的血汗钱是干什么的？当然是维护正义。"

"哪位领导掺和进来了？"

"不清楚，我也不想去弄清楚。"他在毯子下面捏了捏妻子的手，"也许是我自己反应过度了。"

"可你并不那么确信。"

"哦，我确信吴晓癸跟这两起拐卖案有关系。我在寻找某样东西，这东西或许在过去的案卷里。之前我只是想帮助何夕，让她对自己母亲的感觉更好一点。现在，无缘无故的，某人要我把这一切都隐藏起来，不再考虑这事，这当然会让我浮想联翩。"

方娟朝天空望去，目光注视着若隐若现的北极星，一直到星星在一片薄云里隐去才收回目光，"星星亮起来又隐去，隐去又亮起来，但它总是照着这片土地。"

"并不是每个人的行为都在光照之下，"郑航说，"所以有人胆大妄为地实施犯罪。"

方娟吹了一口热气。"理论上不该这样，"她说，"好吧，想一想，吴晓癸和法院有联系吗？我是说，除了他被判处死刑外还有没有联系？有没有政治方面的背景？特别是他的关系人或者漏网的那个人，他不是有一大笔钱不知去向吗？"

"何夕的生父只是一个农民，如果不是许盈杀的，凶手为什么杀他呢？"郑航耸耸肩，"他能威胁到谁？掌握了谁的犯罪事实吗？是想告发他们吗？他是既得利益者呀。难道他会跟那个漏网之鱼联系在一起？这太不靠谱了。没有任何证据能把他们联系在一起。也许我该和这个老院长谈一谈，看看能不能从他那儿获得更多的信息。"

"这不是个好主意。也许你该听肖局长的，放弃这条线索，就事论事。"

"我是不想深究吴晓癸案，但老实说，现在不深究不行了。"

"你得听领导的，按领导的指示办，对吗？"

"听你的，老婆大人。"

方娟转过身，看着郑航的脸。"这算是你的承诺吗？我相信，你会处理好这一切的。"

二

这个难得的阳光周末，何夕一个人待在办公室里。她不是没有回去，而是养父母借口走亲戚，不用她作陪，让她做好自己的事情。养父母以前也是这样做的，但她感到，有一个亲情的裂口正悄悄地向未知的地方敞开。

她有太多的疑问，有的需要诉诸互联网，有的需要使用桌上的座机，跟五湖四海的朋友联系，待窗外一片昏黑时，她才意识到一天已经过去。何夕从来没有觉得手头有这么多的事，脑子都不够用，以至手机一直关着机也不自知。她打开手机，迅速冒出十几条未接电话和信息。

来电最多的当属苏越，于是她回拨过去。电话里苏越非常焦急，像跑了马拉松似的喘着气。"何夕，"他开门见山地喊，"你在哪里，我要和你谈谈。"

十几分钟后，苏越出现在何夕的办公室门口，看起来有点儿忧伤。何夕把椅子推离了办公桌，迎过去。他走到沙发面前，一屁股坐下来，深吸了一口气说："这一天你去哪儿了？我一直找你，想请你拿个主意。"

何夕瞥了一眼桌上的案卷，那里面还藏着许许多多她拿不定主意的疑问。她绕过办公桌，走到沙发的另一头，侧身面对苏越坐下，犹豫片刻，说："苏越，你是大人了，你想做什么就可以做什么，不该什么都问我。"

苏越挥手打断她。"这不是我要的主意。"

"是的，"何夕说，"我知道。你想干什么？"

"我明白现在跟你说这事有些不太合适，但家里一直催我结婚。"他叹了一口气，"他们不断地给我介绍女朋友，今天中午还带了一个到家里，模样儿不错。问题是我感觉我背叛了……我不知道，在某种程度上背叛了每个人，你、我和她。我直截了当地告诉她，我有女朋友了。可她还是邀请我晚上陪她去逛街，要请我一起喝咖啡、唱歌。"

"这不是好事吗？"何夕嘴上说得轻描淡写，心里却一紧。

苏越身体前倾，朝向何夕。"你真这么认为？"他说，"我本来想直接拒绝的，可我想在明确一件事后，再拒绝也不迟，所以……"他看着何夕的眼睛，挤出一丝勉强的笑容，"我想知道我是否算和某人关系亲密。如果亲密，这个约会就直接拒绝得了。"

何夕盯着苏越看了一会儿，她现在真的无心跟他讨论这个话题。但苏越每次跟她在一起，都露出小孩子的心性，她几乎已经习惯了。她把它当作他爱她的象征。她耐着性子说："你不知道？"

"不大清楚，我主动过，但感觉没有直接得到回应。我知道你事情多，突然又碰到这样一个难题，内心纠结，一时难以恢复……"他用绝望的眼神看着何夕，"但我还是得说，只有明确这件事，我才能明白自己应该担当些什么。"

"不，你只要做好自己就好。"

"我爱你，何夕，我不想失去你，特别想跟你在一起。所以，我需要明确，我不想要不负责任的爱情。你我都不小了，你跟我回去见父母吧，让大家心里安定。"

"见父母？没见父母就不算确定？"何夕的目光跨过两人肩膀之间的距离，"没确定，我会跟一个男人挨这么近坐着吗？你太没良心了。"

苏越孩子般地笑了，他似乎放下心来，向何夕俯身过去，说："我可以亲你吗？我想印证一下你刚才说的一番真心话。"

何夕从沙发上跳起来，闪到一边。"你想占我便宜？"她说。但当苏越伸出手时，她还是把双手递了过去，两人握在一起。

"何夕，我会把此刻牢记在心。"他轻轻捏着她的手，说，"对不起，打扰你思考案子了，但我只是想大声地排除掉内心的疑惑。"

"我知道。"

苏越呼出一口气。他感觉自己赢了一局，面对何夕这样自立自强的女人，示弱并不是缺点。他继续表白："我也不希望你再猜测我的心思，我要把爱喊出来，让人无空子可钻。"

过了几秒钟，苏越突然靠过身吻了吻何夕的面颊。他说："你也许不想听，但我还是要说，你该考虑休息一下了，别太焦虑。"

何夕愣了一下，目光里饱含凄凉。"苏越，有人杀了我的父亲，"她说，"并且嫁祸于我母亲，然后逍遥法外，你怎么能够劝我放手呢？"

"不是让你放手。我想，这是大案子，要交给公安去侦查。这事已经过去二十几年了，当时作案动机是什么？作案的是些什么人？你只能抓瞎呀。如果你母亲跟那个被解救出来的'地窖女'是同一时间被拐卖的，'地窖女'被囚禁了二十几年，你母亲在哪里？这里面一定有隐情。而且那男人是意外死亡，说明他要保护的隐情还在。你想过没有？这个隐情可能让你受到伤害，甚至出现更糟的情况。"

何夕盯着苏越，好像要从他眼神里看出其他内容。她说："你分析得对，但这不是我退缩的理由，我倒要看看到底会有什么事情发生。"

"这正是问题之所在，不是吗？我们不知道会发生什么事情。"他放低嗓音，"何夕，你现在事业有成，养父母给了你一个安宁的港湾，日子过得有滋有味，抱着一腔孤勇调查下去，不仅会伤害养父母的感情，更是一件很危险的事情。"

何夕明白他说得对，没有答话。养父母一直鼓励她调查下去，态度非常诚恳，但内心里一定十分矛盾。正是这种矛盾，给她带来了无尽的痛苦和长夜的辗转难眠，让她觉得自己仿佛是瀑布里的一滴水，只能激越地冲击下去，没有理由停止，也没有力量可以阻挡。

"我知道你很伤心，恨不得立马找出那个罪犯，生吞活剥了他，恨不得立刻找到自己的生身母亲，来求得心灵的平静。"他走过去，抚着何夕的肩，"但看看你最近的状态吧，寝食难安、噩梦连连，沉湎于生身父母悲惨境遇的胡思乱想中不能自拔，你这是折磨自己，会给自己留下一辈子的伤痛。"

苏越的话很柔很轻，仿佛来自心灵最深处的一声叹息。何夕感觉这些话跟他开始的表白一样，都来自对她的爱，说明他的爱是立体的，是触手可及的。

"你说得有点耸人听闻了。"

"不是的，何夕。你试图找到这个28年前的凶手，怀疑他可能跟囚禁'地窖女'的人是一伙的。但他一直逍遥法外，可能就在这座城市里，一旦他知道你在调查，你以为他会温和地和你周旋下去吗？不会的！我认为根本就不是耸人听闻。"

何夕看到苏越的黑色眼睛像一个深潭，潭里是看不到底的忧伤。她终于点了点头。

苏越终于放下心，说："我们出去走走吧，找一个宁静的地方散散心，好吗？"

"心不安，这世上哪有宁静的地方。"何夕说着，站起来。苏越趁势抱住她的腰，身子向前，吻了她的脸。她任由他抱着，双眼却看向窗外。起风了，明天恐怕又有雨。

第二部

连环局

第八章

一

郑航会见了一个最不想见却又不得不见的人。案件迟迟没有突破，他有太多的事情需要处理，已经忙碌成旋转的陀螺。专案组虽然分了几小个组，每个小组都有得力的同志负责，他不用每件事都亲力亲为，但每一步都要亲自订策略，拿方案，作结论。他那时连上趟厕所都巴不得开车过去。不过，他在跟这个人见面时还是显示出无比的耐心。

眼前这个人，身高不到郑航三分之二，身坯却超过他三分之一，足蹬便鞋，全身上下都是牛仔服，脸特别臃肿，鼻子很小，头发又往后梳，看起来活像斗牛犬；而他脸上总带着微笑，像涂着一层厚厚的甜奶油，说话时还翘起兰花指，十足的娘味。满满的一个矛盾组合。

他是《汉洲晚报》的记者，叫阿甘。此时他正像小型推土机似的横在沙发上。

郑航陪着他坐在沙发角落里，谦逊得像一个小学生。"大记者写的东西，在微信里传给我，让我点个赞就行，怎么还亲自跑过来呢，多辛苦。"

"当面核稿，是宣传部的规定，我可不敢违背。"阿甘说，"你们的新闻发布会太精彩了，让我足足写了两百多字，不见你一面，我又怎么交差呢？"

听着阿甘夹枪带棒的娘娘腔，郑航感觉后背爬上了一群细小的蚂蚁。

"案件还在初查阶段，确实没什么信息。"他说，"有一点你尽管放心，只要有读者关心的消息，我第一时间告诉你，绝不隐瞒。我们也很需要媒体的关心和支持。"

阿甘说："那你告诉我，那个跟'地窖女'有关的女孩是谁，还有可能跟她有关的二十几年前那起没有破获的杀人案件的情况。"

"还有这些事？"郑航扬起双眉，"你可别乱传，宣传部对记者传播谣言是有明确规定的。"

"不实诚，郑队长，你太不实诚。"

郑航盯着新闻稿，身上却像长满了眼睛，饶有兴趣地从阿甘蛋糕般的脸上掠过。"等等，你是在暗示我，你知道不少跟'地窖女'有关的线索；每个公民都有配合公安调查的义务，请跟我去执法办案中心接受一下询问，别来道听途说的，我要真正有价值的消息。"

"记者的职责是如实报道，不乱说乱写没有事实依据的东西。"

郑航很认真地摇头，举手做制止状。"标榜的话就别说了，我还要出去办事呢。"

"别闹了，我知道你们现在坐在火山口上，目前所有媒体都发现你们没有说出全部实情，特别是自媒体，已经有人发声说你们糊弄群众，跟帖的人多如牛毛，随便一帖就可能'10万+'的点击量。如果我帮你们正面发声，你就能够免去这份'炙烤'。我说得对吗，郑队长？"

郑航察觉到这段对话正往什么方向发展，以及阿甘这人比他预料的要聪明。

"那你要小心喽，下次接到我的电话可不一定是有能登上报纸的消息，"郑航说，"而是被告知乱发帖被控故意妨碍警方执行公务。"

"No，No，No，"阿甘大笑，态度明显变得热烈，"身为新闻人，我必须考虑我的原则。现在的问题是，我想对执法部门无条件提供我的服务，可你们不配合。"他丝毫不掩饰自己话中带有的讽刺意味。

"你的配合是指什么？"

"当然是提供案件的独家消息。"

"我刚才已经给了你承诺。"

"得了，我明白你的承诺意味着什么。"阿甘叹了口气，"想想看你对付的是谁吧，郑队长。现在纸媒已经式微，各种新兴行业随之诞生，剧本杀听说过吗？靠着新奇、神秘、悬疑的特点吸引了大量年轻人。这周末在南星花苑将举办一场盛会，有上千名年轻人报名参加，剧本的内容就是关于'地窖女'的，他们会根据自己的猜想自定角色，有凶手、有嫌疑人，通过调查对已知线索进行合理推测，并进行圆桌讨论，对嫌疑人进行针对性问答，梳理案件线索，最后所有玩家通过投票指出凶手到底是谁。你有没有兴趣？"

郑航闷闷地摇摇头，说："我不会参加的。"

"真遗憾，你这么守口如瓶，那我难以保证他们不出你们的洋相。"

那天，肖永明去找郑航，在走廊听到阿甘的声音，便躲进了其他办公室里，然后发信息给郑航，让他赶快把阿甘打发走。他也不想让阿甘缠上。

郑航没有跟阿甘继续聊下去。当阿甘提出看案卷的要求时，直接拒绝了。他脸上始终挂着笑，嘴里打着哈哈，说："你这个记者神通广大，可最好别没事找事，把脑袋削得太尖，终究会扎伤了自己。"

阿甘极不甘心地走了，肖永明扔给郑航一卷资料。里面是政治部公共关系科整理的近期舆情监控简报，全是跟"地窖女"案有关的。有的甚至延伸到遥远的过去，一些片段，一些影子，一些不确切的时间和地点，都饱含着血和泪，它们不断地在提出问题，但可能永远得不到解答。

郑航已经翻阅过无数的打拐案卷，没想到还有这么多已经发生却不为人知的案件，不禁感到晕头转向。

"群众在逼我们打通关呢，你的进展如何？"肖永明压低声音问，仿佛阿甘还在附近。

郑航把自己的笔记本跟案卷一起拿出来，准备汇报。肖永明却表示，他不看那些东西，就听听，听郑航的直觉想法。

"我想快有进展了，"郑航放下案卷，"刘畅去戎城还没回来，但发回了跟罗玉能父子的谈话记录，其中有几条关联线索，正派人调查核实。"

肖永明对此反应冷淡，他关注的是何夕生身父母案件可能造成的社会影响。何夕生身父母案件起到了磁铁的作用，引起全社会的注意，民怨沸腾，媒体追得很紧。郑航似乎明白了肖永明的来意，详细地汇报了他跟何夕的戎城之行。其间，他见陷在沙发里的肖永明不停地点头。

事实上，肖永明不仅知道他去了戎城，还对他从吴晓葵身上找线索的想法了如指掌。他告诉郑航，何夕去找过给市领导打电话了解吴晓葵案的戎城市中级人民法院老院长莫凡宁，两人谈了一晚。也不知何夕说了什么，莫凡宁以为汉洲警方查到了他们审判中存在的纰漏，要翻案，所以情绪有些激动。

郑航明白肖永明话里藏着的意思，但他没跟何夕透露任何案情，不怕人猜忌。他说："严格意义上说，这不关我们的事，何夕父母的案子一直未能结案，她是当事人，要深查下去，也不能算是翻案。跟吴晓葵案件的关系，在没有排除前，谁知道呢。我觉得莫院长这是神经过敏了，退休了，时间多得没事干。"

肖永明很认真地点头，说："他说什么也没用，你办好手里的案子就是，捅到哪里都不用怕。不论跟他有没有关系，我们只讲事实依据，现在舆论这么紧张，谁也干预不了你办这起案件。我呢，只要进度。你最好把专案组搬出去，尽可能地排除干扰，花最少的时间寻求突破。这起案件有没有嫌疑人不重要，重要的是真相。"

话说到这地步，郑航不能不表决心。"两天，"他说，"最多三天，我会给你一个答复。"

"加上用在检验室的时间，我给你一个星期。我跟局长一起来听汇报。"

"好吧，最多一个星期，按您说的办。"

肖永明于是转换了话题，说："局长安排你紧盯'地窖女'案，其他案件你就不用管了，你们大队的工作另外安排了人手，你不再是负责人。"

郑航有点愕然，想了想又觉得释然。

二

郑航找的专案组新址，就在附楼的执法办案中心楼上。他请人加装了手机信号增强仪，连接了公安专网和互联网络。刘畅给大家分配了茶杯。清一色的醴瓷大杯，上面写着社会主义核心价值观里的不同词汇，是老舒用紫红色的油漆写的。他的书法很有特色。

其中刘畅是"自由"，关欣是"平等"，老舒是"公正"，郑航是"法治"……

每个人都泡上茶后，郑航把大家叫进会议室里，边喝边聊。自上次分工之后，老舒把负责的网络和舆情调给了关欣，他专心研究吴晓癸团伙涉及的遗漏案件。负责热线的三个小女警每天都嘻嘻哈哈的，汇报工作七嘴八舌，让他受不了。

关欣告诉郑航，至今还没发现跟嫌疑人有关的跟帖。她认为，如果嫌疑人经常上网，他要有非凡的忍耐力才能在这么热门的搜索词里不冒头，这就反过来说明那人要么已经死亡，要么已经功成名就。无论如何，网络这条线她是不会放过的，团伙里只要有一个人活着，只要在电子世界里有一点动静，她都会把他揪出来。

老舒说，他深入研究了"地窖女"案和许盈杀人案后，对可能存在的犯罪嫌疑人做了一个心理侧写。初步评估发现，与吴晓癸团伙案件里的漏网之鱼有着极其相应的联结点，也就是说前两起案件跟吴晓癸案有了一定的串并案基础。

老舒的说法在刘畅听来，有些玄妙、高深，他像一根迎风的柳条似的扫了过去，急切地问："师傅，你的意思是吴晓癸团伙案还有余罪没有审判，还有嫌疑人没有落网，而'地窖女'正是那个没落网的人做的？"

郑航替老舒做了回答。从现有的案卷资料来看，漏网之鱼肯定是存在的。许盈杀人失踪案、"地窖女"案可能就是吴晓癸案的延续。他在侦查中提出的最重要的观点，就是"排除不可能就是可能"。他要求每个人都按这个思路排查下去。

说到这里，郑航举起写有"法治"的杯子，大家都举起杯做了个碰杯动作。他说："这个专案组的新办公场地就算正式启用了，下面请刘畅简要地把戎城之行说一下，以便大家掌握情况。"

刘畅点点头。在罗玉能的帮助下，他发现了一个跟吴晓癸案有关系，因猥亵罪和盗窃罪被判了刑的男人。此人目前已不在监狱里，他就是老舒说的那个打"荆钗"热线报料的人。

老舒欣慰地点点头，刘畅确实不负期望，把他交代的任务办出了一个子午卯酉来。

刘畅从包里拿出一张照片给大家看，那名男子两眼空洞，面无表情，干瘦的身子只穿了一条沙滩裤。照片上有日期和编号，是从法院的档案里复制的。

"这个人叫马大亚，现年47岁，曾经犯下猥亵罪，对象是一个夜归的打工女。那个女人报警后，又有一个老人报警，说马大亚试图将他孙女骗到小船上进行性骚扰。两罪并罚判了7年有期徒刑。出狱后，又犯盗窃罪，目前已从大通湖农场释放回家。"

关欣问："他对吴晓癸案是知情，还是有参与？有没有跟'地窖女'关联的证据？"

"他跟吴晓癸团伙没有交集，吴晓癸团伙活动猖獗时，他只是在南方打工的小混混。"

老舒有些不耐烦，咂了咂嘴说："仔仔细细地讲，别打哑谜。"

刘畅说："马大亚跟吴晓癸案的联系来自监狱报来的一份材料。他交代，吴晓癸团伙案是他的同监狱友老阳告诉他的。老阳入狱期间为了减刑，举报了一名为吴晓癸案某个嫌疑人冒名顶替坐牢的贾姓狱友，也就是贾礼。不知什么原因，这份举报被贾礼知道了。老阳确信自己会遭到报复，于是想到越狱。要逃出监狱几乎不可能。所以，老阳决定假死，并把计划全盘告诉了马大亚。隔天早上，马大亚果然听说老阳死了，不过不是假死，而是真死了，并且被对方打得不成人形。那个贾礼，跟老阳不是一间监所，跟他没有关系。老阳的举报因为他的死而石沉大海，贾礼刑满后就被放了出去。"

关欣盯着刘畅，问："你的意思是，找到贾礼就可以找到吴晓癸案的漏网之鱼？"

"我看过贾礼的案卷。"刘畅说，"贾礼当过小学教师，后来跟着吴晓癸，当秘书，跟系列拐卖妇女案有间接关系。但他在监狱的表现出奇地好，不仅劳动积极，还当过文化教员，负责监狱墙报，几乎所有好人好事都有他的份儿。在狱的旁证材料都说他老实善良，为人本分，根本不像一个坏人。"

"那些材料的真实性呢？"

"时间太久了，被问及的人都不确定。"刘畅说，"狱警跟我提起，当时监狱跟公安组成联合专案组，调查老阳的死因，抓获了嫌疑人。那人后来被数罪并罚，判了死刑。但有个警察对调查结果表示怀疑，又反复讯问过马大亚，这个警察跟一些犯人提到吴晓癸案，有人揭发了贾礼，说他之所以跟着吴晓癸拐卖妇女，因为他曾经……"刘畅鼓起勇气说，"性侵小学女生被开除。"

关欣不禁身子一缩。"性侵小学女生"这个词比最惨不忍睹的命案现场照片更震撼人心。"以当时的严打精神，凭这一件事就可以直接判他死刑，怎么会释放出去？"

"只是有人揭发，并没有查证属实；还有，在法院的审判卷里，判定他协同吴晓癸犯罪，证据链很完整，所谓冒名顶替，也有些莫名其妙。"

老舒也感觉有些奇怪，问："那个参与调查的警察是谁，你能找到他吗？"

"是当时马塘派出所年轻的副所长涂力明。"

老舒兴奋地点点头。"小伙子工作做得不错，值得表扬。只要顺藤摸瓜，深入调查，情况就会越来越明朗。就像我以前抓小偷，抓一个带出一伙，独狼也是有社会联系的。"

关欣白了老舒一眼，感觉他有"王婆卖瓜，自卖自夸"之嫌。她说："这个马大亚的供述矛盾重重，贾礼的犯罪证据确凿，却说冒名顶替；他跟死者不在同一监舍，却说是报复杀人；前后的罪行听起来十恶不赦，在监狱里却是十足的好人。这怎么说得通呢？"

刘畅想了想，说："事实上，这些事情确实最后都没有查实，那些犯人也称不上是世界上最可靠的证人，涂力明最终也没有得出结论。"

"嗯，"老舒说，"涂力明是关键。你跟他本人聊过吗？"

"他不在了。当时的结论是自杀。不过，我想来想去，总觉得其中有问题。"

老舒来了兴趣，说："你是说从老阳的死到涂力明的自杀，里面可能有隐情？"

"我看了当地刑侦大队的调查报告和鉴定结论，涂力明是死在自己的枪下。"刘畅说，"证据链很完整，无懈可击，但我总觉得缺了点什么。"

郑航一直静静地听着大伙儿的讨论。这时，他摆摆手，说："好啦，刘畅这次调查很有收获，特别是他提出的这些疑问，是接下来我们要调查的线头；这些疑问，当时无法捅破的窗户纸，就是我们的机会，我们这个专案组，先围绕这条线索展开追查……"

老舒重重地拍了拍刘畅的肩，拍得声音很响。刘畅很高兴老舒这样拍自己，拍得越响越好，响到可以把自己融化掉，响到可以把他吞没掉，响到他在师傅眼里不再是一根木头。

他看到老舒退到郑航的身边，自豪地大声说了一句："小伙子成长了。"

郑航脸上露出笑容，点了点头，说："这些疑问都指向了那条漏网之鱼。接下来，我们的目标就是那条漏网之鱼，只要逮到那条漏网之鱼，什么疑问、什么推测都可以迎刃而解，甚至包括'地窖女'的身世，都可能找得到答案。"

刘畅的身子轻了，目光却又重了，落在郑航的身上，希望郑航再给他得到肯定的机会。他注意到其他人的目光跟他一样，望着郑航。所有人都从他的这次调查中看到了希望。

郑航从档案袋里拿出一张照片，接着说："要找到漏网之鱼，贾礼是关键。这是贾礼在押时的照片，以关欣的火眼金睛，没有在执法办案系统里找到跟他相似的人，说明他后来没有犯过事，或者已经整过容；而且，这个名字在户籍系统里有很多，却没有一个对得上号的，说明他已经改了名字，或者入狱前用的根本就不是真名。他像一条变色龙，极有可能还混迹于真龙之中，一直在为害人间。你说呢？"

郑航将问题抛给了关欣。

关欣淡淡一笑，说："只要他还活着，总有冒出头来的时候。"

"他肯定逃不出如来的手掌心。"刘畅立即拍关欣的马屁。

"还跟小猴子一样。"老舒又重重地拍了拍他的肩膀。

郑航撇了撇嘴，笑刘畅是年轻人。刘畅却争辩是冲劲，还说是关欣的冲劲。

"是啊，你们年轻人就是有一股子牛劲。"老舒叹了口气，朝天空看了一眼，突然之间有些意兴阑珊。"反扒队的老朋友跟我说，郑航比你年轻20多岁，负责的案子每一件都侦破了，你去了有没有压力？起初，我以为他是嘲笑我，所以我就回答说，想清闲，到哪里都可以。今天，跟你们年轻人在一起，我确实感到了压力，但更渴望成为传奇的一部分。"

郑航无声地走到门口，抬头看了看一碧如洗的天。春的气息越来越浓厚了，汉洲大地笼罩在温馨的阳光里。他轻快地迈出一只脚，如同弹拨大地的音符一般走进了初春。

第九章

一

　　与豁达房地产公司新一年度的法律顾问协议在一家法国餐厅里签订，是席贝仁刻意安排的。这位中年暖男十分体贴何夕的心情，以最简单的方式签完约，便打发走了秘书，只留下他们两人相对而坐。

　　在宽大的中式包厢里，席贝仁亲自烹煮咖啡，搭配适中的牛奶和糖后，将何夕的那杯注满，盖了一会儿，待咖香浓烈又将杯盖揭开，妥妥地放在杯垫上，然后平稳地推到她面前。席贝仁的目光一直围绕着何夕，却那么纯净，何夕的眼眶突然就热了。

　　从席贝仁的笑容里，何夕感觉他的每一个表情和动作都充满了亲情般的感情，像兄长，也像父亲。这个咖香弥漫的午后，席贝仁多少有些兴奋，但他的动作和语速十分舒缓。他告诫何夕，越是焦急上火，越是需要从容和缓慢。他看出来何夕碰到了问题，何夕毕竟年轻，事情都在脸上写着呢。事情还不小，恐怕不是她独自能解决的。

　　何夕把目光移向窗外，天上照样飘着细雨，风从绿化带上吹过，细碎的水珠在马兰头花瓣上跳跃。更远处，巨幅电子屏播放着世界杯亚洲区预选赛广告，隐隐约约地传来观众的呐喊和尖叫声。何夕没有回头，她的目光抬了起来，仿佛看到汉洲天空下的整座城市，广阔而繁华。然后，席贝仁询问她戎城之行的话丝丝缕缕地传进她的耳膜……

她不得不把目光从窗外收回来，转过身，说："时间太久了，仿佛是上辈子的事情。"

席贝仁笑了，说："即便这样，你更想知道上辈子到底发生了什么事情？"

"是啊，可线索全断了。莫凡宁老院长根本不知道许盈和刘薇这两个人，也许他从一开始就对那起案件不怎么了解，他只是参加了拍板。"何夕说。

"或许你母亲跟那起案子根本就没关系呢？"

"不会的，"何夕说，"种种迹象表明，那些案子都有连带关系。"她顿了顿，"只是许盈和刘薇这两个人莫名消失了，在户籍系统里怎么也查不到人。"

席贝仁想说那两个人也许死了呢，但他没说，他不想何夕伤心。他说："可能改了名，或者做了整容。"

"我都想到了，但要在派出所直接改名是很困难的。我是说，她们只是农村妇女，没有一点活动能力是办不到的。"

"这可说不定，"席贝仁说，"她自己没能力，谁还没个七大姑八大姨的，没准儿她们有亲戚帮忙呢，何况有钱能使鬼推磨。"

"嗯，虽说这不大寻常，但可能性还是有的。"

"下一步怎么办？"

"我有点犯迷糊了，"何夕说，"一开始我认为找到了案发地还有关联的犯罪团伙，凶手一定就在团伙里，可查来查去找不到任何线索。我是说，在警方的报告中，什么嫌疑人也没找到。几个知情人，几个警察，和许盈、刘薇根本没有联系。"

"这事对你来说，是够难的。"席贝仁说，"你现在过得不错，为何不让警察查去，放过自己，也放过待你如亲生的养父母呢？"

何夕心头一颤，低下头去。在紫梅派出所找到档案的那一刹，她觉得自己一脚踏进了另一种生活，她告诉自己这种事是不能后退的，但是泪水还是不由自主地流了下来。

她轻轻地抹了把眼泪，说："老实说，这确实不是我能够处理的事情。我也想，好吧，不要老惦记这事了，把这事搁置起来，继续生活下去。然后你会发现自己根本就做不到，因为这事一直在你梦里，在你的内心深处浮现，让你过的每一分每一秒都变得无比冗长。所以，我必须认真地解决这件事。"何夕叹了口气，"否则，它总是会出其不意地给你重重的一击，我想我无法终结自己的这些反应。"

"如果你做到了，我才会感到惊讶呢。"席贝仁说。"可你的生母，许盈，"他斟酌着该怎么说才好，"她应该确实遗弃了你，对吧？"

"不一定，她也许是被逼无奈，也许是被人绑架了，从戎城到汉洲，距离并不远。有人要把她拐卖到其他地方去，那人认为我是累赘，便把我丢在汉洲街头的花坛里。我知道这对我的遭遇来说没有根本的区别，但给我的感觉不一样。"

"是的，我想是的，严格说来是这样。她被逼无奈。可这么多年过去，她过得怎样，为什么不来找你呢，还是她……"

"我想，她肯定过得不好，我有这样的感觉。"何夕说。

"是啊，"席贝仁道，"不过，活得再不幸，也不会扔掉自己的孩子呀。"

"在有些情况下，她自己别无选择。席总，我并非为我的母亲说话，我说的是切身感受。现在，我体会到有点……"何夕站起来，一只手按在胸口上，"感觉一切全在这里面，它无法自我了结，必须有个结果才行。"

"好吧，"席贝仁说，"如果有什么需要，纯粹只是倾诉也行，找我好了，你是明白的，我会永远帮你。"

"我知道，谢谢。这段时间，我会全力以赴地找刘薇，不管她以前叫胡珍珠还是什么名字，现在叫什么名字，如果我找不到她，就无法真正搞清楚到底发生了什么事。如果我想把这些充满疑惑的东西搞清楚，我就得找到她。"

"警方报告里没有她的信息吗？"席贝仁喝了一口咖啡，问，"她不是你生母唯一的熟人吗？好奇怪，警方当时怎么就没有找她询问呢？"

"她当时已经不在村里了，"何夕说，"但有一点值得注意，也许我得再去找找莫凡宁和当时办案的民警，他们的调查怎么就那么不细致呢？竟然忽略了刘薇这样一个最现实的证人。要我说，她甚至有可能是嫌疑人。"

"是的，你说过，跟她在一起的还有一个男人。"席贝仁道，"应该是最有力的证人。"

"好主意。不管怎么说，都必须得找。如果他们找到刘薇，就能知道更多实情。她认识我生母许盈，她俩是熟人。如果她们是共患难的，她就能把事情的来龙去脉告诉警察，如果她跟那男人是同伙，那警察就漏掉了最重要的东西。"

"我有个点子，"席贝仁说，"去申诉，引起政府部门的重视。如果那时的公安或法院更慎重些、仔细些，你也不会落到如今的境地。"

何夕点点头。"是啊，问题还是出在办案部门，遗漏这两个人是我生母蒙冤的关键所在。"

"不过，那个年代办案就是那么粗糙的，"席贝仁说，"喊冤叫屈谁会理你呢？你得想个万全之策，你是律师，既不能影响到你的职业，又要达到目的，还是挺难的。"

席贝仁的话很宽厚，很诚恳。何夕感觉他身上有一股正气，和生意场上传说的那个阴险、奸诈的人有极大的反差，让人不自觉地产生敬意。也许这正是人的两面性，一个聪明人在复杂的环境里总会有复杂的表现。而何夕眼里的席贝仁则是个永远都很得体的男人。

二

何夕依然会有意无意地想起那次跟席贝仁说情的情景。那也是她唯一一次接受别人的请托，虽然时间过去了两三年，但那种羞愧始终令她无法忘怀。不过，正因为那次说情的失落感让她从心灵深处真正认可了席贝仁。

请托人是席贝仁工地的一个承建商，叫付恩，才二十几岁。何夕潜意识里，总觉得应该帮助年轻人，给年轻人改错的机会。因此，当付恩说工地出了点问题，想请席贝仁高抬贵手，放他一马时，她连出了什么问题也没问清楚，就满口答应了。

那天，付恩穿着一套廉价西装，而不是工地制服——何夕想这套西装应该是在地摊上买的——走进她跟席贝仁相约的咖啡馆卡座里时，席贝仁没有平常的热情，只是露出礼貌的微笑，低头啜饮着咖啡。付恩提出把赔偿款的三分之一私下里送给席贝仁。席贝仁摇了摇头，依然微笑着，称赞何夕当时佩戴的项链很衬她的肤色。

"这是男朋友送我的。"她那天竟然也说了谎，心想他不是欣赏她的项链，而是转换话题。付恩却不识趣地给席贝仁抛出一个更大的价码。她没敢注视席贝仁的眼睛，因为他也只是静静地盯着咖啡杯，突然脸色发青，轻声对何夕说："这是你的主意吗？"

"跟我没关系。"何夕发现自己有点喘不过气来。"不过，我想年轻人能帮就帮一下。"

"帮帮忙，席总，这事除了我们仨，没有其他人会知道。毕竟谁都受不起伤害……呃，谁都有年轻犯错的时候。"

"难道是因为我说过或做过什么吗？"

"什么？"付恩露出茫然的神情。

"你为什么认为我会接受那笔钱？"

付恩抬眼朝何夕望去。何夕感觉自己满脸通红，她记得自己以前从没这样脸红过。

"还要不要上杯咖啡？"席贝仁再次转换话题，大约是想顾及她的面子。

"请您花点时间考虑考虑再答复吧，席总？"付恩再次结巴地哀求道，"这是为了我好，我知道，这样我就还有机会实现一些梦想。"

这些话就连何夕听着都觉得十分刺耳。席贝仁对服务生打了个手势，表示买单。

"什么梦想？成为腐败的管理者，还是拿着钱跑去国外，而在国内留下一大片废墟？"他愤怒得声音发颤，"这就是你拥有的梦想吗，付恩经理？"

付恩无法回答。

"我一定是瞎了眼。"席贝仁说，"你知道吗？我来见你，是因为何律师，她……才是让我感觉不一样的人。"

"对不起，是我不对。"何夕低声说，发现自己浑身在发抖，就像在炽热和冰冷交替的水里不断下沉。"很抱歉，冒犯你了。"

席贝仁清了清喉咙，对何夕说："不是你的责任，你也是好心。"

接下来的沉默中，何夕更加不自在。"就当我们没来过这里。"她道歉说。服务生走过来，从她手中接过信用卡。席贝仁站起身，表情平静得像一潭深绿的水。

事后，何夕郑重地向席贝仁道歉。他还是那么宽厚，说："这不重要，对我们三个人来说都改变不了什么，也不存在谁拉谁下水。"

三

窗外，最后一缕光线渐渐消失，天色已经暗了下来。何夕紧紧抓住榛木椅子的扶手，好像这样就可以想出办法来。马塘村、戎城法院、公安局，找了村民、法官、警察，接着还要找谁……泪水顺着她的脸颊滑落下来。她本来是专业的，是律师。她要沦为上访户吗？

席贝仁的话很有道理，不能影响自己的职业，影响让很多人梦寐以求的人生。她拥有很好的人脉关系，良好的业务信誉，当上了首席律师。这是她年少时的梦想，是她通过努力奋斗得来的。因为生母的缘故，她会失去这一切吗？

过了一会儿，何夕安静下来。坐在这个她一直尊重、视为兄长般的人面前，她想放声大哭一回，可她不能哭，毕竟这是公共场所。席贝仁递给她一张纸巾，然后续了杯咖啡。他交叉着双手，表情沉着，坐在那里等待着她慢慢恢复。他不再说什么宽慰的陈词滥调。他明白她会挺过来的。

何夕理解席贝仁此时的沉默。汉洲打拼几十年，他几起几落，拥有丰富的人生经历，他那带着血丝的眼睛、坚定的目光，就是从苦难中磨砺出来的，他也用这份磨砺树立了显赫的名声。大家猜测他的年龄大概50岁或者更老些，因为他有一头斑白的头发，总是皱着眉头，喜欢穿名牌西服。而实际上，他中等身材，一直在大力神健身。他还有一项神秘的能力，那就是当他坐在主席台上，敦促属下要更加努力，创造更辉煌的业绩时，富有鼓动性的语言及表达方式，令他比平时高大十倍。

据传闻，他曾是某地市场监管局的中层干部。那份工作是他的挚爱，在20世纪80年代末因打击投机倒把获得过多项荣誉。后来，他因为在市场制度化和如何让监督更加具有执行力方面提出了非常有见地的意见而声名大振。不过，他是个更倾向于实践的人，在干部下海的大潮中，他辞去了公职，当上了弄潮儿，并取得了如今的成绩。

他是一个勤奋、要求高同时脾气有点大的人。

"你其实也可以放手，借助警方的力量查下去，不必过分伤情。"他的话跟苏越如出一辙，大约想缓和她此时的情绪。

"嗯，我只是忍不住。在你面前，就像在敬爱的兄长面前似的……我一直在承受这种痛苦。真是很有意思……我最佩服的还是你。不论生意场上多么艰险，碰到多少困难，你都像一池平静的湖水。我要向你学习，工作、生活就像战争，负担不了那么多的感情，面对的一切都是敌人。"

"谢谢你这么夸我，我不一定有你说的那么好，但坚强是第一位的。"席贝仁说。

"我会坚强起来的。"

聊天聊到这里，有点曲终人散的味道了，可何夕总觉得意犹未已。席贝仁似乎很理解她此时的心情，接着问："你觉得，生母抛下你之后，最有可能发生了什么事情？"

"被再次拐卖了。"

"所以，解救她就是一场战争，小何，你觉得自己有几分胜算？"

"不知道。"

"所以，要有所谋划，不打无准备之仗。"

"是的，我前期做了些工作，但重点还只是了解自己被收养的事情，对生父的被害和生母的蒙冤，很难过，很愤怒，但是……缺乏积极性应对。"她说，"这是几天来的第一次，我感到自己清醒了。你的话让我醍醐灌顶，一瞬间我感到自己处于一种神游状态，现在……我想我更坚定了信心，我要去看当时的犯罪现场报告，去追查当时留下的所有线索，我一定会找到那个隐藏的人，摘下他的面具。现在，与为我生母难过相比，我更多的是在思考如何找到他。席总，我要怎么做，怎样才能做得更好？"

席贝仁笑了，他那张生动的脸上露出更富有魅力的柔和神情。"嗯，你很有悟性。你听说过犯罪学家对犯罪学的研究吗？"

"我只是一个实践者，最多算是打击犯罪队伍中的一员。"

"但我们都是知识论者，我们要去了解为什么会发生那些超出我们愤怒的事情。"

"也许仅仅愤怒还是太单纯了。"她说。

"对，愤怒缺乏建设性。律师和警察都是实干家。你是律师，也许对遇到的一切非常生气，进行控诉。通过这种方式，帮助控制犯罪的发生，但你的介入总是在事情发生之后。而犯罪学家、社会学家，还有犯罪行为学家都是思想者。他们了解过去发生的一切，然后做研究，他们提出一些东西，比如性质分析、时间地点界定，这能让那些法律执行机构阻止未来可能发生的暴行。"

"你是说我要从犯罪学家的角度来考虑？"何夕说，"可要我做到那种冷静，有点难，或许我不该这么愤怒。"

席贝仁身子向前倾了倾，柔和地说："你能的，何律师，我相信你。你要让自己当旁观者，当自己就是这个案件的律师，你看怎样？"

她有点僵住了，又一次低下头。她在膝盖上不安地摆弄着手指。"我不……我不知道。我告诉自己不要去想，不要焦虑。但实际上我做不到……也许切肤之痛就是这样。"

席贝仁退缩了一下，坐了回去。何夕头一次注意到他显得很不安。他脸上的皱纹更深了，他的眼神也不再是她所熟悉的那样严厉。有一会儿，他看起来就像一个普通人。"我必须更正，或许是我让你偏离了正轨。"他说。

"什么意思？"何夕挺直身子。她的心脏又开始怦怦直跳。不，她想，他不会有任何错。汉洲富豪榜排名前十的创业者身上不会有任何缺点。她的世界有些倾斜，感觉是自己太幼稚。她希望从他身上看到自己扛起焦虑的希望。

"你的焦虑症来自压力，你要化压力为动力。"席贝仁仿佛词穷了，说出一句教导小学生的话。

但何夕没有想到这点。"它就是动力，只是让我很紧张。"

"哦，紧张很正常。下面我们来梳理一下其他的信息。想一想时间已经过去这么久，就算你生母曾经是拐卖、嫁祸目标，时间可以磨灭一切。结合解救出来的'地窖女'，你觉得，拐卖她的人会在哪里？"

"是的。"她直直地望着他，然后忽然悟到了什么。她感到血液涌上脸颊。哦，不，不。"最近……我感觉有人在监视我，你是说……他可能就在附近，在这座城市里？"

"不能排除这种可能性。"席贝仁平静地说，他的声音里比过去她听到的又多了一些慈爱，"我很抱歉，小何，这只是通过猜测得出的结论，我想你也没有证据。"

"他就在这座城市里。"这个念头在何夕脑海里挥之不去。这是一种很奇怪的感觉，让她立刻觉得受到了侵犯，但是又觉得放松了。觉得受到了侵犯，是因为有个未知的人侵入她的生活，像捕猎牲畜一样跟踪她。放松是因为这个侵犯是实实在在的，而不是她脑子里幻想出来的。这几天太焦虑，太紧张，但不是幻觉，现在才想起是焦虑蒙蔽了她敏感的神经。此时，她回忆起脑海里的阴影，脊柱上感到一阵阵寒意。感谢席贝仁，是他提示了她，让她苏醒了。坚强、理智的何夕又回来了。谢谢。

"看来我的猜测也在你的心里。"席贝仁说。

"该死的，他竟然跟踪我！"她有些疯狂了。愤怒让她的双颊染上了颜色，让她的脊柱这些日子以来第一次挺直了。被跟踪？她才不会被跟踪呢。

席贝仁研究着她。他一定很喜欢自己看到的一切，因为他带着鼓励点了点头。"记住我说过的话，让自己旁观，让自己站在捕食者的角度思考。他会干什么？"

何夕深深地吸了一口气。"防止自己暴露，"过了一会儿，她说，"他要保护自己。"

"这是犯罪者的普遍心理，还有呢？"

"他希望继续。他要让曾经发生在我母亲身上的一切重演，他更成熟了，他需要再用这个过程来满足他的猎食心理。他希望一切都玩弄在他的股掌之间。"

"怎么说都不为过，他可能对你来说不是个陌生人。"

"那我一定会碰上他，甚至认出他。"何夕说，"那种被监视的感觉……如果我遇到了他，我会找到那种感觉。他应该不会在遥远的地方监视我，他可能是我生活的一部分。"

"这我无法判断，"席贝仁说，"你刚才说到被监视，那种感觉是什么时候开始的？"

"就在我得知自己身世的后一天。这么说，他是最先的知情者，就在我身边。"

"谁知道你在调查此事呢？"席贝仁提示道。

"这可不好说。"何夕谨慎起来，内心有所保留。太可怕了，有人想把她的梦敲碎，想让她看清自己的处境，看清自己的卑微、无能为力。

席贝仁眨了眨眼睛。"好好想想吧。"

"我从没想过要防着谁，"何夕轻柔地喃喃着，自言自语，"别人都说我聪明，其实我很大意。我什么都跟人说，特别是这几天，我就像祥林嫂一样，逢人就倾诉……"她的声音越来越小，她在脑海里已经把这些和一些认识的人联系到了一起。苏越？郑航？关欣？马塘村的村民、老法官、老警察……不可能，但总在其中。

"你有目标了？"

"我不想这么快就下结论。"

"安全比遗憾更重要，小何。"

她笑了一下。"这是一句陈词滥调，席总，但我很感谢你。我向你承诺，我会重视的。"

席贝仁笑了。他惊讶地发现，坐在对面的何夕像一朵雨后的蘑菇，变得安静、干净，而且随风轻微地摇曳。"你仍会展开调查，对不对？我想是这样的，你跟我说这么多就想讨个主意，或者诉诉心中的郁闷。不罢手是你当前无法退却的选择。"

"你知道我无处可退。"

"可以理解。"

"业务……我不会耽误的，请您放心。所里还有比我能干的人。"

"这个时候提业务？我可不会催你，我也没有那么卑鄙，你放手让属下去做些力所能及的事，说不定会带来更大的好处。"

"席总……谢谢你。"

"小何，跟我就不用客气了，我很高兴这样做。"

何夕觉得内心十分安定，接下来该行动起来了。她站起身，伸出手去。隔着桌子，席贝仁也站起身，伸出手。看到他显得如此用情，何夕十分感动。

"还有一个建议？"他说。

"哦……"

"注意执法机构，小何。那些人能够第一时间监视你，预先得知你的行程，仿佛你的影子似的，不仅占着地利，还有人和。你应该明白，你常打交道的执法机构，可不能付出太多的尊重和信任。"

"明白。"何夕答道。不过，她并没有从深处思考席贝仁的话。她的脑海里出现了一片辽阔而湛蓝的大海，海面上波光闪闪，她需要在这样的海面上找到那个神秘凶残的人。

出门的时候，她发现绝望感又回来了。它像一个尖刀阵，逼得她蜷缩起手脚。她意识到一些宿命的东西，但她就是要抗命。一些生命高于另一些生命，一些人掌握着另一些人的命运，这难道就是世界的逻辑吗？

这些念头在脑海里划过，她感到一阵眩晕，又觉得十分亢奋。

第十章

一

假山朝东的路口上，站着一位已经70多岁，却依然优雅端庄的女人。她叫江菲，是涂力明的母亲，终于有人想跟她聊聊儿子的事，她心里又喜又悲。

这天风和日丽。清晨的时候，雨层云在高空吻了一下，便被暖风一路吹向北方，就此消散，戎城市区享受到难得的和煦天气。郑航和刘畅从街对面的停车场走过来，穿过小区大门，一边跑一边核对着楼栋号，一直走到小区中心湖边。他们还在观察着楼外的栋号，江菲看见了他们，迎过来，有点拘谨地挥着手，喊道："郑队长吗？在这儿呢。"

郑航朝她走过去，伸出手。江菲抓着他的手，说："你不知道，见到你我有多高兴。你打过电话，我坐在屋子里面越想越激动，只能等在门口，这样我就不会找不到你了，你也不会因找不到我而乱走。"

她把另一只手放在跟郑航握在一起的那只手上，双手拉住郑航。"不过，如果你不担心我这个老婆子胡言乱语，现在就可以开始。你知道吗？27年过去了，没有人愿意跟我谈力明的死。在此前后，更没有人认真地调查过这个案子。我是说，所有人都认为这件事再明显不过了。那几年确实有不少警察辞职，或者自杀，但我儿子不会。他们却仍然说所有证据都表明，所有证据。任何证据都可以仿造的……我这么说，不会把你烦走吧？"

郑航也将另外一只手放在她的双手上。现在，他们看起来像一对久别重逢的母子。"不会的。"他说，"我不会走的，你说什么我都愿意听。"

"哦，好吧，我们去屋里说。"让郑航无比惊讶的是，她两手反握着他的双手拿到嘴边，快速地吻了吻——标准的西方礼节。

郑航认真打量对方，老人的头发白得很彻底，满头银亮，梳着20世纪90年代的西瓜发型，展现出清晰的面部轮廓，可以看出她年轻时一定有着非同一般的魅力。当然，她现在依然魅力不减。

她打开门，让郑航和刘畅进去，又回身把门关上，整个程序非常富有礼节。一路走进客厅，郑航看到阳台面朝湖面，观景窗似乎跟湖水连成了一片。客厅中铺着浅色的实木地板，茶几下面垫着江苏省出产的地毯，然后是棕色的皮沙发和一把配套的摇椅，有一台古董式的录放机，靠墙是内置式书柜以及一盏台灯。

江菲指着书架上镜框里的照片说："看，这就是我儿子涂力明，穿着制服还是挺帅气的。旁边这张是我的孙子涂播，大学毕业照，他们是我最大的自豪和快乐。"

照片上涂力明和涂播差不多年纪。

"好帅气的父子俩。"郑航说。

"这可不是我显摆。"她说，"那时，力明在局里就是最帅的，没有之一。"她的胸口在一声下意识的叹息中起伏着。"喝茶吧，这是我孙子买回来的黑茶和煮茶机，可以降血糖血脂。我已经煮好了，只等你进门。"

"好的，"郑航应允道，"安化黑茶很有名，确实有你说的功效。"

"很快就好。"她让郑航和刘畅先坐下来，自己忙碌着。郑航坐在沙发上，目光被那张阳光帅气的年轻警察照片吸引。去世27年后，他在这个家中依然充满活力。

江菲很快回来了，端来一盘西式脆饼、一碟瓜子以及两个杯子。她把盘子放在茶几上，自己坐进单座沙发，斜对着郑航。"我曾发誓不再跟人谈论这个话题，因为你打电话来，说有几个问题要问我。你问吧，我等着呢。"

"我得说实话，我正在经办的一起案子，可能跟你儿子曾经办过的案子有关系。接下来可能会谈及那起案子，但我想先听你说说，你为什么不相信自己的儿子是自杀的。"

江菲把刚倒的热茶放在嘴边，微微地嘘着气。"我会实事求是，"她说，"没有证据表明他不是自杀的。但是，我是个称职的母亲。我刚中专毕业，就结婚生下了他，到他死我们一直住在一起，我太了解他了。他是个乐观开朗的人，没有任何征兆，让我相信他会那样离开我，离开我们所有人。"

"你说的征兆，是指什么？"

"哦，晴天霹雳，那时我真没有想到。如果有什么征兆的话，我也没有看到。他正开心着，快乐无比。怎么说呢，他们夫妻关系很好，刚有了孩子，我在一家会计事务所工作，事情不多，帮他们照看着孩子。我们经济很宽松……我是说，虽然不够富裕，但也绰绰有余了。而他工作积极向上，刚刚升任副所长，前途一片光明。"

郑航喝了一口黑茶，味道苦中带甜，别有一番风味。但听到这里，他顿了一下，快速地将茶水咽下去。"刚刚升任副所长？"他说，"案卷里没有提及。"

她点点头。"是的，就在去世前几个月，刚刚当上副所长。他干得很起劲，领导也很赏识他，他还在我面前吹牛皮，说不出三年，所里的教导员就是他的。"她又叹了口气，补充道，"那时刚时兴竞聘上岗，需要笔试、体能，还有上台演讲，他样样成绩优秀。虽然如此，要过五关斩六将，还是挺难的。相当于他刚过了难关，你明白的。他付出了那么多，尤其还有孩子要照顾，还有父母亲。突然之间……"她看着郑航的眼睛，"郑队长，一个人上有老下有小，事业上刚起步，正春风得意，会举枪自杀吗？不会的！"

"我明白。"

"可没人相信我，"她说，"他们都说我弄错了，证据摆在那里，没有人产生过任何疑问。"她又喝了一口茶。"我不知道,这对你有没有帮助?"

"有的,"郑航说,"至少在是否是自杀这一点上,能起到作用。"

"能翻案,还是其他作用?"

"至少对我侦查的案子能起到作用。"

郑航到这里来不是为了调查涂力明的自杀案,而是另有目的。他必须实话实说,尽管这可能对江菲是个打击。

"嗯,我明白,尽管我带着侥幸心理。"她有些灰心。"力明死了这么久,谁还会关心呢。不过,你问吧,我会把自己知道的一切都告诉你。"

"你儿子的案子也是我们需要调查的一部分,"郑航说,"可我真正调查的是另外一起案子,你儿子起到了一定的作用。他在去世前,参与了那起案件的调查。"

让郑航惊讶的是,江菲点了点头,说:"我知道,那是一起无头案。"

"确实如此,"郑航说,"如果你不嫌烦的话,我想问,你怎么知道呢?"

她郁郁地望着郑航,说:"嗯,那起案子让涂力明很郁闷。他刚当副所长,积极性很高,想破案立功,白天黑夜琢磨那个案子,我也知道一点。而且那个女人也很苦命,好像是个被拐卖女,是叫许盈吧。她丈夫死后,她也消失了。当时……他不相信那是一个弱女子做的。"

"为什么?"

"太血腥。他说,那男人头全破了,脑浆四溅。你知道,一个女子哪来那么大力气,即使被侵犯,被毒打,一个棒槌而已,挥起来能怎样?何况在那么狭窄的空间里。还有,他根本不相信那个女人会杀害自己的丈夫。"

"为什么他认为许盈不可能杀丈夫?"

"我想主要是因为力明了解她。"

郑航惊讶得合不上嘴巴,问:"他认识她?"

"因为她丈夫打电话报过警。哦,是这样,那个丈夫叫……"

"丁维杰。"郑航补充道。

"对,对,小丁。他打过力明的电话,说自己的妻子是拐卖来的。世上哪有

111

自己收买拐卖女还举报自己的。但小丁真这么做了。于是，力明上门了解，小丁讲的是实情，但许盈表示她跟小丁感情很好，她虽被拐卖，却是自愿跟小丁的。力明跟她打听她的老家，她不肯说，说自己的老家已经没人了，而她在这里生活得很好，不想再回去。"她说，"力明和他俩都谈过话，知道问题出在什么地方，对他俩有所了解，就没再追究。我知道，这听起来可能有点奇怪，可这就是力明为人处世的方式。他同情他们两人。"

"他跟你说过吗，现场证据都证明是许盈杀的人。"

"好像是这么回事。但力明坚持不是许盈杀的，所以他一直在调查，耗费了那么多时间和精力，希望能找到许盈，找到其他人杀人的证据，但似乎一直没有结果。"

真是无心插柳柳成荫。江菲从另一个角度给案件打开了一扇窗子。郑航沉吟片刻，决定把窗户推得再大一些。"当时，他有没有想过可能是谁干的呢？"

"想过，他一定想过。"

"他跟你说了吗？"

"在找到证据之前，他不想提任何人的姓名，可他再也没有时间找到证据了。"

"对不起，我不该让您伤心。"

"不，没关系。那时，领导认定是许盈杀的人，发布了对她的通缉令。可她消失得无影无踪，再无消息。公安局也再没有人去调查其他凶手——已经有了一个凶手，谁还去调查是不是存在另一个凶手呢。"

郑航赞成江菲的话。他喝完茶，把杯子放在茶碟上。"那几个月，他一直在查这起案子？"

"差不多吧。"江菲回忆道，"他认为如果他能够查到别人遗漏的信息，这就是他的功劳，可他没有时间了。"她给了郑航一个哀怨的微笑。"你到这儿，是告诉我他其实查到了一些东西，是不是？"

"我不知道，我没有找到多少信息，只有更多的问题。"

"是的，郑队长，但这些不仅仅是问题，是吧？就算你没有这些问题的答案，你知道这些问题对我来说意味着什么吗？"她放下杯子，专注地看着郑航，"这些问题给了我一个推断，让我更加相信儿子不是自杀的。你一定也意识到了，他找到了有力的证据，但继续查下去会危及某个人，因此被杀了。他不是想要离开我们，是有人夺走了他的性命，这是完全不同的事情，是两码事。"泪水从她的面颊上流下来。"不好意思。"

郑航伸出手，从茶几的餐巾盒里抽出一张餐纸递给她。她擦拭着眼睛。

"对不起，又勾起你的伤心事。"

江菲眼里含着泪水，挤出一丝稍纵即逝的笑容。"哦，不，你让我很高兴。"她说，"你能来跟我讨论这些问题，是对我最大的宽慰，疏解了我内心的郁结。"她抬眼看着书架上儿子的照片，"哦，力明，我从来没有怀疑过你，真相总会水落石出的。"

郑航让她在悲喜交加的情绪里沉浸了一会儿，毕竟儿子的死有了说得过去的解释，虽然可能有点牵强附会，但可能性还是存在的。她不需要任何证明，不必给她什么证书，却足以抚慰她沉浸悲苦20多年的心灵。

这时，一直静悄悄地看着郑航跟老人对话的刘畅适时插了进来。他拿出曾小强偷拍的胡珍珠的照片，递给江菲。"江妈妈，我想问你一个问题，"他说，"涂力明有没有跟你提起过一个叫胡珍珠的女人？"

"是她吗？"江菲盯了照片一眼，接着从书架上拿起一副老花眼镜仔细端详。

她沉默了一会儿，起身走进内室，拿出一个老档案盒。"力明最后几个月调查的东西，除了交公的，都在这里，我一直收藏着。"她在盒里不停地翻找，"这个女人我有印象。年轻的时候，大家都说我有很强的面孔识别能力呢，我见过的人，不论过了多少年，不论他是否改变装束，都会记在脑海里。"

"对，就是这个。"她从档案盒里拿出一张发黄的照片。"是她吧，力明在照片背后写的名字叫刘薇。"

照片上的女子身形娇小，面色苍白近乎透明。她身旁还有一个亲昵地搂着她的男人。那男人长着一头浓密的黑发，遮掩了耳朵和额头，甚至改变了脸形，双眼略为突出，让他呈现出阴狠的表情。不过，两人搂在一起挺协调的，没有扭捏或胁迫的成分。

郑航认出那女子确实是胡珍珠，又叫刘薇，但她身边的男子不是曾小强。

"听你儿子提起过她吗？"刘畅再一次问。

"没有，"江菲说，"这张照片一定很特殊，否则他不会放在这里。不过，我也是清理遗物时才发现的，当时还奇怪他怎么没有放在所里呢？"

"也许他有自己的考虑，"郑航抚了抚江菲颤抖的肩膀，"看得出，他是一个慎重的人。"

"你们是来调查她的吗？"江菲无精打采地坐下来，"还有那个许盈？"

郑航摇摇头。"只是跟我们调查的案子有些联系，还不确定。"

"如果找到有助于揭开力明自杀一事的线索或证据，一定告诉我一声，好吗？"

"那是一定的。"郑航听出了逐客的弦外之音，站起身。江菲再次拉住他的手，并将双手垫在一起。"拜托你了。"语气里带着殷殷期许。

二

马塘派出所所长黄泽成正在乡下调解一起民事纠纷，郑航和刘畅到了所里只看到一名值班女警。女警30多岁，举止干脆利落，制服胸前隐约有水渍。郑航想，她家里应该有一个嗷嗷待哺的孩子。

女警愣愣地盯着刘畅，脸上露出白亮而缥缈的笑容，说："哦，你就是那个汉洲刑警。你不知道，你走后，那起案子成了大热门，陆续来了好几拨人呢，连70多岁的老师傅都被请回来介绍案情。"

"还有谁来过？"刘畅问。

"一个大美女，还有一个很有风度的老男人陪着，问得可仔细了。"

郑航拿出何夕的照片，女警立即认了出来。"那天穿着绿色长裙，搭配一件白色毛衣，长腿上裹着黑色长袜，蹬着双鲜亮的皮鞋。那男人话很多，问题也多。"

"男人出示证件了吗？"

"没有，那个女人倒是出示了，好像是个律师。"

"他们了解了一些什么，走访了哪些人？"

"那可得问所长了。我只是帮着收拾他们翻散的档案而已。不过，那个男人看起来挺有权势的，来之前有大人物打过招呼。"

刘畅紧逼不放，说："谁打的招呼，还有谁出面接待他们？"

"大人物我哪知道，不过所长把70多岁的老师傅费佑民都请来了，那人来头一定不小。不过，老师傅也只记得一些琐碎的事情，一些片段而已。对马塘村那起陈年旧案有没有其他嫌疑人，他也答不上来，但那女人一直追着问。"

"老师傅呢，他提没提出什么疑点？"

"我不知道。不过，他们提到了多年前涂副所长自杀的事，老师傅说自杀是有疑点的，不过，没有他杀的证据，也就没人敢提。唉，我们都说证据才是真正至关重要的，可有时……"

"你有什么怀疑？"

"说不上。"她重复道，"说不上，但我接受了这么多次调查，总感觉这两起案子里有些恐怖的东西。"

郑航长出了一口气。女警的话说明不仅仅是他们在怀疑。

刘畅问："什么恐怖的东西？"

"蹊跷，这是唯一说得过去的答案。只是这么多年过去，要找证据谈何容易，科技是进步了，但时间已经磨灭了很多东西。"

"但也有一句话，时间会给你真相。也许时间会让犯罪分子现形。"

"话是这么说，但有多少冤枉让人死无对证。"

"我想见一见老师傅，看看以前的档案，你能帮忙吗？"

"我尽量帮忙，"女警说，语气中流露出自我欣赏的味道，"老师傅这个人挺好的，很热心。不过，听说档案好像在市局还有一部分，一般人看不到。"

刘畅对她表示感谢，说："你一定可以帮我们想办法的。"

"好吧，我先联系一下老师傅。"她一边拿起手机拨号，一边说，"我也想有人能尽快解决掉这个问题，让一些人求得心灵的平静。看看最近所里都发生些什么事吧，一天到晚为二十七八年前的事操心……"

"总会找到答案，让一切烟消云散的。"

"说不准啊！只有在答案没有伤害你的情况下才是这样。"

刘畅露出安慰的微笑。"你搞得有点耸人听闻了。"

"小伙子，不是这样的。那可是28年前的凶手，如果你们的怀疑是真的，他不仅杀了丁维杰，还拿调查他的涂力明开了刀，一直以来都逍遥法外。你以为你能安心吗？他可能会跟调查他的人周旋到底！我认为根本就不是耸人听闻。"

三

女警打开派出所档案室，郑航却没有进去翻看档案，而是望着窗外的阳光，仿佛要把阳光的尽头望穿。

过了一会儿，刘畅拿着他列的查找提纲来到他身边，说所有档案都找到了。郑航扔下一句"那你在这里继续看"，便独自走出了派出所。

之前，郑航已看过涂力明自杀的调查材料，对比了报案和结案报告，浏览了证人证言，所有证据都指向涂力明死在自己的配枪枪口下。那天是周末上午，涂力明送母亲和妻儿去了游乐场，然后转到办公室，在办公室待了不到一个小时就回了家。邻居听到枪声，拨打110报了警，警察赶到的时候，他的血液酒精含量测试达到85毫克/100毫升。

郑航在江菲那里了解到涂力明喝酒，但对他刚送走妻儿母亲就在家里独自喝酒还是感到讶异。他将调查卷翻了两遍，里面既没有酒瓶的照片，没有说现场是否有酒，也没说他喝了什么品牌的酒，他觉得那份所谓的酒精含量测试是一个躲藏在涂力明血液里的鬼魅。

后来，他就走到窗前，隔着双层玻璃望出去，初春的阳光缥缥缈缈，让人觉得仿佛有一种吸引力，把人一寸寸地吸向未知的远方。

他循着女警的指引，走过派出所东面的山坡，向江边的一个钓鱼者走去。这儿的钓鱼者通常会把鱼竿安放在沙地上的固定器上，然后坐在一旁，静等搏击时刻的到来。但那个人却站在水边的坚硬沙地上，尽管只是初春，他却赤着脚，裤脚挽到膝盖附近，鱼竿和卷筒拿在手中，正有条不紊地投放着鱼饵。

郑航尽量设身处地地为老师傅着想，他不肯来派出所，一定有他的想法。

他走到离钓鱼者5米多的位置，站了一会儿，然后喊道："老师傅，运气还不错吧？"

"不怎么样。"老师傅费佑民70岁朝上，跟郑航的个头差不多，或者高出几厘米。身材瘦削，但筋骨像钢条似的，有棱有角，脸刮得干干净净，有着一头浓密的白发。"上周钓到一条不错的纯青色鳜鱼，两斤多重呢。"

"有口福！"郑航说着，向前迈了两步，自我介绍道："我是郑航，汉洲市公安局大案大队长，刚才在派出所给你打过电话，说可以来这里呼吸呼吸清新空气。"

费佑民急忙转过身来，面向郑航。"对不起，怠慢了。"他说，"你能来这里更好啊。那里的负氧离子都不像这里浓郁。你想了解些什么？"

老师傅将金属鱼竿固定器找了个坚实的地方安置好，然后插好鱼竿。他仍然没有穿鞋，跟郑航一起在松软湿寒的沙滩上走动。

郑航从马塘的杀人案问起。

"记得，许盈杀人案我当然记得。"费佑民说，"从接到报案到发出通缉令，我都经手了。前两天，一个女孩子来找过我，说是许盈的女儿。"

"是的，她被人遗弃在汉洲市中心的一个花坛里。"

"唉，太遗憾了。那个女人真是心如蛇蝎。"

"但也有人并不这样认为，事实上，有人说她心地善良，一直跟丈夫感情不错。"

费佑民斜了他一眼。"他们经常吵架，她甚至打伤了身有残疾的丈夫，还多次惊动村主任。所有证人都说她是为了钱，为了丁维杰父母的事故赔偿金，想拿到钱跑路，最后看无法拿到钱，才决定杀人。是的，村民中有一两个人提到他们恩爱的情形。一个拐卖女会跟收买者有感情吗？鬼才相信。那是仙人跳诈骗犯常有的样子，不过是想骗得人同情，然后找机会逃跑。抱歉，如果是那个女孩问，我不会这样说的，她去了个好人家，被培养得不错，很有素养，值得同情，但事实是这样，跟怎么说关系不大。"

"你说得不错，有你的道理。"

"那么，你还想知道什么？为什么要调查这事？"

"跟我正在调查的一起案子有联系，我想弄明白是否还有其他的嫌疑人，当时你们有怀疑其他人吗，为什么只认定许盈一个人呢？"

"因为证据，现场没有其他人在场的证据。她是毋庸置疑的唯一选择。那天睡前，邻居们听到他俩在家打架，午夜后发现丁维杰死在茅房下面，许盈和她女儿消失得无影无踪。任何人都无法对此做出合理的解释。而现场凶器、血迹、指纹都指向她一个人。"

"证据链呢？我看案卷里证据链条并不完备。"

"如果你一定要把链条完善的话，那就是没有人真正看到她行凶，她也没有供述自己杀人的过程。可我不赞同这一看法。她蓄意杀死丈夫，早就想好了逃跑的线路，当然会在夜深无人的时候进行。我是说，这案子没什么问题，真的，一点问题也没有。我不明白的是，你们汉洲警察，怎么会突然提起此事。"

郑航在接下来的对话里知道，费佑民跟老所长廖大明已就汉洲警方调查许盈杀人案碰过一次头，不论他们以前是否有分歧，但现在他们的意见是统一的。

费佑民说，他能理解汉洲警方将"地窖女"案跟许盈案联系在一起的缘由。但这种联系目前价值不大，因为理由太牵强，没有可靠证据作支撑。他建议郑航就事论事，寻找"地窖女"在当地的知情人。郑航无言以对，因为费佑民说中了事实。

于是郑航转换了话题，问："听说，你们派出所自杀的副所长涂力明当时也参与了办案，他是不是有其他看法呢？"

"力明脑瓜子活，想法多，当时确实提出过疑问：许盈怎么杀得了丁维杰？

依据之一是许盈没那么大力气，之二是许盈善良，下不了手。但他提出的两点与其说是依据，不如说是想象，根本算不上实证，当时就被否了，还遭到别人的嘲笑。"

"但他为什么还要坚持查下去？"

"是的，力明是有些一根筋。后来几个月，他把全部精力都放在查那起案子上，领导安排他参与监狱的联合调查组，还耽误了不少事情，挨了领导批评。那时他刚提拔，因此领导也批评得重了一点，谁知……唉……"

老师傅说着，抓了一把沙子，让其在指尖流淌着。

"当时，各种说法都有，有的说他急功近利，受不了打击；有的说得更难听，说他跟某个女的有暧昧……这当然是无稽之谈。当时定性他自杀，除了枪弹痕迹检验证据，另外就是他当时的处境。大家一致的看法是他扛不住压力。"

"那点压力不算什么吧，何况刚刚提拔，喜悦心情完全可以冲抵。"

费佑民耸耸肩，说："不同的人有不同的抗压能力。虽然他是副所长，但从警以来，我也算是他师傅，大家经常在一起。那段时间，他确实有些反常，突然变得神秘兮兮，沉默寡言，什么事都不跟我说，事后都让我摸不着头脑……"

"他在做什么，你还是知道的吧？"

"是的，我知道他在查那起案子，在附近的几个村里走访。领导提出批评时，我还为他辩护过，说他已经找到些线索，正在深挖中。"

"你知道他找到什么线索吗？是人证，还是物证？"

"事实上，"费佑民说，"不知道，我只是为他说好话，让领导别批评得太狠。"

"你听说过胡珍珠、曾小强这两个人吗？"

"曾小强我知道，听说他跟一个外地女人在一起生活过，那女人是他在外地打工时勾上的。那女人忍受不了曾家村的条件，住了一段时间就走了。曾小强也就又出去了，没听说他跟许盈杀人案有关系。"

水面的浮子忽地颤动起来，费佑民自顾自钓鱼去了。在随后悠长的沉寂里，郑航始终望着远处云朵翻滚的天边。

费佑民后来钓起了一条小鱼，他将鱼取下，扔进篓里，声音突然变得尖利。他说："力明好酒，酒后冲动可能也是他自杀的原因。"

郑航说："我见过勘查结论……是不是还有佐证性材料放在市局档案室里？"

"没什么佐证材料吧。放在市局的只有音像档案资料，因为派出所没有保管条件。当时的技术水平你是知道的，应该没留下什么影像，我不建议你们去找。"

费佑民温吞吞地说着，嘴巴却狠狠地卷起，吐出一颗烟蒂。郑航惊讶地看到那个烟蒂冒着红色的光，匆匆跌进了碧波荡漾的水面。

四

郑航直接去了戎城市公安局档案馆。那里的档案正在全面进行数字化，而音像档案是第一批，已先期完成。郑航看着那台嗡嗡作响的服务器和屏幕，愣愣地站着。一会儿，涂力明说话了，他的声音像春天般潮湿而明媚，也如梅雨般絮叨，渐渐融入了电流的嘈杂声里。郑航才知道那只是他的幻觉。

那天的检索工作还是刘畅在做，郑航只站在一旁指导。在浩如烟海的数据里，档案索引并不完备，要找出许盈杀人案和涂力明自杀事件的侦讯录音资料非常困难。刘畅试过了所有他能想到的关键词：许盈、丁维杰、曾小强、涂力明、杀人、通缉……准备退出时，他的耳膜终于感受到一阵熟悉的颤动，他听到了一个男性沙哑的声音。

刘畅赶紧回放了一遍："她本来就是我的老婆，好吗？"

郑航发现，仿佛有一阵电流窜过刘畅的全身。

刘畅就像高考那年跟父亲查阅录取通知，父亲冷静地宣布"你的梦想实现了"。他在监狱里听过涂力明提审贾礼的录音，这时他立刻明白那就是贾礼的声音。

"有意思。"另一个声音说，话声亲和，几乎像在讨好。这是预审员想引诱嫌疑人说出事实的口吻。"那她为什么又被拐卖呢？"

"女人总得为男人作点贡献，不是吗？我需要钱生活，而她年轻漂亮值点钱。这样的事说拐卖有点过了，她是自愿的。尽管事后又觉得羞愧，回到我身边，也不算犯法吧。"

"所以，到曾家村找那个女人的男人就是你，而且你还半夜去过马塘村，对吗？"

"我去过好几个地方。"

"你就说说，你跟胡珍珠先后实施'仙人跳'的几个地方吧？"

"如果我实施过'仙人跳'，当然会去好几个地方。"

"你刚刚才承认曾家村那个女人胡珍珠是你老婆，是帮你赚钱去的，贾礼。"

"那是为了引诱你多说一点案件细节，你知道我一天到晚坐在牢房里很无聊，难得我对你感兴趣……我们就多聊聊。"

一阵长长的静默。

接着，贾礼发出嘶哑的笑声。刘畅身上都起了鸡皮疙瘩，他扯了扯自己的衣角。

"别生气，警官……你看你露出那个表情干什么呀？"刘畅闭上眼睛，想象贾礼嘲弄他人的样子。这也是涂力明在监狱提审贾礼的一段录音，是刘畅上次在监狱里没有听过的。

"先把许盈杀人案放在一边，说说曾家村那女人，她去哪儿了？"

"那个女人很有味道吗？"

"你把她带到哪里去了？"

这次的笑声更大了。"你要调查得更清楚些才行，警官。你不知道痒处在哪里，乱挠只会越来越痒。"郑航觉得贾礼的遣词用字比大部分犯人更有水平。

"所以你否认喽？"

"不是。"

"那你说说。"

"说不上来。"

录音里的涂力明深深吸了口气，郑航听得出他在微微颤抖，好不容易才镇定下来。"你在法庭上承认协同拐卖了两名妇女，她们都已经获得解救，还有几名不记得名字和地点，曾家村和马塘村是不是就在其中？"涂力明预审经验还算丰富，懂得具体陈述出他希望贾礼承认的罪行，以便作为呈堂供述时，辩方律师不至于说他误导被告，或者说警方诱使被告说谎。但郑航听出贾礼回答时口气相当轻松愉悦："不记得就是不记得，我用不着否认。"

"你想搞什么？"涂力明真的怒了。

一阵短暂静默。

"你好好想清楚，贾礼。吴晓癸落网后那段时间你去了哪里？曾家村和马塘村的事情发生时，你一定要有不在场证明。"

"那已经是好一阵子前的事了，我怎么记得那么多。好像我在法庭上说过，但我现在脑子很乱，我想不起那时在做什么。"

"有人看到你在曾家村出现，你不会否认吧？"

"谁？我在那里干什么？"

"你诈骗的那个人。"

"我可没骗过什么人。"

一阵长长的静默。

"你表演能力不错，想要我吗，贾礼？"

"岂敢。我在如实回答问题呢，涂力明副所长。"贾礼戏谑地说，"你不是新提了副所长吗？还想拿我邀功呀。"

又是一阵静默。贾礼又发出笑声，再度说话："你的表情看起来很不乐意似的，有人给你小鞋穿了？"

"你对许盈杀人案知道些什么？"

"监狱里有很多杀人犯，警官。放风时可以随便聊，也可能聊起那些事，我不记得谁聊起过了。但是，说实话，那事我肯定知道，报纸、电视里都有。"这时的贾礼显得无比实诚。

"好好想想，有谁聊起过？"

"那会有什么好处呢，警官？"

"你要什么好处？"

"如果我告密，是不是可以提前放我出去啊？"郑航很想快进，跳过不断出现的静默。"没好处谁会告密？"贾礼接着说。

"我跟他们商量一下。"涂力明说。椅子刮擦声响起，门轻轻关上。

郑航静静等待着，聆听贾礼吸气和呼气的声音。这时他发现一件怪事，他感觉自己的呼吸似乎与贾礼在同频，整个的心思被贾礼带了进去。

涂力明离开不过几分钟，感觉却像过了半个小时。"好。"涂力明说。接见室铁脚椅子刮擦声再度响起。

"动作真快。我会获得减刑对不对？"

"你知道减刑不是我负责，但我找监狱长谈过了，有重大立功表现就可以。只要你提供的东西足够有力。说吧，谁杀了马塘村那个男人，除了他老婆，现场还有谁？"

"那段时间我东躲西藏，根本不在戎城。听说吴晓癸被抓了，我去公安局自首，是因为觉得无处藏身，更怕有人栽赃我干了马塘村的案子。"

"那你一定知道是谁干的？"

"我对那段时间很敏感，因为你们只要查不到凶手，一定会刨根问底。"

"好了，说出那个有价值的答案吧，是谁干的？"

贾礼刻意慢慢地说话，每个音节都清楚发音。"老阳，阳艺伟。"

"阳艺伟？"

"你不就在调查他死亡的事吗？他想立功，咬我不成，决定自首，但他背后的人不允许。"

涂力明发出愤怒的声音。"你……你戏弄我？"

"警官，你想包庇他也不必这样。我……是最老实的人，老阳是个了不起的演员，装憨是一把好手，但他心里藏着一个杀人犯。他自己知道，他擅长于晚上杀人，相信我。"

郑航仿佛听到涂力明下巴掉下来的声音。他听着静默的声响和录音机的吱吱，觉得自己听见了涂力明心脏在胸腔里冲撞和狂跳的声音，看见他眉间沁出的汗水，努力抑制自己愤怒和无奈的心情，因为他知道贾礼根本就是在耍他。

"你……老实点！"涂力明开始的结巴声化成一阵大吼。

但录音里接着传出扭曲的大笑。贾礼的笑声。那尖锐的大笑逐渐变成喘息的呜咽声。

"我……我是逗你开心的，涂警官。老阳是一个软蛋，他连鸡都杀不了。"

铁制椅摩擦地板的声音传来。"砰"的一声倒落在地上。接着是一片寂静。"吧嗒"，录音机被按掉了。

郑航和刘畅坐在原地盯着电脑屏幕。此时，窗外夜色已然降临，起风了。

五

那天晚上，郑航和刘畅直接回了汉洲。因为档案数字化，电脑里的信息条分缕析，参与侦查人员和被侦查人在档案里都要有记录；也是因为数字化，许多原始资料已经遗失，除了那段录音，他们没有找到其他有价值的东西，许多谜题仍然悬着。

关于贾礼的行踪，当时的调查很详细，有宾馆住宿记录、乘车记录和人证，看起来他确有不在现场的证明。不过，以当时的条件，调查再细也不像现在的闭环视频，能准确到每秒每分。经人像比对，曾小强提供的照片里的男人跟监狱里的贾礼相似度达80%。侦查员如果及时拿到那张照片，一定可以将许盈杀人案与吴晓癸团伙案进行串并。

还有，人证也有串供嫌疑。刘畅追查到一个女证人——钱丽雅，当时没有前科，没发现她跟贾礼的关系，但她随后几年多次入狱，现在仍关在大通湖监狱。更有趣的是，她的罪名也是拐卖妇女儿童，虽然判决的罪行不是跟吴晓癸一起犯的，但她以前也可能就是吴晓癸的同案犯。

他们急急赶回来，就是为了查找贾礼目前的去向。

那天关欣就像雕版时代的排字工，将一个个可能的字眼填进电脑搜索框，再逐一比对，寻找符合的选项。老舒先是惊讶，然后感慨，最后叹息信息化也不一定能解决所有问题。

　　贾礼神奇般地失踪了。他不在全国人口信息系统里，也不在失踪人员名单上。很奇怪，他就像是从地球表面消失了一样：没有地址、没有登记电话、没使用银行卡，甚至连银行账户都没有，更没有坐过火车、乘过飞机。

　　关欣像面条一样瘫软在转椅上，身子努力地往后仰着，把脚伸直，看上去孤独而忧伤，甚至有点儿落魄。她侧头望向窗外，灰蒙蒙的夜空上闪烁着如梦境一样飘忽的星光。她忽然想起郑航说过的一句话：我们经常忘记查看显而易见的地方。

　　关欣在那微茫的荧光里觉得豁然开朗。她坐起来，飞快地键入相关搜索词。

　　一如往常，郑航是对的。

　　她大喊一声："找到了！"

　　老舒迅速俯到她的身后。

　　关欣却又恢复了颓废状，望着深沉的夜色，幽幽地说："他确实从地球表面消失了。因为他已经化成了灰，埋进了地底，被移到死亡人口信息系统里了。"

第十一章

那天晚上，何夕再一次从噩梦中惊醒。

不过，她不是躺在家里，而是躺在办公室那张皮转椅上；她梦见的也不是生母遭难的场景，而是一个青年男子，他身穿30年前流行的双排扣西装，靠在一棵树上，眼里露出比黑夜更黑的阴鸷。她看了看表：晚上8点。

她在执行搜索的黑客程序时睡着了。她的本意是让自己在等待结果时休息一会儿。

之前，她将贾礼的照片及身份证号发给全国各地有联系的律师事务所朋友，包括香港的业务联系机构，请求查询这个人的情况；还通过朋友找到东南亚使领馆，发函寻找此人，但收到的回复都说，没有找到持有此相关信息的人。

何夕坚信这个人没那么容易死，更不可能凭空消失，如果不在国内，极有可能已经偷渡出境。她想尽一切办法联系东南亚的朋友，最后还跟东南亚的律师协会达成协议，将寻找贾礼作为一笔业务，商定了佣金。

但是，她最终都没有得到想要的结果。她打电话给郑航，跟他交换信息。

但郑航很忙的样子，劝她不要再查了，一切交给他就好。他一句话也不愿跟她多讲，好像她是一个脑子不太灵光的人。何夕无奈地摇摇头，内心再次涌起一种按捺不住的焦虑感。

她走出律师事务所。同一楼层的星域动漫仍有很多人，三个戴着面具的少年围着问讯台，可能与那个叫舒莉的接待员发生了矛盾，一个在跳，一个在吵，一个指手画脚，但舒莉始终一脸微微笑意，如同秋日丛林里缓慢的水流，温润而从容地应对着。

她无法做到这么温润和从容。

何夕逃也似的走向电梯。这时候的电梯应该是寂寞而静谧的，但侧面的消防门口却有人声，她看到一个男孩跟一个女孩贴在一起，男孩的手伸在女孩腰间的衣服里。

"你可以把这个当成是……训练。"男孩的声音。

"哎哟，你想干什么？一逮到机会就想跟女人上床吗？咯咯……"女孩丝毫不躲避男孩的挑衅，面向何夕的脸上笑容灿烂，眼中还燃烧着炽烈的火光。

何夕不禁目瞪口呆。

男孩的手还在往上深入。何夕不必看就知道他想干什么。她手心一紧，将捏在手里的纸巾揉成一团，挥手一掷，纸团落入男孩背后的垃圾桶里，但那对男女的动作似乎并没有停止。他们根本不在乎旁人的观感。

何夕脸色骤变，仿佛窗帘被一把拉开，眼睛被火焰般的阳光刺激。有那么一瞬间，她以为自己会冲过去劈他，但最后什么事也没有发生。她仓皇地窜进电梯。好一会儿，头脑才变得清醒。何夕明白，面对这一切，她不能抬一根手指，甚至不能发出任何声音。

何夕乘电梯直接进了附楼的步步高商场。她有几天没开火了，家里的副食柜全是空的。她拉过一辆小推车挤入副食品货架间。

这家商场位于高档写字楼内，商品的价格比其他超市稍高一些，但质量上乘。是她这种独身女性经常光顾的地方。她俯身在冷冻柜前，伸手打开柜门时，看到对面的货架前溜过一个人影。隔着货架，她没太看清。但她身上出现了一种感觉。

那种感觉，今天清早出门，走到星光剧场前面的停车场开车时也出现过，那是一种被监视的感觉。她本能地直起身，屏住气息，侧耳聆听，立刻感到一股寒意。她不必看清人影也知道是同一个人。当她经过星光剧场，当她站在停车场锁车门时，当她俯身在冷冻柜前时，那个人影都在看着她。但也可能根本没什么，只是她的恐惧情绪又浮现而已。她早已接受自己紧张无助的感觉，虽然是最近才发生的。

不行，她心想，不能让它得逞。邪恶没有实体，它不能占据你；相反，邪恶是一种不存在，是善的不存在。在这里，你恐惧的只有你自己。

何夕前往柜台结账，排到最长的队伍后面。根据她的经验，最长的队伍通常是最快的，至少她过去的经验是如此。有人走过来排在她后面。显然也有人这么认为，她心想。她没有回头，只是觉得那个监视的人影就排在她的后面，因为她的后背凉飕飕的。

当她回过头，后面的队伍已经越来越长。她的眼睛在其他队伍中寻找那人的身影。不要又来了，她心想。

出了商场，何夕强迫自己慢慢朝汽车走去，不四处张望。她将东西放上车，坐上驾驶座，驾车离去，朝自己的住处前进。

她感觉到肾上腺素激增，每当她体验到恐惧的气味，总会全身发颤。这阵亢奋过去后，出现的便是一种魔怔般的感觉，它代表的，是盲目与洞察、意义与疯狂。律师同人之间有时会讨论辩护的兴奋感，但魔怔并不是兴奋感，它更为特别。

何夕从未跟别人提过魔怔这件事，也没分析过它，因为她不敢。她只知道魔怔可以帮助她、驱动她，给她注满能量，便于执行特别的任务，其余的她一概不想知道，一点都不想。

二

　　刘畅对别人解决不了的问题，喜欢独辟蹊径。按照郑航反复推敲的方式，关欣在互联网进行了专门搜索，在公安专网各个执法办案系统进行了查找，甚至利用侦查手段进行了追踪，但都没有找到贾礼。刘畅就琢磨开了，有没有人像二郎神一样具备三只眼，看破变化之术，甚至洞悉千里，在纷攘的人群中一眼就认出要找的人呢？

　　这么说有些异想天开，但刘畅觉得这样的人应该是有的。比如老舒经常吹牛皮，说只要小偷出现，他一抓一个准；关欣虽然嘴上不说，但郑航多次介绍她具有非常强的面孔识别能力。他细细琢磨了一下，老舒抓小偷，靠的是经验和直觉，而关欣长于视频辨识，靠的是科技手段和她天赋的记忆能力。

　　如果他们两人的能力结合在一起呢？刘畅明白，这么想有些幼稚，郑航肯定不能接受。

　　刘畅决定在自己的社交圈子里悄悄寻找，那个人还真让他找着了。他就是警察学院的讲师老洪，曾经是某地的禁毒警。

　　那天刘畅怀着寻找"三只眼"的想法在街上溜达，不知不觉中就来到了星光剧场和南正街的十字路口，遇上了老洪。当时，老洪不是在逛街，而是像个百无聊赖的流浪汉似的，蹲在行道树荫里，望着熙熙攘攘的人流。

　　"洪老师，你怎么在这里？"刘畅喊道。他显然不相信老洪会那么落魄。

　　被认出的老洪显然对刘畅惊讶的表情司空见惯了，暗暗冲刘畅摆摆手，让他走开别打扰自己。刘畅根本没有理会，反而走过去跟他蹲在一起。老洪当时脸就绿了。

　　"我在工作呢，快走开。"老洪说。

　　刘畅蒙了一下，心想你不是讲师吗，在这街头蹲着算什么工作？

　　老洪看样子烦透了，像个真流浪汉似的，对刘畅不理不睬，骂骂咧咧地想要溜走。刘畅更好奇了。他听过老洪的课，知道他有很强的记忆力和面孔识别能力，有人说他的脑袋里储存着数千张大头照，只要是他见过的，比人像比对还准确。因为老洪的专业是禁毒，各地禁毒部门经常请他鉴识毒贩和吸毒者的模糊、破碎的视频。

刘畅当然不会放弃这个机会，紧贴着步子黏上去，拿出贾礼的照片递到老洪眼前。老洪只得接在手里，大致明白了到底是怎么回事，紧接着又听见刘畅说："这是你的高徒关欣也没能解决的难题。"

随后，刘畅立即打电话报告了郑航，在肖永明亲自参加的每晚碰头会上，他又作了详细汇报。老洪对刘畅的纠缠十分烦躁，可对照片的辨认非常认真。他认出了照片上的贾礼，而且最近见过跟贾礼长得有点类似的人出现在社区矫正中心附近。

"长得类似的人？这个说法可不像是鉴定专家的用词。"肖永明说。

刘畅望着领导，面露迟疑之色。肖永明显然不是开玩笑，他是认真的。

"可这是老洪的原话。"刘畅说，"他只说看到过相似的人，并不是当鉴定结论。社区矫正中心有很多义工点，挤满了有吸毒史的人，老洪教学之余，经常去那里蹲守、观察，协助禁毒部门寻找漏网的大鱼。"

"老洪有没有说那人是干什么的，去那里是做非法勾当，还是讨要戒断药品？"郑航问。

"老洪不记得那人是否讨要过药品，只说他偶尔在那里出现。他常现身的地方附近有很多低档的洗脚和按摩店，那是很多中老年男人常常光顾的地方。他每次出现，都衣着光鲜，好像在附近找什么服务对象。"

这时，关欣走了进来，刘畅才意识到碰头会上怎么一直没有她。他哪里知道，这正是他的自我表现欲作祟。关欣看起来有点疲惫，眼里布着血丝。她以活泼的方式问候大家一声后，在会议桌旁找了一个空位。

"怎么样？"郑航冲关欣问。

"我刚才见了老洪，又拿着以贾礼现在的年纪还原的照片，到了刘畅说到的那些地方。那里的洗脚和按摩店开在一楼，完全没有私密性。我又走访了那些店主，店主都声称没有见过照片上的人，更没有见他去店里消费。"

郑航问："老洪怎么说？"

"老洪表示，他认出照片上的人是因为见过类似的身影。在他的印象里，像贾礼身影的人好像从按摩店附近的某条小巷出来。这说明，贾礼一定跟那一带有着某种联系。"

"有道理。"肖永明鼓励地对关欣笑了笑。

"我摸了摸那里的几条小巷的情况，发现一条小巷通向收治中心后门。"

"戒毒收治中心吗？那好说，所长就是从公安调过去的。"肖永明说着，拍了拍手。"郑航，剩下的事就交给你了。"

三

戒毒收治中心原来是司法局的劳教所，始建于20世纪80年代，当时距城区有好几公里，属于汉洲郊区。但随着社会经济发展，现在已经完全被城市包围。撤销劳教后，劳教所没有了存在的意义，原计划收归国有，地皮用于商业开发，但周边拆迁任务太重，一些傍着劳教所谋生的居民不愿搬走，开发计划搁置，政府不想让它就此荒废，便设立了收治中心。

郝钦山是收治中心第二任领导，当过公安戒毒所所长，曾经参与竞聘监管支队负责人，落聘后离开了公安机关。当郑航深夜找到他时，他内心里很不惬意。

看着郑航手里中年男子的照片，他漫不经心地摇了摇头，说："收治中心没有这个人。"

"你确定？"郑航说，将手肘放在桌台上，倾身向前。

郝钦山又睡眼惺忪地看了看那张照片，很不耐烦，想尽快应付过去。不过，他虽然不了解郑航，但听说过，这人的认真劲儿无人可及，如果没给他满意的答复，不会收手。跟在他身后的美女警察，有种冷酷的神态，也是不好打发的主。尽管她的形象十分淑女，全身上下都是。假如她不那么严肃，穿着时尚点往舞台上一站，说不定会赢得满堂喝彩。

"我这里只收治吸毒病人，不负责找人。"他说。

郑航摇摇头，对话已朝着他不喜欢的方向发展，但他仍放低身段道："可我负责，我来找你帮忙的，如果见过他，就和我们说说，我们需要找到他。"

　　"恐怕你得去别处找才对。"

　　"可是我们就要在这里找，"关欣不耐烦起来，沉着嗓音说，"你再仔细看清楚点。"

　　郝钦山又看了一次。照片看起来像电脑制作的，因为脸形过于圆润，光线非常均匀，也没有喜怒哀乐，看不出一丝情绪。

　　"我说过，我这里没有收治过这个人。"他说。

　　"不是收治，"郑航说，"是来看望病人，或者就是有业务来往？"

　　郝钦山把照片放在灯光下，努力睁大眼睛，好像要看透上面的每一个毛孔，最后他迟疑了一下，疲惫地对郑航说："这里有一个义工，看样子跟他有些相似之处。那人每个星期会来一次，每次待一个上午。"

　　郑航始终盯着他，很久后才问道："他是什么人？来干什么？"

　　"他是个医生，主要协助我们做些医疗服务工作。"

　　"有专门的服务对象吗？"

　　"没有，"郝钦山笑了，"治疗病人有选择吗？当然每次都不一样的。"

　　"长期义工应该有登记吧，拿他的档案看看。"

　　郝钦山心下踌躇。看起来，他不想失去这个义工，但更明白警察办案的程序，不合作不行。便打电话让人送档案过来。

　　"他有什么特别的地方吗？比如跟病人的特别接触，或者专门跟什么病人联系？"

　　郝钦山摇摇头。但郑航察觉到他有些异样。也许是他紧绷的颈部肌肉，也许是他充血的眼角膜出现些微抖动。

　　"他有亲人在这里收治？"郑航问。郝钦山还是摇摇头。

　　"那是有一定关系的人？"关欣问，她显然跟郑航一样嗅到了什么。郝钦山又摇摇头，但摇头之前他的脑中必须做出选择，因此出现极细微的延迟。

　　"男人还是女人？"

"女人，"郝钦山终于说，"不过，也看不出有什么关系。"

"把她跟贾礼的资料一并拿来。"

这次，他没有再拖延。资料到手，郑航和关欣也没再提其他要求，他们还有很多调查工作要做——先查实这两个人的基本情况再做决定，毕竟那个医生跟贾礼只是疑似。

"好，谢谢你的合作。"郑航主动伸出手跟郝钦山握了握。郝钦山从肺脏里深深吐出一口气，发现自己双腿有些酸痛。

第十二章

一

这一年汉洲的雨水有点多，郑航在值班室醒来，感觉自己仿佛发了霉。昨天晚上，他们返回时拐了个弯，经过环城高速的扶夷高架桥，驶入汉阳大道。这不是回市公安局的路，郝钦山提供的资料显示，那个疑似贾礼的医生在汉阳大道20号开了一家诊所。但他们到的时候，诊所阒寂无人。不仅如此，连四邻都看似无人居住的样子，隔着公路的对面是一家度假山庄，初春时节正是旅游淡季，既没有客人，连老板和服务员都不在庄里。

郑航从山庄门口返回时遇上了一场细密的雨，在夜色里显得苍茫而热烈，摇摇摆摆地飘洒在他的身上，双向六车道的距离将他淋了个精湿。

他发动汽车时，在诊所附近踩点的关欣钻了进来，说："我找到了曾怡的门牌号，就是紧靠诊所的那一栋，两人确实是邻居。"

郑航没有说话，加速将车驶上大道。情况已经明了，但更让他一头雾水。那个疑似贾礼的中年医生叫席传礼，十多年前便持有行医证，在汉洲有八年的诊疗经历，自己开诊所也有六七年了，两年前申请成为爱心医护志愿者，加入了服务收治中心的义工队。不过，他的主要服务对象是他的邻居，也就是那个叫曾怡的女人。

郑航说："那只能说明他们关系亲密，席传礼是个正常男人，不能说明其他问题。"

车里出奇地安静，关欣能听见郑航的呼吸声，她知道郑航在想什么，便不再说话，将笔记本电脑摆放在大腿上。不只是奇特的事才有问题，"看似寻常最奇崛"的也很多。她深度搜索了席传礼，发现他似乎没有籍贯，也没有出生地，有具体时间和地址的履历是从10年前开始的，在汉洲行医后才有详细的行踪轨迹。但是从行医开始往前推的十多年，几乎变成了空档期，只显示在南方某地打工，却没有任何具体信息。

关欣将情况介绍给郑航听。郑航望向前面不断冲来的雨幕，额头上爬着厚重的忧虑。他说："是的，他有隐姓埋名的嫌疑。但这些还不足为凭。一些没有公职的人员甚至没有履历，你不能说他们都捏造了自己的人生。"

这天晚上，他们没再接着工作。郑航回值班室换了衣服，早早地上了床。他在等待一个消息，希望那个消息可以把案件线索连在一起。

电话响起的时候，郑航正把自己"发霉"的身体泡在热水里。他迅速擦干自己，站在窗前看着院里叶子落尽的桦树，透过桦树枝看着雨雾蒙蒙的爱莲文化广场和革命博物馆，那是这座城市的悠久历史和文明传承的象征：隐逸、纯洁与刚直之美。

他使用了免提。"钱丽雅交代，贾礼借住在她家期间，经常不辞而别，不见踪影，最后一次也是悄悄离开的，直到接到他打来的电话，才知道他要自首。"刘畅说。

"时间上跟许盈杀人案有没有联系？"

"时间久了，具体日期她也说不清楚。不过，她说贾礼不在她家期间肯定是回了戎城。最后一次给她打电话，是为了让她做假证，要她说他给她打电话之前的那一段时间都借住在她家里，哪儿都没去。另外，她这十几年都在监狱里服刑，原来的房子还在，也没有出租，我已经请求当地痕检技术人员支援，再次搜查一遍，希望会有所发现。"

"照片辨认情况怎么样？"郑航问。

"进展不大。她认出了以贾礼现在年纪还原的照片，但对关欣发来的席传礼照片，表示不熟悉，是不是贾礼更不确定。"

刘畅认为，在曾家村出现的男人基本可以认定是贾礼，而贾礼是吴晓癸拐卖妇女团伙案成员，他跟胡珍珠（刘薇）有亲密关系，这就说明不论胡珍珠是"仙人跳"，还是真的被拐卖，她都是吴晓癸团伙案的一分子。而刘薇跟许盈熟悉，村民证明她们是一起被拐卖的，许盈案一定也是吴晓癸团伙案的一部分。许盈女儿的信物在"地窖女"身上，那么，他们正在调查的"地窖女"案跟吴晓癸团伙案的关系不言自明。

他建议将贾礼跟席传礼的照片送省厅进行技术比对，郑航没有马上答复，只是问他是否找到另一个证人马大亚。郑航告诉他，马大亚非常关键，还有大通湖监狱十几二十年前的看守们。吴晓癸团伙案的大部分罪犯都曾关在那里，下点功夫应该能查出有用的东西。

"好的，那我继续待在戎城。"刘畅兴奋地答应，挂了电话。

郑航从绵绵细雨里收回目光，自信慢慢地浮上心头。他决定先去健身房练一阵子。

二

关欣穿过教学楼前的广场。楼里有警察训练需要的所有设施。她记得在这里取得过射击比赛最好的成绩，还参加过热烈的辩论活动。

一晃几年过去，她惊讶地发现这里几乎没什么改变：银光闪闪的旗杆上飘扬着一面鲜艳夺目的五星红旗；严谨的校风，军事化的管理，经过的每个学员走路还是那么有板有眼，似乎每一步都要验证自己的警察身份。

"人面不如花面，花到开时重见"，她已无处寻觅年轻时的天真无邪。不过，她现在也有了嘲笑学弟学妹们的资格：他们还不知道，侦查破案与知识灌输根本不是一回事，需要融入生活，融入人群，而某些机灵的"聪明鬼"注定在现实里失败。

也许从警后有这种感觉的不止关欣一个人。她想大声喊叫：你们认识我吗？你们知道我为什么选择当警察吗？知道做出这个选择，这辈子注定要做什么吗？

警卫室门卫依然是原来的人，却已完全不记得关欣，认真查看了她的证件。她穿过走廊，经过一间会客室，又经过命案勘查房。命案勘查房装潢得像间公寓，里面有隔间，还有楼座，以便让学员现场观摩彼此进行的勘查、搜索、发现线索及解读事件的情景。接着是训练室，里面铺着训练垫，弥漫着汗水的气味。

她悄悄走进二号阶梯教室，老洪正在上课。她在后排一个空位坐下，动作很轻。前排女生正在窃窃私语，没注意到她。

"动机！"老洪转过身，念出他写在屏幕上的字。"在全民法制意识逐渐形成的社会，对情感反应正常、懂得理性思考的成年人来说，犯罪必须付出的心理代价非常高，因此犯罪背后一定有个强而有力的动机。这个动机通常比证人、证物或刑事鉴定证据更容易也更快捷地被找到，而且直接指向嫌疑人。这就是每一位侦查员面对犯罪时都必须从'为什么'这个问题着手的原因。"

这段话让关欣听起来觉得很绕。也许这就是书面或者教学的表达方式，她离开校园确实有点久了，他们现在的对话不是这样的。

"既然很容易就能查明动机，做几个排除法就能破案，还要那么多刑事技术人员干什么呢？"

一个女生举手提问。她的语气轻快、明媚，带着孩子气的真诚。关欣看见老师脸上掠过些许情感波动，包括尴尬、轻蔑和不耐烦，但随即焕发精神，说："这就涉及证据链的问题，要判定一个人有罪，证据永远不嫌多。同学们，下次我们继续深入探讨这个问题，课后请大家开动脑筋想一想：除了动机，我们如何确定嫌疑人？"老洪扫视着台下的学生们，脸上露出鼓励的表情。

但学生们意犹未尽，似乎没有意识到已到下课时间，一个男生接着发问：

"我读过您参与侦办的一起杀人案件的案例报告，说您根据与现场相隔1公里的监控视频里的人像，确定了犯罪嫌疑人。"

"那叫闭环视频侦查。"老洪说，"需要结合各种发案信息，包括地理分析。"

老洪瞥了一眼关欣，继续说："杀人、抢劫案件，有八成概率可以从监控视频里找到对象，但没有其他证据还是不行。侦查员把人认出来不能算是证据，无论这位侦查员多么优秀。这就是我下一堂课要讲的内容：光找出'为什么'——动机还不够，我们必须同时找出'怎么干的'，反之亦然。能够弥补动机之外的证据缺陷的，是刑事技术调查工作。"

"那么，面对拐卖妇女儿童犯罪呢？动机明显，又不是现行犯罪，可能时间过了很久，比如'地窖女'案件，该怎么办呢？"

下课铃尖锐地响起。

老洪放下板书用的激光电子笔，说："这就需要研究日期，失踪的日期、收买的日期，如果是团伙犯罪，还要研究地理分布，把所有同类案子挑出来，形成时空分布图。这叫结网捕鱼，只要鱼在网里游，就无法逃遁。不过，就像前面讲到的，任何犯罪，动机都不会单纯，抢劫、诈骗、拐卖就都是为了钱吗？杀人都是复仇吗？No！"

老洪的嗓音低沉温厚，带有一点沧桑的嘶哑，吸引的不只是年轻的学生。他比出食指，让关欣都感觉"迷人"——那是所谓"后天培养的品位"。

"那是什么呢？"举手的女生再次抢到了发言权。

"比如嫉妒、厌弃、报复……都可以成为动机。还有吗？大家好好想想。"

"精神错乱。"一个高大的男同学说。

"这个词用得很好，但它并不是常见的犯罪理由。当然有人认为犯罪行为本身就是精神失常的证据，但事实上，大部分的罪犯是理性的。寻求物质上的利益是理性的，寻求情绪上的宣泄也是理性的，因为罪犯多少认为通过把人杀了、通过物质的满足，就能减轻仇恨、恐惧、嫉妒和耻辱的情绪。"

关欣感觉老师看起来比她上次见到时气色好多了。身体依然高大灵活，短发根根竖起，不见一根白发。最重要的是，他的双眼流露出生命力，那种高度警觉、精力旺盛、近乎狂热的神态依然在。她还在他脸上看见笑纹，在他身上看见健谈的身体语言，这些都是她以前没在他身上见过的，让人觉得他现在应该过得比以前要好。

"既然罪犯那么理性……"一个男生说，"您能否跟我们说说，您遇到过多少人落网后，仍觉得满足的呢？"

关欣心想，这小子挺机灵的。

"极少。"老洪说，"不论是犯罪后暂时获得满足，还是犯罪后陷入恐惧或绝望，都不能代表那是不理性的行为，同理，更不能代表那是理性的选择。也有杀人凶手相信通过杀人可以得到解脱，比如复仇，但由恨、嫉、妒产生怨怒的驱动力，在杀人后会迅速转变为后悔。即使是连环杀手，在深度地预谋和策划时往往极度兴奋，事后却收获了反高潮，所以，他还会继续不断地尝试，无法收手。"

老洪拿起电子笔，在屏幕上画了个大大的问号。

"就犯罪而言，有一样东西罪犯无法从中得到。下一节课，我希望每个人都能给出回答，它是什么东西。我要给大家提示的是，你们要去读读关于罪犯个性和心理的论文，借以检视自己的内心，检视最深处、最阴暗的角落。好了，下课吧。"

学生们纷纷起身，教室里一阵嘈杂。

关欣留在座位上，看着年轻的身影一个个从身旁经过，最后教室里只剩下三个人：她、正在收拾讲义的老洪，以及提问最多的女生。那个女生虽然穿着宽大的制服，但关欣看得出她身形苗条，姿势矫健，像极了当年的自己。

"洪老师，'地窖女'一案现下炒得纷纷扬扬，您认为仅就犯罪动机而论，是单纯还是复杂呢？拐卖者是出于钱财的需要，那将她关押在地窖的那个人呢？20多年，直至精神失常，应该出于多重目的吧？"女生仍在追着问。

"你先看看相关的书籍，下堂课讨论……"

"我是说，那个人是不是出于掩人耳目、封口……"

"一切尚无定论。"老洪打断她，转身朝关欣走来。

女生不满地盯了关欣一眼，旋转脚跟，朝出口奔去。

"关欣，什么事这么急？"老洪对关欣说。

"想来看看你，不行吗？"

"别逗了，你只要身影在我面前晃一下，就有事情，何况这两天电话追着我跑呢。"老洪抬头望着她，微微笑着。每次他露出笑容，关欣都讶异于他的脸竟然可以出现那么大的变化，笑容可以扫去他脸上的忧郁和疲惫。突然间，他看起来像个大男孩，满脸阳光，如汉洲春天的阳光，令人期待，却罕见而短暂。

三

关欣在健身房找到了郑航。这段时间，郑航训练得特别勤，好像预感到有一场恶战似的。她告诉郑航，老洪看了照片，认为监狱里的贾礼跟开诊所的席传礼可能是一个人，但跟出现在曾家村与胡珍珠联系的年轻男人却不是一个人。

郑航刚将90公斤重的杠铃举离支架，突然手一松，杠铃压在他胸脯上，压得他不得不大口大口地呼吸。"……真这么说？"他的声音吭吭哧哧，急迫而无力。

"是的，老洪还说，他观察过那个席传礼，有些聪明，却不是个十恶不赦的人。"

"他是不是搞错了？弄得这么复杂。"郑航挣扎了一下，笑着说，"在监狱里和曾家村拍的两张照片时间相隔那么近，应该更相像才对。一个人经过20多年的成长，脸骨不也是变化的吗，他怎么反而判断是同一个人呢？"

关欣一时没有说话。根据他们前期调查分析，监狱里的贾礼就是那个借住在钱丽雅家里的男人——他跟钱丽雅说过自首的话，然后才被判刑关进监狱；而那个男人经常偷偷离开钱丽雅家，回戎城跟胡珍珠见面。他在曾家村的照片就是曾小强偷拍的，那这前后三个人不就是同一个叫贾礼的人吗？

她说："你说的毕竟只是我们的分析，关键是缺乏关联性证据。"

郑航还躺在杠铃下面，看着关欣低头望他的脸庞，柔和的灯光在她头部形成黄色光环。

"你可以帮我拉一下杠铃吗，我快被压……"郑航觉得胸骨发疼，他快坚持不住了。

关欣盯着杠铃，无动于衷，突然像喃喃自语似的说："问题的症结应该在戎城，得从戎城查起，然后是大通湖监狱，厘清贾礼变成席传礼的整个过程，厘清钱丽雅家的男人与曾小强偷拍的青年的关系。"

"对，"郑航用肺里残存的空气沉声说，"可我先得起来呀……"

关欣笑了，笑得很开心，眼中闪现异样的光芒，她觉得郑航这是自讨苦吃，她才不会救他呢，说："压死你。"

郑航怔了一下，听着她的脚步声渐行渐远，同时听见自己的骨骼发出噼啪声，眼前开始出现飞舞的红点。他狂吼一声，握紧杠铃，将它推开。

他冲着关欣的背影说："女人不好这么任性的，不然嫁不出去。"说完，暗自觉得关欣其实说得没错，这样的训练强度，真会压死他的。他还不能死。滑稽的是，想到死他脑海里出现的不是儿子，不是方娟，而是打拐案件，是难以弄清的被拐卖者家庭的悲苦印象。

回到专案组，在办公桌前坐下来，肌肉酸痛。经验告诉他，明天早上肌肉会变得更加酸痛，更加僵硬。他翻看着手机，有十几条语音留言。刘畅那里获取了些许线索。

郑航拨打刘畅的手机，铃声响了一下就接通了。话筒那边传来呼呼的风声，同时伴随着新闻联播的广播音。

刘畅正在车上。他告诉郑航，在钱丽雅的老屋里搜到一封信、一个小笔记本。那封信没有称呼，没有落款，语句比较亲密，不像姐妹间对话，倒像夫妻俩互诉衷肠。

价值之处在于，那封信跟江菲提供的涂力明证据盒里的一个材料联系上了。经笔迹鉴定，信和材料出自同一个人。据江菲回忆，那个材料可能是涂力明从曾家村搜集来的，也许是胡珍珠逃跑时未带走的某一页日记，内容是讲曾家村生活如何艰苦，跟曾小强在一起如何无趣等。两张纸的笔迹都有些模糊，所以鉴定花了一点时间。

郑航问："你认为那封信就是日记主人写给借住在钱丽雅家的男人的，日记主人是胡珍珠，那个男人就是贾礼？"

"不一定，"刘畅说，"我去大通湖监狱问过钱丽雅，她对那封信没有印象，还说如果有人往她那里寄信，不是她的，就只可能是贾礼的。但她不记得贾礼是否收过信。"

郑航没再问刘畅的看法，说："嗯，那个小笔记本呢，是不是贾礼的笔迹？"

"是的，"刘畅说，"笔记本里记着交给钱丽雅多少钱，或者自己花了多少钱什么的。里面还夹了张纸条，写着保证事成之后给他三万元钱，日后生活无忧之类。纸条像张借条，又像保证书，但没有落款，不知是谁写的，跟钱丽雅的笔迹不符。"

郑航有一种直觉，那张纸条不简单，恐怕是拨开层层迷雾的关键。他没有马上发问，刘畅的汽车广播正在讲一个情人节笑话，说所有爱情都在坟墓里。

那种冷笑话让他心里很不舒服，他觉得可能会把普通听众带进沟里。他很想批评刘畅听那种低俗的广播，但忍住了。

他清了清喉咙，说："记账和收藏着欠款纸条，只说明他是一个非常计较的人。我想知道，笔记本跟信是在一起，还是在不同的地方搜到的？"

"怎么说呢，贾礼不辞而别后，钱丽雅收拾过他住的屋子，将他的东西打包放在杂物室里。我是从不同的包裹里发现信和笔记本的。"刘畅说，"我觉得关键是那张纸条，贾礼将它夹在笔记本里，说明很珍惜，可能那笔钱还没有兑付，没有落款，说明是个跟他关系不一般的人。还有，我把它跟吴晓癸团伙案的旧案卷进行了比对，没找到同一笔迹。"

三万元是笔大钱，那个年代雇凶杀人也不过如此数目而已。

郑航问："贾礼出狱后，钱丽雅跟他见过面吗？"

"没有，那时她因拐卖妇女儿童罪被判了刑，正关在监狱里。"刘畅说，"我特意问过钱丽雅，贾礼后来从没跟她有过联系，更别说去监狱看她。"

郑航心里有很多疑惑，就像大雨将至时一股股翻腾的黑云。他挂了电话，仰头望向窗外，憋了很久的太阳终于出来了。他想，接下来，应该会有更多的晴天。

四

跟郑航通电话时，刘畅其实已经在回汉洲的路上了。他意识到郑航打这个电话只是了解他的任务进程，并不希望他回去。但后悔已来不及，从这里掉头赶去大通湖监狱，还不如从汉洲直接过去。

郑航曾经让他跟着老舒学习，但老舒有其他任务，他只得带着刚参加工作的新警出门。临走时，郑航交代的事项他都记在笔记本上，但办起来却有点儿丢三落四，竟然忘记了一个关键环节，那就是对这十几二十年里监狱看守的询问。

师傅果然不是那么好当的，事事都得操心。他有点儿惆怅。要是关欣在就好了，他就不用总想着回去，她也会把所有事料理得清清楚楚。这么想着，他眼前又浮现出关欣睥睨的样子，难道他在她面前一点儿风头都出不起？

刘畅沉思了很久，决定再打个电话。他还是有一些资源的。

"我是刘文超！"

刘畅听到对方气喘吁吁，说话声震得他耳根发麻。刘文超是大通湖狱警，第一次见面就跟他聊起家门，两人碰巧是合过谱的族人，感觉特别亲近。这个人其实挺有素养，只是在监狱当管教久了，练就了一个大嗓门。

"哥，我是刘畅。突然想起一件事想问问你，"刘畅说，"我调查的那个贾礼在狱期间有没有通信，监狱里会不会留着他的信？复印件也行。"

"那时通信很正常，除非是罪大恶极、十恶不赦的，每个人多少会有些通信。不过，监狱虽然有检查制度，但留下原信或者影印件的，要么直接跟案件侦查有关，要么里面有串供或透露线索嫌疑，否则不会。"

"可不可以请你去档案室查查，我明天过来请你吃烧鸡。"

"烧鸡就不用了，你来了，我请你吃饭吧。"

刘畅给了他专案组的传真号码。接着又问："还有，贾礼在押的几年里，应该有人去看望过他吧。在看望他的人里有没有他的兄弟，或者跟他长得相像的男人？"

"你还在想冒名顶替的事？"刘文超笑了，"我告诉你，已经否定了。"

"不，他在监狱人缘那么好，记得他的人应该不少，麻烦你也问问其他同事吧。"

"嗯，请稍等一下，他的学生来了。"

手机离开了耳朵，但刘畅仍然可以听见他的叫喊声，显然那个"他的学生"离得挺远。没多久，手机里传来小声的对话，然后手机大约回到了耳朵边。刘文超兴高采烈地用方言高声说："他说，贾礼在押期间来探监的人挺多，但没见过你说的那种人。贾礼人缘好，跟他的经济能力有关系，他不缺钱，也不吝啬，谁愿意跟钱过不去呢？"

五

第二天上午，刘畅早早地到了专案组，等着向郑航汇报。他连夜将收集到的资料装成卷宗，又为这次调查起草了汇报材料。能表功的，自不必说，作了详尽的表述；未尽事宜，写成了工作中碰到的问题，请求继续派他深入调查。他想，这是他到专案组后第一次牵头做事，一定不能丢份儿。

郑航也来得很早，接过材料和卷宗便认真地阅读起来，脸上始终带着欣赏的表情。

"不错，不错！"郑航连连提出表扬。

刘畅没有让欣喜流露出来。"许多事情一时还难以查实，有些结论只是我的猜想。"他说，用拇指和食指按摩着眼皮，他昨晚睡得太少了。"还得再去一趟大通湖监狱，我考虑带关欣一起过去，让她帮着模拟画像。"

"你说贾礼在监狱里有个学生，跟着他学过医？"

"是的。那人叫谭岩，可惜很不巧，我没见着他。"刘畅翻出昨晚刘文超发过来的传真件说，"贾礼在押期间，谭岩刚当上狱警，还很菜，可是档案上说他在深挖犯罪方面有一套，做过几起命案的余罪工作，特别是记忆力还不错，应该记得跟贾礼打交道的还有哪些人。"

"所以，你想让关欣给你当副手？"郑航拍着他的肩膀大笑起来。刘畅十分羞愧，好像受到了嘲弄，不禁脸都红了。

郑航反而笑得更加放肆，饶有兴趣地盯着他，接着说："脸都红了，你想争取单独跟她在一起的机会，我当然会成全你，哈哈。"

刘畅愣了一下，略显憔悴的脸上露出涂着油彩一般的表情。"这次调查确实需要她嘛。"他说，"她专业、聪明、投入，也很有主见，虽然态度有点强硬，可是我完全可以适应。她是思路很开阔的那一类人。我觉得我们在一起搭档应该正好。"

"好，我明白你的意思了。"郑航郑重地点点头，饶有兴趣地看着他。"她的工作没得说。不过，我得提醒你，你得有思想准备，她可是一朵带刺的玫瑰，比如以自我为中心、听不进任何建议之类的，她可不会让着你。"

刘畅于是委婉地笑了，对郑航说："那是因为你在温柔乡里泡惯了。"

郑航似乎对自己的尖刻感到了后悔，用谈公事的口吻说："满足你的要求，我希望你们不仅搭档好，还祝福你们往更幸福的路上发展。"

"谢谢你的祝福，"刘畅说，"我想尽快过去，下午就开展工作。"

第十三章

〜〜〜

一

这是一个倒春寒的上午，老舒穿着厚厚的执勤风衣，站在临江的人行道上，冻得瑟瑟发抖。他在呼啸的江风里按响了江岸别墅的门铃。

那是位于汉阳大道的金顶小区，但别墅大门面向夷江，临江一线安装着坚实的镔铁栅栏。透过铁栅栏，宽阔的江面腾起蒙蒙细雾，给人波诡云谲的感觉。他对郑航说："如果我有足够的钱也在这里买一栋房子，每天看江景。"

郑航"哧"的一声笑了。"真到你有钱的时候，就不会这么想了。"

这时，一艘集装箱船踏着白浪驶来，两艘红色的巡航船像护卫舰似的穿过扶夷大桥，出现在集装箱船后面，强烈的视觉差呈现出截然的风格，令人赏心悦目。扶夷区的东塔和码头后面像雕塑一般矗立的街区井然有序，沐浴在上午迷蒙的光影里。

"金水湾比这漂亮多了，"郑航接着说，"那里才是洄水湾，没有这么大的江风，冬暖夏凉，房价可一直在疯涨，肯定会涨得你绝望。"

老舒朝郑航轻蔑地盯了一眼。"谁叫你囊中羞涩？你看他，开个小诊所都住在别墅里。"他把注意力转回到门上，轻轻地踢了一脚。"快开门，我们可不是被邀请来的。"

随后，他看到门里走出一个男人，正是他们调查中的席传礼。郑航跟席传礼寒暄了两句，便跟着他走过草木葳蕤的前坪，穿过一个葡萄架，进入一间圆形客厅。

席传礼穿着黑色羽绒家居服，趿拉着棉拖鞋。"很抱歉，让你们久等了。"他说，"这个门铃该换了，有时我总是听不见，甚至错过快递员的递送，让他们白跑一趟。"

"谢谢，打扰你了。"郑航说。

"没关系，郝主任跟我说过了。"席传礼退了一步，转过身朝里走。老舒和郑航暗地里快速交换了一下眼神，确认这个人早就有了跟警察打交道的心理准备。只是他满头的白发、满面的沧桑以及沮丧叹息的模样，给郑航留下了另外一种印象。

别墅很大，迎面是两个大房间，回廊处是楼梯和杂物间。房间全部开着门，一眼望去，房间里的物件一目了然：书房、茶室、小诊室。到了大厅，展览就结束了，席传礼一路带着客人到沙发前。他在茶几边停下脚步，转过身，示意两人稍坐。他开始泡茶。郑航看见南面是一个用玻璃封闭的大而圆的阳台，里面有多株绿植，还架着一副天文望远镜。

"好漂亮的房子。"老舒说。他有些疑惑，小诊所就那么赚钱吗，买得起如此豪华的别墅？

席传礼点点头。"去年以来，我的诊所就交给其他人打理了，自己大部分时间都在这儿度过。如果你不喜欢往外面跑，这是个不错的独处场所。"

他在沙发对面的一把装有白色软垫的椅子上坐下，两名警察则坐在沙发的两端。

郑航说："谢谢你同意跟我们见面。"

"政府有事要了解，配合支持是应尽的义务。只是我不知道该怎样帮你们。年轻时犯过罪，也坐过牢，前几天听说你们在找我，我都想了好几晚上呢。"席传礼两腿交叉，双手熟练地洗着茶杯。看起来，对茶道颇为在行。

"你叫席传礼，以前叫贾礼。"老舒问。

"是的。"

"你什么时候改的名字，为什么改名字？"郑航问。

"这事说来惭愧。在监狱那么多年，我受到了深刻的教育，悔悟到自己犯下的罪过，就决心跟以前决裂。出狱后，我不想在戎城生活，就来了汉洲，迁户口时，用了席传礼这个名字。因为我母亲姓席，小时候家里穷，我过继给了舅舅，叫席传礼。只是上学时我又归了家，又改叫贾礼。所谓改名，只是把原名改成曾用名，把曾用名改成了原名。"

"哦？"郑航道。调查了这么久，他们竟然没有查到这层关系。当然不是他们调查疏忽的原因，而是席传礼的现有户籍里确实没有贾礼这个曾用名，而且过去那个贾礼已经被纳入了死亡档案里——到底是户籍数字化时民警的疏忽、失误，还是席传礼本人在转户籍时动了手脚，不得而知。

此人坦陈自己的坐牢经历，对自己跟着吴晓癸犯罪的事实毫不隐瞒，显然早在心理上打了埋伏。此外，席传礼平时生活非常低调，热衷于慈善，快60岁了，还做义工，表面上看已经完全改过从善。这也是他们一直在调查，却从未上门惊动他的原因。

虽然信息很多，因为他照单全收，老舒和郑航陷入了令人头痛的问话之中。手头什么新鲜的资料也没有，但郑航还是抛出了问题："你家里有兄弟姐妹吗？"

"一个姐姐，一个哥哥，还有一个弟弟。"

郑航礼貌地笑了笑。"哦，难怪你过继了出去。他们还在戎城吗？"

席传礼似乎陷入某种悲痛之中。"没了，早没了。弟弟出生不久就出麻疹死了，父亲和哥哥、姐姐在一场洪水中死了。我就是在那场洪水后回到母亲身边的。"

"对不起，勾起了你的伤心事。那你现在呢？"老舒问，"好像有个女人跟你生活过一段时间吧？"

"嗯，确实有这事，不过时间不长，她都死了那么久，我都有些淡忘了。"

老舒接过话头。"她是个什么人？"

"我刚到汉洲开诊所的时候吧，她到诊所来就医，看我一个人经营，就说自己从外地流浪过来，目前无业，是不是可以在我诊所找点事做。我一个人确实忙不过来，就收留了她。"

"她老家是哪里的？"郑航问。他调查过，怀疑是席传礼以前认识的某个人。

"戎城的，但具体地址我不清楚。她说自己老家没人，也从不走亲访友，我也就没细问。"

两名警察交换了一下眼神。

"她一直身体不太好，"席传礼的嗓音变得不太平静。"跟我生活的两年，全靠药物维持，后来，她病逝了。"

"她没给你留下一男半女？"郑航问，"你肯定想有个后人吧。"

"没有，一方面是因为她的病，一方面她也不愿意生。后来，我想，连她都不肯跟我生儿女，我还找什么女人呢？"他突然提高了嗓音，声音里流露出恨意。"其实，她怀过，却自己偷偷打掉了。"

沉默了一会儿，老舒问："听说你在押时狱友老阳曾举报你冒名顶替？"

"哦，这才是你们想问的，对吗？他胡说！事后监狱查明他诬告。不过，他已经死了，说死人的坏话不应该，但他确实不是个好东西，为了自己减刑到处乱咬。得报应了不是？监狱里可不都是像我这样的好人。"

"你也觉得他是受到报复死的？"

席传礼顿了片刻，拿手掌摸摸面颊，又把头发向后面捋了捋，振作了一下精神。"说实话，我不大清楚。当时，他乱咬了好几个人。放风时，就曾有人找他打架，也有人扬言要杀他。我恨他，但我做不了什么事情，也就只放在心里。我也想象不出，他的死到底跟他乱咬狱友有没有关系。"

老舒往前凑了凑，说："你怎么认识吴晓癸的？"

席传礼正在泡茶，两手抖动了一下，差点把开水泼出茶盘。他说："是贫穷让我走了歧路。那时，他是我们当地的大富豪，到处宣扬他的公司赚大钱，他的话也很有煽动性，似乎是在带着大家致富，把大家一起推向幸福的彼岸，包括那些女人……"

"致富？"老舒好像受到了刺激。"却把人家推进了火坑。"

席传礼露出悔恨的神情，说："一开始，我也不知道他在做那种伤天害理的事情，进去后就不得不跟着他干。不过，他话说得很漂亮，一边说把贫困地方的女人嫁到富裕的地方去，一边说为贫困地方的男人传宗接代。如果那些偏僻山村的男人都找不到老婆，山村就会消失，城乡就会失去平衡……不论做什么，他都有一套漂亮的说辞，让我们不得不跟他走。后来明白给那么多家庭带来苦难，真是后悔，那时候太年轻！"

说完，他站起身，在客厅里踱来踱去，有些送客的意思。郑航却有些意犹未尽，看了老舒一眼，接着问："对了，老阳死后，你向警察反映过什么吗？"

这时，老舒一边佯装上厕所，一边打量着房子，走了开去。

席传礼想跟过去，却又不得不回答问题，他说："我跟他不是一间监室，不知道什么情况。好像没多久就查出了凶手，还判了死刑。"

"我们已经了解过了，那人不是真凶。"郑航说，"严格意义上，他是凶手，但还有幕后指使人。这个人一直没有查出来，说明他很狡猾，所以监狱一直没有结案。杀人案的犯罪嫌疑人逃避侦查的话，侦查是不受追诉期限制的，他们还一直在追查那个指使人。"

郑航说这话有点夹枪带棒的意思。席传礼听到"一直在追查"的话，面部肌肉颤动了一下，随即恢复了平静。这是一只久经修炼的老狐狸，但他的狡猾还没老练到让他对什么事情都波澜不惊。

"哦，人抓了，刑判了，还不算结案？20多年了，老阳还真是够幸运的。可惜，我真不了解什么，我知道的一切都只是道听途说而已。"

"嗯，"郑航说，"可以理解，我们来找你谈话，也只是例行公事。"

席传礼向大门移动脚步，看似随便，却明显是送客的意思。他说："两位警官，辛苦你们白走一趟了。"

二

郑航直接去了刑事鉴定中心。老舒在席传礼别墅里假装上厕所的时候，从他的小诊室里抓了一份奇怪的中成药。那种药单独装罐，看起来很有年份，又藏匿得很隐秘。这时，单面透明玻璃里面的检验室正在对那份中成药进行化验。一群技术人员一边有条不紊地操作着仪器，一边彼此低声商量，一边又在电脑上敲下检验结果。

郑航待在检验室隔壁的候检室里，技术员敲出的文字，一行行地显示在他对面的墙上。那里挂着一台巨幅显示器。

"这是一种'致幻蘑菇'，又名毒菇。食后无胃肠道反应，但发病较快，轻微过量就会出现精神异常，主要表现为狂跳、狂笑、幻听、幻视，重者神志不清、失语、昏迷。其毒素为光盖伞辛（psilocin）等。又称舞菌或笑菌。医学上，掺入相关药物里可作麻醉或止痛剂。"

郑航的眉头深深地皱了起来。他细细地读着上述文字，这种毒菇有麻醉或止痛的作用，制成中成药用在医疗上当属正常。但是，一个小诊所平日只处理些小伤口，或者医治些感冒发烧等小病痛，麻醉剂恐怕用不上，一般医护人员也不会使用。那么，席传礼在别墅里存着那些毒菇制品用来干什么呢？

这期间，老舒去了席传礼的诊所。现任医生小张跟着席传礼有4年了，她从未见他使用过老舒拿来的那种中成药。诊所里还有一个护士，叫莫婕，她的说法也差不多。

正当郑航满头黑线的时候，刘畅打来了电话。听起来，他情绪也不高。他先问郑航听过他的微信语音没有，听到否定的回答后，又马上作检讨，说他们在翻阅案卷时有疏漏，特别是对老阳的死亡案卷看得不够认真。

郑航有些不耐烦："废话少说，要追责等案件破了之后。"

刘畅却似乎丝毫没有理会郑航的愠怒，继续说："原来只注意贾礼在监狱里的表现，特别是关于他的冒名顶替，他如何知道自己被举报的，他跟老阳的联系等，对老阳致死的原因，也只注意他的伤情。监狱的调查，也是把重点放在谁动的手这一点上，让我们忽略了一个重要的证据，就是那个打老阳的人比老阳还瘦弱，他如何能轻易打死老阳呢？”

郑航听得烦躁，却又觉得他最后一句话里可能有戏，说："讲重点！"

"老阳死后做过尸检，在他的胃里发现一种毒素，一种毒蘑菇的毒素，具有致幻作用，当地人叫'毒菇'。他可能是吃下这种蘑菇毒素后，精神出现异常，然后……"

电话里一下子静得出奇，刘畅听见郑航突然屏住了呼吸，他都不敢再说下去。过了好一会儿，郑航的声音才从手机里传来："刘畅，你马上赶到戎城去，找涂力明自杀和丁维杰被杀的案卷，重点看他们有没有做过尸检，报告里有没有关于'毒菇'的鉴定……"

"我明白了……"

三

那天晚上的专案碰头会直到凌晨才开。肖永明10点多钟就过来了。他端着一杯热气腾腾的茶站在窗前，窗外又飘起了绵密的细雨。他望着窗外的雨脚，仿佛要把水花的尽头望穿。郑航站在他的身边，刚才又拨打过关欣的电话，但她和刘畅的手机一直不在服务区内。

肖永明对席传礼家发现的"致幻蘑菇"高度重视，特别是那种毒素还出现在老阳的体内，但仅仅涉及老阳一起命案，他总觉得证据还是太单一。原因跟当年监狱调查老阳的死因一样，贾礼跟老阳不是同一监室，他没有谋害老阳的机会。

老舒却不那样认为。从案卷看，老阳被杀有三个疑点：一是杀人者跟他无冤无仇；二是那人比他还瘦弱，根本没有胆量和能力杀人；三是那人一直在监，无法获取那种致幻毒菇。这一切都说明一定是背后有人作祟。这个人不一定是贾礼，但一定是跟贾礼有联系的人。

一个神秘而能量巨大的人才能做到这一切，并做得天衣无缝。

这就跟他们前期的推测不谋而合：贾礼是个冒名顶替者，顶替了一个"卓有功勋"的漏网之鱼；而顶替的背后隐藏着一个巨大的阴谋。

突审贾礼，一定可以揭露这个阴谋。

后来，他们都没再说话。老舒说的这些谁都明白，可只有这一条证据、一个人，加上一个猜测，还不足以给贾礼定罪。

肖永明站在窗前抽烟。他吸得很慢，努力把所有的烟都吸进肚里去，好像舍不得让它们飞走一缕。但老舒还是被烟呛到了，在会议室里不停地咳嗽。

在肖永明抽了三支烟之后，窗外突然传来一阵刺耳的刹车声。

顺着窗帘的缝隙，肖永明看见几个人影从附楼门口冲出去，打开伞迎接车里的人。他返身回到会议室主位上坐下。紧接着，专案组的其他成员坐到了桌前。

关欣最后走了进来，她把一沓资料放在肖永明桌前，然后回到自己的位置上。她解释说，刘畅因为淋了雨，患上重感冒，先回家了。

肖永明翻了翻资料。当年给丁维杰做尸检的法医在报告里提到死者消化系统中有蘑菇毒素，美中不足的是，丁维杰致死原因明显，所以消化系统不是尸检重点，法医没有将它直接跟死者的死因联系在一起。关欣再次查看了案卷，但没有发现法医对消化系统进行检验的报告，于是判断一定是有人害怕蘑菇毒素被注意到，而故意抽走了。

这是一个关键性的突破，肖永明想，但谁有这么大的能耐，能从警方案卷里抽走报告呢？

郑航却仿佛一切都在他意料之中的样子，轻轻地揉着后颈脖，问老舒："席传礼的通话记录调过来了吗？"

"调来了，我们拿到了每通电话的拨出者和接听者姓名，也悄悄地跟小张医生、莫婕做过确认，大部分是患者，除此之外，有两通卫健委医护科的，一通收治中心的，另外有一个号码登记在《汉洲晚报》社名下。"

肖永明问："他给晚报打电话干什么？"

老舒不等郑航指派，立即走到隔壁房间去查询。

郑航眼望着肖永明，余光却瞥向窗外，夜色黑沉沉地聚集在院落里。他对肖永明说："办刑拘可能证据不足，是不是先传唤过来问问？"

肖永明面带疑惑地看着他，说："如果一切都是席传礼做的，他真是弹得一手好催命曲。你接触过他，说说看，你有什么办法让他开口？"

郑航从窗外收回目光。他想，我们在这里熬通宵，难道让他在家睡好觉吗？然后对着肖永明摇了摇头，说："他很老练，但并非完全无计可施。"

这时，一直盯着手机的关欣突然叫出声来："快看，何夕上热搜了。她爆料戎城公安存在贪腐、渎职，警察有意放过杀害她生父、嫁祸她生母的罪犯，她要求重新审查此案，揪出那个藏在公安内部的幕后黑手。"

郑航按照关欣提供的网址，登录进去，边看边问关欣："她怎么知道她生父丁维杰生前误食了一种毒蘑菇呢？难道她也找到了那个法医？"

关欣发了一阵呆。下午的时候，她听到何夕给刘畅打电话，问他在哪里。刘畅信口告诉了何夕他在戎城。没想到当时何夕也在戎城，关欣跟刘畅前脚从法医家离开，何夕后脚就进了法医家里，获得了跟他们一样的情报。

郑航再次默默地望向窗外，狠狠地揉着发痛的太阳穴。难怪这几天何夕一直没跟他联系，原来她对他已经如此失望，宁肯把消息放到网上，也不告诉他。但她是律师呀，怎么不想想，这样一闹，只是给凶手传达了信息，而不会给她查明真相带来任何好处。

"恐怕电视和纸媒也接到了她的报料。"关欣说，"我们没时间了。"

"对，"一个声音从后方传来。"我刚跟晚报值班记者通了电话，"老舒接着说，"他跟席传礼很熟悉。他接到何夕的报料后，因为不了解'致幻蘑菇'的药用价值及毒副作用，而打了一个电话给席传礼，跟他讨论此事。"

"明天的晚报会刊登出来？"肖永明问。

"晚报已经送印刷厂了，里面就有这条新闻。他们指名道姓地说出了报料人，并提到会继续追踪这起命案的后续调查，欢迎读者提供线索。"

关欣有些焦躁。她以前没有就抓人捕人参与过研究，但这样犹犹豫豫让她很看不过去。都是些纸上谈兵先生，她心想，有了这么多证据怎么还不能动手呢？难道你们看不出这个人已经被惊动了吗？说不定现在去抓，都已经逃跑了呢？应该立即抓起枪，跑步出发，而不是待在专案组里坐而论道。这些想法跑马似的清楚而疯狂地掠过她的脑际，她试着和郑航目光相对，用眼神告诉他。

会议室陷入短暂的静默中。

肖永明悠悠地叹了口气，对郑航说："这一切还是跟'地窖女'没有关系。"

"只要突破了席传礼，只要找到许盈杀人案的真相，一切都会迎刃而解。"

"动手吧。"肖永明好像突然下定了决心。

"不过，我很不想泼冷水，"他接着说，"我们目前还没有任何可以直接指证席传礼的东西，你们的推论他绝对不可能主动承认。所以，三起杀人案的罪名没办法成立，最后你们可能得在24小时之内释放他。"

"我知道，"郑航说，看了看表，计算驾车到金顶小区需要多长时间，"一个人在24小时内可以供出来的事情也许多得令人意外。"

四

还是临江的镔铁栅栏前面，只是凌晨的风更加凛冽，混合着细雨，让人头皮一阵阵发紧。这次郑航让老舒带人守着后门，观察后面的阳台，年轻的特警隐身在暗处，他一个人站在门首按响了门铃。他上次观察过，别墅门口有声控式监控摄像头，显示器在卧室里。他一个人静静地站在摄像头前，看起来像路过的样子。不过，已经是黎明时分，席传礼不为此反应过度，或者产生警觉，都不可能。

门铃响过一遍。郑航莫名地想起儿时假期去姨妈家的心情，既渴望又胆怯：终于可以吃家常菜了，而不是大食堂；可以玩表弟表妹们的玩具，看他们的动画片；心里却盼着姨妈不在家，他不想听姨妈的唠叨，虽然每一句话都是为了他好。

他再度按下门铃，前廊的灯亮了起来。知道可能性只剩下一种：姨妈在家。只要知道他会来，或者假期将至，姨妈必然会等着他，无论工作多忙，也要安顿好他才离开。姨妈对他的爱无以复加，甚至胜过她自己的子女。她不知道郑航宁愿受到她的冷落。随着年龄的增长，郑航理解了姨妈，理解了她那种期望之深的殷切。

郑航听见门内传来轻盈的跑步声，大门打开了一条缝。门内露出一张年轻女子的脸庞，不是中年男子的脸，也不是跟郑航表妹一样小巧的脸。那张脸充满疑惑，因为她看见一个年轻男子。她没邀请郑航进门，只是站在那里纳闷地看着。

郑航问她是谁，席传礼在家吗？

"我是诊所的护士莫婕，席医生昨晚没回家。"年轻女子说。

郑航有些郁闷，明白年轻女子已经看见了他身后的特警，比江岸的黑夜更显得黑透的，是特警的作战服。他们怕他不安全，都跟了过来。

"他什么时候出的门？"

"晚上10点多吧。"

"他说了去哪里吗？"郑航问。

莫婕摇摇头。"他就说让我帮他看家。"

郑航道了谢，说天亮了再过来。他离开别墅大门，走出有灯光的碎石小径，撤到黑暗的假山旁。关欣打来电话，告诉他在诊所和收治中心都没找到席传礼。

"别跟得太紧，"郑航转头对身后的特警说，"她说的可能是实话。留一队特警在这里守着，我去请示肖局长，调度全城搜捕席传礼。"

上车的时候，郑航打电话给技侦部门，请求定位席传礼的手机。但席传礼的手机没有信号出现，可能是没电了。郑航挂断电话，却听见汽车广播新闻台在一小段广告之后，正快速地播报新闻。

"目前，警方正在搜捕一名住在汉阳大道金顶小区的男性医生，这名医生叫席传礼，现年50多岁，被认为与20多年前的拐卖妇女和杀人案有关。"

郑航大骂，一掌砍在方向盘上，几乎将方向杆打偏。接着，他的手掌划过中控台，抓起空气清新剂盒摔在脚垫上面，塑料盒的碎片四下飞溅。他沮丧不已，大脚踩下油门，飞速行驶在狭窄的小区夹道上。半个小时，应该距他们决定传唤席传礼还不到半个小时，社会上就已经人尽皆知，难道广播电视台在公安局里安装了窃听器，什么事都实况转播了吗？

与关欣会合后，两人坐在街头早餐小摊上。郑航闷闷不乐地坐在关欣对面。"焦虑症发作了？"关欣问。

郑航的目光里带有一种不安，仿佛面临着某种危险，说："怎么会发生这种事呢？"

"其实没什么，出门时我就看到新闻转播车。"她像变了个人似的，意外地没有嘲笑他。"你想过没有，不一定是内部出问题，而是幕后有人报料，就像何夕的事一样。"

"不会是何夕做的。她不知道我们的行动，也不会这么做。"

关欣低头看着茶杯，说："我……很抱歉。"

"没关系，"郑航说，看着她弯下的纤细颈部、扎起的头发和搁在桌上的小手。

她看他的眼光转变了，说："狠角色一旦崩溃，一定会崩溃得很精彩。"

"为什么？"

"因为他们一直在练习如何控制自己。"

郑航点点头，看着手里的面碗，碗上印有百年老店的标志。"你不也是个控制狂吗，关欣，难道你就不会情绪失控吗？"

关欣抬起双眼，郑航觉得她的眼瞳里射出了强烈的光芒，竟使眼白散放蓝色微光。他在身上摸寻香烟。"我小时候就做过大量练习，其实我没受过什么训练，只是常常练习被吓坏而已，所以我算得上是控制情绪的高手，哈哈……"

关欣也露出一丝微笑作为响应。

"我看过一则报道，"关欣说，"那是介绍拳击高手如何控制情绪的报道，你知道，拳击手在比赛中总有几次被打得失去意识。不论如何格挡，猛烈的撞击总会传导到脑部，这里一下，那里一下，但他们还是有办法站在台上，就好像身体知道这只是暂时的，先接管一切，维持站立，等大脑恢复意识。"她看到郑航抽出了一根烟，"就像你说自己小时候，一个人待在小屋里，想着逝去的父母，有时被吓坏了，但时间过去，你意识到自己总会恢复过来。"

"可你不知道我是怎么办到的？"

关欣抚摸着垂在面前的一缕头发，说："至少我知道你不会被第一击给打倒。"

"你高看我了。我可没有像拳击手那样的本事，能攻击闪避。如果生活中发生的事冲击到我，我只会让自己受冲击，被动地想，反正冲击是存在的，自己无法把可能受到的冲击挡在外面。一点一点地承受，然后像水坝泄洪一样释放它，不把它憋在心里，不然水坝会崩溃。"他将未点燃的香烟叼到嘴边。

"哦，我知道，你在警校念警察心理学时学过这些。可是，就算你在现实生活中释放冲击，你也必须去感觉它是不是在摧毁你。如果你感觉到它在摧毁你怎么办？"

"那就换工作。"

关欣瞪了郑航好一会儿。

"如果你感觉到它在摧毁你，你会怎么做？"郑航轻咬着香烟的过滤嘴，感觉柔软干燥的纤维摩擦着牙齿，心想关欣就好像他姐妹或兄弟一样，他们两人的内心都是由相同的坚韧材质构成的，坚实、沉重、不肯退让，即使上面有着大裂痕。

"我不会换工作。"关欣说。她突然大笑起来，伸出手，抓起他嘴上叼的烟扔掉。

第十四章

一

　　这天，汉洲的雨一直没有断过。上午8点，贺姐像往常一样，冒着飕飕冷风，打开湿漉漉的度假山庄大门。这位50多岁的寡妇平日就住在山庄里，春节过后，山庄几乎没什么客人，只有位于山庄一楼的大力神健身馆照常营业，这是个小型私人场地，附近的几个男人仍偶尔过来，所以她虽然回了自己的家，但还是每天早晨来开门，以备不时之需。

　　贺姐是尽职尽责的人，即使没人来，她也每天都打扫，以便让健身馆保持整洁。敞开大门后，她第一时间进入健身馆，摁亮灯。接待室富丽堂皇，吧台上方挂着各类奖牌、奖旗、营业证书和一大幅彩色照片。照片上英俊的男人是她的老板，跟他合影的老人听说是健身界大腕，留着长须，身穿道士服般的灰布长衫，脸上带着莫名的表情。贺姐觉得这些男人看起来相当滑稽，如同电视新闻里有重大事件发生时会晤的某些国际首脑。

　　她走进通往器械练习场的门，只觉寒气扑面而来，她意识到昨晚健身的人又忘了关空调，为了省事他们通常拉下门口的电闸就匆匆离去。

贺姐合上电力开关，LED灯迷迷蒙蒙，好像还没有睡醒。她在门口等了一会儿，先走过去将空调调到制热档位——来这里的客人都是不怕花钱的主，只讲究舒适，先要室内温暖，热身后又要冷气。灯光慢慢恢复正常，照射在灰色地面上。就在转头的瞬间，她瞥见练习场另一端的举重架下趴着个东西。她越过空调机，那个东西逐渐显露出来。

那是个人吗？她想走近，却又心生犹豫。贺姐不是个神经过敏的人，她也不相信鬼神之说，但在器械场地里看到非器械类的物件还是引起了她的怀疑，是大狗吗？还是有人扔了一堆衣服在那里，训练完忘了带走？这两种可能性不会存在的。

她抓起倚在墙边的一根拉力器，拿它当手杖，一小步一小步地越过几件器械。是人，而且是个男人！他一动不动地躺在举重器下面，头部对着墙壁，LED灯的蓝白色光线照在他僵硬扭曲的脸庞上。他的面孔看起来有点熟悉，但她一时想不起是谁。他呆滞的眼神似乎看着窗外比蒙蒙细雨更远的高楼，因抽搐而扭曲的右手握着一个注射器，里面残留着一些红色液体。

贺姐冷静下来，提醒自己不能去移动那个男人。于是往回走，一直走到吧台边。

她用吧台的座机报了警。

警察到了，把她带到一间空房里详细地询问了她昨天下午至今天上午的所有经历，特别是她发现训练房里的男人的过程。随后，她回了家，在准备中餐时打开电视机，看到新闻才知道，原来自己发现的那个人叫席传礼。

二

得知度假山庄发生命案，郑航第一时间赶了过去。痕迹技术员和法医已经对现场展开了勘查和检验。

"法医说了大致的死亡时间吗？"郑航问关欣。关欣刚跟法医有过交谈，走到郑航身后。她仍穿着黑色羽绒夹克，夹克衬里印着"妖精的口袋"英文标签，她脚下的蛇皮靴子踩在水磨石地板上几乎不会发出声音，但郑航对她有着神奇的感应。

这时，距离贺姐报警还不到一小时，警方拉起的黄色封锁线外，一大群记者举着长枪短炮堵住了大门，仿佛里面的死者是他们的好友至亲。

"他说很难准确判断，"关欣说，"天气本来就冷，室内还开着冷气，尸体躺在木地板上，体温降得快，尸斑出现得慢。他预测死亡时间大约在昨晚十点到今天凌晨两三点之间。"

"大致差不多，在出现网络炒作之后，我们开始找他之前。门窗全部查看过了吗？"

关欣点点头。"门窗完好，锁具没有盗撬痕迹，清洁工来的时候是锁着的。我看过监控视频，他是这里的常客，昨晚是自己开锁进来的。我只是很奇怪，他为什么那么晚来健身馆？到底是私自配了这里的钥匙，还是老板如此大方，给了他一把钥匙呢？"

"这个容易查明，还有……"

"注射器里是一种氰化物，剧毒品。"

郑航仔细看着死者的左右手。"所以你认为他是自杀的，对不对？"

"应该是，但有待更多的勘查结论。"

郑航点点头，陷入沉思。"席传礼是不是左撇子？"

"不是吧，他是用右手拿针筒的。"

郑航点点头。"的确，不过还是要查一下。另外，有关氰化物的致死剂量，认真咨询一下有关专家。"

关欣领命出去，郑航叹了口气。每当他侦办的案子告一段落，案情柳暗花明，或者宣告侦破，他很少感到喜悦。查案之时，破案是他的目标，可是一旦达到目标，他又觉得自己尚未抵达旅程的尽头，或者这不是他想象的终点。天知道到底是怎么回事，关键是他感到空虚，成功并不如预期那般甜美，破案总会引来一个疑问：真是这样吗？

三

　　第二天下午，证人已完成讯问，刑事鉴定证据采集完毕，肖永明招待完记者，提议专案组的同志都回去休息。郑航一个人呆呆地坐在会议室里，不知道该往哪里去。

　　突然，走廊里传来叽叽喳喳的说话声。刘畅捧着一块大蛋糕放在会议桌上，关欣、老舒，还有参与抓捕的特警们都围了过来，发出一阵阵笑语和掌声。郑航依然木木地坐在椅子上，好像没有看到他们进来。有人从他身旁经过，有人在他背上轻轻一推，大家都想吵醒他。

　　"那混蛋是个窝囊废，一知道我们锁定他，就畏罪自杀了。"

　　特警们七嘴八舌："是的，他作弊，欺骗我们。"

　　"如果我们活捉到他，可能需要提请精神病鉴定……"

　　"我们应该高兴才对，怎么说我们也掌握了一些间接证据啊。"

　　……

　　老舒的声音在房间另一头响起："好了，大家安静！刚刚有人提出一项临时动议并且获得了通过，6点钟大家在王记烧烤前面集合，狂欢一番，对吗？"

　　众人大声欢呼。

　　郑航没有碰面前的蛋糕，站起来。这时，一只手轻轻搭上他的肩膀，原来是关欣。

　　"我查过了，跟我说的一样，席传礼惯用右手。"

　　她扭开一瓶维生素功能饮料，往嘴里灌了一大口，右手勾着郑航的肩膀。

　　"有人说右撇子对生命的期待比左撇子高，怎么在席传礼身上却错了呢，嗯？"

　　刘畅跑过来听他们聊些什么。关欣有意岔开话题，问郑航："你不舒服吗？"

　　"我想出去吹吹风，让刘畅陪你们吃烧烤吧，我晚点再跟你们会合。"郑航刚到门边，手臂又被老舒抓住。

　　"谁都别先走，"老舒强硬地说，"肖局说他会一起去，没你不行。"

郑航看着老舒，随即发现自己眼中一定闪射出某种东西，以至于老舒立刻放开他的手臂，仿佛全身触了电似的。

"我先去门外等你们。"郑航说。老舒微微一抖，点了点头。

郑航回到办公室，换了件外套，驾车驶上去何夕律所的路。空中飘洒着绵绵细雨，四周高楼的霓虹灯渲染出一片繁华，一辆救护车惊雷般驶过，随即又如同天际流星般消逝。一个步履蹒跚的醉鬼被两人架着进了酒吧，两个穿着暴露的女人站在KTV门口与一群人温和地争辩，门里轰响着混杂的歌曲。郑航感觉这一切是如此熟悉，似乎又嗅到了野兽活动的空气，它们藏着、掩着，等待着时机。

何夕果然还在律所里，蜷缩在沙发上，头发蓬乱，沉思默想，就好像刚刚挨了一下。在吸顶灯的灯光下，她的脸上覆盖着一层类似灰色油脂的东西，他在那些男人使之痛苦的女人身上常常注意到这种模样。

"你是在等我吗？"郑航问。

"不，"她说，"我在想，他真是杀害我生父的凶手吗？他杀了那么多人，潜藏了那么久，一定有着特强的心理素质，怎么会听到一点点风声就自杀了呢？"

"有道理，"郑航在黑暗中微笑，心想原来她也想到了这一点。她一手策划，放出消息只是为了打草惊蛇。"你猜测会惊动那个杀父仇人，会促使他跳出来，但没想到他会死去？"

"你觉得呢？"

"没想过，"郑航说，心里明白何夕这是在套他的话，"我们一直在收集证据。"

两人陷入静默。或许因为激动，她的手抚上自己的腹部，轻轻地揉搓。"证据？你只会盯着二十几年前的证据。你有关心当下的情形吗，有人在浸透我。"

"什么意思？"郑航的声音在静谧的屋子里如此清晰，把他自己也吓了一跳。

"浸透？你懂吗，有人浸透到了我的生活里，无处不在。"

"不明白。"

她耸耸肩，两眼死死地盯着窗外。天要黑了，可屋里的夜色更加深沉。

"一定跟你我正在调查的这件案子有关，有人想将我卷进去……"

她俯近他的耳朵。"是你吗，还是你们其中的某个人？郑航，你不是永远不会停止思索案子吗，你有没有把我一并思索进去？"

郑航木木的，看着夜色像百足虫一般爬进来，在她苍白的脸上跳跃着，然后爬进地上那个灰暗而忧伤的影子里。他突然想起郝钦山说过，席传礼对病人很热心、细心，他关心每一个人。他记得自己在调查报告里提出了这点。他没有细究何夕的话。他只是想：放心，我永远不会停止思索案情的。

离开律所，他继续驾车前行。无意中，汽车来到了收治中心。站在门外，郑航才明白自己就是想来这里。外面的工作人员已经下班，病人大都已经休息。郑航走到接待柜台前，中心主任郝钦山一看见他就面露不悦之色。

"你怎么又来了？"郝钦山高声说，好像见了鬼。

郑航心想，为什么这些人都害怕见到他呢？他不过也是人，只不过他时刻在窥探他人黑暗、邪恶的一面而已，难道他们都在自己无耻的内心外面穿上了虚假的羞愧外衣。

"给我打开席传礼医生给人就诊的房间，"郑航说，"他此后不会再来了。"

诊室非常简陋，三面墙上的腻子粉已经发黄，贴着20世纪的人体解剖和穴位图，布满黑色裂缝和污渍。书架上放着发黄的诊疗意见书，用作诊台的书桌发黑破裂，中间的缝隙可以漏下笔芯。他不用写诊断意见吗，郑航心想。他拿起一块抹布抹去椅子上的灰尘，坐下来聆听寂静里城市的噪音。那些噪音正在他脑海里翻涌。

他感觉到嗜血的恶狼奔赴而来，它们高声吠叫，眼露凶光，喊道：撕裂、嚼烂，只有毁灭的一切不会惊扰你，臣服在你的脚下。郑航没有笑的心情，却还是笑了。这是心魔，必须被驱除，痛苦才能渐渐被淹没。他点燃香烟，烟雾袅袅上升，飘浮到窗棂上。

席传礼曾面对过这种心魔吗？他拿什么跟心魔搏斗？他是不是曾将心魔带来这里？抑或这里是他与之斗争的圣域，或是庇护所？也许他发现了一些答案，但并未得到所有的解答。想要得到所有的解答是不可能的，好比说善良和邪恶是两种不同的实体，又或者是当我们不了解邪恶的目的时，就称其为善良？

他是在这里寻求对自己的救赎吗？以便去除过去的罪孽和之后带给他的痛苦？郑航听到外面有人在大力撞门，房门撕裂般地开了。

"谁呀？"他大喊，被自己怒气冲冲的声音吓了一跳。

一张苍白的面孔浮现在门口。郑航将她全身上下打量一遍。病态、瘦削的她穿着一件破棉大衣，棉衣非常宽大，显得她的身体像麻秆似的撑在里面。

"席医生呢？"她问，普通话里带着深深的戎城腔。郑航摇摇头，她看了他一会儿，关上门悄然离去。

迟疑了一瞬，郑航从椅子上跳起来，追到门口。女子刚走到第三道门的侧面。"等一下！"郑航大喊，"请你回来。"她停下脚步，满怀戒心地看着郑航。

"你会给我钱吗？"她说，重音落在最后一个音节。郑航点了点头。

她回到诊疗桌对面坐下，倾听郑航提出的问题，一脸困惑。郑航的问题是关于席传礼医生，关于他跟她说过什么、他们的关系、他的邪恶。每个问题她都摇头表示不懂，最后她反问他为什么问这些。

"席医生畏罪自杀了。"郑航说。

她狐疑地看着他，说："不可能，他有什么罪？不过患了癌症而已。"

"癌症？他杀了人。"

"不，他是个好人，天底下最好最好的人。"

郑航问席医生是怎样的一个好人，然后坐着聆听这个叫曾怡的女子述说席医生以前如何帮助她。她说席医生每周都会带着他的医疗包过来，坐在这个房间里，给她抽血，检验她是否感染病症，还给她治疗和开药。虽然他自己患了重症，但给她的治疗都免费。

同时，他还给其他人看病，也从不收费。但他有个要求，就是要说他是善人、好人，而且告诉所有人，他是好人，不是做坏事的人。

郑航一边听，一边拿烟点上。这就是病人眼里的席传礼？他为什么要别人说他好呢？难道出于赎罪心理，寻求一种平衡——平衡以前的罪恶，让罪恶有空间喘口气？

他猛地吸了一口烟，一股烟气呛进了肺里，几乎让他窒息。叫曾怡的女子说到这里，停了下来，伸出手。他拿出两百元钱放在桌面上。

曾怡拿起钱，问："你说席医生死了？"

郑航想回答，但喉咙痛得厉害，张不开嘴。

手机响了，他缓了缓，咽了咽口水，说："我是郑航。"

"我是关欣，你怎么啦，怎么听起来不像你的声音？"真的吗？他的声音变了吗，变得连关欣都听不出来？

"快回来，"关欣说，"刘畅出事了，说是他……"

"不可能……"郑航将手机狠狠地甩出去，砸在黑色的墙壁上，一片灰泥掉了下来。

他将头埋进双手，试着稳住情绪，不让自己爆发。这一切都是怎么啦，真像何夕说的，问题出在内部吗？不可能。他再抬起头时，房间里只剩下他一个人。

四

半个小时后，郑航走进了市公安局党委会议室。他虽然走得匆忙，但注意了仪容，一身警服显得异常严谨。他从收治中心归来，又回了一趟办公室，用几分钟时间调整了自己。他在副局长肖永明右边就座，像平常参会的样子，腰杆挺得笔直。

肖永明的左边是驻局纪检监察组组长艾义诺和督察支队负责人。郑航的右边还有关欣、老舒。他们的对面——当上级来检查督导、兄弟单位来考察交流，或者群众来信来访时，那里是客座——只坐着一个人，何夕。

此时，何夕跟郑航在律所见到的样子判若两人。她正在操作一台投影仪，席传礼陈尸健身房训练场的照片投射在椭圆形会议桌前方的屏幕上。

郑航的到来丝毫没有影响到何夕，她甚至没有抬头看他，一刻不停地盯着屏幕说话。

"真正的实证在于他右手的注射器和注射器里的药水，也就是氰化物。你们发布的新闻说，席传礼用注射器注射氰化物自杀。验尸报告载明，他血液中的氰化物浓度非常高，据推算，大约注射了20毫升进入静脉里。从注射器中残存的药剂推测，当时针筒应该是满的。但是，按照氰化物的毒性，5至10毫升就会致一个人心脏和呼吸器官瞬间瘫痪，在10秒钟内死亡。由此，我咨询了汉洲大学的病理学家。他指出，一个成年人如果注射那么大剂量的氰化物，顶多3秒钟就会毙命。这也是席传礼的死因，可是这么一来却完全说不通。"

何夕拿起一张纸放在投影仪前，郑航看见纸上写了许多数字和计算公式。"病理学家做了个实验，将与氰化物剂量相当的生理盐水注射到人体静脉里，同时计时，结果不论他将注射器按得多么用力，都不可能在10秒内把细长针筒里20毫升左右的液体注射进静脉里，因此……"

何夕等在场的警察做出反应，才接着说："席传礼注射到5至8毫升的时候，全身就会瘫痪，甚至休克。结论就是，他不可能自己把注射器里的药剂全部注射完，除非有人帮忙。"

不安的情绪在会议室里如涟漪般荡漾开来。郑航面上不动声色，心里却恨不得找个地方钻进去。

"这是我掌握的否定他自杀的直接证据。那么，杀人者在哪里呢？接下来让我们看几段视频。"

何夕拿出一个U盘插入投影仪，一边播放，一边说："我想，你们一定也调取了健身馆门外的公共监控。请看，监控视频的显示时间，还有那些模糊黑影，是不是跟你们调取的是同一段视频……你们一定看过了，以为那些黑影只是夜晚的树影。但是，经过视频专家司法鉴定，那是有人使用了电子干扰仪。"

郑航盯着屏幕。除了席传礼进馆的十几秒钟视频里出现人影，其他时段都是黑蒙蒙一片。不，"蒙蒙一片"是不错，但席传礼进馆一个多小时后，一直出现"灰色"，或者说"灰屏"。他协助关欣进行过视频侦查，已经掌握了视频监控的每一个细小而微妙的差异。颜色、构图、动静……如果他的直觉告诉他图像出现差异，那么他相信何夕的说法没错。

"还有声音。"何夕将视频倒回席传礼进入馆内的时段，缓缓地说。

"最初我以为是门外经过行人。我去实地反复进行了测试，发现如果行人经过，应该会在视频里留下倒影，因为50米外的公路上有路灯，能在监控里留下声音的行人，影子会留在视频里。那就只有一种解释，声音来自馆内，是对话声。遗憾的是，无论怎么放大，都无法分辨他们说的是什么。"

"视频里确实可以看出被干扰产生的虚影，"肖永明的声音里有一种掩饰不住的焦虑，"但对话声难以确认，或许是席传礼的自言自语？"

"呃，这么推测也有道理，不过呢……"何夕看起来像是在斟酌字句，"……虽然听不出他们在说什么，但两种口音是可以明确的，事后可以进行技术鉴定，甚至可以作为甄别嫌疑人的依据。还有，就跟我想的一样，凶手跟席传礼很熟悉，而且席传礼对他唯命是从……谁会让他这样呢？据查，他在汉洲没有来往亲近的人。"

郑航瞥了肖永明一眼，看见他眉头深蹙。

"问题来了，"何夕接着说，带着律师的敏锐和尖刻。"是谁杀了席传礼？"她第一次抬头看了一眼郑航，接着说："我曾经跟郑航队长说过，我被浸透了，是切实地感受到周围有一双监视的眼睛。我想是谁监视我，谁就有杀人的嫌疑。"

"这可说不定，"老舒说，"监视你，与杀席传礼有什么关系？你母亲的案子跟席传礼本身还没有直接联系，而席传礼的他杀之说现在只是推测而已。"

"如果他既跟踪我，又跟踪席传礼呢？"何夕就像站在法庭上跟检方辩论，"下面，请大家再看几段视频。"

一排排图钉大小的图片一闪一闪地出现在屏幕上。

"播放几张关键的吧，"肖永明说，"否则，我们得耗上一整个晚上。"

何夕点点头，说："好吧。如果有什么不明白的，我可以回头重播。"

她放大的第一张图片是停车场的一个广角镜头。在一片整齐排列的车辆之间蜷伏着一个身影，如同潜伏的狼一样弓身在车身下面。左边是电梯入口，条状照明招牌上写着"金顶小区联排别墅8—10栋",入口五颜六色的春节装饰彩带依稀可见;右边是一条出入车道,一辆行驶中的奔驰越野车正在车道上,能清楚地看到号牌数字。

郑航记得那串数字,是席传礼的车牌号。

接下来的照片是同一场景,但角度不同,慢慢转换中,显露出了那个弓似的身影。那人一定没有意识到车库监控使用的是球形机,它不断转动,无死角地监控车库的各个方向。会议室里的气氛顿时凝重起来,虽然那人低着头,正面脸颊没有显露出来,但那身材、发型让熟悉的人绷紧了心。监视奔驰车的人竟然看起来像刘畅!

"如果说,这一组监控因为没有拍到正面,还令人心生疑虑,那么下一组照片将让你深信不疑。"

第二组照片场景是咖啡馆东侧,夜晚,门口人来人往,霓虹闪烁。首先显示的是门外徘徊的身影,有一刹那,身影转过头来,他的脸毫无遮掩地进入视频,正是刘畅。接着可以看到何夕,以及跟何夕相对而坐的郑航。

郑航记得,那是最近一段时间里他跟何夕唯一一次相约喝咖啡。

第三组照片显示的是一条小巷。首先是远景,川流不息的年轻人从不同的方向走过,雨点斜打在沥青路面上。然后是近景,一个男人沿着街边移动,躲躲闪闪的,镜头慢慢拉长,前面出现一个穿着蓝色羽绒服的女人,女人同样躲躲闪闪,但混迹于年轻人中,几乎不露痕迹,再前面出现一个中老年男人。镜头突然回转,特写出男人面孔,正是席传礼。接着镜头进一步拉长,显示出小巷全景——中老年男人、年轻女人、年轻男人,虽然看不清楚相貌,但他们依次出现,有着"螳螂捕蝉,黄雀在后"的意味。

"请回放一下第一组照片。"艾义诺说,眼里闪过一丝审慎。

肖永明点头同意。

重播的时候,艾义诺身子往后仰着,并且把脖子伸直,他的脸在那一刻似乎变长了,好像想用额头接触视频。

可以看出,何夕在调取这些闭路监控时用足了心,几乎像电影似的进行了精心的编辑，让人一目了然。而且，时间编码异常清晰。

"还有一段视频，我想大家一定感兴趣。"何夕接着说，"为了节省大家观看的时间，也进行了剪辑。事情就发生在前天凌晨。"

"大家看，这辆车前天凌晨1点钟从桂花路出来，1点15分经过阳城路口，1点30分绕入汉阳大道。在汉阳大道情况变得有点意思了，他开得很慢，甚至跟你们执行任务的车辆有过交集，却没停。按道理，他应该跟熟人打个招呼……"

郑航的心绷得紧紧的。视频里的汽车是刘畅的私车。前天晚上12点多钟关欣回到局里的时候，说刘畅在返程的途中淋了雨，得了重感冒，不参加汇报会了。事后，郑航忙于组织搜捕席传礼，一直没有跟刘畅联系。

视频里汉阳大道车辆不多。郑航看到自己带着特警的车就行驶在其中，不久，刘畅的车进入视频，却没有加速追上郑航的车，相反有一个明显的减速行为，几乎可以肯定看到了特警运兵车，接着来了一个窄道掉头，进入一条小巷里。

屏幕上突然一团漆黑。他们等在那里。过了大约三秒钟，刘畅的车出现，雪亮的大灯一闪而过，尾厢下的车牌号码却清晰地显示出来。

刘畅的汽车转了个弯，从小巷消失。又一段时间过去，然后，相当缓慢地，汽车进入一条区间道路。这里路灯很少，监控不太清晰，只有汽车不断出现，又消失。刘畅的汽车在这个区间路段待了三十多分钟，然后开走了。

"我想请问郑队长，对视频里的建筑物是不是觉得眼熟？"

郑航对那里当然熟悉，昨天前天在附近待了两整天。那里正是度假山庄，刘畅在席传礼死亡前后的时间里去那里干什么呢？

"能再放一遍吗？"肖永明说，"空白之处可以跳过去。"

何夕依言又播放了一遍。

"好，您费心了。这可花了不少心思呀。"肖永明对何夕说。他揉了揉眼睛，转头望着郑航，问："你怎么看，郑队长？"

郑航皱着眉头。"能否请何律师将所有视频都留给我们，让我们仔细研究一下。"他看了看何夕，然后望着肖永明。"随后，我们再做讨论？"

何夕不动声色地打开手包，像是打开一个不为人知的秘密。她慢慢地从中拿出一个U盘递给肖永明。"这里有一个备份，留给你们。"说着，她将自己的物品全部收进便携包里。

郑航心想，世事难料，在这个万物生长的春天，真是什么事情都有可能发生。

五

何夕离开很久，会议室里仍然静默无声，仿佛时间停了下来。肖永明拨弄着手里的U盘，郑航在笔记本上画线。观看视频的时候，他记下了所有的时间点。那些点精心地构成了一个局，让郑航觉得有些措手不及。他怎么也不会想到，表面看起来稚嫩、调皮、不堪大任的刘畅，背后却如此狠辣、老练、富有心机。

后来，艾义诺咳了一声，说："首先，我宣布一条纪律，今天在这里看到的、说到的一切，谁都不得泄露出去，即使是伴侣、兄弟或亲友都不得泄露。"

艾义诺的话平静如水，不带丝毫感情。"席传礼被判定为自杀的时候，检察院提前介入，并邀请我去了现场。那时现场已经被污染，没有发现任何刑事痕迹证据。今晚接到何夕的举报电话后，我派纪检和督察的同志又去那边勘查，恐怕也查不出什么。刚才何夕分析，席传礼和凶手在健身馆碰面，应该是事先约好的，所以，我又叫人去查过通话记录。通话分析正在进行，下面我请大家先看一段视频，可能也能说明一些问题。"

投影屏幕上出现芬威酒吧的招牌，里面传出嘶哑且沧桑的声音："嗨，快来缅怀往日时光，聊聊我们驱散的那些可怕幽魂和不眠之夜！"

吧台上琳琅满目的酒瓶，大厅里摇晃的人头，接着是装潢华丽、充满西方风味的缤纷背景墙，卡座里有一群人，正喝得兴高采烈，彼此勾肩搭背、喊叫，满嘴酒气，一个不知名的歌手高唱着"我不知道什么时候能说出我爱你"。

"你们喝酒也不叫我？"一个声音响起。是刘畅走进了卡座里。

"这是第一杯。"一个黄头发说，他的舌头大约有些肿胀，但仍感觉平滑柔软。酒精提升了他的发音能力。酒鬼喝到一定程度，都难以察觉到自己喝醉了。

"那我的第一杯呢？"刘畅说。

"就在这儿。"黄头发将酒杯递给他，刘畅一口灌下。

郑航想，就凭这杯酒，刘畅想保住这份工作也难了。他记得禁酒令颁布之前，刘畅确实是喝酒的，甚至有时混迹在歌厅和酒吧里。他还记得刘畅说过，喝酒并非他所爱，甚至让他很难受。他说第一杯酒会麻木所有感官，令他无法呼吸；第二杯酒几乎会让他的胃翻过来。不过，好在他身体强壮，能克服这一波冲击。接下来，他的身体会以幸福的低语作为响应，让酒的热流变成抚慰灵魂的乐音。

"这么有感觉，还说不好酒？"郑航曾经这么数落刘畅。

"你不知道，我就是在酒精中孕育并长大的，酒让我有个痛苦并快乐的童年。"

"因为父亲的关系。"

"不是父亲，是我母亲。她是个酒鬼。"

那是警察禁酒令出台之前，他们偶尔在一起喝酒。他喝的是啤酒，而刘畅喝的是闪亮亮的白酒。刘畅说，啤酒像下水道里的沼水。

那时，郑航也很单纯，仰头大笑，说："可怜的家伙。你的人生是不是一开始就乱了，个性这么孤僻，还看不到方向？"

刘畅看着杯中透明无色的液体。"有时我也会有这种疑惑，但我并非没有方向。"

"比如说？"

"犯罪，打击犯罪，狠狠地打击犯罪。"

"这不就是我们的现状吗？"

"是的，我爱我的现状。"他说，抓起酒杯，一饮而尽，直视前方。郑航转头望向他。他的眼眸里似乎闷烧着黄色火焰，模糊难辨，犹如迎面驶来的汽车雾灯。

那时，关欣也常常跟他们在一起，而郑航刚刚结婚。"你就没想过爱一个人，比如关欣？"

刘畅摇摇头。

"刘畅，你说谎。"郑航说，"你一五一十地告诉我，你是不是暗恋关欣，哈哈，全都说出来，不准口是心非，不准说谎。"

郑航注意过刘畅看关欣的眼神，那是他刚认识方娟时，他看方娟的眼神。

刘畅叹了口气。"好吧，郑航，我是个自卑的男人，有些心思不敢说出口。"他的头向后倾，有些动物会用这个姿势来表示顺服。他举起酒杯。"酒是个好东西。"

接着，颁布了禁酒令，大会小会学习，督察明察暗访，所有警察在酒面前噤若寒蝉。

郑航和刘畅都戒了酒。这几年，郑航也从没见刘畅喝过酒。前几天，他还问刘畅是不是爱上了关欣。刘畅几乎做出了肯定的回答，好像有什么支撑了他的自信，还正经地提出跟关欣一起出差。他们一起去了大通湖监狱。

但是，视频里刘畅正在喝酒，时间显示，就是前次他从戎城回来的那天晚上。

刘畅怎么会把自己的职业当成儿戏呢！

郑航看着视频。刘畅那杯酒下肚，就揪着那个黄毛走进了厕所里。他们没有待在卡座，他可能和黄毛要去安静的地方聊天。厕所没有监控，而且他们的说话声一定很小，即使有监控也录不了他们的声音……

六

纪检员拿到了刘畅的手机通话记录，还做了初步分析和走访。发现他那天午夜，给席传礼的护士莫婕打了一个电话。这是席传礼死前最后一个跟他有关系的电话。

莫婕在接受询问时，说刘畅那天给她打电话是询问席传礼在哪里。她告诉他，医生的朋友约医生健身，但这么晚了，应该是跟朋友吃夜宵去了。

在查看通话记录时，关欣的手肘稍稍触碰了一下郑航的手臂。他惊讶地回头看了她一眼，发现她没有任何暗示的意思，也许她只是翻页的幅度有些大而已。

几名督察和纪检员在一旁议论，打给莫婕的电话正好印证了何夕提供的视频。刘畅是追着席传礼而去的，在短时间内就完成了杀人。那个时机，倒真是把握得准。郑航听着，感觉并不是毫无道理，但刘畅的目的是什么呢，为什么要杀席传礼？

事实上，郑航不仅觉得刘畅跟莫婕的电话有嫌疑，也对另一组通话抱着疑问。那是一个公用电话，前后使用了三次，一次是拨出，两次是来电。其中一次来电也是那天午夜，而另外的拨出与来电却是今晚的几个小时前。之后，何夕来市公安局举报刘畅，刘畅失踪，手机失联。这也太凑巧了吧。

纪检员翻开笔记本，告诉郑航，那个号码是一家小卖部的电话。店主是一个残疾老人，聘请了一个女售货员。老人看了刘畅的照片，表示两人相识，刘畅在他店里买过东西，偶尔会去店里坐坐。但老人不记得谁用他店里的电话跟刘畅通过话。

众人全面分析了通话记录。除了郑航提出的小卖部电话疑点，还列出了五个必须深入调查的手机号码，其中四张卡有对应的人名和身份证，一张是没有登记身份证的神州卡。那张神州卡最近跟刘畅有过三次联系，不过每次联系时间都很短，可能只有几句话。

肖永明要求将六个号码作为调查重点，特别要反查神州卡的其他联系人，通过关联对象查找持有人的信息，同时对它予以定位，找到持有人。

纪检员说："何必那么麻烦，一个电话就能找到他。"

肖永明笑了，说："事先不能惊动他，找到人突审，才更有效果。"

艾义诺知道肖永明是嘲笑纪检员的话没有一点侦查常识，正要对纪检员提出批评。肖永明的手机响了，铃声唱的仍是冬残奥会歌曲《美美与共》。

电话是搜寻刘畅的民警打来的。他们还是没有找到刘畅，刘畅的手机关机，所有技术手段都失去了作用。最后一个看到刘畅的人是他楼下的邻居。她说看见刘畅在沃尔玛超市门口徘徊，好像在等人。但他是否等到人，后来去了哪里，她没注意。

郑航问："视频监控组也一直没有消息吗？"

肖永明说："如果他刻意躲避监控，我想他会有办法的。"

他的话里有对郑航的讽刺意味。但郑航没有在意，刘畅的影子在他脑海里不断翻滚着，犹似远方隆隆的雷声，他感到一场暴风雨正要将他席卷而去。

会议结束，郑航回到自己的办公室，仰头望着幻如星海、幽邃无底的城市。初春的夜空像一片薄钢板，风拉扯着云雾，发出阴郁无奈的声响。他想起第一次见到刘畅的情形。身材瘦小，沉默无言，身穿干净整洁的制服，一副学生模样。刘畅分在他管的那一组，谈话间表现出一种真正的理想主义。郑航很快就被他那一丝不苟的道德信念打动了。

但他没有理由为刘畅辩护，假如他能够阻止席传礼被杀，他会毫不犹豫这么做。最近一次跟刘畅谈心是什么时候，他已经记不起了。他自以为明白刘畅的内心，即使遇到困难，遇到双重生活的巨大压力，刘畅也是可以承受的——他内心的痛苦几乎没有外在表现——只是目光背后一瞬间的迟疑。他相信刘畅具备一个优秀刑警的潜质。

他想起他昨天跟肖永明说过，一切都还没有结束。

黑暗一直聚拢在他的周围，只有窗外的大楼依稀可见。警车在大门口往来穿梭，有人调查回来，有人带着线索出去。不论刘畅躲在哪里，这个游戏显然已经超出了风险允许的范围而变得疯狂。

第十五章

一

遥看草色，脚下却仍是一片枯黄，只有江水在朝霞下映射出粼粼波光。

这天清晨，郑航一起床就被老舒拉到了江边，说是要给他洗洗脑。事实上，郑航昨晚确实没有睡好，头痛得要炸裂似的，专案组里气氛沉闷，该派出去的人都出去了，也不知道关欣昨晚睡没睡，她一直将自己关在影像室里。

吹着清凉的江风，郑航仍感觉灵魂出窍了一般。若不是老舒一直盯着他，他都不想睁开眼睛。老舒一路絮絮叨叨，他什么也没有听见，只感觉对面的嘴巴不断地开闭、变形。他像是频道没有调准，对周围的声音接收不良。

后来，他终于明白老舒是对怀疑刘畅杀人逃跑十分不满。老舒认为，不论是何夕的举报，还是纪检的调查，都是由果及因的逻辑，都是从自以为是的结果反推回去，找寻原因。

"那你对刘畅失踪怎么看？"郑航问。

"我？我看不出刘畅有任何合理的杀人动机，或者疯狂到蔑视法律和正义。"老舒苦笑着说，"我什么都不相信，可我的意见没人会听。"

"所以你不愿意参加搜捕刘畅？"

"不是搜捕，是寻找，麻烦你正确用词。"

郑航没有回答，只是停下脚步看着四周萧瑟的景象，心里却对老舒的话十分赞成。"这个地方景色不错，很适合散步、钓鱼。"

"当然，这是我的老根据地。"老舒大声说，"但是，这也是一个伤心之地。曾经有一个失恋的女孩跳江自杀，大概就在你现在站的地方。看到了吗？下面有几个钓鱼的人，但就在去年秋天，一个老头拖鱼时失足落水，再也没有上来。你懂我的意思吧？好多人看似无忧无虑，好多人暗自情伤，这世界没有什么不会发生。"

郑航搭着老舒的肩膀，两人并排走在一起。

老舒拿出一盒口香糖，递了一颗给郑航。"人心无定，生命无常。"他眺望着金罗湾，若有所思地说，"多么普通的一条河，转了个弯，就算是一道景观。"

郑航沉默了一阵，眼前浮现出刘畅的影子，说："你是不是知道刘畅躲在哪里？"

"你怀疑我知情不报？对对，他是你安排给我的搭档，工作时间，我们应该在一起。不过，他是在跟关欣出差回来后被怀疑杀人的，又是在肖局长放大假时失踪的，我怎么可能守着他呢？"老舒夸张地扭着身子，对郑航这么问十分反感。"基本规矩我还是懂的，不论他是不是凶杀嫌疑人，我都不会瞒着你。"

郑航将口香糖吐出来，牙印都没留，问："你们最后一次见面，都聊了些什么？"

"'哈喽'，多半如此而已。"

"嗯哼？"

"我的天，你怎么会怀疑我呢？"

郑航皱起眉头。"你这态度就令人怀疑。"

"嘻，这话应该我来说才对。要说看神态、言行分辨真伪，你去反扒队访访，如果我排第二，没人敢排第一，公交车上那么多年摸爬滚打可不是白干的。"

郑航笑了，这是他近几天来第一次笑。那不是嘲笑，而是真心对老舒的话感兴趣。老舒为了掌握一个人言行神态体现出的心理，是下了一番功夫的。他曾将电视竞技频道播出的扑克牌赛事录下来，用慢动作播放，记录参赛者的言行举止、重复动作，以及脸上最细微的、虚张声势的表情变化。研究一段时间之后，他发现了某些重复出现的动作，比如说某个选手会搔右鼻孔，某个选手会抚摸牌背。这些习惯往往暴露出参赛者的看牌心理。他得出结论，一流高手之所以能胜出，就是因为他们有能力凭此读出其他选手的心理。

郑航问："你跟别人说几句话，就可以分辨出他是不是在说谎吗？"

老舒摇摇头。

"没那么简单。第一，我需要针对熟悉的人，不同的人唬人时会出现不同的反常行为；第二，我必须熟悉要说的事情，才知道他会不会随口乱说。就像测谎仪，测谎之前，必须校准仪器，也就是先叫受测者说一些显然为真实的事，像是他的名字，然后再叫他说一些显然为谎言的事，之后你看它打印的图纸才有参考的基准。"

郑航认真地点点头，说："你就像一台测谎仪？"

"哈哈，我这个人说话嘴不把门的哦，我什么都没办法保证。"

"我信你。"郑航再次笑了，笑得糊里糊涂，说："我们去看看关欣在干什么。"

关欣还在影像室里。她在专案组工作时，在这个房间里花费时间最多。她叫它"禁闭室"，一进去便是几天几夜盯屏幕——查看和剪辑监控闭路视频，放大影像，辨识粒状影像中的人物或模糊电话录音中的声音。这时，她正在从事这项工作，机器发出的吱吱声、喷出的热气令她苍白且透明的脸颊泛起了红晕。

郑航进去时，灵敏的关欣没有起身，只是朝他点了点头，说："可能有些你要的东西。"

"是我们要找的人吗？"

关欣转换了一台电脑屏幕，按下启动键，画面定格在沃尔玛超市入口。

"看看我发现了什么？"

郑航将椅子推近了些。这又是一个天赋异禀的人！他想，她脑部的梭状回特别发达且敏锐，梭状回是脑部储存和辨认人类五官的部位，因此关欣等于是活的罪犯档案库。他身边都是这样的能人，可他的案子仍没有进展。

"我调出了他这几天的活动轨迹，"她说，"包括何夕截取的视频，以及他在烧烤店突然离去后偶然在监控里出现的视频，我梳理了他接触的所有人，包括那个黄毛。"

关欣一格一格地移动影像。"那里。"她说，画面停顿。

但屏幕显示的只是由黑白颗粒组成的一群人，焦距模糊。

"哪里？"郑航问，觉得自己视力简直出了问题，关欣看到的东西在他眼里一片模糊。

"你再分辨一下图像里的人。"她从另一台电脑里调出一张放大的人像。"跟刘畅接触最多的就是这个人，也跟黄毛有联系。"

郑航惊愕地看着那张照片，缓缓点头，朝门外喊了一声老舒。

"穿上外套，到楼下车库等我，"郑航说，"我们去兜兜风。"

二

绿岭巷是汉洲的老城区，虽然不叫城中村，却是出租屋最多的区域。这个上午，除了几棵硕大的古树在春风里发出絮絮叨叨的声音，整个区域静悄悄的。

老舒对关欣认定视频里的人是马大亚一直抱着怀疑，在他眼里影像模模糊糊的，根本看不清。但郑航认为，如果关欣说那个人是马大亚，那就铁定是马大亚。刘畅说过，他跟马大亚谈了两次话，便成了很好的朋友。他还把马大亚的孙子作为帮扶对象，决定负担他上学期间的所有学费。所以，如果马大亚来了汉洲，就一定会跟刘畅联系。

关欣的视频追踪最后定位在马大亚租住的绿岭巷。跟刘畅有过联系的小卖部座机电话就在绿岭巷里。小卖部的老人承认认识刘畅，却说不知道是谁使用了他的电话，也有道理，因为马大亚是新来的，他们还不熟悉。

老舒很快找到了马大亚的电话。上次刘畅在专案汇报会上说过，他就存在手机里。他有一个习惯，将所有跟案件有关的手机号码编为群组存着，等结案后再整个删掉。他认为按删除键的感觉真是美妙无比，并建议郑航也试试。

老舒拨打那个号码，但听到的是"您拨打的电话是空号"的语音。他的内心充满了疑虑和忧伤，因为他想到马大亚可能跟刘畅一样，为了隐瞒行踪而毁掉了原来的手机卡。

关欣显然比他做得更多，她不仅核实了马大亚在监控视频里出现的点位，还指派痕检技术员到相应点位进行了勘查取证，找到了马大亚的指纹，通过指纹比对，印证了马大亚跟刘畅的联系。同时，关欣通过视频闭环追踪，发现马大亚抱着一个小男孩进入了出租屋，视频里的小男孩哭闹着，有被绑架或拐卖嫌疑。

郑航一边观察着周边地形，一边接听了关欣的电话。关欣告诉他，马大亚带着小孩进入出租屋后就没有出去，不知刘畅是不是跟他待在一起。

郑航没有说话，望向前面一排20世纪80年代的楼房，上午10点钟的阳光满天飞舞，辉耀着他的眼睛，血红得让人喘不过气来。

"打电话给指挥中心，"他对老舒说，"请他们呼叫支援，安排辖区派出所协助我们，并派一组特警赶过来，不要开警笛……"

他打开副驾的储物盒，翻寻了一会儿，找出一副手铐，并检查了枪支，拿出两个备用弹夹放在口袋里。老舒疑惑地望着他，说："你有没有觉得，监控点位里的影像可能是刘畅指使马大亚有意留下的？"

郑航心里"咯噔"一响，盯着老舒。是的，他很认同老舒的话，但他的疑问在心里，不愿说出来。其实，他对监控视频及视频地点留下的指纹，早就在心里有了定论：来得太容易，太蹊跷。如果刘畅真要躲藏或逃跑，岂会犯下这么平庸的错误？

但现在已经来不及追问，他们必须找到人。只有找到刘畅，一切才会迎刃而解。

他相信，刘畅不是在逃、在躲，他在带着专案组的同事们找嫌疑对象，找证据，寻找正确的侦查方向。

见郑航没有回答，老舒把头侧过来又侧过去，仿佛拳击比赛前做暖身运动，接着说："我有种预感，这次的删除键没那么容易点击。那个小男孩也很可疑，跟刘畅在一起的马大亚怎么会绑架小孩呢？"

郑航说："先不要做任何假设。"

"我虽然没办过大案，但我懂得人心，重感情的人做不出伤天害理的事情。"

"先入为主的判断会让你吃亏的。何况你也没见过马大亚。"

老舒找到了那扇窗户，油漆剥落的观景窗内有白光忽闪。他想，那可能是室内播放电视映射的反光。

他们在静默中等待。四周一片宁静。几只小鸟扑闪着翅膀从头顶飞过，一阵风吹过，然后又回复宁静。郑航的手机振动着，提醒他支援警力已经就位。

郑航简要地对派出所民警和特警下达了指令，他不想看到任何制服警察出现，除非他们接到命令或听见枪声或呼叫。

"就我们两个人上去？"老舒问。

郑航点点头，看了老舒一眼。老舒脸上只有疲倦和平静，像一个刚从建筑工地下来的泥瓦匠，一个从稻田上岸的老农民。他这样子上楼不会引起任何注意。

他们爬到三楼门口站定，双眼紧盯着出租屋正对走廊的窗户，查看是否有影子出现，或发出异常响声。老舒见郑航点了点头，便按下门铃，门内传出深沉、犹豫的叮咚声。

他们等待着。门侧的木格玻璃窗内并未出现人影。郑航向前移动，将耳朵贴在玻璃上，什么声音也没听见，连电视的声音都没有。他转身沿走廊来到东面墙边，抓住墙上突出的檐角，再用双手抓住排水管，将自己拉了出去，直到高度可以让他透过窗户看见客厅。里面有人影晃动，时而走进客厅，时而走到卧室。脚步轻悄。他看不到对方的面孔，但可以看出那人头上戴着一副大耳机，仿佛一个黑色魔环。

"难怪他听不见门铃。"郑航想。他转身攀附着回到走廊里，落下地，正好看见老舒拿出开锁工具，握住门把，门锁传来打开的"咔嚓"声。

"一扇门挡不住我。"老舒轻声说，走进门内。

郑航吃了一惊，跟在老舒身后闪了进去。老舒还算机警，进门就侧身在换鞋处，等郑航走到他身旁，才又向前迈出一步，脚下却踢到一个纸盒，盒里滚出一摊饼干粉末。那人从内室走了出来，但背对着他们，丝毫没有注意有人进门。

电视机无声地播放着，屏幕上一个歌手卖力地吼着，挥舞手臂，台下鲜花挥动，像是几百人一起上演某出哑剧。

那人蹲下来，在电视机柜里翻找着。

郑航突然觉得眼前这一幕似曾相识，同时意识到惨剧即将重演。一切都一模一样：寂静、戴着老旧耳机聆听音乐、警察潜入。古老的一套，肥皂剧里的无趣镜头，接着一定是悲剧。正在发生，也一定会发生。

突然，老舒抬起手指，郑航也看见了。

一把枪别在那人背后，在他弓起的脊骨下面十分显眼。而那人从电视机柜里拿出一把匕首比画着。那人在做顽抗到底的准备！郑航想着，全身进入警戒状态，感觉热血一阵阵往脑中冲击，释放出一阵阵眩晕。

郑航面临两个选择：一是留在门口，大喊马大亚的名字，那就可能面对持枪歹徒拔枪对抗；二是在那人发现他们之前，迅速冲进去，将他干翻在地，夺去他的武器。

郑航轻轻地拉了拉老舒，迅速越过他，挡在前面。心中估算着跟马大亚的距离，几步可以到达他背后，并第一时间夺下他的武器；然后是马大亚的反应，如果他听到响声，转身、拔枪、瞄准、击发，这段时间是不是比他更快捷。

灯光在室内，他们的影子不会投射到马大亚前面，电视屏幕的光线太强，还有头上的耳机，都会影响到马大亚的反应。

郑航深吸了口气，开始行动，尽量将脚轻轻踏上瓷砖。那人还在翻着电视柜，并未转身。他的第二步才跨出一半，又听见背后传来碎裂声，凭直觉知道是老舒又踩上了纸盒。此时，他看见那人转过身来，也看见对方眼里震惊的神情。郑航僵在原地，两人互相对望着。那人背后的电视屏幕炫亮地闪烁着，使他的脸看起来一片灰黑，他张开嘴巴似乎想说什么，眼里布满红色蛛网般的血丝。

"枪！"

发出吼声的是老舒。郑航本能地抬起眼，看到老舒已经越过他，站在客厅里，双腿张开，双臂向前伸直，双手握着警用手枪。

时间似乎慢了下来，变成无形的浓稠物质，只有郑航的直觉在无拘地活动。

一个训练有素的警察此时应该本能地趴到地上，射出枪里的第一颗子弹。但郑航没有，他的临敌抓捕训练和经验不差于任何人，但他的直觉告诉他，这不是电视剧，面对的并非穷凶极恶的罪犯——这种直觉有些好笑，可能会让他丢了性命。最初他以为自己是要跟传统剧本对抗才有如此反应，但很快否定了自己的想法。是眼神，是那人的眼里流露出来的惊讶和无畏。他脑海中浮现出一个画面——男子被子弹击中，死在地上，因为男子知道自己已走到生命的尽头，再也没有活下去的勇气。郑航向右跨出一步，挡住老舒的射击线。

那人的右手指按在枪柄上，手指和手背的皮肤泛白，这表明他的手臂反扭着很费力。他有很严重的肩周炎，或者右手本来就受过重伤，无力拔枪。他的左手还捏着一只匕首夹，匕首滑出来，却是白色的塑料玩具。

"不许动。"郑航大声说。

那人唯一的动作是眼睛眨了眨，像是要抹去郑航和老舒的身影。郑航谨慎而迅速地向前移动，弯腰抽掉马大亚腰间的手枪，感觉异常轻巧。原来，也是一柄塑料玩具。

接着，郑航快速除下那人头上的耳机，喊道："马大亚？"

那人本能地答应："嗯。"

"小孩呢？"

马大亚怔怔地看着郑航，仿佛搞不清楚眼前的状况，也听不懂郑航说的语言。

"那个小孩呢？"郑航重复了一遍，"小孩，你们绑架的小孩在哪里？"

"嘘，"马大亚说，"他睡着了。"他的声音恍恍惚惚，像是毒瘾发作。"不要吵醒他。"

郑航迟疑了一下。"他在哪里？"

"哪里？"马大亚侧过头，看着郑航，仿佛此时才醒悟有人进来了。"当然在床上，他就睡在卧室的床上。"他的声音终于恢复了正常，抑扬顿挫，像是朗诵一句诗词。

郑航取出手铐，说："把手伸出来。"

马大亚眨了眨眼睛，顺从地将双手套进铐环里。

"押着他。"郑航对老舒说。

郑航离开客厅，走向一间卧室。他的脚步有些迟缓。他想找到小孩，却又害怕找到他，想拖延可怕时刻的到来。那间卧室没有开灯，但可以看出床上的轮廓，床上没有躺人。他走出来，迟疑片刻，继续往另一间卧室走去。

这套房子只有两间卧室，郑航先清除脑中所有的思绪和影像，然后打开门。黑暗中，传出很大的嗡嗡声，虽然仍看不见任何东西，但他知道那是一台老式空调的运行声。

郑航走进房内，模糊中看见有个人或有个东西盖在被子下。他聆听是否有呼吸声，却只听见空调持续的震动音，单调枯燥，不肯停下。他将手放在被子上，突然间，内心没来由地感到恐惧。虽然房间里没有东西呈现出实质性的危险，但他知道自己恐惧的是什么。

在警察学院的课堂上，他学习过：恐惧是与生俱来的人性。

他小心翼翼地掀开被子，露出下方的躯体。那是一个小男孩。黑暗之中，小男孩看起来真的在睡觉，只不过他双眼微睁，瞪着天花板。郑航注意到小男孩的手背上贴着一片胶布。郑航俯身到小男孩灰白的脸颊前，触摸他的额头，竟涌起一阵狂喜，因为郑航的手触摸到温暖的肌肤，耳际感到一丝热气吹过，接着便听见一个昏沉的声音说："爷爷？"

郑航对自己的反应毫无准备，或许是因为他心里想的是被绑架的小男孩，或许是因为他心里想的是自己小时候孤独地从床上醒来，以为父母亲尚在人世，便冲进隔壁父母的卧房，却只看见空荡荡的房里只有书架孤零零地立着。

郑航不能自已，眼里突然涌出泪水，直到小男孩的脸在眼前变得模糊。泪水翻出眼眶，留下温热的痕迹，顺着昨夜无眠的黑眼袋，滴落嘴角。他尝到了咸涩的滋味。

第十六章

一

专案组似乎已经名存实亡，所有人都被派了出去，郑航却不知情。关欣不见了踪影，他取回来的物证被放在刑事鉴定中心，一直拿不到结论。最讨厌的是一帮记者，不知从哪里得知他抓了个跟刘畅有关的嫌疑人，缠着他要消息。

他想把记者往肖永明身上推，可肖永明也不知道去了哪里。那天得知他抓了马大亚，还调动特警，肖永明将他叫到办公室，却一句话也没说，既不批评他，也不让他走。他在沙发上坐了足足一个下午，最后实在困了，睡在沙发上，醒来便没再见到肖永明。

郑航很清楚，一旦失去领导的信任，是怎么也补不回来的。他得鼓起勇气，主动向肖永明认错，可是肖永明不在办公室，他打了几个电话，都没有接听。警令部的值班员建议他去警官培训中心找找看。今天有一个新警培训班开学，肖永明可能去参加开班典礼，他喜欢和那些单纯、光鲜的年轻人待在一起。

看到肖永明披着一块毛巾坐在培训中心羽毛球场的长凳上，郑航却一句道歉的话都说不出来，反而语气更冲了。他问："肖局，我一直打电话找你，你的手机呢？"

肖永明似笑非笑地看着他。"手机？我有没有手机跟你有什么关系？"说着，肖永明举起大茶杯将金黄色液体灌入嘴里。然后，拿起球拍准备上场。

郑航一把拉住他，说："休息一下吧，我有事向您汇报呢。"

肖永明故作愣怔地看着郑航。"是吗，是我听错了吧。"他说。

郑航赶紧陪出一副笑脸，拉着肖永明坐下，然后自己也侧身坐下。"我做得不对。领导您大人大量，别跟我一般见识。"他说，"我惹来的记者我去摆平，您帮我把关欣调回来。"

"关欣？她有她的职责，可不是我随意安排的。"

"领导，你别糊弄我了。我打听过，您安排她去省厅做什么鉴定，而把我的物证搁置了起来，那是找到刘畅的关键证据，您知道的？"

"你的工作是逮到凶手，物证的事交给刑事鉴定中心。"

"就是为了尽快抓住凶手嘛，领导！我急等着物证结论。怕其他人泄露出去，只有关欣来鉴定，我才放心。"

"放心，会第一时间给你的。"这次，肖永明的语气也柔和了，笑容十分真诚。郑航终于明白了他的意思，也为自己的鲁莽无比愧疚。"而且，媒体也不是孙悟空，不可能到公安局来偷证据。他们再怎么叫嚣，从来不会阻碍或帮助我们侦破任何一起案件。所以，你得抓到人，让我们在媒体面前有个好形象。"

"好！"郑航在长凳上捶了一拳，几个新警投来惊讶的目光，纷纷躲开。

他抓着肖永明的手，狠声说："我会抓住凶手的，你放心。刘畅是我共患难的兄弟，他的失踪肯定另有隐情，请您一定要坚信。"

肖永明似乎仔细思索了这句话，缓缓点头。"嗯，你要专注办好'地窖女'案，刘畅的事你要避嫌，我另外安排人处理，明白吗？"

郑航还想争辩，迟疑了一下，立即应承："好的，领导。"

肖永明感到有些讶异，盯着郑航，但郑航脸上没有显露任何情绪。

"那好，从现在开始，每件事都要报告我，"肖永明说，"是每一件事。我知道你可能办不到，所以我交代了老舒，还有关欣，他们会提醒你，或者直接向我报告，你有意见吗？"

"没有，领导。"

肖永明明白郑航一定有想法，只是他终于学会了藏着掖着，没有说出来。

"刘畅出这样的事，我们都很伤心。但对待像马大亚这样无辜的人，要更谨慎才对。他带着孙子来这里，联系刘畅只是想得到接济，他是个真心悔罪的人。"

郑航垂下头，听肖永明说到马大亚，感觉就像有人说到他自己。"我会小心的。"

肖永明松了口气，说："这几起案子没那么复杂，只是我们还没有找准突破口。从现在开始，你给我盯紧盯准，随时向我汇报。"

郑航明白肖永明只是想杀杀他的傲气，现在肖永明自觉已达到了目的，于是又恢复了原先的谦和。他故作放松地说："全听领导的。身边全是您的眼线，我能不向您报告吗？"

"早这样，大家不都省心？"

郑航顺服地点点头，笑着说："悠着点，领导，别伤了腰。"

肖永明狠狠地盯了一眼郑航，直到那道笔直的背影消失在训练场外面。他无奈地叹了口气，再也无心打球。看来，郑航这桀骜的性格无论怎么磨砺，都难以改变了。

二

每家刑事鉴定中心都是那么忙碌。这里的工作人员绝大多数是女性。透过鉴定室的窗户，郑航看见检验员身穿白色外套、头戴罩帽、手上戴着丢弃式手套，埋首于各类溶剂和机械装置之间，忙着执行各项神秘的鉴定程序，比如毛发、血液的鉴定和核酸扩增，随后还要写成一份份简短的报告，注明15个不同基因标记的数值。

郑航多次来过省厅刑事鉴定中心，也很清楚DNA鉴定的程序。他现在等待的房间，除了门，四面墙上全是架子，架子上放着许多厚厚的褐色信封，封面上写着来自全省各地公安机关的名称。郑航知道这些信封里装的是衣服、毛发、家具罩、血液或其他有机物质，寄来这里进行分析，只为取得可以代表神秘DNA的基因位点数值，判定主人身份，准确率无限接近100%。

关欣的学姐是这里的副主任，叫宛茹，这时带着关欣走了进来。

"这么不放心吗，她一到你就追过来了？"宛茹大声说。

郑航盯着她办公桌上的一张照片，照片上是一大一小两个微笑的小男孩。

郑航有点不好意思，岔开话题："真可爱，我儿子也有这么大了。"

"是你儿子吗？"她微微一笑。

"什么？"

关欣大笑，说："这是中心里的玩笑话，意思是'你给儿子申请过DNA鉴定吗'。"

"不是每个人都那么没信心。DNA鉴定就能锁定亲情吗？"

"你是说何夕？"

郑航没有回答。宛茹耸了耸肩，说："通常来呈报亲子血缘鉴定申请的不是法院就是律师，即使是个人亲自来申请，跟亲情也无关，倒跟经济利益关系紧密。"

"哇呵，"关欣说，"果然都是些数据。"

郑航不想闲聊下去。"结果怎么样？"

"我说了，检验室只出数据，比对的话，看你有没有时间等……"宛茹看了看表，"30秒，你有吗？"

郑航笑了笑，明白那是宛茹式幽默。

宛茹走到电脑屏幕前，敲打着键盘，然后靠向椅背，等待计算机运行。"你都有儿子了，怎么不管管关欣？"她说。

"要服管啊。"郑航心不在焉地答道，耳中仔细聆听硬盘运行的嗡嗡声，仿佛那声音可以给他一个希望的答案。

"我怎么不服管了？"关欣尖声说，"你管过我吗？那么早就跟方娟结了婚，根本没给其他女孩子一点点考验的机会。"

"嗯哼？"郑航盯着屏幕，嗡嗡声停止了。

"没有比中。"宛茹伸手指着电脑屏幕。郑航深深叹了口气。

"也许我不该打听……你的样本是从哪里来的？"

郑航试着回想他取样本的情形。那是刘畅在沃尔玛超市跟马大亚碰头后，再次出现在顺安街的监控视频里。刘畅在那里做了一个明显的示意动作。郑航赶过去，在监控主机箱里，找到一个油纸包，包里就有这两个样本。

后来，郑航询问了马大亚，但马大亚否认他跟这两个样本有关系，更不知道刘畅是从哪里拿到的这两个样本。

宛茹蹙起眉头："也许样本的主人根本就没有涉及犯罪。"

她迟疑一会儿，郑航等着她继续。她说："只有违法犯罪的人才会在司法数据库里留下DNA数据。或许你该试试医疗数据库……可你没有受检人的姓名或个人资料。"

"医疗鉴定报告跟用在刑事案件上的报告一样详细吗？"

"更为详细，要确定血缘关系，医学上需要更多的基因标记，而半数的基因来自母亲。"

"好，那你再帮帮忙，我们有时间等。"郑航说，"这涉及我同事的荣誉，如果能通过基因比对找到样本主人，他就有可能翻身。我会取得最高优先级的授权。"

宛茹的双眼亮了起来，问："这件事是不是关于……"

即使办公室里只有他们三人，宛茹还是压低了声音，仿佛人们替那些苦难之人取的绰号受到了诅咒，成了污秽之语，不可以大声说出口。

晚餐之后，郑航和关欣走出省公安厅。离开刑事鉴定中心之前，他们保证说明天一早就将授权书发过去。

在回家的汽车上，关欣跟郑航说起她和刘畅在大通湖监狱调查时的一个小插曲。也是晚餐之后，一个同样无比漫长而又短暂的夜晚来临之际，刘畅走在去宾馆的林荫道上，路灯发出朦胧的光，一切都安静极了，让他看上去那么孤独。她紧追几步，想跟他并排走在一起。但他却突然停下脚步，呼吸粗重，回身抓住她的双手。

这一切来得太突然了，她没有心理准备，两手一挣，反而将他拉进了自己的怀里。

刘畅顺势一把抱住她，嘴里喃喃低语："关欣，我爱你，我要……"

她其实也是喜欢刘畅的，也许只是出于本能，她的身体僵硬，她的右手不自觉地扬起，落在刘畅的脸上，发出一个响声。响声破坏了林荫道的安静，破坏得像把整个世界推向了毁灭。

刘畅愣了一下，涨红了脸，拔腿消失在浓郁的夜色之中。这时，她也蒙了，愣愣地站在原地，很久很久，耳朵里一直响着各种声音，像刘畅的语无伦次。其实那个林荫道真的非常安静，除了飘落几枚四处游荡的叶片，没有丝毫动静。但那些叶片离开枝头也是无声的。

关欣说到这里时，郑航看到她眼角有泪滚落下来，连续不断。他想，刘畅的这一夜是值得的，正是因为他的大胆表白，关欣将永远记住这个叫刘畅的男人。如果没有，他想，世界上所有的夜晚都是相同的。

三

郑航想起自己已经很久没有回家了，甚至很久没打电话给方娟。那天晚上，将吴晓癸案与"地窖女"案串并在一起，他就一直睡在值班室里。他知道方娟不会怪他，但他是一个富有家庭责任感的人，想起来还是有些难受。

他应该马上回去看看妻儿，却又总觉得心里很不安宁。他不能将这种情绪带到家里去。想想那些拐卖案件，幸福是一件多么易碎的奢侈品，谁也无法保证。

还有，刘畅失踪了。郑航看着自己一点点地被侵蚀，感觉自己内心深处的改变，越来越阴暗，像一头不停生长的野兽。可他还得不断地向前走，他还有责任，还有感知，他内心里的理性总是在不停地责怪着自己。

他驾车来到沃尔玛，沿着刘畅失踪前在"天网"视频里出现的路线再一次走过。他感觉怪怪的，好像飘浮在空中，带着无助的失重感和更多的恐惧。

是否恐惧，其实他并不甚确定。他能确定什么呢？他听到路旁发出的咔嗒声，以为是扣动扳机的声音，结果只是路边有人踩断地面枯枝的声音。但他无法再假装下去了，他不能再假装不知道身边充满了危机。

那天晚上，何夕在党委会议室带着他们看监视录像。在那些视频里，他也听见了咔嗒声，也就是刘畅踩在路边的声音。刚才路人踩断枯枝时，他以为自己听见的那种咔嗒声，不是扳机声，就是刘畅的脚步声。难道刘畅就跟在他的身后？

不行，他不能再假装下去了。因为除了那天在咖啡馆门口，明确看到刘畅的脸，确认那是刘畅。包括车库的潜伏者、小巷里的尾随者，视频里虽然有那人侧面或正面图像，但他们都蒙着面，仅从身影无法判断对象。在场的领导认为那个对象就是刘畅，也许只是何夕刻意带给他们的先入为主效应。

浸透。

何夕这个词用得好。

郑航想了想，停下车，给驻局纪检监察组组长艾义诺打电话。

"晚上好，郑队长。"艾义诺听出了郑航的声音。

"你说话方便吗，我想跟你核对一件事。"郑航放低语气，但透着格外的认真劲。

"说吧，是不是关于刘畅？"艾义诺说，"纪检部门只是介入，没有立案。我想你误会了，我们的监督是双向的，不仅调查民警的违法违纪，更重要的是对民警权益进行保护。"

"谢谢您，艾组长。我想知道，你对何夕的视频举报是不是有所怀疑？"

"为什么这么说？"

"那天您看到车库里的人影时，好像认出了什么，露出质疑的神情。"

"是吗？"

"在看重播的时候，您虽然没有表态，但露出了笑意。我想，您一定对何夕的取证表示怀疑，事后会有所调查，不知道调查情况如何，能否帮帮我？"

艾义诺顿了顿，显然是认真想了一会儿，说："小郑，坚持自己的调查，别被别人的看法带偏了，我有情况自然会通报的。"

郑航想继续驾车往前走，可这是刘畅最后现身的一个监控点，他随后去了哪里呢？

四

如果时间可以倒退几天，也在这个时候，如果郑航也站在这里，或许能够见到一辆出租车悄然驶出小巷，从这个监控点消失的刘畅搭上了那辆出租车。出租车就停在那个监控死角里，原地掉了个头，又钻进了没有监控的小巷里。

上了出租车的刘畅看上去心急火燎，不断地催促司机快走。那天下着绵绵细雨，落在挡风玻璃上犹如一层灰绸，司机已经将雨刷开到最大，仍感觉前面灰蒙蒙一片。绕过几条小巷，出租车出了城，驶上一条乡道，没有路灯，四野一片漆黑，雨雾又模糊了一切，刘畅有种在空中飘荡的感觉。

出租车是辆大众捷达，前灯不够亮，雨刷粗疏，雨水总是刮不干净，严重影响了雨天的夜间行车。要是跟关欣借辆车就好了，刘畅盯着前面越来越微茫的尾灯想。不过，司机看起来对这里的路很熟，也知道晚上这个时候对面可能来车，所以开得小心翼翼。

半个小时前，刘畅接到马大亚的电话，说有重要情况向他报告。他便离开了一起吃夜宵的同事，走了出来。他刚才喝过一杯啤酒，如果不喝酒，他就能驾车出来。因为明天休息，喝酒不算违反禁令。其实，长时间没有喝酒，他对酒已没多大兴趣。

太阳穴一阵抽痛，过度用脑用眼，让他浑身感觉不适。不消说，庆祝宴上送来的那杯咖啡没喝真是太蠢了。如今渴求咖啡因的血管大幅收缩，使得他的头痛持续发作，犹如砰砰作响的扰人的背景音乐。

他想给郑航或关欣打个电话，说说他出来后的奇遇，说说他塞在监控箱里的物证，但他想先摸清对方的藏身之处，该死的雨水严重干扰了他的行动。他害怕一分神就跟丢了前面那辆车。车上是什么人，他还不清楚，可他确定跟正在侦办的案件有关，跟席传礼的死有关。那人跟踪过他一次，他就熟悉了对方的眼神。就在他跟马大亚会面时，那人竟然试图靠近，大约想看清马大亚的样子。他随即反跟踪上去。

那人应该还没有发现他。他想。

他看到那人防备着，努力隐藏行迹，尝试着发现背后跟踪的人。那人在小巷里转悠，大约一直在尝试甩掉他，最后可能觉得他没有跟上来，安全了，才掉转车头往郊区去。

独自跟踪有难度，调查也不合规矩，但作为警察总有一天要承受到后坐力。为了打击犯罪，减少犯罪，为了让人们不再受到伤害，不再遭到杀害，这种历练是必要的。刘畅指示出租车司机转上通往城郊的碎石路，再度加速跟上去，能听见小石子打在挡泥板上的声音。

乡道路面坑坑洼洼，还有积水。对方的窝点应该就在前面，刘畅想，找到后再通知郑航也不会太迟。关欣他们的庆祝应该还没结束，就让他们从庆祝点出发吧。

看到跟踪者时，刘畅突然明白席传礼死了，不论自杀还是他杀，案子还没有结束，也许只是断了一条线索而已。他没去过现场，更有一种超然的感觉。如果吴晓癸团伙仅仅留下席传礼（贾礼）一人，如果杀害何夕生父、拐走她生母和"地窖女"的只是他一人，最多加上那个关押"地窖女"、死于交通事故的男人，如果跟踪者是席传礼聘请的，那跟踪者应该自动消失才对……

所以，跟踪者依然在行动，更坐实了席传礼冒名顶替的嫌疑。现在，是被顶替者在指挥跟踪者。被顶替者才是真正的、邪恶的漏网之鱼，刘畅已经越来越接近他了。他在时刻关注、监视着警方的动静，刘畅离开庆祝现场，又一次让他内心产生了恐惧。

这是一个让被顶替者暴露的信号，也是一次可能给刘畅带来危险的跟踪。

连日的疲劳，以及这一路跟踪与反跟踪时体内肾上腺素大量分泌的后遗症让刘畅的感官变得迟钝起来，加上汽车颠簸及雨雾迷蒙，他要极力保持清醒，才能看清前面的目标。他已无力回忆这几天的调查成果，并将它们联系起来，思考其中的逻辑关系，得出结论。

只要发现窝点，只要通知郑航他们抓到这个被顶替者，或者此人收买的跟踪者，刘畅就有机会。他有的是时间思考。他可以画出图纸，标出每次调查得到的线索、证据，条分缕析，还可以请郑航、关欣一起讨论。现在，他必须放弃分析以前发生的事情，他需要放松放松。他知道这不是耽误时间，接下来要把注意力重新集中起来的事情还多着呢。

他想起关欣，想起那晚的冲动。他其实看到了关欣的愣怔，看到她在原地站了很久很久。事后虽然没来得及交流或者道歉，但他明白了关欣当时的心情。

他还有机会，一定！心中甜蜜的感觉冲淡了疲惫。关欣美丽、知性，尽管那双墨玉般的眼睛里射出的平静如水的目光缺乏温柔，却富有女性的魅力。他知道她的防线没那么容易攻破，但女人靠磨，不是吗，他可不是那么容易甩掉的男人。还有郑航帮忙——郑航是非常赞成他追求关欣的——这真是太好了。他要跟郑航一起商量商量对策，他会教他一些眼下他仍然说不出口的话，告诉他如何应对女性的蛮不讲理。

他不反对自己成为郑航的翻版，即使抄袭郑航的一切，都十分乐意。

出租车朝山崖边开去，看见前方的光线，司机就本能地踩下了刹车。轮胎咬入碎石地面，汽车停下。雨越下越大，洒落在引擎盖上，几乎把引擎声给淹没了。

几十米外出现一座村庄。微弱的路灯照得四周朦朦胧胧，路边的村舍里也亮着灯，透过窗户，里面显出人影。跟踪的目标车没有在村口停驻，转了弯，进入村庄小道。

出租车追过去，紧接着尾随转弯。但是，前面已看不到目标汽车。

"嘎吱"，村舍的后门打开，走出一个青年，用手电筒照了照出租车，仿佛喃喃自语般地喊道："深更半夜的，怎么这么多汽车？"

刘畅让司机靠近青年停下来，按下车窗。湿润清冽的夜风吹了进来，豆大的雨点打在窗棂上，水珠喷溅到他的脖子里。他礼貌地挥挥手，问道："大哥，前面还有岔道吗？"

"什么？"青年人说，"你是问那辆车去了哪里？"

刘畅点了点头，确定青年人说出了自己没有说完的疑问。这感觉就像有人是他肚里的蛔虫似的，或者是写得很烂的电影桥段。他搞不清究竟是自己把疑问写在脸上，还是青年人太灵聪，只知道自己心里突然涌起感激，头点得像鸡啄米似的。

这时，刘畅听见一个破空之声，察觉到那是怎么回事，想举起手臂，却已经太迟了，耳中随即听见咔嚓声响。他知道这声音来自自己的头部，某种东西应声碎裂。他举起手臂，大声惊叫，喊司机抓紧方向盘，加速往前面冲，逃出这个是非之地。但司机也被人抓住了，排挡杆被推回了停车挡。

一切都以慢动作进行。他想去救司机，又一个破空之声，铁棍坚坚实实地落在他的左手臂上。手臂连同肋骨一并受到冲击，折断。整个人翻江倒海一般，反胃、眩晕。他想镇定，反击，但雨声突然更清楚地传来，清冷的夜风吹袭着他的身体。有人打开了他身边的车门，铁棍雨点般落在他的头脸、胸肋上……

第十七章

一

郑航不想告诉方娟他要去哪儿，也不敢告诉她，消息来得太突然了，让他的心瞬间支离破碎。案发地在曹家大院，严格意义上说是汉洲远郊，但此处依傍着工业新城，是拆迁户、外来客商、打工发财的新产业者以及其他各种各样暴发户的聚集地，别墅、拆迁楼、安置房、村舍混杂，大都彼此老死没有往来。甚至像郑航这样的警察，如果不穿制服进去，都不会被人注意到。

8号安置楼前面的人行道上已经拉起了黄色警戒带，雨还没停，水泥地面流淌着污泥浊水。救护车停在楼道转角最靠近现场的巷口，郑航也在那儿停了一会儿，看到关欣在楼巷的尽头，和一群制服警察、痕迹检验人员待在一起，然后他对派出所民警亮出自己的身份，负责现场警戒的民警让他的汽车过去，并引导到停车场。

没有看到记者，但有不少群众举起手机拍照或录像，从信息传播角度看，这些人的智能手机更快捷，更有传播力。在这鱼龙混杂之地，你无法知道信息飞去了哪里。

郑航往前走着，两手插进口袋，脚下踩着碎玻璃嘎吱作响。在阴沉晦暗的晨光下，他在两楼之间的小巷里看到几支用过的注射器、乱扔的空酒瓶和死去的小动物尸体，狭窄的空间弥漫着令人作呕的气味。走出楼巷，跟关欣站在一起，才感觉到扑面而来的雨水是那么清新，让他忍不住大口大口地呼吸。

真是个藏污纳垢之地，或许有人被杀死埋在那里也不一定。他恨不得将那道楼巷翻挖一遍，如果不是面临着更严重的事件，他真会去干这事。

被关欣拦着，郑航才没有跳下深坑，就这样沐浴在细雨里。

"没错，是他。"关欣说，"看起来像经过一场惨烈的搏斗，上身全是伤口，身上的财物被洗劫一空。可能被人抢劫了，找不到身份证和手机，也可能伪装成那样。但他应该是驾车出来的，或者打了出租车。指挥中心正在调度拦截车辆。"

"你确信是他？"

"嗯，法医正在进一步确认。"

郑航还是尽可能近地靠近坑沿。坑道里已下去两个法医，显得十分拥挤，他再下去已不可能。坑道口架着探照灯，雪亮的灯光照得坑道纤毫毕现。因为法医的缘故，郑航无法看到尸体的全貌，但能看出脑袋后面有一个洞，更不用说从里面流出来的血就汇集在他身下的排水沟里，血已经凝结起来，黑红刺眼。

不过，郑航不用看到脸庞，就知道尸体就是刘畅。但他双眼仍一眨不眨地盯着，以确保万无一失。毫无疑问，就是刘畅。他直起身，双唇咬紧，站到关欣身边。"没错，"他说，又加了一句，"他怎么出现在这里呢，他发现了什么？"

关欣碰了碰他的肩膀。"我们出去吧，让他们过来。"痕检技术员准备进来接着开展工作，她跟几个熟人打了招呼，说了几条建设性意见，然后拉着郑航回到停车场。

"他一定是单独行动的。那天晚上他什么都没说，就离开了，我注意到他神色紧张。"

是的，刘畅说自己缺乏"天然定力"，大多数人都可以借着它干出一番成就，他或许不行。参与这起案子后，他经历了很长一段时间的兴奋期，让他觉得终于可以建功立业了。他觉得每一条线索都冰冷沉重，可他的每一个感官似乎都充满激情，仿佛他深深地沉入了进去。那是多么积极进取。他的每一次汇报，话语就像是口中吐出的石子，每一个字都可以砸出一个坑。这就是攻坚克难的感觉吧，郑航心想，并且等待着。一切都很顺利。刘畅主动参与每一条线索的查证，四处奔波。

郑航十分高兴他有这样的状态。

每次从戎城回来，刘畅都要郑航亲自听取汇报。他要郑航肯定他查得很仔细，让郑航对他的疏漏提出批评，或者拿不出结论时，给他提醒，并视情况提出建议。不过，也有多次他找到了线索，却不声张。认为侦查它需要时间，而郑航也让他自行处理，只要结果。在确认刘畅能够独自处理之后，郑航对此给予了充分肯定。

刘畅刚进公安时，郑航直截了当地问过他，为什么政法大学毕业而且拥有律师资格证、前途一片光明的他，要来当又苦又清贫的刑警？难道不知道这跟他跻身上流社会的目标会越来越远吗？他是不是想通过当警察进入官场？

刘畅望着郑航，一脸严肃，说他之所以这么做，只是想跟郑航学习，而郑航是刑侦支队最优秀的警察。这当然是一派胡言，但这毕竟是奉承话，让郑航听起来受用。再说，刘畅是个充满干劲和雄心的年轻警察，郑航很难不被他感染。后来，刘畅开始有不错的表现，有些表现甚至称得上出色，让郑航放心派他独当一面。

一只灰色的鸟悄然飞入郑航的视线，又悄然飞出。他仰望天空的脸绷得很紧。同时，好几片枯叶不知从哪根枝头掉落下来，被掠过的风卷起，在空中旋转飘浮，然后落在布满泥水的枯色花坛边缘。那只鸟依然是他视线外围的一个黑点。

他依然紧盯着，四周变得异常寂静。在这短暂的时刻，他脑中想到的只是他和刘畅一起站在平凡无奇的案发现场，这是个平凡无奇的初春，背景是平凡无奇的绵绵细雨的城郊。连空气闻起来都像是平凡无奇的早晨的冰凉空气，混合腐叶和汽车废气的味道。

突然间，他想到，也许今天这一切根本不曾真正发生过。

背后有人推了他一把，仿佛将他无情地推下了悬崖，将他推离了虚幻的世界。

耳边响起略显激动的声音。"找到了一个证人，此人捡垃圾经过此坑，就是这个证人拨打了110。"是关欣在说话，"可怜刘畅在这里躺了几天几夜，附近的村民竟然没有发现，捡垃圾的也只会偶尔出现在这里，觉得这里可能有值钱的东西。"

郑航转头看着关欣涨红的脸。

"真令人难以相信，发生这么大的事，附近楼里的人都不知道，什么声音也没听到，看看满地的玻璃碴子，还有刘畅头上的大洞，可就是没人说听到打斗声。"

"是有些奇怪，"郑航说，"不过，这里的人根本不管别人的事情，何况这楼上恐怕也没住几个人。"

"嗯，是这么回事。"

"证人在哪里？"

关欣拿出一个记事本。"叫莫开瑞。"她朝前面一栋楼的檐廊示意了一下。离他俩大概50米的距离，遮雨的楼道口有一个没精打采的中年人，穿着一件棉夹克和牛仔裤，两手拢在胸前，站在两个身穿制服的警察身边。

"他住在临公路的门面楼上。他说那天晚上听到过异常的响声，但不很确信是不是受害者就在那时出现。他对这一片的治安没什么坏印象，感觉挺好的。不过，晚上很少有车辆经过，有钱人除了周末，大都住在城里，晚上难得回来。"

"等等，他看到那晚经过的车辆了吗？"

"他说凭声音应该有两辆汽车先后进了村，但没亲眼看见。"

叹息似乎成了这个清晨警察们喜爱的一种交流方式。郑航转过头，关欣也跟着重重地叹了一口气。

"不过，这家伙胆子挺大。要是别的人看到尸体会吓得屁滚尿流，但他下了坑，跑到尸体旁边，检查了一下受害者的情况，才拨打110。事实上，这个家伙不是查看受害者的情况，而是拿了刘畅的钱包、手机，所有值钱的东西。所以，法医检验时，刘畅身上的钱包没了，手机也没了。处警民警赶到时，他又躲了起来。"

"他会不会跟凶手是一伙的？"

"谁知道呢？我觉得不太可能，要看接下来的调查询问。"

"两辆车？视频调出来了吗？"

"正在调取。不过，'雪亮工程'还没有覆盖到这里，只能通过周边的监控闭环比对分析。如果有什么信息，他们会第一时间通知我。"

"这是我们案子的一部分，你要介入进去。还有老舒，他去了哪里？"

"我明白。老舒跟访问组在一起，这是他的特长。肖永明接管了这一切，省厅来了人，侦查力度是前所未有的，听说惊动了市委书记。"

"他是我们的兄弟，"郑航停了一下，接着暗暗咒骂自己。"他还不到30岁，还没找女朋友呢。"他朝着深坑望了一眼，"我对不起他。"

"我们都对不起他。"关欣说，再一次涨红了脸，脸上的水也不知是泪还是雨。她又想起了那夜的巴掌。她似乎迎面看到了刘畅，看到他眼里深不见底的忧伤。他们相识也有几年了，但短短几年，他们相处得太少。

法医检验结束，把尸体吊了上来，轻轻地平放在地上铺开的白布上。郑航紧走几步，俯身在尸体面前，头部的创口最深，就在太阳穴上面，看起来像是一个天生的凹陷，圆溜溜的，黑乎乎的血浆和头发粘在一起。

不知什么时候肖永明来到郑航和关欣身边的几个人当中。他们都站在人行道的左侧，围绕着刘畅尸体所在的冰冷潮湿的水泥地面。肖永明含糊不清地朝郑航点点头，然后用脑袋示意他过去。郑航面无表情、默不作声。救护车上下来两个人，在尸体旁边放了一个袋子。两个运尸工从郑航身边走过。

"你们能不能给我一点时间？"郑航说。

"好吧，你要注意身体。"运尸工认识郑航，话说得很客气。

"我很好。"郑航说。他伸出手摸了摸刘畅夹克的皱褶部分，又放到心口的衬衫上。尸体在坑道里躺了几天几夜，已出现严重尸斑，甚至腐烂。他站起身，深呼吸了几口气，随同肖永明回到指挥车里，再次问出心中的问题："他究竟到这儿来干什么？"

"经初步调查，他是跟踪着某辆车到了这里。他坐的是出租车，有人在前面拦住了他，然后将他打死，扔进了坑里。"

"坐出租车过来的？"

肖永明点点头，从证物袋里拿出刘畅的手机。"视频闭环已经有结果了，还有那个捡垃圾的证人。刘畅的手机因缺电的缘故一直关着机，刚才技术员进行了处理，发现里面有几张跟踪照片，看时间是死前不久拍的，可能是请出租车司机拍的他自己，角度有些奇怪。他拍照时使用了闪光灯，因此手机……你知道他在调查什么吗？"

"那天说好庆祝的，刘畅跟关欣他们在一起，但中途为什么离开，谁都不知道。"郑航调出手机里的照片，盯着看了很长一段时间，然后才把目光转回到肖永明身上，"你知道我脑海中浮现的第一反应是什么吗？这不是刘畅，而是他跟踪的人。"

他捶了捶自己的额头。"我在他衣角里找到一个微型录音设备，应急用的。刘畅喜欢玩那些小玩意儿。"

肖永明接过纽扣般的录音机，掏出芯片，接入车载电脑里。

玻璃碎裂声、打斗声、吆喝声……"小七，快点，扬哥的钱是那么好拿的吗？""宋扬可没说要杀了他……""闭嘴断腿，你不懂吗？"

对话没有持续。然后"砰"的一声，大约是尸体扔进了坑里。郑航的眼睛喷出怒火……

二

紧盯网络，并将有关信息输入数据库进行比对是刘畅的工作之一。他最后一次坐在小隔间的电脑面前，调查那个形似他的跟踪者，已经是半个月之前的事情。

郑航走进那个小隔间里。两面墙上各有一扇窗子，一扇朝外正对着夷江废弃的渡河码头，旁边矗立着渡轮大厦；另一扇窗子正对着江湾，江湾大桥和桃花岛就在右边不远处。

在何夕之前，刘畅已经发现了那个跟踪者，一个肖似他、模仿他的跟踪者，暗暗地展开了调查。那个人可能就是混混嘴里的扬哥，宋扬。郑航从汉洲派出所户籍平台里找到大约500个叫宋扬的人，郑航利用关联手法调查这500人。他要把这些人的过往信息打印出来，可每个人的资料至少有20页。打印机连续吐出的纸张已经快把他淹没了。

肖永明已经组织了强大的社会面调查组，等着郑航筛查的信息。但是，尽管郑航拿到了宋扬们数以万计的信息，情况根本就没有那么明朗。除了郑航前期查过的500人，全国系统里大概有几万个叫宋扬的人，把年龄限制在20至40岁，也有上万人，要检索这些名字是没有任何意义的。调查组可以在接下来的几个星期给这500人打电话，然后再扩展到更多的地区，再调查好几千人，但最终不过是徒劳无功而已。他得想出某个办法或者找到某个个性特征，然后集中到某个人身上。他还无法这样做，离破案还远着呢。

最后，郑航伸着懒腰，头昏脑涨，关了仪器站起身，来到刘畅的小办公桌前。他亮起灯，桌子上摆放着电脑显示器和几张带框的照片，以及一个四抽屉的文件柜。在墙上，刘畅用图钉钉着一张音乐人艺术照海报。

他打开上面的抽屉，看了一会儿。里面是整齐划一的文件夹，按字母顺序标了号。他随意拿出标着"地窖女"的文件夹。里面是刘畅调查资料的复印件和调查报告，几份现场笔录，以及一个U盘。郑航知道，U盘里包含了"地窖女"的图片证据资料。

把一切东西都放回原处后，他合上抽屉，打开了第二个，然后是第三个，里面是其他案件的文件夹。事实上，没有以跟踪者或宋扬标明的文件夹。

郑航坐在刘畅的椅子上，身体前倾，拿起一张带框的照片，照片上是可怜的刘畅和眼神坚毅、正在呵斥他的关欣，那是他们一起在江边散步时，郑航用手机给他们拍的。背景是明媚的阳光和波光粼粼的江面。老舒就刘畅在照片里的形象嘲笑过他好几回，没想到他还是摆在自己的私人空间里。

这对郑航毫无帮助。

郑航一手托额，闭上眼睛，在椅子上坐了一会儿，然后又打起精神，关上灯，离开了刘畅的办公室。他拿出手机，翻到联系人名单，按了一个号码。电话响了四声，接着是刘畅的声音，要他留一个信息，他会回复的。

接着，他又打开微信通讯录，这次是负责情报研判的同事，发了一条微信留言，告诉对方"资料已发到你的办公自动化邮箱里，什么时候能拿到结果？必须尽快，我等不及了。如果需要的话，我会亲自配合研判。与此同时，你能给我关联一下刘畅最近一周的同时空人员吗？不论多少，剔除同事后，全部发到我的邮箱里"。

"哎呀，"情报同事精怪的微信留言传过来，"郑队长，资料看到了，你可给了我一年的工作量啊。"

"没办法，我得让你跟我一样睡不着。"

"我是咎由自取，我没得觉睡呢。说真的，同时空不是那么好判断的。"

"不论用什么手段，大致上对就行。"

"好吧，时空伴随者一定不会少，让你去累死其他人。"

"我已经在尽量缩小调查范围。刘畅的死不简单，应该是有人刻意引他过去，那些人知道那是个监控死角，想断掉我们的侦查线索，有办法的只有你。"

"好吧，如果有用的话，我会尽快处理。"

"我等着。"

随后，郑航在办公室里走过来走过去，情绪沮丧。直到最后他在办公室的沙发上躺了一会儿。他看了看表，已是下午上班时间。他打开手机呼叫起来。

"我什么也没查到，"情报同事说，"除了同事、居民，没有其他同轨迹活动人员。"

"被跟踪者关掉了手机吗？"

"不是，郑队长，关机是没用的。就算关了机，我们仍然可以查到，但没携带智能电子工具，或者拆掉了电池就不行了。"

郑航暗自咒骂着，走到办公桌旁。"汽车？如果刘畅跟踪的汽车播放新闻呢？"

同事的笑声在安静的办公室里回响着。"广播？亏你想得出来。我想，这个也可以试试，我还没追踪过无线广播信号呢。可能要花一点时间，你等着。"

"我相信你什么都可以查出来的。你有刘畅跟踪的那个时段对不对？"

"说话时我已经调了出来，如果有他乘坐的出租车资料就更好了。"

"图侦的兄弟还在努力。"

"正在查找信号源，广播不同于手机信号，他的发射方式也是不一样的，我得扩大搜索范围，如果两台车是同一频道就好了。嘿，刘畅是在查'地窖女'案牺牲的吗？"

"算是吧。这只是我的推测，不过，我很肯定这一点。"

"不是我说你，你不该让他一个人去跟踪的。"

"是的，是我的责任。嫌疑人的死被定性为自杀，是我掉以轻心，没想到刘畅成了他们的目标，一定是凶手引他出去的。辛苦你加班了，我会记住你的人情的。"

"你在开玩笑吧？这是我的工作呢。"

三

在无知无觉的时间里，郑航仿佛对案件以外的任何人和事都失去了兴趣。何夕打来几个电话，他觉得跟她没有什么话可以说，也就直接挂断了，直到她发来信息，让他给她打电话，很紧急，不管什么时候都行。

郑航想，她这是又想演什么戏。但他终究扛不住紧急二字，回拨了她的手机，电话刚响三声她就接了。"刘畅被杀了？是谁干的？有线索了吗？"她问。

"不知道，何律师，一切还在调查中。"

"听说找到了一些视频，可以印证我提交给你们的一系列证据。"

他极力忍住怒气，问："关于哪一方面？"

"跟踪、浸透，"她声音高昂起来，"他真不是个干跟踪的料，一定是被人发现了。"

"我什么都不能答复你，何律师。"郑航说，他尽力摆出一副公事公办的态度。

"我知道你在生我的气，怪我把责任推到他身上。我只是希望给你们提供一些线索。"

沉默了好一会儿，他说："他是个绝对忠诚、绝对可靠的刑警，即使跟踪了你，也是为了帮你，帮你找到真凶，找到母亲。"

"你是说你认为他的死跟他从事的调查有关？和我有关？"

"我什么都没说。现在还不知道到底是怎么回事。可这绝对是他正在侦查的案件的一部分，我们正在循踪追查，会有结果的。"

"可这意味着我们正在调查的对象真的就是幕后人，是凶手，对不对？我是说，他会针对所有人。"她沉默了一会儿，浑身颤抖了一下，接着说："郑航，"她又停顿了一下，"我真诚地向你道歉，我想看看你们调取的那些跟踪视频。"

"何律师，公安正在侦查中的线索，律师不能介入，但我欢迎你作为当事人随时跟我们保持工作上的联系，因为这可能让你更早地看到你希望的结果，情况就是这样。"

"郑航，或许我看了那些视频可以澄清一些问题，我是直接当事人。"

"可以考虑，但我要请示肖局长才行。"他说，"我们侦办的案子和你母亲的案子有联系，你是必然的当事人。我会安排的。"

"谢谢你，"何夕的声音变得十分柔弱和可怜，"我会全力协助你们。"

"结合前后四起命案，"郑航说，第一次流露出情绪。"知道我是怎么想的吗？对方是一个高明的杀手，他会不择手段地杀死一切可能阻碍他的人。你一定要小心。"

"你是对的，"何夕说，"你也千万要小心。"

挂了电话，郑航狠拍了自己一巴掌。他应该一直使用外交辞令的，可说着说着，却又撒谎又谄媚，简直像个小瘪三。

他猛地掀开刚泡下的方便面，挑起往嘴里塞，又燥又烫，还没有泡发。现在，他不能把时间浪费在私人感情里，他有太多的事情要处理。干面条在喉咙里艰难地滑动，他的头脑疯狂转动着，脑子里飞快冒出一连串联想：浸透、跟踪、反跟踪、视频里身影和姿态相似的年轻人、地下车库、咖啡馆。不知道为什么，收治中心那个叫曾怡的女人的话从脑子里冒了出来："他患了癌症，他是天底下最好的好人。"

这是一个连环局。郑航半闭着双眼，想象席传礼的死，死得那么安详，像自杀一样，以至于……当注射器的失误出现，再佐以视频，让所有人都认定是刘畅杀人。

郑航猛地冲出门，跑过几条过道，推开一间房门，发现自己进入了证物室。他深深地吸了口气，将刚才串联起来的思绪打破、拆开，看能不能将它们重新组合回来。思绪迅速组合了，没有一丝勉强，还自行归位。他的脉搏越跳越快。倘若这样完全说得通的话，一切都会颠倒过来，而且这么一来，一切都吻合了，吻合凶手如何计划渗透刘畅，就像是从街头从容不迫地走进门来，怡然自得。

郑航不相信灵感、天启或心电感应，但他相信运气，不是那种天生的运气，而是通过辛勤努力和撒下几乎密不透风的网所得来的运气，于是到了某个时间点，机会自然而然就会落入你手中。但这也不是纯粹努力挣来的运气，这只是侥幸，非典型性的侥幸。当然，他必须是对的，这一切才能成立。

"查一下刘畅跟你们庆祝时离开的时间，再核对一下何夕到局里来举报的时间。"郑航在手机里对关欣说，"要卡准，不要有太大的误差。"

"何夕来局里的时间应该不难查，她用手机跟肖局长和艾组长联系的。刘畅嘛，他走后，老舒好像给他打过一个电话，没有接通，应该还有记录。"

"马上核对，并到视频证物室来，我需要你。"

"好，我让老舒去办。你调取了新视频吗？"

"没有，我有一个想法。"郑航明白，面对何夕的问题，自己应该放手，他希望自己放手，但是他办不到，"何夕提供的和你们调取的视频都在证物室吧？"

"是的，我把跟这起案件有关的视频都放在一起。我们的细心人刘畅亲自定的规矩，他都备好了标签在那里，拿到证物，我们只需要粘贴上去就行。"关欣哀伤的苦笑透过手机，在阴暗的房间里回荡。

郑航道了谢，转身关上门，看见了那个标着"地窖女"的收纳箱，是刘畅的笔迹。

四

半夜，郑航在噩梦中猛然惊醒。

床前洒下丝丝朦胧的光亮，从窗玻璃穿过，公安大院内闪烁着微弱的路灯光。惊悸平息后，他才明白自己囫囵地睡在值班床上，梦中的喊叫声似乎还在某个地方飘荡。他担心噩梦还会降临，摸索着打开床头灯，对面的挂钟显示时间为凌晨4点。

他轻轻地走进过道，接着进入办公室找到矿泉水，猛灌了几口水后，身体似乎重新获得了能量，然后拿起一对40公斤的哑铃。

他回到过道，站在中线位置，穿堂风收走了身上的汗水，感觉好多了。他试着蹲下去举起哑铃，慢慢站起来，再缓缓地蹲下，放下哑铃，再慢慢站起来、举起哑铃，一次接一次，每一次他都感觉到压力带来的惩罚式疼痛，走廊像训练场一样响起粗重的喘息声。

半个小时后，他放下哑铃，在走廊地板上坐了一会儿，没有再继续下去。他的呼吸慢了下来，但浑身已是汗如雨下。

现在，他朝刘畅原来的小隔间走去，启动了两台电脑，一台连接到公安网，一台连接到互联网。这次，他决定还是追踪吴晓癸案。他往公安网电脑里输入宋扬这个名字，年龄限制在28至35岁，然后一个个查询他的家族关系及监护、领养关系。可是，跟他前一天每次这样做的结果一样，没有出现他预想中的信息。

吴晓癸案中的幸存者真的只有那个伪装成自杀的贾礼——席传礼吗？案子

里有没有姓宋的，或者跟贾礼一样用两个姓，除了姓宋，还有另一个姓氏——宋扬就是他的儿子？为了保护父亲，他杀害知情人，甚至报复杀害警察。

前提是姓宋的还活着，而且可能就是杀害何夕生父的凶手，或者是"地窖女"的拐卖者。28年过去，无论从时间还是从记忆来说，都变得如此遥远，如果姓宋的这两个条件有一个不符合，他儿子也就可能跟目前的案子毫无关联可言。

但是，郑航没有放弃，又打开"云搜"，看看能找到什么。他不是在作弄自己。如果找不到信息，他过去几天进行的追踪就走到了尽头。

肖永明昨晚给郑航打过电话，说他鼓起勇气和戎城市中级人民法院的前任院长莫凡宁谈了谈，发现莫凡宁对案件的审查和对罪犯的审判并没有什么让人怀疑之处。除了记得吴晓癸这个名字之外，莫凡宁不清楚有没有曾用名姓宋的。

在被问到他和此案的关系时，莫凡宁并没有为自己作任何辩护。如果这个案子严格意义上办得不够完美，他欢迎肖永明再次深挖余罪，并且愿意提供力所能及的帮助。

但郑航坚持要从那个跟踪者和宋扬这个名字去调查，无论多么举步维艰，无论跟"地窖女"案有没有联系，他都会将它们紧扣在一起。

在着手调查刘畅被杀案的几十种方式中，郑航以最模棱两可的方式开始。他认定这个宋扬跟吴晓癸案有关系，认定他背后有人指使，不是他父亲就是跟他父亲有关的人，而他的父亲就是吴晓癸案中的团伙成员之一。

郑航在"云搜"上撒开网，踏着信息的浪潮，这次搜到了一篇最新发布的帖子，叫"清明祭"，里面写到了吴晓癸犯罪团伙成员陆续死亡的一些事实。

帖子里的人名跟吴晓癸案件事实碰撞，索引出一系列人物简介和个人事迹。当然，简介和事迹是零散的，没有直接成篇。但郑航已经非常熟悉线索拼接技术，每个团伙成员的家族关系、直系亲属生活状况很快呈现出来。他将每个成员的后代作为重点搜索对象，甚至搜索他们近一年来收发快递的地址，以了解他们的交往、爱好等细节，锁定他们的住址是固定还是流动。按部就班的上班族和有固定职业的打工者不在他的查找范围之内。

也有一些让人感觉高深莫测的成员后代。他们的名字出现在网上，却没有银行记录、通讯记录和车船飞机出行信息。他们就像桃花源居民一样，远离尘世，远离现代生活，仿佛还生活在某个小型的农耕社区，每天干点农活就行。事实上，在现代地球这块"乐土"上根本做不到这一点，除非他使用的原本就是假名。

这些后代也不可能是铁板一块。他们在不同的地下论坛对吴晓癸案展开了讨论，有些分析当时的时势，有些为父辈悔罪，也有些抱屈，有些喊冤，谩骂的也不在少数。

最后，郑航非常惊讶地看到，有帖子说大约五百万元的现金和物资——可能没有这么多，公安机关在侦查中也缴获或封存了一定数量的财产——流失去了海外。说是吴晓癸利用境外关系安排了一个继承人，帮助他赡养、抚养一些团伙成员的亲属。

郑航深入调查过吴晓癸的背景和历史状况，没有什么特殊性，但他能够带着那么多团伙成员为祸数年，一定有着"素得人心"，可使"三军用命"的潜质。如此说来，他选中的这个团伙漏网者可能有境外关系，卷走了传说中的五百万元财产，宋扬也可能就是这笔财产的抚养对象之一。

五

"被杀了？"费佑民的酒杯停在半空中，很久才放回到桌子上。

郑航点点头，说："被棍棒活活打死，我们怀疑跟正在调查的案子有关系。"

"如此嚣张！"费佑民低下头，眼睛闭了好一会儿。郑航猜想他一定联想到了涂力明的死。抬起头来，他说："你知道，郑队长，我一辈子经历过上百起案件，退休十多年，能记起的案件不多，就只有吴晓癸案一直像魔鬼似的惊扰我内心的安宁。"他望着窗外，目光带着无尽的忧伤。"当时，有一个庞大的专案组，我只是一个参与者，并不完全清楚内情，但上级的决心和办案力度是不容置疑的。只是这个团伙组织之严密，谋划之深邃，令人叹服，从某种程度上讲，仿佛有一个魔鬼在操纵调度似的。你明白我的话吗？"

"我前期已经慢慢感受到你话里的意思了。"郑航说。他凌晨还坐在刘畅坐过的小隔间里，就是从网络上看到了吴晓癸案那种魔鬼般的安排，才匆匆赶来戎城见费佑民的。事实上，在何夕说的"浸透"里，在何夕送来刘畅跟踪她的嫌疑证据时刘畅被引出去杀害的巧合里，他更看到了魔鬼的影子。

费佑民老师傅喝了一口酒："我为刘畅这个小伙子感到惋惜。"

"我一直在想，这是我的错，是我的疏忽让他失去了生命。"

"不，就算你早就想到，也可能发生这样的事情；就算是因为你没有想到，那也只是无心之失，是不是？你不可能先知先觉的。"

"没有人可以先知先觉，但出事必有苗头。是我粗心大意，刘畅才会牺牲。"郑航端起茶杯朝酒杯方向示意了一下，"可惜我不能陪您喝一杯。"

"没关系，我理解禁酒令。"费佑民身子朝后一仰，将杯中酒喝干，直接转到身后陈旧的餐具柜前，从里面拿出一个大茶缸，倒了满满一杯茶。"我也不能多喝了，年岁不饶人。想我怎么做？"他一边坐回去，一边问道。

郑航举起茶杯跟他碰了一下，说："我们查出一个叫宋扬的年轻人，一直在跟踪有关当事人，而且可能参与了杀害刘畅的行动。他一定跟吴晓癸案有关系，或许是他的父辈。但我们无从着手，几乎找不到任何知情人，你知道，我们不会放过他……"

"是的，我明白。那你要我做什么？"

"谢谢您，老师傅，您比我还心急。"郑航说，"请您回忆一下，吴晓癸团伙案有没有海外关系很硬的嫌疑人？"

费佑民直接摇了摇头，说："从没听说过，即使有，当时根本没从这方面审讯。"

"那嫌疑人里有没有姓宋的，或者是曾用名，但写进案卷时忽略了，所以我们查不到他。"

费佑民的脸上露出沉吟的表情，说："如果有曾用名，是应该写进笔录的。不过，当时案犯那么多，审讯耗时费力，也不可避免。还有些案犯会刻意回避……"

"这么说,你想起什么了?"

"从你们上一次来,我一直在考虑那起案子。你知道,办案就像演戏,总是有很多花絮,往往是那些花絮会给人留下深刻的印象。说起姓宋,我还真听人喊过'送命'这个绰号,是在审讯之余,一个案犯跟我们聊天时讲起的,后来再没有听人说过。"

"叫'送命'的案犯登记的名字是什么?"

费佑民闭上眼睛,陷入沉思中。"仔细回想了当时的情景,前几天我又查了查笔记,我还真对那事记了一笔。那人叫陈信民,关了没多久就因急性心肌炎死在看守所里。"

郑航拿出他复印的老案卷和起诉书,里面确实有陈信民这个人,但只记了寥寥几笔,起诉书上已画上了框,标注死亡。此人当时40岁,亲属栏里只写了父亲,既没有妻儿又没有兄弟,籍贯是戎城下面的夷洲镇。

"老师傅,谢谢您。能不能再仔细想想,当时来收尸的有哪些人,夷洲想必您也熟悉,他被送回夷洲了吗?有没有子女?"

"这个……我和力明都参与了善后工作,但没什么印象了。"

"好吧,"郑航转着桌上的茶杯,"经过这么长时间,记忆淡化也正常。那个喊他'送命'的人,后来怎么样了?"

"不知道,好像被判了十几年,"费佑民脸上的表情变得沮丧起来,"郑航,那是近30年前的事了,我还能记得那个花絮也是偶然,案犯太多了,我不可能全了解。"

"也许你能做到,老师傅,我可以先去调查其他地方。"

"有什么作用吗?"

"他可能跟'送命'很熟悉,如果有他的蛛丝马迹,也许能发现宋扬的踪迹,踪迹的尽头就是杀害刘畅的凶手。"

"这真的可行吗?"费佑民的眼里闪烁着微弱的希望之光,"好吧,小郑,如果可以,我去查找他的线索,我会尽力的。"

"这就是我要的。"郑航举起茶杯，做了个碰杯的姿势。"事实上，"他说，"刚才说得不够全面。那是关于刘畅的问题，我还有一两个关于何夕母亲的问题。"

"问什么都行，可马塘村的事我都说过了。"

"你确实告诉了我一切，也许我们可以温习一下曾小强的情况。"

费佑民噘起了嘴巴。

郑航注意到了费佑民的表情，问道："有什么不对劲吗？"

"不是，只是我想不起关于曾小强多少情况。此外，他其实不愿意谈论此事。"

"他是收买被拐卖妇女的嫌疑人，怕担责。某种程度上是这样，对吗？"

"是的。他愿意跟外地警察谈，却不肯跟熟悉的人说，更不肯跟当时的办案警察说，个中缘由，我想你是理解的。因此，何夕生母杀死生父的案子发生后，我们在调查中对曾小强的事情几乎闻所未闻，当地人可能是想保护他。"

"我知道。何夕也找过您，她对生父的死因非常怀疑。"

费佑民身子朝后缩了缩，他的肢体语言表明他不想再进一步探讨这个话题。"她怎么可能有记忆？"他说，"她当时有多大？半岁？这有什么帮助？"

郑航暗自思忖着费佑民的反应。费佑民的情绪发生了变化，他似乎非常愿意就刘畅被杀案展开合作，他可不想失去在这一战线上的收获。虽然说不出个子午卯酉，但在郑航看来，何夕母亲的事也很重要。突然，郑航确信费佑民知道的一定比他之前承认的要多，值得冒险试一试，看看到底是些什么情况。

"老师傅，刘畅的死让我联想到涂力明，上次说涂力明的死很蹊跷，记得吗？"

正如郑航所预料的，话题从何夕母亲转到涂力明身上让费佑民消除了警惕。他放松了一下，伸手端起茶来，喝了一口。"当然，当然记得。"

"我发现他身上的一些情况，事实上，是相当多的情况。"接下来他把情况和盘托出，说得有声有色，妙语连珠。

果然起到了效果。费佑民问："伪装的杀人手法？"

"和杀贾礼一样，只是在贾礼身上留下了破绽。"

"这个魔鬼！"费佑民重重地叹了一口气，"我们侦查吴晓癸案的时候，你是没看到那份艰难，那种狡兔三窟给我们带来的煎熬。好多女人被他紧紧掌控、折磨、诈骗，却还苦苦地维护着他们。"

"老师傅，你知道一个叫刘薇，或者胡珍珠的女人吗？"

费佑民耸耸肩。"刘畅跟我谈起才知道的，我们当时风闻有那么个女人。我是说，许盈杀人案已经定性了。但之后，我……我想，和我们中很多人一样，更多地关注许盈，追捕许盈。也许，在我们有机会的时候，我们什么也没做真是一种罪过，可当时，我们怎么都没能想到这一层。"

"是的。你知道关于丁维杰死亡的另一个细节吗？"

"什么细节？"

"法医检验他胃里有蘑菇毒素，又叫'致幻蘑菇'的。"

费佑民的喉咙发出一声刺耳的惊呼，郑航几乎可以听到他大脑高速运转发出的声音。过了片刻，他拿起酒杯，想倒上酒，但酒瓶被收了起来。最后，只得作罢，抬眼望着郑航。

"当时……好像法医认为是许盈让他吃的。他们村后是一片山野，蘑菇种类很多，至于哪种有毒，哪种能致幻，乡下人有一套自己的办法。"费佑民看着酒杯，目光平静下来。"当时的法医学检验只是验出毒而已，至于种类、产地，并未细查。对了，我们为此上山采摘过蘑菇，对自认为有毒性的进行了检验。不过，其中有没有丁维杰食用的那种，却不得而知。据我所知，验出蘑菇毒素，不仅没有减轻对许盈的怀疑，反而更坐实了她杀人的嫌疑。"

郑航点点头，说："我想，当时恐怕就是这样。涂力明呢？死后有没有进行尸检？"

"没有，不是我记不得了。他母亲不想尸检，不想儿子死后还开膛破肚。"

"好吧，也许我得去调查另外一个地方，也许我能找到答案。这四起命案跨越28年之久，如果有交叉之处的话，那就是我着手调查的重点，我相信会有一个事实指引我最终找到凶手。也许，那个人也杀了涂力明。"

六

回到汉洲，郑航第一时间来到被称为禁闭室的音视频室里。自那晚他和关欣把物证室里的音视频存储器搬来这里，关欣就像一棵永远长在这里的树一样，再没离开。

依然是画面闪烁飘忽的光线和手指在键盘上快速敲击的声音，还有倒映在背后墙面上的人影，即使郑航急匆匆地撞进去，这一切也丝毫没有惊动和改变。

"找到什么了吗？"郑航问。

"一件非常有意思的事情。"关欣说着，并未回头。但郑航知道她的眼睛已出现血丝，他见过关欣工作的情景，连续地盯着屏幕，不断地倒带、停止、调焦、放大、储存，旁人完全不知道她要找的是什么，或能看到什么。

"说不定可以给你一个惊喜。"她又补上一句，"准备好了吗？"

屏幕画面闪过几张青年人在某些场合出现的面相照之后，开始播放一名男子来到银行ATM机前的视频。

她接着说："让我们来见见宋扬。"

"哦，这就是宋扬？"郑航听见自己语带迷惘。"我认得那件蓝色外套，可是……"

"继续往下看。"关欣说。

男子在提款机前输入密码，站立等候，接着转头面对监视器，露齿而笑。那是个假笑，背后的含义跟笑容也许正好相反。

"他在使用无卡无折存款。"关欣说。

画面中的男子不断敲击按键，最后用手拍了一下键盘。

"现金正在机数中。"郑航说，"要一点时间。"画面上的男子凝视提款机屏幕好一会儿，接着拉起袖口，看了看表，转身离去。

"那块表是什么牌子？"郑航问。

"镜面有些反光，"关欣说，"但我刚才放大、定格，提取了照片，表盘上写着TISSOT。"

关欣继续敲击键盘，屏幕上出现两个画面，其中一个画面是刚播放过的宋扬面相照，另一个画面是取钱男子正在看表。

"我选这两个画面，是因为他俩的脸大致在相同位置，这样容易对比。你发现什么了吗？"

"没有，"郑航若有所思地说，"我没有你的火眼金睛，看起来反而感觉两个画面中的人好像就是同一个人。"

"很好，那你就看出来了。"

"看出什么了？"

"我们继续。"关欣按了一下鼠标，看表的男子消失，屏幕只留下那张面相照，照片慢慢拉开，扩大，显出那人的全身。"这是从小巷里跟踪席传礼的视频里取下的照片。"关欣说，"你看他的右手腕，有没有露出手表？"

郑航摇了摇头。画面里的男子没有戴表。

接着，屏幕上又出现一个在街头行走的男子。"这是度假山庄前面公路监控视频里的照片。"关欣说，"你看，这个男子的手腕下面有表盘的闪光。"她接着问："你看得出他们是同一个人吗？"

"呃，似乎是同一个人。"

"如果排除身影的相似性，这几个视频里的人有的戴表，有的没有戴表呀。"

"哦，身影相似的人很多，那他们不是同一个人喽？"

"对，"关欣说，"这表示我们面对的至少有两个人，但他们可能都戴着跟刘畅相貌差不多一致的人皮面具。"

第十八章

一

曾经人流熙攘的律师事务所一下子变得十分冷清。门虽然开着，但里面连一个装模作样的工作人员也没有。电话铃响了，何夕也懒得接听。刘畅死了，死在郊区混混的棍棒之下，听到旁人的议论她还不相信，放下郑航的电话，她的精神随之垮了。她让秘书清理了手头的业务，全部转给其他同行，然后让秘书回去。

她坐在窗前，看到雨翻滚着从远处赶来，顷刻间把城市淹没。这汉洲分明就是一片海域，礁石岩崖般的高楼之间游动着水蛇、乌贼、虎鲨，而她是那一群黑色的小鱼。这样想着的时候，雨越下越大，让她的耳朵得享一片安静。

除了座机，她的手机也从没停歇。苏越的担心自不必说，有业务联系的老板以为她出了意外，尤其是席贝仁，亲自打过电话后，又让胡悠悠跑来看了她几回。但是，何夕谁都不让进，把空荡荡的律师事务所当作她一个人的领地。

她不停地在办公室各处走来走去，冲了咖啡就往嘴里猛灌，灌了再冲一杯，桌上的一束花被她搬来搬去，好像永远找不到合适的摆位。

后来，她坐在数据库隔间里，一边打电话寻求援助，一边死盯着视频显示器，另一边又在电脑上对叫宋扬的人进行随机搜索。其间，郑航从戎城打电话过来，跟她交流了一些情况，说到一个叫"送命"的案犯，在其他方面，刘畅的谋杀案目前仍没有任何进展。她在法律服务网里对"送命"进行搜索，并留下了求助信息。

何夕知道，除了技术支持，网民的力量是强大的。她已经管不了那么多了，发布前期搜索的信息，勾起网民的兴趣，是分分钟的事情。

郑航跟她说到关欣利用监控进行闭环追查的方法。她猛然想到，这一点她也可以：她可以继续在监控视频里追查那个跟刘畅身影相似的跟踪者，甚至确定他的住址。这成了她能想到的最紧急的事情。

她不知道为什么自己没能早些想到这一点。是人就需要住所，不论是出租屋还是宾馆，鸟飞留影，人去留痕，她相信自己很快就会找到。现在，她已经找到了那个叫宋扬的人出现在度假山庄、银行ATM机取钱的视频，可这没有任何帮助。不错，还有些她曾以为是刘畅跟踪她的视频，可一切都还没联系起来，没有同一天的轨迹闭环。那人会从哪里出来，然后去往哪里，在哪里吃饭，干些什么，又回到哪里去呢？这是问题之关键。

苏越推开门进来时，数据库小隔间黑乎乎的。何夕正伸开四肢，躺在沙发上，闭着眼睛，呼吸缓慢而有节奏。苏越弯下腰，摸了摸何夕的脸，小声地喊着她的名字。

"你怎么来了？"她说，"现在什么时间？"

"下午6点30分，我下班路过这里。"

"你走吧，我再待一会儿。"

"我要陪着你！"他说，"睡得怎么样，喝茶吗？"

何夕眨了眨眼，坐起来，说："我已经喝过一整壶咖啡。"

苏越站在她身后，说："我就知道你会喝咖啡，可茶也是很好的。"

"不用，"她走到隔间门口停住，"你还是走吧。"

他噘起嘴，说："我是苏越啊，你怎么让我感觉不认识呢？"

在昏暗的灯光下，何夕坐回沙发上，依然处于半梦半醒状态。突然，她抬起头，似乎试图辨别远处若有若无的声音，然后直起身，走到电脑桌边，伸手拿起文件夹。几秒钟之后，她又来到隔间门口，苏越端着茶正好走过来。

"来喝一口，让自己先清醒清醒，别太伤心。"他说，把茶递给她。

"谢谢。"她接过杯子，啜了一口。她没有再赶苏越走。在搜集举报刘畅的视频时，苏越帮助过她，她相信苏越现在仍然可以。她拉着苏越快步走到电脑面前。"我怎么就没有想到呢，那些身影可能是刘畅，也可能是宋扬，还可能是别的什么人，我被人牵着鼻子走了。"

查跟踪者时，看到咖啡馆外的刘畅，便把所有的身影都看成了刘畅；这一整天，她满脑子考虑的都是宋扬，便以为视频里的跟踪者都是宋扬。这时，她才突然意识到自己真的不够理智。如果视频里出现的身影是某一个人，她一定在某种程度上能找到规律，通过比对查到地址。但这一点证明走不通，感觉走进了一个死胡同。

苏越的话提醒了她：要确定一个人的出行规律，必须首先确定是哪一个人。她在刘畅的问题上已经有了血的教训。她循着这一思路，向图像研究所的朋友请教，这位朋友刚好正在研发一款名叫"身姿感知"的软件。这个软件可以对人的行为举止姿势进行"循同排异"，像人脸识别一样通过概率找人。她向朋友借来这款软件，沉下心，首先发现的还是刘畅，发现了导致他致命厄运的东西，那就是刘畅的自以为是，他在跟踪侦查别人时被刻意模仿他的人跟踪了。她终于找到了那个曾经跟踪过她而她以为是刘畅的人。

她一边喝茶，一边手指在键盘上飞舞着。

"这是刘畅被跟踪的第一个视频，现在我要往后推，看见这个人没有？他从哪里跟上刘畅的，前一秒在哪里呢……"何夕按了另外一个键，屏幕向下滚动着，继续向下滚动着，一帧一帧地往后退；接着退向另一段视频。

晚上9点、8点、7点半……南阳街、绿岭路、前卫路……城市天网视频的闭环追踪成效显露出来。苏越也有些激动，把手搭在她的肩膀上。

何夕按下最后一个键，身子坐了回去，心满意足地呼出一口气。"东风路，"

她说，转身看着苏越，"应该找到他了。"

她跟着苏越上了车，到了居住地没让苏越下车就自己上了楼。她在家里打了两个电话。第一个打给养父母，对养父母的感情一直像石头一样硌在她心里，如同她能追溯的生命记忆那么久远。这个电话她不能不打，但养父母大约出去散步了，没有接听。她留了一个口信，说自己这几天很忙，周末可能不回家了，忙完这段时间一定多回去陪他们。

第二个电话，郑航跟她说了关欣视频追踪的结果，两人不谋而合。她把自己的想法跟郑航说了，认为那个有时戴表、有时不戴表的人在某种程度上就是整个案件的关键人物——毫无疑问就是她追踪的那个家伙，应该对他开展重点调查。

郑航让她将视频发过去，他会让关欣进行复核。不过，他说警方已经对附近路段进行了监控，只发现一个深居简出的人与跟踪者有些相似，其他情况仍一无所知。但是，听郑航的口气，何夕感觉他的话里有所保留，关于那个人的信息及调查结果，他只说了一些已经被证实了的纯粹事实。

既然肯定他就是跟踪她和刘畅的人，显然他在案件里起着举足轻重的作用！考虑到这一点，何夕很难相信警察会对他如此宽容。

郑航说，那个人是不是住在东风路，或者说那里会不会有他的一个据点，还未可知。视频里只出现他在附近活动的图像，并没有出入哪一栋楼、哪一间房，或者长时间停留的记录。但是，何夕查出了他的停留时间，关欣也查出了他出入的巷道。她觉得郑航没有说真话。

那个人一路跟踪刘畅的事实就摆在那儿。何夕不愿称之为巧合，她需要知道更多的情况。直觉告诉她，那人既然一路跟踪刘畅，一定还在其他时间跟踪或接触过刘畅，甚至做过更多对刘畅、对警方不利的事情。

她越说越上火，后来几乎变成了对着手机嘶吼，声音震得郑航耳朵发麻。郑航沉默了好一会儿，最后咳了一声，说："这一切都是警方的工作，你就别操心了。你要冷静，一点也沉不住气，轻举妄动只会把事情越搞越糟。"

二

　　何夕快步下了楼。她的脑海里不停地浮现出跟踪者在各个视频点现身的情景。跟踪者把汉洲当成了自己的一片天，时而是眼神飘忽的路人，时而是一棵飘摇的行道树，在何夕的印象里无拘无束，潇洒自如。街巷熙攘，他就那么漫不经心地存在着，融化在人流里，让人不觉得那是一场跟踪。

　　何夕驾车来到东风路上，循着视频的指示，走进那条小巷，然后站在那里听着树叶发出沙沙的轻响。她手机里存着几段跟踪者出入小巷的视频，她举起手机，仔细观察他的眼神、步态、最后走出监控范围的姿势。终于，她找到了他可能进入的某栋小楼。该楼大约建于20世纪中期，只有一条楼梯上去，每层楼通用一条过道。她飞快地上了楼，用排除法对楼里所有房间进行筛查，最后选中了一套亮着灯的住房。

　　何夕第一时间想跟郑航通个电话，但郑航刚才的话伤害了她，她觉得郑航对她并不信任，绝对不会允许她这样近距离接触嫌疑人，于是决定自己先干下去。她整理了一下自己的着装，看起来像个社区干部，接着按响了门首的按钮，在门口等待着"咔嗒"的开门声。好一会儿没有反应，她又按了一次按钮。又一次没有反应之后，她朝两边望去，沮丧地发现楼道里只有她一个人。后来她用力扳开临过道的窗户，往房间里窥看。

　　二室二厅带厨卫的小套间，窗户里面便是客厅。她等了一会儿，希望能看到有人移动的迹象，或者看到有人从卧室或者厨房里出来。她回到前门，再一次按响门铃。

　　铃声在她站的地方大得震耳，响彻了整个屋子，何夕等待着走近的脚步声。她变得越来越沮丧，敲起门来。"宋扬，我是社区管理员。"

　　室内没有人，但所有的灯都亮着。

　　郑航告诉她那人深居简出，可能只是基于邻居的反映：他家总是亮着灯。

　　他可能伪装成宅男，却从另一个隐秘的通道出去了。

　　那个通道在哪儿呢？何夕下楼四处观察，前门楼梯不可能，他一出现就会被人发现，左右两侧都有住户，那就只有后窗。这栋楼是将山坡铲平建成的，楼后是一道石砌保坎，坎上有条小路，路上修着护栏，护栏与楼之间是一片阴坑。她到楼后看了看，楼墙爬着数根下水管道，阴坑潮湿肮脏，如果有人经过，会留下脚印，但没有。

何夕又绕到坎上小路，试着测量护栏与楼之间的距离，以她的身手无法从三楼跃过护栏，如果经过专业训练，身手矫健，也不是没有可能。她相信就是这种可能性。

在等待猎物归来时，何夕脑海中反复浮现出自己对刘畅的死充满内疚的心理，反复浮现出苏越对她的关心和爱护，她该如何跟他将爱情进行下去，以及如果看到跟踪者回来，她该如何处置的问题。

她有两个选择，一个是立即叫苏越过来帮忙，一个是迅速报警，把一切交给郑航处理。郑航他们已经知道有这么个人，只是监视，而没动手，告诉他有什么意义呢？就算他来了，也一定会怪她多管闲事，破坏警方的调查。

如果苏越跟她一起制服那人，就不同了，她有很多问题可以问。只要问出关键证据，相信郑航他们不得不依法处理。

当然，郑航依然会责怪她，但有人有证据，她会动用一切力量对警方施加更大的压力。何夕越想越觉得，只有依靠苏越才能把主动权握在手里。如果制服不了，报警还来得及，出了这片老楼，马路上到处都是监控，以关欣的视频追踪水平，他跑不出去。当下，已经没有一个显露身份的逃犯能够逃出天网的掌心。

何夕躲在车里用"云搜"系统继续搜索"送命"跟宋扬的关系。涉及吴晓癸案件的帖子，近期成指数上升，关于"送命"死于看守所的风波，也冒出不少仇视警方的言论，发言的人跟他会是什么关系呢？直属后代？还是煽风点火者？抓住这个跟踪者，说不定会有结论。

晚上10点钟，胡悠悠打来电话。"路过你楼下，看你家没有亮灯，你在哪儿呢？"她问，声音有些嗲声嗲气。

"我有些业务上的事需要处理，正跟当事人聊天呢。"

"还是为你生母的事吗？放宽心吧，交给警察去处理，会有结果的。"

"等他们给结果？不知猴年马月呢，一切还得靠自己。"

胡悠悠的叹息声传了过来。"贝仁提议去米基吃夜宵，那里有最好的日本料理，还有正宗的三文鱼。你在哪里？我们这就过去接你，贝仁可一直像大哥哥一样关心着你呢。"

"谢谢你们。我还有事，下次我请。"

"放下吧，何夕，我们真不放心你，你别让我多长皱纹了。"

何夕听出胡悠悠想幽默一下的语气，可她没有心情。"我一定要抓住他，这点你明白。我已经接近他了，这一切很快就会结束了。"

"你发现杀你生父的人了？叫了郑航吗？很危险呢。"

"没事，我会搞定。"

停了一会儿，胡悠悠说："你小心点，如果一时抓不住，早点回家。"

"放心吧，不会有事的，有你和席总帮我，还有郑航他们都在帮我。"

"好吧，我们时刻为你担着心呢。"

"谢谢，好好去享受吧。"

何夕有很多的时间思考。她想得越多，就越是坚信跟踪者确实藏身在这里，是他杀了刘畅，是他的指使者杀了她生父又嫁祸她生母，这里面有着铁一般的联系：幕后人就是吴晓癸案的漏网之鱼，是杀害她生父的人，是害怕被发现而指使宋扬跟踪刘畅、杀了刘畅的人。他对汉洲的一切很熟悉，就是汉洲人。

刘畅被杀是因为他接近了目标，何夕虽然无法证明，却对此坚信不疑。但胡悠悠的电话让她意识到身上背负了更大的压力。她想到了离开，放弃正在做的事情，她可不能冒这个风险了。郑航说，现在是警方的事。她可以和郑航、关欣谈谈，让他们采纳自己的调查意见，让他们去执行。

还有，跟踪者有枪吗？前两起命案里没有出现枪，并不能证明他没有。他敢跟踪、杀害警察，怎么可能不带枪呢？何夕能想到他不使用枪的合理解释：席传礼跟他熟悉，他可以出其不意地将药水注入席传礼的体内；而刘畅是在僻远处被群殴致死的。

她跟刘畅虽然目的不一样，但调查的对象是同一个人，一个杀人凶手，凶手现在已采取行动来保护自己了。毫无疑问，凶手还会这样做下去。

因此，在这里监视甚至抓捕凶手非常危险，她无法胜任。还有一件更令人担心的事：郑航说警方在这里监视，但她没有发现，她明目张胆地出现，也没有人提醒。那么，负责监视的警察在哪里？如果发现了她为什么没有示警，郑航也没有给她打电话呢？是没有报告，是警察根本不在这里，还是警察遭遇了不幸？不论出现哪种情况，她都不能置身事外。

何夕没有枪，正常情况下，她不被允许持有武器。现在，临近午夜，坐在这条寂静的小路边黑乎乎的车里，她突然感到脖子后面连汗毛都竖立了起来，她希望自己尽快离开，尽快把这一切交给郑航来处理。

她胆战心惊地意识到自己手无寸铁，在这里想抓住凶手真是一个傻瓜。她应该做好充分的准备，更加警惕，不让自己重蹈生母的覆辙。

汽车后视镜里出现一个孤独游荡的身影，披着一件敞开的棉衣，头发散乱，双手插在口袋里，越走越近——是个男子——来到何夕的车旁，停下脚步，然后俯身在副驾驶室的车窗前，仔细地打量车里的情形。接着，可能好奇心得到了满足，或者感到郁闷，又大摇大摆地往前面走去。何夕的心脏狂跳起来，直至看着这个人完全走下坡道，走进跟踪者的楼下，绕过转角消失不见，她的心跳才渐渐平息。

小路的四周又恢复了寂静。何夕重新镇定起来，几乎听见了野地里的虫鸣。她看了看手机上的时间：12点02分。宋扬还没有回来，灯依然亮着。何夕想给郑航打个电话，但考虑一番后又打消了这个念头。除了理论上的推理和毫无根据的担心之外，她什么也告诉不了郑航。同时，她还对警察的监视抱着怨气呢。

何夕回到居住的小区，正要在智能锁盘上按密码，突然间，眼前闪起金光。她挺了挺身子，快速地朝四周看了看，脑子里一阵眩晕。

是眼冒金光，还是出现什么发光的东西？不管怎样，她的精神被金光吸引住了。

她把双手放在耳朵上方，按着太阳穴。眩晕再次袭来，使她几乎失去平衡。

她冷静了一下，快速输入密码，推开门又猛地一把关上，然后在地板上坐下来，后脑又猛地袭来一阵炙热的疼痛。她眯眼看着屋里昏暗的灯光，回想这一夜的辛苦，应该不至于有这种反应。

缓了好一会儿，她和衣躺在床上，房间里一片漆黑。金光还在眼前闪耀着，就算闭上眼睛也不行，眼前闹起了焰火表演，从金黄变成弥漫的硝烟，扩散成满天的墨迹……

三

第二天上午，胡悠悠又打电话给何夕，电话里胡悠悠一直在哭。何夕感觉有些奇怪，这么多年，第一次听胡悠悠哭得如此伤心。忙问发生了什么事，胡悠悠却又不说，反问她中午一起喝杯咖啡可以吗？她只得答应。

何夕将地点定在她们第一次见面的咖啡厅。

她上午其实没什么事，就是沉浸在胡思乱想中，跟郑航通了个电话，询问他关于宋扬的事情。郑航神神秘秘的，什么都不肯透露。她也就没说昨晚去监视了一夜。

她早早地就来到了咖啡厅。胡悠悠光彩照人地出现时，她几乎愣住了。

看上去胡悠悠重新烫了头发，第一次穿大红的绣花旗袍，鲜艳亮丽，炫得刺眼又凹凸有致。胡悠悠风情万种地说："嘿，不认识我了吗？"

还是柔和甜美的嗓音。何夕记得她只会用这一种嗓音说话，哭泣的时候也一样，只是跟席贝仁说话时更加温顺。何夕又想起她们的第一次见面，当时胡悠悠虽穿着一袭简约优雅的黑色长裙，却一样熠熠生辉。她的肌肤白皙剔透，几乎透明。何夕虽然也白，却没她那份娇嫩，显得紧致皮实，跟胡悠悠简直像来自两个世界。

"我本来无心打扮，"胡悠悠苦笑着，"可你看，不打扮无法出门。"她扬起一只手。何夕觉得她的动作难以想象的柔软灵巧，仿佛在跳一支舞，是一连串优雅的舞姿。她手指上戴着一颗泪滴形的钻戒，映照着咖啡馆装饰顶上的昏黄灯光，胸口挂着一颗莹白的珍珠。

"我懂的。"何夕迎过去，拉住她的手。

胡悠悠却一把扑进何夕怀里，跟她拥抱在一起。"你能来真是太好了。"她搂着何夕的腰，嘴里的热气喷在何夕的耳畔，说。"我不知道怎么回事，一伤心就只想见你。"

何夕紧紧地拥抱她一下，感觉她娇小如猫的身体散发着暖意。她越发感觉胡悠悠有些奇怪，迁就着，看她到底是为什么事。两人松开时，两手仍握在一起，胡悠悠抬起手来。这时，何夕看到她的小手臂青肿了好几块。

"怎么了？"何夕问道。

"先坐下吧，"胡悠悠说，"我就想跟你诉说诉说。"

何夕放下卡座的幕帘，制造出一个私密的空间。两人相对而坐，但手仍握在一起。"你一个人来的吗？席总呢？"何夕问。

胡悠悠叹了口气，说："就是他，他竟然打我，虐待我。"她话语里的甜美不见了。

"悠悠，席总怎么会打你，虐待你？"何夕说，轻轻抚摸着她手臂上的伤痕。

"你不知道，"她和何夕四目交接，泪水挂在长长的睫毛上，"你只看到他的表面，你们根本不知道他其实是一个魔鬼，自始至终都是一个魔鬼。"

"这我真不知道呀，难道他对你的好都是假的？"何夕问，她是真的感到惊讶。

"假的，一切都是假的。他人前一套，背后一套。还有，他说我如何追求他，贪图他的财产，也是假的。那是他在丑化我，美化自己，背后还威胁我不要辩护，要我承认，要我装着对一切传言蒙在鼓里的样子。"

"是吗？你快乐的样子……"何夕屏息以待。

"装的，"胡悠悠说，"我装得好苦，这一切你不相信，对不对？"

"你为什么这样说？"

"因为席贝仁对你好，你觉得他好，对不对？其实他对你、待你的一切也都是假的，他鼓动苏越追你，其实只是想让苏越利用你。"

卡座里一下子安静得出奇，何夕能够听见胡悠悠的呼吸声，只是感觉十分陌生。是的，胡悠悠今天的表现有些奇特，与她以前的行为方式有些矛盾。但她顾不上这些，只是屏住呼吸很久才呼出来，声音微微颤抖地问："苏越利用我，不，席总怎么丑化你……"她都不知道该先问什么好了。

胡悠悠情绪还是那么激动，带着强烈的倾诉欲，似乎就是想揭露席贝仁对待她的一切。她说："他根本就强暴我在先，强暴了我还要控制我，不准我说出去，让人以为是我勾引他。他就是这种人，他以前就强暴过很多少女人，有的死了，有的被他送去其他地方，用你们的话说就是拐卖。因为他不再喜欢她，放在身边又怕出事。有好多人被他这样祸害了。"

"多少人？"

"我也不知道，反正很多人。今天早晨，我碰到一个叫李娅的女人，到公司找他，他不在，我就把她带到咖啡馆里。她竟然是前年被他祸害的，那时我们已经结婚了呀，他还这样！李娅说，前年夏天，她到公司应聘，席贝仁借口让她当秘书，就在公司强暴了她。但她不想干了，偷偷溜走，却被他派人抓了起来，送去了那边。"她说，"昨晚约你吃夜宵你没有来，他脾气就变得很不好，上午听说我跟那女人见了面，更加大发雷霆，就把我打成这样，还扬言让我跟那女人一样。"

"你是说……这是他刚打的？"

胡悠悠点了点头："是的，他以前只威胁我。他说我如果不听他的话，不保守秘密，就把我送到乡下去，让我嫁给一个残疾人，关在地牢里不准出来。后来，我为他生了一个男孩，我和儿子的命运都掌握在他手里，我只能乖乖就范。这几年我看起来很风光，其实心里很苦、很苦，什么都不敢做，什么话都不敢说。"

"悠悠，"何夕说，"你怎么不找警察？"

胡悠悠眼圈红红的，默然不答，只是蜷曲在沙发上，收起双腿，双手抱住肩膀，仿佛觉得很冷。再次开口时，她的声音十分微弱，何夕几乎能听得见手表嘀嗒作响。"我想过，好多好多次想过。那时我还是学生，他做那件事的时候我只是躺在那里，心想只要集中精神，就能恨死他，让他死无葬身之地。"

何夕聆听她讲述那个炎热的夏日，席贝仁约她出去喝冷饮，然后带她唱歌，就在歌厅的沙发上，她想呼喊，席贝仁拿出折叠小刀对着她的喉咙。她被强暴之后一个人留在歌厅里暗自哭泣，身体疼痛不已。席贝仁却自顾自地唱着歌。

"最糟的不是强暴本身，"胡悠悠语带哭腔，双颊落满了泪水。"最糟的是，他知道用不着威胁我，明白我自己不敢把这件事说出去。他拿走了我的衣服，把一套新衣服放在我身边，我没有任何证据，即使被强暴也无法取信于人。同时，另一种罪恶感将如影随形，所有人都知道我喜欢他，崇拜他，所有人都以为我以跟着他为荣，是自愿倒贴他。说出去没人相信的，室友这样，校领导是这样，警察也会这样。这些年，他时刻都用一种鄙夷的眼神看我，好像在说：'我知道，我知道你害怕得颤抖、哭泣，但不敢让人听见。我心里一直有数，并看得见你无声的懦弱。'"

泪水滑落在台几上。"以前我以为他只强暴了我，把我控制在手里，这我可以原谅，因为多少女人宁愿坐在宝马车里哭泣，我也这样。但是，他还在强暴其他人，他看不起我，背叛我，他总是对我表现出他心知肚明的样子，这是让我痛心疾首的原因。"

何夕从台几的纸盒里抽出一张纸巾，递给胡悠悠。"说出来就好，"何夕说，"这是个很好的机会，我带你去见郑航吧。"

胡悠悠小心地按压着脸颊。

"叫李娅的女人在哪里？"何夕继续问，"我们现在可以把她找来吗？"

"这……我要征求她的意见。"

何夕点点头。"好，那说说他怎么鼓动苏越利用我？他利用苏越做了什么？"何夕凝视着胡悠悠的柳叶形瞳孔，追着问，"悠悠，他做了什么？"

胡悠悠好像突然想起了什么，猛然站起身，说："我想我该走了。"

"先回答我。"

"你会知道的，我耽误得太久了，他肯定已经在找我。"她伸手去撩卡座的门帘，何夕抢上前，拦在她面前，抓住她的肩膀。"悠悠……"

"我不能让他知道我来找过你。"

"悠悠，你跟我说清楚苏越的事。"

胡悠悠的神情突然变得冷漠又强硬，答道："我不知道。"

何夕抽回手，像被烫着了似的。"你不能让席贝仁为所欲为，做坏事的人应该受到惩罚，你既然说他做了那些事，就应该站出来揭发他。"

"谢谢你听我说这么多，"胡悠悠说，"如果让他知道了，他会杀死我的。"

"悠悠，求你了，你得去报警，我现在就可以陪你去。说出你知道的一切，他会被抓起来。这是唯一的办法，如果你不去的话，我就自己去。"

她站住了。何夕等待着。"你不能这样做，你答应过我。"胡悠悠哀声道，"而且，我会否定你说的一切，接下来你会怎么样呢？你会被我耍得团团转。现在你能做的，就是继续找证据，能帮你的时候，我会站出来。"

她出乎意料地返身走到何夕身边，再次紧紧地拥抱了她。"我知道你不会乱来的，"她说，似乎要确认这事就掌握在她手中，"现在，你让我先走，我会再联系你。"

何夕点点头，回到卡座里，点了一份套餐。

她是随便点的，在菜单上顺手一指，就下了单。她不知道自己有没有胃口，但她更不愿露出异样。不管怎么说，她需要吃一点，需要补充营养。不过，送来的菜肴似乎挺合口味，味道清淡，吃得还算舒服。她还点了咖啡和一道点心，点心盘子的四周布置得十分漂亮。胡悠悠打乱了她的心思，她有些麻木了，除了吃东西，不想再思考任何问题。

四

这个漫长的午后，何夕蜷缩在卡座里昏昏欲睡。门外是这个春天的又一场梅雨，她盯着水汽氤氲的窗户，感到了内心的荒凉。她觉得刘畅死了，跟踪者好像鬼一样飘忽不定。所有的一切，都像一场噩梦似的。当她欲起身离开的时候，手机铃声响了。铃声响起之前，是一阵恐惧引发的颤抖般的震动。

电话是郑航打来的。

"什么，案子破了？"

"千真万确，你要找的人找到了。"

"真的？跟我说说。"

"好吧。上午抓获了三名帮着动手打人的当地流氓。他们是被临时雇用的，打人后就被遣散走了，甚至不知道被打的人死了没有，被扔在哪里。但目击者和流氓都给我们描绘了那个雇用者的模样：30岁左右的年轻人，说一口标准的普通话，短发，阴鸷眼。你可能没有看得那么清楚，这些恰好符合你找到的那个跟踪者的信息，所有特征都吻合。"

"宋扬。"

"是的，就是那家伙。"

"人在哪里？"

"你和关欣都是对的，他确实藏身在东风路那条小巷的旧楼里。刚才我们赶到了那儿，灯依然像你说的那样亮着，按门铃时也无人应答……"

这些何夕都做过了，但她听着郑航的话怪怪的，有些阴阳怪气，于是紧追着问："是不是人跑了？他杀死刘畅之后跑了！"

"不，他没你说得那么聪明。他从出租车里拖出刘畅，遣散了帮凶，接着可能想从刘畅嘴里问出些什么，背着他去了那片阴坑，然后杀掉刘畅，再回家。对于警察是否会抓他，一定心知肚明，万分紧张。因此，在出租屋里，他喝下了混着'致幻蘑菇'的氰化物。"

"你确信吗？"

"我是不是确信他喝药自杀不重要，目前呈现的事实如此，很多人信了。"

"不，我是问你信吗？他会回到出租屋自杀？精神病吧！"

"法医正在做检验，胃里验出了'致幻蘑菇'，氰化物跟席传礼注射器里是一样的。何夕，案情大体上就是这样，体貌特征也很一致，或许还有幕后人，但是，这个人跟那个跟踪者确实很一致，或许是幕后人逼使，或者他自己精神崩溃，但我们的线索又断了。"

何夕无法相信这一结果。"也就是说案件再次陷入了死胡同里。"

"这是我的推测，他不可能莫名杀人。"

"我相信，只是这么……我是说，郑航，我们该怎么办，继续查！"

"只能这样了，不过，这也是一件令人高兴的事。"

"我知道，可没找到主凶……还有我母亲的冤案……我高兴不起来。"

郑航沉吟了一下，语气变得柔和。他说："是的，幕后人的凶残和狡猾无法想象，你要格外小心。"

"我会的，你也小心。"

何夕付了餐费，回到汽车里。她坐在驾驶椅上，朝窗外望去，目光从汉阳大道一路看向远处一望无垠的山景。雨停了，一片阴云在附近飘飞，似乎还有阳光偶尔显出身影。每隔几分钟，车道上驶过一辆渣土车，随之而来的轰鸣把车窗震得仿佛要裂开似的。

何夕好像刚从无休止的辩论会上出来，感到筋疲力尽，在椅子上快坐不住了。她一反常态地钻出驾驶室，走也不是，站也不是，在车门旁原地徘徊。郑航告诉她这个消息后，她还没有弄清楚自己内心深处到底哪里感到焦虑。

如果继续追查下去，一接触真相，幕后人就雇人杀人，一接近凶手，凶手就自杀，这样还会不断有人死去；如果不再追查，那么杀害生父、嫁祸生母的冤案可能永远也得不到昭雪，这就无法彻底解决问题。

何夕本来模模糊糊地设想解决了一个谜团后，多多少少会给第二个谜团提供一点线索。现在，找到了一个嫌疑人，死了；找到一个凶手，死了，可要解决的问题一个也没少，还更复杂了。

她试图给苏越打电话。苏越没有接听，她只得发了一条语音信息。

刘畅被杀、跟踪者死了，正应了苏越对她的劝阻，应了席贝仁对她的告诫，危险真的迫在眉睫，谁都会恐惧，何夕当然不会例外。住手吗？为什么原来要费那么大劲来做这事呢？这不正顺了幕后人的心愿！她知道郑航一定不会停止的，职责也不会让他放弃。她倒可以坐享其成，但这也不是何夕的风格。

下一个问题是，跟踪者为什么自杀？当然也许是出于保护幕后人；他的死会对谁产生影响？当然是警察，但警察显然不会以为就此破案，难道幕后人想不到？

此外，幕后人为什么让他自杀，为什么不逃走？逃走一样可以保护幕后人，或者拒捕。这些似乎都经不起推敲。

可是，事实无可争辩地摆在这儿，难怪郑航语气那么沉重，他一定想在她的前面。

何夕又给养父母打了个电话，以最柔和、最轻松的语气跟他们聊了会儿天。她想探听他们是否知道她的事情，是否知道她陷入的系列案情。这些事可不能让养父母知道，否则，他们既不好劝她停止，又会担心的。

苏越还是没回电话。她又想起胡悠悠说的席贝仁的事情，那都是真的吗，还是胡悠悠胡说的？胡悠悠一定受到了虐待，可她不能胡说席贝仁强暴别的女孩。男人好色、搞婚外恋，她是相信的，何况是席贝仁这种成功男人，多少女孩往他身上扑。可是，强暴、绑架威胁、关押外地，这都是重罪，一个成功人士用钱可以摆平的事，何必犯罪呢？这个她可不相信。

还有胡悠悠说，"他鼓动苏越利用你"——苏越能利用她什么呢？她想不出来。

看起来天又要下雨的时候，何夕实在支撑不下去了，于是驾车返回住处。她瘫倒在自家沙发上，再次给苏越发出短信："我讨厌不能和你交流的感觉，这一年多我们差不多每天都在交流，没有你融入我的生活，我已经不知道自己该怎么办。你能给我打个电话吗？我想跟你说说案子的事，郑航说那个跟踪者死了，就死在我监视的那个出租屋里，我想这是一个危险的信号，我不知道我还能不能查下去，如果我出了危险，你会想我吗？请回我电话。"

何夕把手机放在茶几上，闭上眼睛，双手按住太阳穴。眼前又开始金星闪烁，和昨天晚上一样，预示着头痛又将来临。她试图对此置之不理，但越来越难做到了。眼前像闪光灯一样忽明忽暗，这迫使她站了起来。

她走进浴室，没有开灯，又把浴帘拉上，像把自己关进了黑屋，因为灯光似乎使情况更加糟糕。她吃下两片镇定药，用冷水浸湿毛巾，然后回到床上，把湿毛巾搭在脑门儿上，尽力让大脑处于空无一物的状态。

她这是怎么啦？

昨晚疼痛来临时，就像一根钢条对着太阳穴撞击，而且越撞越重，差一点就让她失去知觉，但今天没有这种情况出现，至少她还没有感觉到。只是一阵阵泛起眩晕和恶心。她四肢伸开，平躺下来，终于感到了些许的放松。

第十九章

一

如果不是因为关欣打来电话，郑航的心情简直糟透了。他带着老舒在打人混混出没的地方调查，还是一无所获，那个出租屋自杀的"宋扬"像天上掉下来似的，没人知道他来自哪里。现在，他的车被一辆敞篷农用拖拉机挡在乡道上，那位司机将油门踩到底，拖拉机突突地冒着黑烟，车轮却没有转动。都什么年代了，如果不是亲眼所见，他不会相信竟还有这种机械。

关欣说的还是视频。她在两个视频里看到同样面相，穿戴同样棒球帽、同样紫色风衣、同样牛仔裤的一个人，但姿势看起来有差异，可能不是同一个人。

郑航听着像绕口令，说："因为戴着面具吗？"

"跟面具无关，是眼神和身影怪怪的，我不确定是哪里怪，也许是场景不一致，也许是他的内心活动，但更多的是一种直觉差异。"

"我不明白。"

"是这样，我提取了12个可能与宋扬有关的监控点视频，其中7个点位里的宋扬面孔相符，另外5个点位里的宋扬可能换了面具；在前面的7个点位里，我又发现一个小细节，就是有两个点位里的人跟另5个点位里的人手势不一致，但这两个点位里的人的手势倒是跟那5个可能换了面具的点位里的人手势一致，听懂我的意思吗？"

郑航仍然没有听明白，说："我们已经在路上了，我回来看了视频再说吧。"

"从没见过你这么迟钝的人。好吧，那两个人除了手势，还有仰头观望的姿势，一个偏头，一个高昂头……一两句话也说不清楚。我把提取的视频按地点做了标号、分类，并将我发现的细节区别都写在备注里，你回来自己看吧。"

拖拉机终于开走了。郑航回到专案组便进入"禁闭室"，坐到关欣的电脑屏幕前。关欣的功课做得很扎实，但他看起来仍很吃力，老舒还在一边不断发出"咚咚咚咚"的声音。

"你安静点行不行？"郑航冲他不耐烦地说。

老舒皱了皱眉头，委屈地说："我没怎么你呀？"

"你就不能不弹手指吗？"

"你说这个？"老舒看着自己的手指，又在自己的眉心正中间弹了弹，窘迫地说，"老习惯了，对不起。"

"习惯？你没意识到自己在弹手指？"

老舒点点头，说："这个……是下意识的行为。"

郑航的目光从屏幕上移开，望着老舒，饶有兴趣地让他继续说下去。

"小时候，父亲想要我当科学家，但我不是读书的料，坐在书桌面前就打瞌睡，所以他不是敲我的书桌，就是敲我的额头。还教我自己也那样做，如果做好了，不趴在桌上睡觉，把作业完成，便奖励我几毛钱。慢慢地，我只要一看书做作业，就这样做。成年后，只要两手闲下来，便习惯性地做出敲打动作。"

"你知道手在动吗？"郑航说。

"习惯成自然，就像强迫症似的。以前在反扒大队，一边给案犯做笔录，一边不自觉地敲打桌面，看案卷的时候就更不用说，不然就看不了，好像自己被习惯操纵了。"

"意思是，只有弹指才能让你用心做事。"

"可能吧，弹动手指，我就不再分心去想其他的事了。"

郑航埋下头，慢慢揉捏太阳穴。

"怎么啦，是不是我影响到你了？"老舒接着说。

郑航看了他一眼，又面对屏幕。老舒感觉自己多余了，决定把案卷带到其他地方去看。郑航却又转过头来，眉宇间现出深深的皱纹，招招手，说："老舒，你来看看。"

老舒绕过办公桌。

电脑屏幕上有两个视频框，不同的框里是不同的视频场景，但里面的人物穿戴同样的棒球帽、同样的紫色风衣，看起来像同一个人。

郑航指点着视频框，说："你看上面这张图，此人站在雕塑后面，盯着左前方的女人；而下面这张图，他盯梢的女人在右侧，就在马路对面，对不对？"

"是……没什么不对呀。"

"如果跟踪对象的位置反过来呢？"郑航继续说，"他盯梢的目光，侧眼看人的头部偏向，会不会还处于同一角度？"

"嗯……他看起来像在瞄准，预备……开枪。"

郑航有些无奈，老舒自诩善于看人表情的技能并没有表现出来。盯梢的情形不同，需要防备的对象不同，姿势当然也不一样，但同一个人，他的举止变化总是一脉相承的，即使场景不同，姿势必有其一致性，这就像老舒弹手指的习惯，改不了的。

当肖永明突然走进来时，视频已经往下面播放。郑航死死地盯着那一帧帧画面，虽然他仍旧说不出什么所以然来，但他确实看出了一些不一样的东西。

"有新发现吗？"肖永明问。

郑航不知所以地晃了晃，说："总感觉这个男子不仅面孔百变，眼神、姿势也百变……"

"这不就是自杀的宋扬吗？"

"我也觉得就是宋扬。可关欣不这么认为，她觉得这是两个不同的人，一个有侧头的习惯，一个有昂头的习惯，还有走路的步伐、手势也存在差异。"

视频慢慢地自动播放，明显经过了关欣的精心剪辑。有的图像只有手、脚，有的只有面部，有的只有躯干。肖永明似乎看出些门道，他下巴反向移动着，牙齿不断地摩擦，好像反刍的动物。"关欣一定看出此人是双黐手，"他说，"而且他在有意地改变自己。"

郑航不懂什么是双黐手，但意识到这是辨识和区分嫌疑对象的一个重要特征。

"领导，你给我们普及普及吧，怎么看出来的？"

"你们看过武侠电视剧《叶问》吗，叶问练的是咏春拳，双黐手就是咏春拳特有的一种训练形式，也就是以'黐'的方式对手进行训练。"

肖永明双手平伸，扭了个麻花手势，接着说："还有凭着非凡的中国功夫扬威世界的李小龙，他练的也是咏春拳。"

"《叶问》和李小龙都听说过。"

"传说咏春拳的初创，与清廷'火烧少林寺'有关。当时福建莆田南少林因暗中'反清复明'遭到围剿。少林古刹也被官兵一把火烧成废墟，只有五名绝顶高手逃了出来，其中一名叫五枚师太。她在南少林鹤拳的基础上创立了一套更重技巧的拳术，并传给严咏春父女。严咏春进一步发展了这种拳术，后世称为'咏春拳'。"

郑航频频点头。

"黐手就是咏春同门师兄弟之间用于相互提升的特有训练方式，以此达到在实战中手部及脚步对力量的大小、方向、速度方面的敏感应对能力；其闭目黐手更是训练身体的触觉反应能力中的最高效方式，是搏斗中的'撒手锏'。双黐手就是双手并用，比单黐手要复杂些，练习双黐手时，转手就必须两只手同时转，不能只顾一边忘记另一边。因此，练习过双黐手的人，会有异于常人的手势。"

"也就是说这个人练习过双黐手。"郑航终于明白了，如果发现其他图像里出现的人没有双黐手，那么就可以认定他们不是同一个人。

"没错。"

"太谢谢您了，肖局，"郑航调出关欣特别标出不同手势的视频，仔细观看那人的手势，"您给了我一条非常重要的线索。"

"小郑同志，学会尊重领导，也是你应尽的责任，不用谢。"肖永明将关欣对视频的鉴定资料复印了一份塞进手包里，大步离去。

老舒看着肖永明离去的背影，说："肖局长对我们的工作有想法呢。"

郑航耸了耸肩，盯着老舒的眼睛。"就你这领悟力，没意见才怪。"他说。

二

这个情绪跌宕起伏的下午，开始让郑航百无聊赖。他一边随手拿起案头的一张《汉洲晚报》，一目十行地浏览着，一边想着那些视频。视频里疑似出现两个相貌一致的人，毕竟只是推测，要找出另有一人的确切证据还有很长的路要走。

此时，他散漫看报的眼神突然凝聚起来。他盯住了一张巨幅图片，以及图片上的某个人。那是晚报头条关于本市昨晚音乐会的图片新闻，是记者阿甘撰写并配发的照片。

图片上人头攒动，但郑航一眼就看到了一个熟悉的身影，那是他们苦苦追踪的"宋扬"。"宋扬"在出租屋已经自杀了，竟然又出现在音乐会上！

他急需找到关欣，但他知道关欣一进入刑事鉴定中心，手机就会关机，目的跟老舒用手指弹眉心一样。关欣很忙，她要将痕检技术员和法医从刘畅牺牲现场和"宋扬"自杀的出租屋里取回来的血迹、毛发、被单等物整个地做一次彻底的检验。他们取回来的用以提取DNA的物证有68件，一个大型DNA检验机构做出来也需要几天时间，因此关欣将所有能做这项工作的技术员都集中了起来，还从省厅及商业机构请来专家。

特别是刘畅牺牲的坑道里不仅留有嫌疑人和刘畅的证物，可能还有首批下坑进行尸检和提取物证的法医和痕迹技术员的，他们在里面活动的时间不短，虽然做了一些防护措施，但毛发的脱落防不胜防。

因为鉴定中心没有犯罪嫌疑人的DNA数据，所有的检验碰撞只能排同求异。而坑道到底是什么时候挖的，里面是否有他们不能掌握的其他人的毛发等物，也是个未知数，所以，要从中找出犯罪嫌疑人的数据，难度可想而知。

郑航拨打了鉴定中心的座机。"我是郑航，麻烦你帮我找一下关欣。"他说。

接线员很热情，答应立即帮忙喊人。手机也很快传来关欣的声音，但她告诉他的结果却不尽如人意：提取DNA的68件物证排除熟知的人员，以及捡垃圾的和周边村民，还有13个数据未找到对比对象，而且里面没有出租屋自杀者的DNA。

郑航原本以为，68个物证总有一个DNA数据会碰上出租屋里的自杀者"宋扬"。

至今为止，专案组已经抓获了五名参加残害刘畅的凶手，他们都指认那个叫"宋扬"的年轻人出现在现场，而且带走了出租车和刘畅。那么，最后杀害刘畅并把他扔进坑里的就是"宋扬"，他怎么可能没有留下任何蛛丝马迹？

这又是一个充满疑点的下午。郑航终于确信关欣的视频辨识能力真是无比敏锐，模仿刘畅的跟踪者除了出租屋的自杀者，还有一人。这个人出现在"宋扬"自杀后的音乐会上，是他杀害了刘畅，并带走了出租车及司机。

三

执法办案区灯火通明，宛如深藏地底的军事要地。狭窄的七号询问室里，一个年轻人坐在铁椅上歇斯底里，条桌对面坐着两名快警。桌上放着录音笔，记录着年轻人的供述。年轻人叫谢小平。此时，他透过窗户看到女朋友正坐在隔壁房间里等候询问。

"那个戴着棒球帽、穿紫色风衣的男人怎么会没来由地攻击你们呢？"快警问。

"也许看中了我女朋友吧，他冲过来就动手。"

"然后呢？"

"一切都发生得很快。我好害怕，当时可能发蒙了。我本想躲进旁边的花坛里，中途却往路边的门面跑了过去。"

"嗯。"快警脸上的表情却并不那么肯定。"跟你在一起的朋友叫周坚，是吧？是他保护了你女朋友？"

"不，我跑了几步，回头拉女朋友，她倒在花坛里，却见那个人跟黄毛扭打在一起。"

"周坚不用保护女朋友，怎么没跟你一起逃跑呢？"

"没有，那个人扭住了他，他跑不脱。可能……那个人应该就是冲着周坚去的。"

"然后那个人用刀子攻击周坚？"

"从我站的位置看起来是这样，他从周坚背后扑上去，刺了他好几刀。"

"然后呢？"

"然后我打电话报警。"

"歹徒没有追你女朋友吗？"

"没有，他还是跟周坚扭在一起，所以我说他可能是冲周坚去的。"

郑航从专案组走出来，听到询问室里有声音，便走了进去，问："什么案子？"

快警介绍了他们的出警情况，说："伤害案，受害人叫周坚，外号黄毛，正在医院抢救，但一直处于昏迷状态，希望他醒过来能提供一些凶手的情况。"

"黄毛？"郑航心里一惊，"医生怎么说？"

"医生说，这个黄毛本来很可能当场死亡，看起来凶手想割断他的动脉，但他用手挡住了。他的手背上有很深的割痕，血从颈部两侧的小动脉流出来。凶手还在他腹部刺了几刀，医生说刀子可能伤及肾脏下端。"

听到这里，郑航就知道要想从受害人嘴里得到什么情况是不可能了。他觉得这样一起伤害案发生得很奇怪。谢小平首先说凶手是冲着他女朋友去的，结果凶手却对着他另一个朋友下手，下手还那么狠。而这个人竟然是跟刘畅有过联系的黄毛，更令人不可思议。

接着，快警告诉郑航，现场已经过勘查，技术员提取了可能是歹徒呕吐的秽物，还有一些不同的泥土，正在送检中。从调取的视频看，凶手突然从路边停车位冲过来，看起来很清醒，应该是有目的有预谋的行为。

候问室里还有一个女孩，一边瑟瑟发抖，一边死死地盯着电视机。陈建斌饰演《三叉戟》里的"大背头"崔铁军，像极了《老人与海》中的老人，"你可以摧毁我，但你不可能打败我"。郑航走过去，高声问女孩："你看到是谁呕吐了吗？"

"是……应该是那个打人的。"女孩说。

"你肯定？"

女孩点点头。

"当时你和男朋友在哪个位置？"

"他……他不是我男朋友……我倒在花坛边。"女孩说着，眼前又出现当时自己像一个被人抛弃的包裹般滚落到地上，而谢小平自顾自地跑进了路边的门面房里。

郑航退出候问室，给关欣打电话，铃声刚响，关欣就接了起来。她还在刑事鉴定中心，不过已经出了检验室。关欣在电话里说："我也是刚才听说，视频已做过分析，打人的就是我们正在追踪的人，也就是杀害刘畅的凶手。"

"为什么这么确定？"

"不仅有监控，还有四个目击证人，他们对凶手的描述已作了侧写，体态、姿势和面孔都相符。"

"听说还提取了呕吐物和泥土。"

"是的，痕迹检验员采集了地上的呕吐物和泥土进行确认。法医正在分析呕吐物的DNA数据，比对刘畅牺牲坑道里采集到的DNA就能确认。"

郑航迟疑了一下，说："呕吐物应该有更多的线索才对。"

"是的，不仅可以采集DNA，里面还有一种未及消化的肉块，初步鉴定是狗肉，已经送去食品研究所做DNA化验了，希望他们比对肉品数据库，追踪肉块的来源和产地。如果肉块具有某种特征，也许就能和某家餐厅联系到一起。

当然这有点像瞎猜，但如果过去 24 小时内凶手找到地方躲藏，那他一定会尽量减少移动，如果他在藏身处附近吃过东西，至少我们可以锁定他藏身之处的大致范围。"

郑航深深地吸了一口气，仿佛从水里长时间深潜出来似的，他说："狗肉的事交给我，你们抓紧拿出 DNA 和对泥土的鉴定。另外，我这里有一张图片，麻烦你跟视频作一下比对。"

他最要好的一个中学同学就是食品研究所的负责人。同学们很少跟他在一起聚餐，因为他总是在餐桌上挑三拣四，说桌上的菜肴有问题，让其他同学大倒胃口，而把他赶出去。现在需要他了，得把他请回来。郑航拨通了他的电话，但响了一声就断了线。

接着，郑航的手机铃声响起，是那个同学打过来的，很安静，听起来像在检验室里。"你也是打听那顿狗肉的吧，那可不是什么好吃的东西。"中学同学说。

"狗肉？"郑航疑惑地顿了顿，在他的印象里，这位同学是赞成吃狗肉的。"什么狗？"

"你们送检的这种狗肉很罕见，幸亏我们这里的动物 DNA 数据分辨率很高，不然还真鉴定不出来。是一种警犬肉，而且应该已经超过 10 年的犬龄。"

郑航笑了，他眯起眼睛，似乎在瞭望那片荒凉无际的沙滩，以及沙滩上堆积如山的垃圾，还有那排没垃圾堆高的小屋。郑航想起，他还没当大队长时，陪着驯犬员将退役犬关进那一排小屋。犬跟人一样有情，往往看着他们的背影默默流泪。

郑航对老同学真诚地说了声谢谢。

他想，那个地方应该就是嫌疑人的藏身之处，但还要另一个证据予以印证，那就是关于泥土的鉴定结论。

他走进执法办案区，安抚了那对青年男女几句。电视里继续传出陈建斌的声音，非常柔性，他已经跟生活"和解"。现在，郑航站在前坪，等关欣从刑事鉴定中心出来。是的，警察也是人，需要柔和的生活方式，郑航喜欢这种柔和，但他的目光里流露出钢一样坚定的东西。

　　凶手已在罗网之中，现在需要的是清晰的头脑和不会发抖的手。郑航想到刘畅，想到他被鲜血和伤口覆盖的身体。他想，如果刘畅还活着，如果他亲手抓到凶手，会不会赢得关欣的芳心，他们的生活会不会比其他人幸福？

第二十章

一

肖永明决定亲自带队实施抓捕。

他手持小巧的天翼通对讲机，坐在码头废弃货箱后面的山坡台阶上，感觉脊椎骨冒着一股股冷气。真正的春天，正在往汉洲赶来，但阴湿的地面仍然是冰凉的。

他穿着防弹背心，外套领子高高耸起。郑航跟在他身旁，猎豹突击队队长雷震带着队员伏在坡下阴冷潮湿的沟坎里。他看了看表，凌晨2点15分。

半个小时前，警犬闻出堆积如山的废弃货箱里有人，经过反复确认，住人的货箱位于最中间，需潜行而入。任务看起来变得十分简单，郑航却总觉得哪里不太对劲，好像这不是真枪实弹的抓捕，而是一场经过排练的演习。

的确，到目前为止，一切进行得过于顺利。他们苦苦追踪的那个人竟然出现在音乐会上，出现在阿甘的镜头里，让他一眼便从报纸上认出来，然后公然寻衅滋事，杀伤跟刘畅有联系的黄毛，脚上还带着明显有地域特征的泥土。这一切经过刑事鉴定中心科学鉴定，确认对象就是那个杀害刘畅的凶手，藏身地直指废弃码头。

　　郑航觉得，留给自己核查的细节真是太多了，于是他在专案扩大会议上提出，不论嫌疑人如何负隅顽抗，务必活捉。肖永明赞他的观点，迅速部署了抓捕行动，猎豹突击队集合了20人整装待命。突击队共有50人，都是斗志高昂、训练精良的特警，平均年龄29岁。他们制订了详细的抓捕计划，任务包括高难度狙击、深入腹地行动等，其中特警队队长雷震负责指挥，3个一流神枪手，负责占据制高点，其他人分成4组负责突击，抓捕的确切细节只有指挥员雷震掌握，连肖永明也只听取他的汇报。

　　集中、统一指挥是好的，但郑航有些担心雷震的能力。

　　"恰恰相反，我相信他的能力。"肖永明对他如此解释道，"你还记得爱莲广场的那次突击抓捕行动吗？"

　　郑航对爱莲广场的解救挟持人质的演习当然记忆犹新，因为他也是参与者，就在现场。那次演习让所有人都以为是真有事件发生，包括郑航他们这些刑警。演习在一栋刚交付使用的居民楼里进行，楼里只有5户人家，其中一个单身女人遭到入室强奸，报警后被案犯劫持，郑航是第一批赶到的刑警，通过前期分析和现场勘查，猎豹突击队从大楼外墙和防盗窗突击入室抓捕，不费一枪一弹，解救了人质，抓住了案犯。

　　把演习当实战并不是令郑航感到不安的地方，就连队员们带着一系列他从未见过的装备步枪也不是。这时，雷震趴在目标区域外的某处，配备着激光瞄准器和夜视镜，并回话说他能清楚地看见货箱里的情形。

　　除此之外，每当肖永明要求雷震汇报最新情况时，他都咕哝着敷衍了事。但这也不是令郑航反感的地方。他之所以不喜欢眼前的情况，是因为总觉得这次围捕有什么不对，至于哪里不对，他却又说不出所以然来。

　　正当郑航想着这些时，肖永明把对讲机拿到嘴边。"雷震，预备！"

　　郑航开始还听见一阵脚步响，接着声音被风带走了。肖永明对郑航说："他们已经各就各位，行动前，我想先确认我们两个人的看法是一致的。我们都认为最好现在就进行逮捕行动，而且最好让他完好无损，最差也要带活的回来。"

郑航点了点头，说："好，听你的，领导。"

肖永明耸了耸肩。再过几小时就要天亮了，这时应该是嫌疑人睡得最香的时候，不必用警犬来追捕就抓住他，是最佳选择。

肖永明按下对讲机上的送话键。"两分钟后行动。"

时间过得不紧不慢。一秒钟都等不下去的郑航跃下坡坎，滑落到雷震身边，两人口鼻中喷出的白气交织成一团云雾，随即消失。

"雷震……"郑航听到对讲机里传出肖永明低沉的话声，"有个男人从货箱里走出来了。"

"大家做好准备。"雷震用坚定冷静的语气说。

"咣当"一声，有人撞击在铁皮货箱上，接着一切又归于寂静。

"抓住了，"雷震对着对讲机说，"四名特警冲过去扭住了他，丝毫没有反抗余地。"

郑航一阵惊讶，真的毫发无损。不过也好，终于了结了一件大事。他对着雷震笑了一下，恢复了淡得像烟一样的神情。

现场探照灯全部打开，人被抓扭着抬起头。是他，郑航一眼便认了出来——跟踪者、凶手。没错，调取了那么多视频、照片，把他锉成灰，郑航都认得出来。

终于可以放心了。郑航没有再多看他一眼，抬腿走向货箱。带走了一阵属于凌晨的细小的春风。雷震没有停留，即刻跟上了那阵风。

抓捕是在凶手藏身的货箱外进行的，大约凶手发现了外面的动静，钻出来确认，被首先接近的抓捕小组逮了个正着。特警没有进入货箱，里面堆着城市居民扔掉的衣物和床上用品，应该是凶手捡来御寒的，里面的痕迹丝毫没被破坏。

接下来的现场勘查和搜索是刑警的工作，郑航交给关欣指挥。他走到货箱的装货口，这里仿佛是一处制高点，凉风飕飕，视野开阔，可以看见废弃码头的每一个进出口，还有高铁站周围霓虹闪烁的宾馆酒楼，以及他们埋伏的小山坡。

他跳下装货口，走在层层叠叠的货箱阴影里，风吹过堆积物之间的缝隙，发出低沉的尖鸣。老舒已带人展开搜索，围住了垃圾堆外那一排小屋，门牌上用黑字写着"传达室"。郑航想起第一次跟着老警察们一起行动时，师傅教他一种判断门内是否有人的简单方法，到现在仍然很管用。他把耳朵附在门板上。里面没有声音。

但直觉告诉郑航，里面有人。他向老舒打了个手势。老舒拿出手枪，贴门左侧的墙壁站立，敲响了门。但敲门声还在响着，就被枪柄打破门上玻璃的碎裂声打断。郑航伸手入内，拉开了门闩。

他们悄悄摸进去，郑航指了指里面的两扇门，示意老舒去检查，自己则走进值班室。值班室空无一人，但郑航立刻注意到电话机曾遭受重击，按键盘中间有个圆形区块已经掉落，按键散乱，其他部分呈放射状往外裂开，裂痕一直延伸到来电显示的玻璃屏。

"这里有人。"老舒在休息室惊呼。

床上躺着一个老人，不知仍在酣睡还是昏迷，依然没有清醒。郑航俯身看了看。"这不就是那个老守货员吗，"他低声说，"我们的退役犬也是他收养的。"

老舒将那人翻了个身，揭开遮盖住手臂的衣服，露出手腕上捆绑的绳索，捆绑的情形令他想到端午节的粽子。"你确认他是这里的老守货员？"他问郑航，环视着休息室。

郑航点了点头，拿起床头柜上的一个水杯。他把水杯放在鼻子下面，细细地嗅着。"拿回去化验，"他说，"可能是致幻蘑菇粉剂冲的。看来，一切都联系起来了。下药人对药物量把握得很准，应该只是想让他昏迷。"

老舒将一杯冷水泼到老守货员的脸上。守货员挣扎着，发出一阵猛烈的咳嗽。

"我们是警察，"郑航亮出警察证，"告诉我，是谁把你捆起来的？"

"是……是他！"老守货员结结巴巴地说，"他说如果他在这里出事，他的朋友会来杀了我，杀我全家。无论他是被捕还是被杀，他们一定会来杀了我的。他还说他朋友喜欢用药，会让我生不如死。"

"他的什么朋友，是什么人？"郑航说。

老守货员抬头看着郑航，结结巴巴地说："应……应该是他兄弟。"

"他在这里待了多长时间？"

"十……十多天了。"

郑航想着席传礼的死亡时间，那人应该就是那时到的。

"你有没有见到其他人？"他问。

"没有。他一个人对付我就足够了，哪还需要其他人。他一来就把我……把我捆起来，打我，把我迷晕……还有那只警犬，被他杀了。"老守货员突然哭了起来，缩在被子底下。"我……我怕他把我像警犬一样杀掉……我好害怕，好几天都没睡。"

二

谢小平见到从废弃码头抓获的人，没做任何迟疑，便指认他就是那个莫名其妙伤害他和黄毛的嫌疑人。他没再提女朋友，因为昨晚离开这里，那女孩就跟他分道扬镳了。

之后，郑航在审讯室里待了一天一夜。当又一个黎明来临，迈出铁门的时候，所有的光线整齐地落在他的身上。天空还是没有放晴，甚至飘着阴郁的细雨，但郑航站在那片晨光里觉得豁然开朗。他想，可惜黄毛还在昏迷中，不然他也应该高兴才对。

废弃码头抓获的人终于开了口。他承认自己叫宋扬，跟叫作周坚的黄毛原本也不认识，但在跟踪刘畅时，周坚干扰了他的行动，所以想除掉对方，让他别多管闲事。对于吴晓癸案，他一概否认，说自己既跟案中的任何人都不认识，也没有其中的任何人跟他有过联系。他来汉洲杀人纯粹为了钱——有人打电话雇用了他。

"我没见到雇我的人，"宋扬说，"但听他的口音应该已不年轻。"

"你们是电话联系的？"

"是的。去年我在暗网杀手榜挂了个号，留了联系电话。一个月前，我正住在戎城国际酒店里，那个人给我留号的手机打了第一通电话。他说他代表一位匿名人士，希望我接下汉洲的一项任务。我记得手机里开始很安静，后来背景音里出现涛声。"

"海边或者江边？"

"应该是江边，是漩涡般的流水声。我说我不在电话上接案子，也不跟匿名人士打交道，就把电话挂了。一个小时后，他又打来了，跟我约在第二天中午1点见面，地点就是戎城国际酒店的洗浴中心，他会戴一顶棒球帽，帽檐上印一行指定的英文。"

郑航将英文写在白纸上，让宋扬确认。"是的，就是这几个字母。那天洗浴中心里有很多客人，我依照指定时间进去，看到了那个戴棒球帽的中年人，也许年纪更大些，我没看到他的头发和脸。他订了一只储物箱，将钥匙放在皮凳上，就走进了洗浴池里。我打开箱子，里面放着一个仿皮手包。手包里有一笔远超过我预期的头款。我拿了手包，就离开了洗浴中心。一个小时后，中间人打来了电话，说跟我谈合约。他谈得很详细，对杀人手法都有规定，重点是需要嫁祸给某个人，然后是目标的照片、地址、需要用到的药品，并说了尾款数目，然后听取我的意愿，如果我愿意接受，再商量支付尾款的细节。还说，不论我接受不接受，任何时候我都不能把有关任务透露给第三个人，否则自有人出手惩罚。"

"给你送手包和打电话的是同一个人吗？"

"你知道，行有行规，雇用人不说我们不能问。那个送手包的人一句话都没说，我也听不出口音，从年龄来说，两人年纪应该差不多。"

"中间人后来还打过电话吗？"

"打过，因为我决定拒绝这笔生意。我说我接任务是有原则的，一是我得知道客户委托任务的原因；二是基于安全考虑，我从不让别人决定时间或地点；三是他要嫁祸的人是警察，这是个天大的问题。"

"他怎么说？"

"他说原则无非是钱的多少，他出得起价码。然后他问我提高到多少才可以干，或者说多少可以让我无视其他的反对理由。我说要我违背原则的价码他绝对付不起。于是他开出一个数目，而我……"

郑航看着宋扬在脑海里寻找合适的词句。"他提出的数目再一次超出了我的预期。"

"他说的数目是多少？"

"两百万，这是我标准收费的十倍。"

郑航缓缓点头。"所以你的原则或者说对方委托任务的原因就不重要了。"

"你不明白，警官，我原来有个计划，在这一行里赚够一百万后就洗手不干，回乡下去盖一栋房子，开始新生活。这个价码可以让我达成目标，过上超出预期的生活，而且让我第一次出任务就是最后一次任务，将风险降到最低。"

"所以委托任务的原则就摆在一旁了？"郑航问，越是愤怒的时候，他越心平气和。

"人总要活下去，原则能赚钱吗？有时可能还会让人活不下去。"

郑航淡淡一笑。"看你想要个什么样的活法，人不会被尿逼死，不是吗？"

"嗯，我只希望能够活得更好一些，自由自在地做些值得花心思的事情。"

"可以理解，但……"

"没有但是。你当初选择当警察，一心想的是从邪恶的罪犯手里解救人类，但你一定碰到过有些罪恶并不像你自以为的那样黑白分明。多数情况下，有些法律规定的犯罪，邪恶的成分很少，而人性弱点的成分很多，很多悲伤的故事都可以在自己的内心里找到。我说过，人总要活下去，为了活得光鲜，有的人说谎，有的人打法律的擦边球，而有的人只能铤而走险，偷盗扒抢，甚至杀人放火。"

郑航在身上摸烟，抽出烟，却又找不到打火机。宋扬的谬论把他气笑了，连香烟的过滤嘴都被他用牙生生咬破，海绵发出干涩的咯吱声。他说："我们还是回到原来的话题，你后来是不是知道了那个中间人是谁？"

"是的，他就是我杀死的那个席传礼。"宋扬说。

"你是怎么知道的？"关欣插话道，她给郑航送上了打火机。"他也是在洗浴中心跟你接头的人，对吗？"

宋扬对着关欣眨了眨眼睛，好像挑逗似的，神色显得很优雅。

"不知道。是杀了他之后，我在他的电脑里发现了他的日记。"

郑航觉得十分无聊，他对着墙壁，浓烟从他嘴里喷出来，看起来像个喷烟幽灵。他听到宋扬继续说："他觉得自己反正活不久了，不如以自己的死嫁祸那个查他的警察。如果那个警察受到惩罚，你们也会一辈子不安的。"

"可是，"郑航又换了个话题，说，"你既然已经完成了任务，为什么不逃走呢？"

"我看你们公布了席传礼自杀的事，一边认为你们可能是出于愚蠢，一边也觉得你们可能官官相护，包庇那个警察。于是仿造了那个警察杀害席传礼的证据，想把它送给媒体，帮席传礼完成遗愿。"宋扬说，"但我还没那么做，那个警察就盯上了我。"

"所以，你杀害了他？"

"我也是迫不得已。一方面他会阻止我曝光他的杀人证据，另一方面他追我追得很紧，会把我抓住……那时，我想逃走已来不及了。"

"那个替身呢？你想把杀警案的事嫁祸给他？"

"那个替身肯定不能留。"宋扬说，"一方面，他死了你们会结案，认定是他杀了警察；另一方面，如果他落在你们手里，一定会供出我来的。"

"你为什么还不离开汉洲呢？"

宋扬闭上眼睛，郑航看见他那清秀的脸上肌肉在抽动。

"我相信最危险的地方最安全，"他说，"无论我以何种方式离开，你们一定会追过去。那个警察就是在监控视频里发现我的。"

"那你应该潜伏起来，不在市里出现啊，为什么去听音乐会，还杀黄毛呢？"

宋扬耸了耸肩。"我有钱了，为什么不享受呢？杀黄毛纯属偶然。既然碰上了，就要一抒胸中恶气，谁叫他那次跟警察一起妨碍我呢。不过，我还是失算了，他身手不错，不仅偷袭不成，我还挨了他一顿揍。"

"可你几乎杀死了他。"郑航说。他默然半晌，总觉得其中有什么不对。"如果你不杀黄毛，我们还真找不到你。"

宋扬露出懊悔的苦笑，说："那是我的失误，我没忍住。不杀他，我心里猫抓似的。"

郑航看着眼前这个自诩为杀手的年轻人，不确定他说的话是否真实，但很确定他的话不简单，人更不简单。郑航接着问："仅仅是没忍住吗？我看你杀席传礼就显得非常冷静。"

"是的，但对付那个警察时，我就急躁了。"他说，仰起头眯眼看着郑航头顶的小窗，窗外有一株枯萎的树枝直耸屋顶。"心里仿佛有一个魔鬼，驱使我去杀警察，杀替身，还有那个黄毛，好像我不杀了他们，他们就会马上杀掉我似的……"

三

寻找搭载过刘畅的出租车费了些周章。

协助宋扬袭击刘畅的流氓说，他们拖下刘畅后，出租车就开走了，但在视频追踪里，出租车离开村庄后再也没有出现，没有回公司，司机也下落不明。

宋扬却交代，出租车司机其实是他买通了的，处理完刘畅后，出租车在村外等着他一起离开。他在半路杀掉了司机，将司机藏在尾厢里，随后，连车带尸体一起放在城郊经济开发区一家正在施工的厂房里。但郑航赶到那家厂房，却既没看到车，也没发现尸体。

现在，警察包围了一家汽车修理厂，出租车就停放在待修汽车的停车位上。汽修厂的后门对着经开区，紧邻度假山庄；远处，金顶小区的后院伸入夷江湾；城市地标性高楼耸立在漆黑的夜空中，在霓虹灯的照耀下显示出尖利的轮廓。

郑航和关欣把车靠边，泊在一辆单独停放、蓝白相间的警车旁边，两个派出所民警从大门里面走过来。双方经过简短的介绍，关欣朝门里点点头。"谁报的警？"她问。

两个民警互相看了一眼，试图决定由谁来回答。

"谁啊？到底是谁啊？"郑航催促着。

个子高的民警说："说起来这家修理厂管理真有问题。这辆出租车被取了牌照，在这里停了一个多星期，没人知道是谁停进来的，前几天有人闻到臭味，议论了几句也没有引起注意。今天晚上，守厂人感觉臭得睡不着，就到处查看，发现气味是出租车里发出来的。于是牵狗来嗅，然后报了警。"

"给出租车公司打电话了吗？"郑航问。

"有一家出租车公司正在赶来的路上，"高个民警说，"他们说，公司找这辆车找了十几天了，也报过警。"

"那就是它了。通知技术员，马上勘查，车里无疑有尸体。"

"是不是等公司的人过来，确定车主的身份再说？一点点时间就行。"

郑航转过身，面向有点犯糊涂的高个民警，说："那接下来呢？"

"我们只是奉命封锁现场，等待车主认领。接下来，我向公司确认后，再移交相关部门处理，如果你们就是接手的领导，那当然以您的指示为准。"

"好的，干得不错。我可以进去了吗？"

"当然，"高个警察点着头，摁亮手里的强光手电递给郑航，"里面光线不够，要我带你们进去吗？"

"你们守着吧。"郑航说，朝汽修厂内走去。

他找到了那辆涂成黄色的捷达车，挡风玻璃千疮百孔。他从车头来到驾驶室窗口，靠近车窗，用手遮挡住手电的强光，这样才能看清里面的情况。座椅、脚垫到处是碎玻璃。"就是它了。"他一边说，一边直起身子。

"看到些什么？"关欣问。

"你自己看看吧。"

郑航退到一边，让关欣可以靠近车窗看清里面。关欣弯腰看了好一会儿，然后直起身子，"那些黑色污渍应该是血迹？"

"说得对。"

"如果不是精神有毛病的宋扬，谁这么大胆，将一辆打得千疮百孔、沾染血迹的车子开到这里来呢？这可不是一般窃贼可以做的。"

"嗯，"郑航快步走着，绕过车头走到另一边，拿手电从副驾驶的位置照进后座。"后座是干净的。"

关欣靠过去，说："尸体应该在后备厢里面。"

郑航跑回街头，从汽车的后备厢里拿出勘查箱，来到出租车跟前。"以前，我姨妈不让我当警察，我准备做修理工的。"他对着关欣神秘地一笑，戴上了乳胶手套。

他小心翼翼地拉开车门，再次拿强光手电照着，检查副驾驶室坐垫、座椅、车窗以及下面的车门。他直起身子，费力地吹了一口气，面颊都鼓了起来。"关欣，"他隔着车窗说，"给刑事鉴定中心打电话，让他们的人快点过来。"

接下来，他弯下身子，把手伸到方向盘下方，拽动控制杆，打开了汽车的后备厢。在他身后，关欣已经行动起来，来到离后备厢两步远的地方，打开后盖。门卫室墙上的路灯虽然只发出一些微弱的光，但已经足以让人看个大概，待郑航走过来用强光手电筒照着，更是消除了他们对于眼前景象的最后一点怀疑。

后备厢里的尸体正是他们追查的出租车司机，被近距离用钝器击打在左侧太阳穴，那里陷进一个拳头大小的坑，血液和脑浆粘在一起，已呈黑紫色。

刘畅死后，他们就在监控视频里发现了这辆车，通过车牌追查到了出租车公司，公司也因车辆失踪而报了警。公司电脑派遣记录显示了刘畅的上车时间和地点，但没有付款记录。也许正如宋扬所说，他约好了司机在村外等，司机以为宋扬会一并付款给他，但他带着宋扬一道出村之后的时间，可能就是他的死亡时间。

郑航一边极力克制着自己，一边却如释重负地呼出一口气。他看到关欣正忙着从口袋里掏出尖叫的手机，走了过去。

"找到了直接跟宋扬联系的人？"她对着手机说，"好，我和郑航马上回去。"

四

他们开车回局里，两个人都没有说话。关欣驾车，郑航坐在一旁，头靠在车窗上，闭着眼睛。不过，关欣知道他并没有睡着。大概半个小时，他们就会进入执法办案区，看到最后一个跟这系列凶案、旧案、悬案有关的嫌疑人。这一切都异乎寻常的顺利，凶手抓到了、证据齐备了，相关的线索全都落了地。

不过，她知道，此时郑航的心空落落的。她盯着远处黑乎乎的原野，什么都看不见。她想，如果天放晴几日该多好啊，那里粉色和紫色的花朵一定会绽放成一片缤纷的海洋。

郑航虽然没睡着，但他觉得自己做梦了。在梦中，他到处寻找刘畅，何夕拿着一系列视频咄咄逼人地追问他为什么不将刘畅抓起来。他义正词严地告诉她：你受骗了，被利用了，那些视频是假的。然后，他跟关欣驾车来到一片原野，抱起刘畅已经僵硬的身体。

不能，他潜意识里告诉自己。不要让对手赢，不要按照对手所期待的那样走下去。

他的梦又开始回到过去，寻找那些快乐的时光。刘畅站在江边的花丛里，跟他说起关欣，满脸的羞涩，满腹的心事，却偷偷地笑着，那笑照亮了整座城市。他鼓励他，怂恿他，心中却恨铁不成钢般地嘲笑他：这么大一个男人，看到女人好像老鼠见猫似的，没出息。

这才十几天时间啊，怎么就阴阳两隔了呢？他斜眼看着关欣，如果刘畅继续表白呢，如果他像所有厚脸皮无赖似的缠着她呢？他想不下去……

坐在审讯室里的是一个19岁的男孩，名叫申杰炜，绰号小尾巴，正由两名负责抓捕的刑警守着，等待郑航回来审讯。关欣跟着进去，立即闻到一股恶臭——小尾巴显然至少有几天没洗澡了，一只脚没穿鞋子，缠着裹脚布似的厚袜就伸在审讯桌下面。关欣实在待不下去，让另一名刑警记录，自己又折腾视频去了。

时间是晚上10点25分。郑航看了看手表，深深叹了口气，在审讯桌上摊开纸笔。他回想着拆迁楼下坑道里的气味，开始审问："申杰炜，你是怎么跟宋扬联系的？"

"警官，我已经说过了，我没有杀人，也没有参与打人。那个人找到我，说要我帮忙找个人。我就召集几个兄弟帮了他的忙。我也不知道他是去杀人的，兄弟们也不知道，看他要杀人就马上散了。"

"可他们帮着动手了，用石头砸车窗，还用铁棍击打他的头部。"

"不，都是那个人干的。我们根本不知道车里的人是警察，如果知道，打死我也不敢。"

"别忙着否认，说说是谁联系上你的？"

申杰炜耸耸肩。"还不就是他嘛，后来我才知道他叫宋扬。"

"他一个外地人，怎么就认识你了呢？而且你只在汉阳大道一带混？说吧，别想着为什么人隐瞒，别以为你们达成什么协议我不知道，一切都会查清楚的。"

"哎，查清楚就好，我跟他真没有什么，也不知道他是怎么找到我的手机号码的。"

"申杰炜，这就是我为什么要讯问你。我再点你一下，出租车呢？为什么那天晚上是你联系那辆出租车，而且恰好出现在沃尔玛背后的小巷里？"

"我真不知道他怎么联系上我的。那天，我正在街上闲得无聊，接到电话，就搭出租车赶到他指定的地方。我下车就进了旁边的一条小巷里，出租车去了哪里我也不知道。我只是按他说的做，他给了我一笔钱。"

"车主手机里怎么有你的电话号码呢？"

"我？"

"以为我们没这手段吗？"

"我知道。如果我有意做坏事，怎么会留下痕迹呢？那不正说明我不是有意联系他的呀。"申杰炜费力地耸耸肩，说。"我真不记得了，或许是我等急了，正好曾经搭过他的车，便依着小票上的联系方式打了他的手机。"

"你留下了所有坐过的出租车小票吗？"

"投缘，要看是不是跟司机投缘。"

"你跟芬威酒吧也投缘吧？"

申杰炜转着眼珠，问："警官，我没去那个地方，好玩吗？"

"我在问你，不好玩吗？黄毛认识吗？"

"酒吧我去过，黄毛也认识一些，你说的是哪个黄毛？"

"很好，申杰炜，"郑航身子往后靠在椅背上。"是你在审讯我，是吧？我已经告诉你四个信息：联系你的是谁、单单联系某一辆出租车、芬威酒吧、黄毛，结果你说你什么都不知道，就在这陪我玩儿呢。这很符合剧本杀游戏的开局，对吧？"

"剧本杀？有点意思。"

"那我们一起来破解它，好不好？"郑航说，"从哪儿开始，联系人？我觉得根本问题在联系人，先有这个，才有接下来的问题。他是用一个公共电话打给了你，打了多久？"

"我不知道。一分钟吧。"

"他在哪儿？跟你怎么说的？"

"他让我到沃尔玛背后的小巷去，给我钱。"

"这么说，你就去了？如果是要杀你呢。"

"哦，我记起来了，我在出租车上给朋友打了电话，告诉他我去了哪里。还有，出租车司机的电话也是那人告诉我的。"

"那人是谁？"

"就是……就是你们抓的那个宋扬吧。"

"你不是跟宋扬见过面吗？打电话的真是他？"

"那天在小巷里我没见到他，只在指定的地方拿到了钱。后来远远地见过一面，没说话。"

"那天在小巷里还见过谁？"

"见……见过黄毛。"

"你以为可以瞒过我吗？你不仅见过黄毛，还见到了那个被杀的警察，差点被他抓住，对不对？"郑航说着，拍了一下桌子，虎起脸。"老实点！"

"我只见过黄毛，我……我看到一道人影过来，就跑了，我不认识他呀。"

郑航盯住他。"那人到底让你拿了什么？"

"一包钱，还有一个小包。小包被黄毛抢走了，不知道里面是什么？"

郑航想起刘畅放在灯箱里的东西，那东西经过反复检验，没查出什么，倒查出黄毛和刘畅的DNA数据，证明他们有杀害席传礼的嫌疑。他说："承认这些好难哦，接着说。"

"黄毛我是熟悉，我们在酒吧里发生过纠纷，差点打起来。"申杰炜说话吞吞吐吐的。"后来，就没怎么见面。"

"你把席传礼和宋扬在汉阳大道见面的事透露给黄毛，后来又把黄毛指认给宋扬，这一切是谁指使你干的？"

"我……"申杰炜垂下头，"我是被逼的，我不指认，他就会杀了我。"

郑航舒了口气，终于有点眉目了。他朝后靠了靠，这样做可不仅仅是为了跟难闻的气味拉开一点距离。"跟你电话联系的那个人是谁？你为什么对他唯命是从？"

申杰炜露出茫然的神情，说："我真不知道他是谁，我觉得他就是那个宋扬。"

这时，传来敲门声。郑航走过去，关欣向他招了招手。"肖局长找你。"她说。

五

每当主侦的案件水落石出，宣告侦破，郑航也很少感到喜悦。发案之后，破案是他的职责，可是一旦达到目标，他总是感到自己并未抵达旅途的终点，或者这并不是他想象的结果，或者目标没变，他已经改变了，或者天知道是什么原因。重要的是他感到了空虚，结案的荣耀并不如预期那般美好，逮到嫌疑人总会引来一个疑问：是他做的吗？

如果不是呢？或者不仅仅是呢？

上午10点，新闻发布会开完了，预审组、证据组将材料全部归集到了起诉组，前期工作宣告完毕，随后将移送到检察院和法院。几经波折，案件终于告破，逻辑清晰，证据链完整，所有专案组成员都松了一口气，刑警支队重案大队的走廊上弥漫着轻松的气氛。肖永明说，中午食堂加餐，全部专案组成员不要去大厅，局长请大家坐包厢，一起庆祝破案。

郑航坐在办公室里聆听肖永明说话，聆听众人的笑语和掌声。一群人聚在门口，有人喊他的名字，有人说别吵郑队长，他在思考下一起案件呢。周围环绕着喊喊喳喳的说话声。

"我们去散散步吧，多好的太阳。"郑航听到肖永明的声音，随即手臂被他抓住。

他拿起夹克，出了办公室，随肖永明走下楼梯，走出公安局大门，踏上通往夷江的小路。

汉洲的春天难得有这么好的太阳，虎歇岭上云雾缭绕，夷江上却闪着点点亮光，一声汽笛悠长地拉响，随即看到江面上泛起一阵阵浪花，倏忽而过，如同渔歌声般消逝。郑航感觉好久没有欣赏到这么美好的景色了。

"郑航，这起案件也只有你能办得如此漂亮。"肖永明说。

郑航摇了摇头，突然觉得喉头一紧，只因他想起了发现席传礼自杀时肖永明带着他们庆祝的事，想想真可笑，他不知道他们会不会在同一个地方跌倒。

那时，他也有与如今同样的心情，不过很快就发现了伪装的证据，加上何夕的插手，马上认定了他杀，而且祸水东引。试想你以为自己所做之事是正道的核心，不料却突然迷失方向，变成了反其道而行，你所有的算计全部落空，将何以自处呢？

"肖局，我没你说的那么能干，刘畅的死就有我的责任。"

"如果说责任，那是我的责任，我几乎深信一切都是他干的。我知道那时你就不同意结案，更对何夕提供的视频抱着怀疑。"

"如果我说我也几乎相信了呢？"郑航说，"其实是艾义诺组长提醒了我，他给了关欣一组视频，认为跟踪者另有其人。"

肖永明摆了摆手，说："事业的成功当然是集体的智慧，但总有一个起关键作用的。这个人就是英雄。不过，如果你到我这个年纪，就会明白英雄和恶徒的区别，只在于机会时势的细微差别，一切向来如此。任何时候，任何人群，都少不了破坏规定和不守规则的人，偶尔的迷失，就会被蒙住眼睛。所以，当何夕拿来举报证据时，我真的不敢轻易相信，但也不会轻易否定。"

郑航在风中打了个冷战，思索着该说什么好，然而当他终于想到并说出来时，却发现自己的声音听起来十分陌生。"抱歉，肖局，我或许相信何夕的视频，但不会相信刘畅杀人。"

"我知道，郑航。"肖永明的语气听起来很冷静，几乎像是在安慰他。"我只是希望你看清并理解一切，也许会从中学到些什么，没有别的。"

郑航仰头望着山岭上难以穿透的云雾，想"看清一切"，却无法办到。他转过头，发现肖永明已经离开。他朝宽阔的江面上高声呼唤刘畅的名字，尽管他知道肖永明说得没错，"没有别的"，但还是觉得刘畅才是真正的勇士，应该大声喊出来。

第三部

逻辑圈

第二十一章

一

心理医生何昊村的办公室呈米黄色，一张圆弧形的台桌摆在正中间，他自己坐在弧圈里，面前放着一只青瓷茶盅，盅内荡漾着香气四溢的龙井茶。何昊村似笑非笑地迎过来握手的时候，郑航看见他的手白净、丰厚而且温软，像一个养尊处优的富家公子。

客气地让座之后，何昊村望着一言不发的郑航笑了，说："你能过来我真是太高兴了，永明说，你将是我遇到的最罕见的病例。"

"为什么？"

"因为你是一名最优秀的警察。"

郑航微微扬起唇角，报以不以为然的微笑。他确实是听从肖永明的建议过来的，找何昊村也是出于肖永明的推荐，但他不是为自己而来的。他看着窗前漏进来的阳光缓慢地游移，在这些似乎虚构出来的光线里，他要跟何昊村进行一场专业的对话。

杀害刘畅的凶手落网后，肖永明一边觉得郑航空闲得像一枚旧机器上拆下来的螺丝，一边又感到他一步步陷入了更深的阴暗里，变得像那些树木隐藏起来的根系，默默生长在常人无法目睹的暗黑的地底。

他总是只能在看守所找到郑航。郑航的两只手插在裤袋里，站在瞭望哨或者监控室视频前，望着那个百无聊赖地游荡在放风坪或者监控室里的年轻身影。作为一个杀手，宋扬的心理素质异于常人，即使混迹于在押的各类犯罪嫌疑人中也显得特立独行。

郑航想：他真的只是一个乞丐突发奇想而充当杀手的吗？

郑航去过宋扬的家乡。那是一个偏远的小山村，四周是崇山峻岭。20年前的一场泥石流几乎将小村全部掩埋，他的父母兄弟在那场灾难中失去了生命。幸存的宋扬当时只有八九岁，他逃离了山村，进入城里流浪，当乞丐，打零工。这样成长起来的宋扬，怎么会不心理扭曲、精神失衡呢？

然后郑航就知道肖永明站在了身后。他并没有感到有什么不对，肖永明却觉得他不正常起来。宋扬在肖永明揣度郑航的时候，抬起头盯着监控镜头。肖永明突然之间认为郑航跟宋扬十分相似，在他的眼里显得十分的不真实，过于坚硬、冷峻，那种深邃阴冷要比精神失常可怕十万倍。

肖永明痛苦地闭了一下眼睛，在他准备要说的话中，有一大段是关于人生感悟的，就是要突破年少苦难形成的心理障碍，才能超越自己。但是他最后想明白了，劝说的话统统无效，只能咽进肚子里。但他又不能什么都不说，便跟郑航聊起了何昊村。

于是，郑航就来找何昊村了。他们的对话将围绕"创伤后应激综合征"展开，而何昊村下午有一个研讨会，主题是"创伤后应激综合征的相关问题"。

何昊村说："你放心，我不会把你的事当作案例的。"

"那你还把时间安排在研讨会之前？"郑航问。

"时间是随机的，不过，在你看来，这恐怕是知识分子的轻浮和自大，也可以说是自贱，应该足以让我在你眼里留下坏印象吧。"

郑航说："好吧，请您告诉我关于创伤后应激综合征的事，或者叫创伤后应激障碍。"

"嗯，那我简要说一下。"何昊村看起来有些兴奋。

"能让我听懂就行。"

"首先，你还算专业，创伤后应激综合征与创伤后应激障碍的反应要素基本一致，主要表现为一种异常的精神反应，是一种持续性、延迟时间性的心身病症，是由于遭受出人意表的威胁性的心理打击，造成的长期性持续的心理障碍。简单说，创伤后应激综合征是心身受到重创后一种心理状态不平衡的情况……"

郑航指了指手腕。

"我得先把概念给你搞清楚，"何昊村说，"一般是指一个人亲身经历或是亲眼看到威胁性命的恶性事件，包含战事、严重灾难、重大事故、受到酷刑、被强奸、被打劫等。亲身经历或亲眼看到恶性事件的人，身心感到了巨大的痛楚，因此造成个人极其担心、害怕和无奈的心理。这类恶性事件也被称作外伤性恶性事件。"

"也就是说凡是有那些症状的人都有这类经历？"

"怎么说呢？你的问题是肯定的。但有些人有那种经历后，经过一段时间修复会恢复过来，有些人却因无法修复，乃至伴随着时间的变化而越来越深陷其中，这种人就可能患上严重的创伤后应激综合征。有这种症状的病人一般会做噩梦、记忆力闪回，还有睡眠质量不好、人际关系疏离等。不过，严重症状较为罕见，我做心理医生20年，遇到过短暂、轻度的，像你说的幼年遭遇惨案，长大成人后仍持续严重的，没有见过。"

"怎么说？"

"那种人应该对惨痛事件的记忆非常深刻，成长过程中又一直沉浸其中，无法自拔，可以说他的一生就在那种伤痛里泡着，他活着的意义就在于报复，他可以为挽救他、抚养他长大的恩人付出一切，也可以为复仇而不惜生命。呃，事实上他就是一把复仇的尖刀。"

"它不就是一种心理疾病吗？"

"没错，它是一种创伤性再体验症状，表现为时刻准备着转嫁创伤，这就是他被人抚养、挽救后能好好地活下来的原因。这种症状体现出多重人格障碍，在他的成长过程中，或者暂时没有条件报复的阶段，会有意回避创伤地点或与创伤有关的人与事，有些患者甚至出现选择性遗忘，也就是好像从未经历过似的，一旦时机成熟，他的攻击性行为、自伤或自杀行为就会表现得格外突出。"

"所以他在成长阶段其实表现正常。"

"在某种程度上是这样。我刚才说时机成熟，你也可以理解为契机。碰到某种契机，他就会产生攻击行为，特别是在他报复过程中，如果遇到阻碍，他就会将报复转嫁到阻碍者身上，不顾一切，丧心病狂。"

"你讲到再体验和回避两种情形，主要表现是什么？"

"再体验症状表现为梦魇，反复扮演创伤性人物，甚至喜欢玩与创伤有关的主题游戏，面临相关的提示时，情绪激动或悲伤等；回避症状常表现为分离性焦虑、黏人、不愿意离开亲人。当然，不同年龄段的人其表现形式也可能不同。其实，还有一种高度警觉症状，常表现为过度的惊跳反应、高度的警惕、注意障碍、易激动或暴怒，这种人往往生活得不好，难以长寿，难以实现报复计划。"

"就是说，我给你介绍的那种人可能是回避症状类型的人？"

"这个不好说，除非进行深度的了解，至少要有一段比较长时间的聊天。"

"再体验症状的患者能不能隐藏自己？"

"可以。外在表现依患者而定，有些患者在某种程度上可以控制自己。"

"如果同样是创伤后应激综合征患者，他们会知道彼此的存在吗？"

"真正善于控制的患者，普通人看不出什么特征来，但他自己因内心冲突激烈，总会感觉跟普通人格格不入，而同为患者则会产生相同的道德认知和同情心，因此，他们一碰面，往往一个眼神，就会发现彼此的存在。"

"我注意到你的用词，'善于控制'跟伪装有什么区别？"

"应该说，没什么大的外在区别。"

"也就是说，这种人往往在言行举止方面善于伪装？"

"在生活中，每个人都会伪装自己，郑队长。你自己不就在装吗？成长之中，你慢慢学会了面对不同的人，摆出不同的笑脸，领导、同事、妻儿……久而久之，身上就会产生很多细微的变化，你的声音、肢体语言也会随着面对不同的人而改变。真巧，我这里有一本阐述这方面理论的书，有个案例讲的就是创伤后应激综合征患者，他在病症的重压下激变，或者说伪装得连最熟悉他的人都认不出来，你可以拿去看看。"

郑航翻了翻。"由超强的伪装衍生出超常的模仿能力，简直不可思议。"他咕哝道。

"对你有帮助就好，我要走了。"何昊村按响司机的呼叫铃。

这时，郑航突然想到一件事。"威胁性命的恶性事件可不可以通过心理暗示或者梦中演示的形式在幼童的心里形成，从而使他长大后仍产生精神异常，或者造成长期性持续性的心理障碍呢？"

何昊村一边整理自己的领结，一边望着郑航。"你到底想知道什么？"

"我也不太确定，不过可能很重要。"

"好吧。创伤后应激综合征患者通常是受过现实性伤害，至少在现有书籍、报刊上还没有看到过你说到的情形。"

"如果监护人一直刻意这样培养幼童呢？"

"这恐怕只是你的想象力了。梦境难以持久，即使长期演示或暗示，也难以给他留下持续性伤害，或者让他长时间活在恐惧中。"

"什么样的现实能将他抛到'绝望的恐慌'之中呢？"

这句话只是郑航的自言自语，何昊村没有听见，或者听见了无法回答，借着急于离开便自顾自地走了，只留下郑航像一个从天而降的感叹号一样，笔直地站在那里。

二

郑航沿着街边走，不知不觉中又走上了刘畅的跟踪路线。每次，刘畅都是单独行动的。关欣已厘清了刘畅在视频里出现的全部身影。但其他的跟踪身影，是否全部是自杀的替身和凶手宋扬的呢？关欣一直表示怀疑。特别是宋扬落网之后，对他的"双黐手"进行了认定，关欣什么都没说，但郑航明显感觉到她露出疑惑的神情。

"你对宋扬怎么看？"他曾经这样问关欣。

"他是个心机深沉又精神异常的人，藏身在旧码头符合他的心理，幸亏狙击特警没有开枪，这是我们目前最大的收获，留下人，我们就还有深挖的余地。"

"我很疑惑，这么大的动作，怎么就没有把他吓跑呢？"

"他是个疯狂的人，看到有威胁就想除掉，这就是他击杀黄毛周坚的原因。他自以为潜藏得很深，已经把替身'自杀'了，所以不会轻易逃走。"

"你的话让我想到一点，"郑航说，"涂力明被杀以及何夕生父被杀还嫁祸她生母，可能因为他们被认为是威胁。"

"他们威胁到什么？"

"不知道，也许知道了某件事，威胁到某个人，这应该是一个作案动机。一直以来，我都在思考这一点。这可能是这一系列案件发生的原因。"

关欣点点头，说："那我也从这方面找找证据，也许真会有所突破。"

前面的人行道变得弯弯曲曲，铺着缤纷的卵石，路边是丹桂和红杉组成的小树林，进大门需爬四级台阶，有一个带假屋顶的圆形门廊，门上挂着豁达房地产公司的招牌。郑航正观察着，何夕从大门左侧出来往右侧门洞走去。恰巧她也偏头看向街道，两人眼神碰在一起。

"嗨，你怎么在这里？"

"你找人吗？这里我熟悉，要不要……"

郑航想起何夕曾说过她跟豁达公司的关系。"那太好了，这是席贝仁的公司吧？"他说。

"嗯，我男朋友也在这里。"她侧身在一边，陪着郑航乘电梯到了顶层，沿铺着地毯的走廊走了很长一段路。走廊右边是对开门的大房间，一眼望去，就知道是财务和行政部门办公的地方。他们在拱廊前停下脚步，何夕转过身，推开一扇玻璃封闭的大门，里面摆着很多绿植，还有一副醒目的望远镜。"非常漂亮的办公室。"郑航说。

何夕快速地跟他交换了一下眼神，喊道："席总，我们到了。"

"请进。"席贝仁的声音传出来，随即响起脚步声，南面的门无声地打开。郑航愣了一下，如果没有斑白的两鬓，他还以为迎面走来的是一个年轻的小伙。

这是一个极其注意养生的人，或者很可能就是一个彻头彻尾的健身疯子。

席贝仁并没有带他们进入内室，而是在大厅般的接待室里就座。"席总的办公室好气派，您也是个天文爱好者吗？"郑航说。

席贝仁点点头。"我大部分时间都在这儿度过，如果你像我一样不喜欢上娱乐场所——我就是这样一个人，这是个不错的娱乐方式。为什么不坐下来呢？"他转向绿植旁的沙发，拉过一把装有滑轮的大板椅，郑航和何夕则坐在宽大的沙发上。

何夕说："不经您允许就冒昧带着朋友来拜访您。席总，这是我的同学郑航。"

"别客气，虽然我不认识你同学，但你的朋友就是我的朋友，多个朋友多条路，不是吗？"席贝仁两腿交叉，双手叠在大腿上，显得很随意。不过，他偶或闪烁的目光很尖锐，划过郑航的眼眸，像两颗炸弹碰在一起，爆出只有他们自己才明白的火光。

"谢谢。其实我也是在来的路上遇上他，便带着他一起来见您了。"

"随便些好。"

一些破碎的细节重现在郑航的脑海里，并使他心绪不宁。他没来得及细想是些什么，便装作自来熟的样子，说："席总，你这姓好啊，汉洲好像不太多吧。"

"席姓在百家姓里排名130多位，全国人口有几十上百万，汉洲人数也不少啊，几个县市都有大家族。小郑对席姓感兴趣？"

"哦，随便问问，"郑航说，"前不久有一则新闻，好像上了热点头条，那人也姓席……噢，叫席传礼，说是自杀了，住在一个高档小区的别墅里，挺富有的。不知道他跟你有没有沾亲带故的关系？"

席贝仁的视线慢慢扫过来，好像想要让郑航对自己的话感到羞愧，或者提醒他正在犯错。郑航默默地顶住这种目光，以席姓入题聊天，只是他的随性而为，才不会在乎别人听起来好像早有预谋似的。不过，对方咬人的目光倒提醒了他。

"有这事？我不认识，也不太关注汉洲新闻，看来姓席的还真是挺多的。"

何夕羞涩地笑了笑。"对不起，我朋友有职业病，看到谁都想问一下跟案件有关的事情。"

"您是警察？难道认为我可能和他自杀有关系？"席贝仁语气平和，话却严厉。

"我负责调查这桩自杀案，"郑航说，"还不清楚他自杀的原因，一有机会我就想跟能提供这方面线索的任何人聊聊。"

席贝仁皱起眉头。"我是不是也处在嫌疑之中？虽然我不认识他，但我想天下席姓是一家，既然你告诉了我，我以后会关注的。"

"你认识的席姓朋友多吗？"

"我基本上只跟圈子里的人来往，其他人也不认识，朋友里没有姓席的。"

郑航接过话头。"亲戚朋友里没有一个姓席的？"

"我父亲早逝，如果说还有认识的，那就是我的儿子喽。"

"兄弟、堂兄弟呢？"郑航问，虽然他知道一定不会有答案。

"没有。哦，原来有一个哥哥，很年轻的时候就死了，这事我都没跟何律师说过。"

"对不起，勾起了你的伤心事。"郑航跟何夕交换了一下眼神，先后点点头。

"没关系，"席贝仁在椅子上扭动着，嗓音依然平静。"40多年过去了，想起他依然让我十分难受。他从小聪明好学，对乡下的中医颇感兴趣，年纪轻轻就会给人看病。"

"对不起。"何夕说，"不过，在我看来，有兄弟姐妹真是太好了，想起来就心里暖暖的。唉，多问一句，他是怎么死的？"

"嗯，乡下医疗条件差，要不，以现在的规定，像我哥哥那样行医肯定是违法的。"他说，声音里自然而然地流露出哀意。"不知怎么回事，他感染了天花。天花死亡率本来不高，可惜他死在世界范围内自然发生的天花被消灭前夕。"

"那是80年代吧？"

席贝仁顿了片刻，拿手掌摸摸面颊，又将头发向后面捋了捋。"70年代末。说实话，那时我虽然还小，但留下了我一生中最惨痛的记忆。"

"唉，天有不测风云，您也别总是放在心里。"何夕安慰了一句。接着，她好像想起什么似的，说："还真巧啊，我听说那个自杀的人就是个医生。"

席贝仁垂下头，没有出声。郑航看不到他的表情。不过，席贝仁的脸是俊朗的椭圆形，而席传礼是方形，也就是俗称的"国字脸"，不论是长相，还是体形，差别挺大。

"席传礼自杀了，没有一个后人，却留下一大笔遗产，还得我们去帮着找继承人，不然可惜了好大一笔钱，只能充公了。"

"我不认识这个人。听你们说起他应该年纪不小了，怎么会没有后人？不过，既然人都死了，谁还在乎财产呢。"

郑航在沙发上往前凑了凑，接着问："你认识贾礼吗？"

席贝仁的嘴巴扭动着。"姓贾？'lǐ'是哪个字？"说着，他朝椅子扶手抓去，两腿提起，不受控制地就地转圈，再回到原地，说："他又是什么人，难道跟那个自杀的有关？"

郑航觉得这次聊天很有意思，席贝仁对他的问题并不抗拒，甚至表现出倾诉欲，所以他有意刺激席贝仁一下，说："我想问，你认不认识这个人？"

席贝仁非常自然地摇摇头。"名字不熟悉，应该不在我的熟人范围内。不过，在我这一行接触的人很多，包括买房的客户，有的洽谈过一两次，他们记得我，我却不记得他们。"他露出自信满满的表情。"真是非常抱歉。"

这是要结束谈话了。席贝仁直起身，离开转椅。

"对不起。"何夕说，"耽误您时间了。"

他耸了耸肩，说："没关系，我很遗憾提供不了帮助。你们离开前，我可以问个问题吗？"

郑航望着他。"当然可以。"

"我可以了解一下那个叫席传礼的情况吗？特别是关于他的自杀，既然都是本家，说不定圈内有人认识，我或许能帮你们一点忙不是？"

"当然可以，"郑航的脸上慢慢地浮起笑意，说，"非常感谢你能这么做。不过，这只是一起普通的自杀事件，你不用费太多的心。贾礼的事，你倒可以关注一下，涉及二十几年前的一起杀人案，那是不存在法定时效问题的。"

"哦，也行，我只是觉得本家的事更私人化，不是吗？二十几年前发生的案子？我无法想象，这么多年了，会跟我本家有什么关系？"

"也是，"郑航说，"有道理，席传礼的死肯定跟什么事有联系，那个古老的悬案就难说了。不过，既然领导让查，肯定是多少有那么一点点关系的，你说呢？"

席贝仁随意地摇摇头。"你们的事，我不懂，"他说，"既然领导这么说，总有他的道理。"

三

回到公安局，郑航便知道自己做了个错误的决定。关欣看到何夕，就转过身去把所有的窗户都打开，好像要把办公室里的空气全部换成新的。她不冷不热地招呼了一声，连递过去的咖啡也不是那么热情洋溢。如果关欣端来的是茶水，他可以查看更细微的变化，来预知她的心理，但就算是咖啡，他猜得也八九不离十。

郑航抓起咖啡杯，吸溜了一口，差点烫了嘴。"领导让我去看心理医生了。"他笑着说。

"领导做出的决定真是让人钦佩，我早就觉得你有精神病。你也不用感到遭受了挫折，反正案子破了，你可以置身事外了。"关欣话里有话，嗓音很是刺耳。

"你错了，见何昊村不是为我自己，而是为了宋扬。你猜你后来又去见了谁？席贝仁，又一个姓席的。"

"姓席的？那有什么关系？"关欣盯着郑航，"如果姓关的犯罪，是不是把我也抓起来？"

何夕忍不住插了一句："不，只是旁敲侧击，看他与另一个人的关系。"

郑航脸上的笑容凝固了，何夕这么说，让他意识到今天跟席贝仁的见面是她有意而为，而他只是恰巧被她利用了，那么可以断定，她对席贝仁可能有所怀疑。

"我得告诉你，你已经完全越权了。不管你想怎么解释，跟着郑队长乱跑，就是妨碍公务，如果你继续下去的话，我不是吓唬你，你可能被吊销执照。"

何夕盯了郑航一眼，把咖啡朝他推去。"我哪跟着他跑了，分明是他让我来的。"

"好好，你们说得都对，"郑航又把咖啡朝何夕推回去。"我忘了说，带你过来，是把你当作当事人，想问你生母的事有没有什么新的发现，让我们也一起分析分析。"他有心和稀泥。

关欣用一种凉薄的声音说："有你这个大能人，我就不掺和了。"

"这是我这两天想到的一些事情。"何夕却没理会关欣的嘲讽，从口袋里掏出一张折得工工整整的纸。

关欣一把夺过纸，看了两秒钟。"这算什么？"她说，急躁地把那张纸扔向郑航。

郑航正要看，关欣却转身出了门。

"她是这样风风火火的人，"郑航说，"先喝咖啡。"

"我领教过了。"

接着，郑航盯着那张纸条看了很久。"难怪关欣着急，你怎么就怀疑苏越了呢？"他说，"你跟席贝仁说那些夹枪带棒的话，也跟苏越有关系？"

"他是我的客户，我没有冒犯他的意思，但苏越……"

郑航忍不住一阵惊讶，何夕的话似乎在提醒他，可能什么事已经发生，甚至超出了他的想象。他问："可是，怀疑苏越有什么依据？"

"我仔细回想了一下，前几次做出错误决定，都是因为他。"

郑航疑惑地盯着她。

"那次怀疑刘畅，是他指点我找到的视频。我开始一直以为他是在帮我，但事后想来，他怎么知道那么多监控点位，时间还掐得那么巧呢？"

"或许他是从你的工作和生活习惯里分析出来的。他对你太关心了，太心疼你了，所以他才会掌握你的点点滴滴，你可不能随便猜测、怀疑别人。"

"可……"她确实拿不出有力的证据。

郑航小心地说："像关欣说的，这事你不适宜再查下去。"

那一刻何夕真想狠狠地敲一敲桌子，不过她最终还是把自己劝住了，只能望向窗外，悻悻地说："难道我不该怀疑他？"

"对，除非你找到可靠的证据，否则，这个男人值得你珍惜。"

何夕似乎明白他的意思。"好，我跟他处下去。寻找杀害我生父、嫁祸生母的凶手，可算不上妨碍公事吧。如果找到相关证据，总可以提供给你们吧。"

"我本人非常欢迎。"郑航说，"如果涉及相关案子，必须先报告，你明白的。"

何夕点点头。"如果我发现线索指向这个案子，我会首先告诉你和关欣大美女，我可不想再跟大美女发生冲突。"

"何夕，这不叫冲突，这是侦查原则。如果违背原则，你就得放手。关欣会为此出具证明，这可不是逗你玩的，她从不开玩笑。"

"好吧，听你的。"何夕终于向咖啡杯伸出手，拿掉杯盖。"看来律师真是弱势群体。事实上，律师有很多便利，比你们懂法律，更接近群众。就拿席贝仁和苏越来说，我跟他们认识三四年了，他们做了些什么，性情、爱好，我比你清楚。"

"我们有自己的渠道。"

"你们渠道再多，也不如他们身边的人了解。苏越越来越像席贝仁了，心机深重，城府堪比千年王八，说的每一句话，做的每一个动作，脸上的每一个表情，都是经过深思熟虑而且符合需要的。"

"你说他是什么……"恰好关欣走了进来，问。

郑航止不住笑了，岔开话题："我们在回忆中学时的一个同学，那个千年王八万年龟。"

第二十二章

一

郑航跟心理医生何昊村混成了朋友。他不仅经常出现在何昊村的诊所里，还常常带着何昊村一起吃饭、喝咖啡，他喜欢上了心理学，喜欢跟何昊村一起讨论沉甸甸的心理知识，带着直觉和好奇，穿梭在已知和未知的领域里。

郑航倾向于将患者的心理问题表象化，认为一个具有心理问题的人一定会在脸部表情和神态举止上表现出来，这一点也适合于给他抓捕的犯罪嫌疑人做心理分析，可以解决预审中碰到的许多棘手问题。

自此，郑航改变了行动派生活，经常沉浸在积极活跃的思维中。他看见院子里的树枝冒出一排排嫩芽，有那么一种欣欣向荣的迹象，就想到树木隐藏起来的根系，一定也有着金色的光芒，而枯萎的枝叶下面必定是黑色的。

回到局里以后，郑航反复研究"地窖女"案件涉及的四份尸检报告。他把厚厚的报告拆分开来，一张张摊开在桌面上，风一吹便满室飘飞。老法医看不过眼，说："每次尸检都有严格的程序，报告也写得细致清楚，不可能漏掉任何一个致死致伤的细节，你如果觉得哪里有问题，干脆去停尸房再验一次。"

郑航尴尬地笑了，哈着腰，仰头望着老法医，讪讪地说："我看的不是伤情，而是他们临死时的心情，我觉得他们临死时想说的话应该会在这里。"

老法医古井般的面孔渐渐浪花迭起，他把郑航带到停尸房。在手术室般无可遁影的光线里，郑航看见尸体除了苍白，还是苍白，脸部已经冻得变了形，鼻子不像鼻子，嘴不像嘴。

老法医说："你看没看出他们的表情？"

郑航看得十分仔细，好像唯恐有人偷换了尸体似的，最后摇了摇头。

"你不觉得席传礼的表情过于平静，而这个，你们说的宋扬的替身满怀恐惧吗？"

这话郑航听着熟悉。要么是出现场时他就有这样的感觉，要么是老法医在陈尸现场跟他说过。不过，现在他真没看出来。

"你看，席传礼的平静凝结在脸上，但替身却不同，内心的恐惧几乎让他的面孔扭曲。这说明席传礼早就想到会有死亡这种结果，或者他受过多次恐吓，一直等着这一天到来。他几乎已经接受了这种死亡。而替身等待的是一种生的希望，获取金钱或者快乐的结局，当死亡来临时，他唯有挣扎和恐慌，他不甘心。"

郑航叹了口气，说："在我眼里，你说的表情只是肌肉冷冻变形。"

"不，人死后，尸体即使再怎么遭受外部影响，他的表情都会固定在那里，都是可见的。"

"你这生得还是人的眼睛吗？"

老法医骄傲地笑了，说："这就是专业，因为我学习过相关知识，结合每次尸检时的案情，熟能生巧嘛。"

"就像我们办案中的直觉？"

老法医对郑航这个比方并不认同，欲要反驳，却说："关主任，你干什么？"

关欣正拿起可怜的替身的手腕。这几天，她一直在想取款视频里那款天梭表（TISSOT），不在抓获的宋扬手腕上，在替身死亡现场也没有发现，那表哪里去了呢？如果表是替身戴的，凶手杀害他时偷走了，那他的手腕上会不会有戴表的痕迹？

"手表？"老法医说，"他是我亲手验的，他肯定没戴过表。"

关欣想了想，说："你是指尸检时没有看到手表？"

老法医走过去，接过那截僵硬的手腕，说："如果他长期戴表，戴表处会有不同的尸斑反应。你看，他这里没有。"

关欣看着替身尸体的手腕，很久没有说话。接着，他们一起往门外走，每个人都看似满腹心事。分手的时候，关欣问郑航去哪里，郑航说要去见心理医生。

"老实说，你看起来更需要睡一会儿。"

"心理医生其实也是最讲究逻辑的，"郑航说，"就像你进行视频和痕迹检验，不论多么精细，如果逻辑缺失，也得不出结论。"

关欣咬着下唇，仿佛要说话，但只是微微一笑，点了点头。郑航上了关欣的车，拿出手机，拨打老舒的电话。无人接听。

他坐着聆听了一会儿断线的电话音，然后将手机放进口袋，望向车水马龙的街道，又想起废弃码头货箱里的那一堆垃圾被服。

"芬威酒吧到了。"关欣说，并靠边停车。"要我陪你进去吗？"

"你回去休息吧。"

郑航找了一个视野开阔的位子坐下，点了杯咖啡。这家酒吧其实也是一家中西快餐馆，兼营饮品，不过更欢迎喝酒唱歌的客人，这才是它增加营业额的主要来源。

中午的酒吧人不多，这时又进来一位客人。那人环视店内，解开外套纽扣，露出里面的白色衬衣，快步走向郑航那桌。

"晚上好，老朋友。"何昊村说，"你好像总有心事。"

"不是心事，"郑航说，"是公事。心事是隐秘的，你习惯于解决别人的心事，却对公事视而不见。"

"公事郁结在心里便成了心事。"何昊村咧嘴笑了笑，他喜欢这种对话。女服务员走来，何昊村点了杯茶，她用怀疑的眼光看了他一眼。"比如这位小美女，此时的心事就是在工作中遇到的，让她很不开心。"

女服务员横了他一眼，郑航挥挥手示意她离开。"你想告诉我些什么，心理学家？"

"既然你主动跟我约会，应该是你想告诉我什么才对。"

"如果这时有人挑衅你，你是感到羞愧，还是跟人打一架，或者付钱给别人？"

"小心点，郑航，喝咖啡或许让你清醒，却不会让你冷静，这是两个不同的概念。我来这里不是跟你讨论尊严、胆量或打架，现在这三样东西都不在你的脑海里。"

"你永远都是对的，"郑航举起咖啡杯，"所以，我应该请您也喝咖啡。"

何昊村站起身。"如果你想讨论咖啡对人的精神刺激，可以去我办公室。这次会面结束，咨询费就免了，茶钱你付。"

"等等。"郑航说，"听着，"他转过身去，把剩下的咖啡泼在垃圾桶里。"我没想到心理学家也开不起玩笑。这不过是我玩的小把戏，试验一下自诩心理最正常的人的反应。"他放肆地笑起来。"我想跟你继续一下昨天的话题。"

何昊村迟疑片刻，坐下来，说："宋扬的资料我看过了，真是糟糕透顶。"

"你看出些什么？"

"一叶知秋，郑航，可你那些东西连半片叶子也算不上。"女服务员端上茶，何昊村亲切地对她点了点头。"包括法医鉴定，都是些废话，连一句业界的话都没有。不过，我发挥了一下自己的想象力，我感觉他做的两起自杀事件跟某些杀人案有类似之处。"

"说来听听。"

"比如说内心深处的怒气发泄、仇恨、挫折所致的暴力。我告诉你，怒气爆发是边缘型人格的典型特征。"

"嗯，你以前告诉我，创伤后应激综合征患者似乎很善于控制自己，包括能控制怒意，如果是这样，那么说他在伪装自杀现场时，不自然地流露出了情绪。明白这一点，我们在犯罪现场就能够找到更多线索。"

"说得好。一个人无论多么擅长做某件事，进行过程中都会带上自己本来的情绪。何况杀人犯本身就是个受怒意驱动的攻击者，或称为'行使暴力的人'。这种人平常看起来似乎很平静，但时刻处于自我防卫状态。外国杂志讨论这种人的内心带着'沉睡的愤怒'……"何昊村一边说，一边挥起左手。"每当他们有机会释放怒气，或者说干着释放怒气的事情时，他们是无力控制的。"

"听起来，这是雇用杀人与报复杀人的区别。"

"我说的只是一种人格特质。你提供的两起自杀案件并不能凭此说明什么。"

"哦，法医说，席传礼死时的表情是平静的，替身死时的表情是恐惧的。我个人认为，宋扬在逼迫席传礼和替身自杀时，他的要挟手段和风格走样了，这里面掺杂了……不同的情绪，跟你说的不一样。"

"一个情绪不稳定的职业杀手？我想世界上也有很多情绪不稳定的司机、枪手和机械操作员，不是每个人都适合自己的工作。"

"我想到的不是这一点。"

"事实上，我明白你的意思。但你知道我怎么想吗？你很自大、自恋，郑队长。"

郑航微微一笑。

"你应该感到羞愧。"何昊村说，"哦，不对，你已经感到羞愧了。案子看似结了，你却还在不断地纠缠，觉得还有漏网之鱼。"

郑航清了清喉咙："后一句你说对了，我不想草草结案。"

何昊村点了点头。"你觉得伪装席传礼自杀与伪装替身自杀的是两个人，所以决定继续追查下去？如果你的感觉是对的，那我可以告诉你，制造这两起案件的人可能具有相同的心理特征。"

郑航朝店内看了看。酒吧空荡荡的，客人越来越少了。他按了一下呼叫铃，拿出手机微信付了款。"下次再聊，何老师，你的教诲我时刻记在心里。"

二

下午的时候，鹅黄的树枝在斜风里摇动，窗玻璃上不时溅起几粒细小而晶亮的阳光。在那片似乎虚构出来的光线里，关欣说起上午跟郑航到停尸房的事，老舒意外地没有惊诧，说："死人跟活人一样是有表情的，这个我也有经验。"

原来，上午郑航打他电话关机，他是去了看守所提审宋扬。他跟郑航一样在思考案子里的逻辑，感觉宋扬落网后过于平静，不论交代哪个环节都没什么表情。他将提审的视频复制了回来，拷贝在电脑里，请新来的刑警王清明一起观看。年轻人眼尖，不像他，看一会儿眼前就起飞蚊。王清明果然不负众望，发现受审的时候宋扬在桌面上涂鸦。

"也许是一种心理表现，为了舒解紧张心情，或者想有所表达。"他猜测。

关欣凝视着屏幕，说："不，他在写字。一竖和一个圈，就像是1和0，或者是二进制代码，可能1代表是，0代表否。"

王清明说："对，程序设计师有时使用这种简单标记……可能1代表开，0代表关。"

"1代表行动，0代表停止，"老舒说，"1、0、1、0，做、不做，做、不做……如此循环往复，犹豫不决……"

走廊里传来一阵风似的脚步声，关欣忙让老舒噤声。脚步到门口时停了一下，接着变得散漫起来。"你们在看什么呢？"是肖永明的声音。

关欣再也不能假装无视，转头微笑了一下，说："领导有空来看望我们啊。"

"听说有人去看守所提审了宋扬，有人拉着老法医去了停尸房。我想知道，你们发现什么线索没有？我跟你们一样为此案担着心呢。"肖永明说着，走到王清明身后。屏幕没来得及关闭，还播放着提审宋扬的视频。

肖永明看了一阵，问王清明："这是什么东西？"

王清明鼓起勇气，面对着肖永明。"提审时，宋扬一边说话，一边在桌面上涂鸦，涂了很多个竖和圈，而且一个接一个，看起来很有规律。"他说，附带解释了他们前面讨论的结果，接着又提出异议。"我们也可能误判了，他写的或许是一串英文字母，竖有很多变化，像L，也像T，还可能是I。"

肖永明愣了一下，瞬即明白了，说："你们认为他并没有认罪，原来的供述可能是假的。他一边受审，一边权衡生与死的问题，或者说在权衡说真话还是一条道走到黑。"

老舒说："反正我感觉他的交代太顺溜了，过程中几乎不假思索就那么说下去，几乎毫无保留，这不符合重大犯罪嫌疑人的特征。"

"也就是说，他潜意识里还有一层东西，我们一时没有发掘出来。就像郑航说的，他还在代人顶罪。"顿了一下，肖永明问："郑航呢，劳模去了哪里？"

关欣看了看表，下午4点。"方娟从北京培训回来，4点半的航班，他这时可能正在开车去机场的路上。人家可是模范夫妻。"

肖永明没有接关欣的话题，他俯身在屏幕前，定格了视频里宋扬的面孔。他想，这次郑航又对了，案件都是宋扬做的，但他可能只是一枚棋子。

三

方娟穿过机场地下人行通道，朝机场公安分局的执勤点走去，完全没注意到身边的喧闹和欢笑声，涌动的人流正赶着去繁花初放的野外度周末。

她知道郑航很忙，一直执着于那个白痴的"追踪"，迫切地希望把几起案件都串起来，赋予某种意义。更重要的是，因为他手里疑点很多，线索很少，只能无头苍蝇般地追查，明知道白费力气还是一直往里头钻。郑航说过会儿来接她，她配合地反复拒绝，但内心里还是很希望他过来。她的视线落在前方人行道上，用鞋跟在柏油路面上踩，配合她内心里忐忑的念叨："会来吗，我比他的案件重要吗，会来吗？会来的……"

郑航从岗亭里跑出来，一把将她拥在怀里，捋住她的头发。头发依旧乌黑亮泽，十分浓密，感觉像是握着一匹绸缎。她扭了扭，挣脱开来。"别人看着呢。"她说，心里却感到无比甜蜜。

郑航回头对岗亭里的机场民警笑了笑，说："回见啊，谢谢。"

他不管背后的嬉笑声，接过方娟的行李箱径直往停车场走去。

郑航知道方娟很享受回家的50分钟路程，享受两人闲聊、静谧的气氛，为美好的夜晚揭开序幕。随着乡间景致在车窗外掠过，方娟会用兴奋的语调述说培训班的逸闻趣事，述说国际社会化戒毒的条例和规约，或者社区对戒毒人员管束的真正用意是什么。

他们谈得更多的是自己的儿子郑诺，方娟虽然在外地培训，但她对儿子的了解更详细。他们的儿子托管在从市人大常委退休的姨妈家里，自从方娟出门，郑航几乎就没去看过，除非姨妈打电话，他连电话都没有主动打过去，但方娟不同，她每天下课后的第一件事，就是打电话了解儿子的情况，跟读幼儿园的郑诺说要如何努力学习，如何遵守姨奶家的规矩。当然，他们也会谈起他们有多么幸运。不过，他们都明白幸福有多么脆弱。

他们想到什么就说什么，不会拐弯抹角，几乎什么都说。但郑航从不会说自己有多害怕，害怕做出他无法实现的承诺，害怕自己无法成为他想成为的那种人，为了他们必须成为的那种人。他惶惶不安，不知道他们会不会永远都这么好，不知道是否会永远如此快乐。

他觉得自己能跟方娟在一起，养育一个儿子，是上天的安排，是天降奇缘，对于以后的日子会怎么过他却没有信心。一个人总是跟犯罪打交道，时刻揣摩种种阴暗心理，对身边的快乐、幸福和安宁，感觉只是难以置信的美梦，随时可能醒来。

郑航揉了揉脸。美梦还在，就要坚持这么做下去，真有醒来的时候，那也只能接受，黑夜来临，不过是父母去世后的那种冰冷、艰苦和孤寂而已，相信晨光终将再启。

后来郑航还是聊起了案子，聊起那个轻易抓获的嫌疑人以及他无法释怀的幕后人。这才是他内心里最大的梗。

"所以，你还在追查那个幕后人？"方娟问。

"这不是我能决定的。"

"难道你忘了曾经的承诺吗？"方娟在提醒他，在上一次聊天中他说过，"一切听领导的。"

"没有，但这不是一句信守承诺就能解决的，方娟。我们曾经都宣誓忠于法律。"

"如果领导认为你性格偏执，不同意你继续调查呢？"方娟知道他去看心理医生的事情，但她当然不相信郑航有创伤后应激综合征。

"那就算违背了对你的承诺，而忠于法律。"

"想过后果吗？"

"对你、我和儿子来说，幸福破裂的机会增大。但对拐卖团伙和系列杀人案的调查工作来说，则是真相大白。"

"嗯，你是争取我支持你，郑航？但是，后者还是个很大的问号呢。"

"也许吧，但你很清楚，无论我去不去追查，案件一直在那里，嫌疑人一直逍遥法外，还会对社会造成危害。这条路的陷阱很多，其中之一就是你觉得可以置身事外，但案件会黏着你不放。主动出击往往是最好的办法。"

"你是说不惜一切代价，包括家庭？"

"不，这对家庭来说可能是一大福音。"

郑航拍了拍方向盘。他们说话的声音低沉而冷静，仿佛在讨论去哪儿为儿子采购奶粉。他们是在一起办案中建立的感情，生活和工作几乎没有分开过。他心想，她喜欢这种说话方式。他侧身到她的耳边，慢慢地低语。

"我会保护好一切，方娟。更会保护好你和儿子。"

"是吗？"

"是的，这是我的心愿。我认为只有付出一切，才能保护好一切，这是时代进步的个人力量。你知道是什么事启发了我吗？你还记得那些吸毒者吗？不管什么时候，我都会想着我们并肩战斗的日子，你说，我们不能依循既定的轨道打转。对，我后来办的每一起案件都没什么差别。依循旧规、唯命是从，没有出路，方娟。我这么做，不是为了我自己，而是为了儿子和你。"

"好啦，好啦，"方娟把手放在他握方向盘的手背上，"我们说说别的好了。"

"好。儿子已经开始懂事了，他说长大后要读警察学院。"

"呵呵，后继有人了，爸爸妈妈这样加班加点，没有让他反感，却增强了他的意志吗？"

"他好像以此为荣呢。"她的手继续放在他手背上，抚摸他。这样是违反交通法规的，但他希望她的手可以永远抚摸着他。

"可我们不能让他受到任何伤害。"

"知道，我记着你的交代，不跟他说案件，不跟他说烦恼、焦虑。"

"哦，我跟你说过吗？"方娟叫了起来，"可他开始偷偷看你的案卷了，还翻我们警察学院的教科书呢"。

"这小子，现在就开始学破案了，的确是块干刑侦的料。"

"可我比较喜欢他一直保持童真。拐卖、杀人、强奸……这些字眼对他多不好啊，还有那些心理分析，都是阴暗面的东西。"

方娟的话仿佛是黑暗中的喃喃自语，郑航拉起她的手，轻轻地揉着。他想，保持无知、简单、快乐的生活谈何容易？关键在于社会，在于你想在社会上干什么。如果想干警察，心理上准备得早，何尝不是先决条件呢？

"那只是他的好奇，对我们工作的好奇，没关系。"

"可是你想到他的心理成长吗？他总不能在谎言和罪恶里成长，那样会走偏的。"

郑航摇了摇头。"关键是家庭教育，只要他的身边充满爱，受到正能量教育，其他的事都只是他成长之中的心理准备。"

"我还是希望他接触得越少越好，或者说越迟越好。"她拍了拍郑航的手，提示他已经进城了。"我相信你，希望你是对的。不过，郑航，我们还是不要在他面前谈论案情，特别是那些有关罪犯心理侧写方面的问题。"

"听你的。"

郑航在收费站停下车，静静等待，望向窗外，看着山脉的轮廓环绕这座平静安全的城市。那座山横隔南北，山北就是这个国家的北方，山南就叫南方，但他们这座城市建在山南，夷江以南的人们却叫他们北方人。所以，很多事只不过看你从哪个角度去看，看你权衡的条件是什么，或者你想要什么结果。

第二十三章

一

专案组最后一次碰头会还是在执法办案区楼上进行。身穿春秋常服的副局长肖永明满脸笑容坐在椭圆形会议桌的主座上，露出难得的轻松和亲切。他宣布案件移交起诉，专案组就地解散，在接下来的清明节里，同志们可以回家乡祭祖挂青。

肖永明的话音落下，专案组成员们多少有些兴奋，叽叽喳喳地议论起来。而郑航则痴痴地望着窗外，西斜的太阳一圈又一圈的光晕从窗口像一串串气球似的抛下来，陷入深长的沉思中，他知道这不是结束，反而预示着新的搏杀随时都会到来；那个谜团一样的人不浮出水面，一切都不会结束。因为他事先已经与肖永明副局长交换过意见，他要和关欣留下来，对案件的相关细节做进一步核查。

他模模糊糊地看到老舒走到了肖永明跟前，神情有些萎靡，说："我是专案组老成员，想跟郑航和关欣一起留下来。"

接着，王清明也走了过去，说："我也想留下来。我刚进来，专案组就解散了，不知道的人还以为我无能，被郑队长这个组抛弃了呢。"

肖永明轻轻地吹着茶水，慢慢地抿了一口，又将茶杯妥妥地盖上茶盖，才慢条斯理地抬起目光，说："你们要违背我的决定？"

"不是。"老舒说，"宋扬在审讯中的涂鸦是我们发现的，还有那个替身莫名其妙出现，到底是什么原因，也许可以用到我在反扒中的经验。"

肖永明笑起来，意味深长地看着郑航，说："我知道了。但能不能让你俩留下来继续参加调查工作，我说了不算，得问郑队长。"

说完，他站起来做出赶人的姿势。"现在，大家都散了吧。"他说。

就像汹涌的海潮退去，会议室里突兀地就只剩下郑航四人。看着窗前漏进来的阳光缓慢地游移，关欣不由自主地抓住老舒的手臂，流下两行泪水。王清明愣了一下，好像明白了什么，说："我们回去换制服吧，一起过去？"

郑航狠狠地盯了王清明一眼。"我发过誓，不破全案，不再穿制服。"说着，他移到窗前，点燃一支烟，烟雾散开，留给王清明一个背影。王清明终于懂得了他们的伤感，也在窗下蹲了下来。

再过一个多小时，也就是下午1点，就要为刘畅召开追悼会了。

刘畅牺牲这长时间，也该趁着名义上结案的时机让他入土为安了。但真凶一直没有浮出水面，宋扬遮遮掩掩，假话连篇，还有那个替身的疑点，远远没到"王师北定"的时候。

窗外有两个女警叫着关欣的名字——她们原来约好一起去。关欣踩着一阵风越过会议桌，就要走出门时，却突然有点儿慌，好像害怕面对空荡荡的走廊。她把迈出的脚步收回来，觉得脚底是软的，整个人都是空的，所有的力气都被穿堂风带走了。

郑航走过去扶住她。她望着门口的绿植，倚靠了一会儿，然后决然地擦干泪水。关欣走后，郑航在绿植的叶片上看到一颗最为瘦小的露珠。

后来，王清明跟郑航一起上了老舒的车。"对不起，"他说，"我没有体会你们的感情。"

郑航感觉有一些灰尘落到了眼里，终于绽开了丝丝笑容，说："不怪你。"

老舒岔开话题，为自己求情："呃，我想我不像关欣那样有特长，也许你觉得我没用，但我真的很想继续留在专案组里……"

"你不是说自己是一台测谎仪吗？"

"这么说，你愿意用我了？"老舒急忙追上一句。

郑航看着他。

"你还是嫌我老了，赶不上年轻人？"老舒说。

"跟年龄无关，"郑航说，"我已经选好了人，我考虑的是能力，而不是年纪大小。"

老舒耸了耸肩，喉结上下跳动，说："很公平，祝你清明顺安。"

"这就是为什么，"郑航说着，笑了。"我要你跟着关欣一起提取视频，再次核查出现在视频里的跟踪者的身影、姿势的不同之处，判断除了宋扬、替身，是否还有其他人。"

老舒松了油门，满脸惊诧地看着他。

"另外，检察院已经介入提审，你要时不时地到看守所去，当几天看守，观察宋扬的言行举止，特别是在检察人员审讯中的表现，明白吗？"

老舒激动地点点头。

"还有，你带一下王清明，让他去详细调取能够关联席传礼和宋扬的座机、手机通话记录，越细越好，特别要调查那些匿名和公用电话，要学会运用'云搜'，也许可以通过这些电话，找出中间人。这些事不难，但要细心。"

"明白，"老舒说，"这个我有经验，我会把他带出来的。"

他们来到殡仪馆。郑航看见肖永明陪着局长和市委、市政府的领导坐在第一排长椅上。肖永明转过头，挥手让他过去。他迟疑了一下，跑步过去，向各位领导鞠了个躬，表示感谢。几位领导都站起身，露出哀痛的神情跟他握手。

祭祀堂里座无虚席，出席的人大多身穿春秋常服。郑航看见关欣跟刑事鉴定中心的女警在一起，旁边坐着几个一起出现场的男技术员。记者阿甘也来了，看到郑航立即拉他坐到身旁，问他案子是否还会继续查下去。

"去问检察院。"郑航答道，他不想跟阿甘谈案情，更不能说续查的事情，阿甘是跑政法的，懂得一些刑事诉讼法，既然已经结案，要续查得检察院退补才行。

本来，移交检察院时，郑航提出过异议，但上级追得太紧，已经到了限期破案的时间，提前介入的检察院干部用坚定的口吻表示，宋扬杀人罪证据确凿，绝对可以判他死刑，即使还有其他问题，那也只是涉及其他人的事情，不影响给宋扬定罪。

之所以同意续查，是肖永明跟检察长协商的结果。检察长给了公安局一个续查期限，如果超期，他们就会按现有证据起诉，除非发现需要退补的问题。但退补十分敏感，特别是这种网络上炒得很火、群众特别关注的案件，一旦退补，公安机关将不好交代。

"没有其他消息吗？"阿甘低声问，"可我听说那几起命案背后还有一个主使人？"

"我知道的，你都知道，我不知道的你也知道。"郑航戏谑道，"要不，你来给我开一个新闻发布会。"

"别这样，郑队长，我知道这起案子背后暗潮汹涌。那个席传礼根本就是个冒名顶替者，跟雇用杀手没什么关系。"

郑航摇了摇头，沉默下来。哀歌的声音暂时停止，众人不再交头接耳，市公安局工会主席站上前台，用悲伤的声音开始念主持词。郑航看着一个个议程渐次进行，突然有些失听，脑袋里嗡嗡的，什么都听不到，只见台上走马灯地晃动人影，有的表情哀戚，也有的露出愉快的微笑，好像只有他可以安慰悲伤的人群。

郑航无法安心坐下去，他看着棺木，想起刘畅的母亲，闭上眼睛时却又浮现出刘畅跟关欣背后的身影。仪式进行到最后，是观瞻遗容，然后刘畅被送进了火化炉……

二

郑航独自离开了聚在炉口的人群，穿过殡仪馆前坪，朝岭南墓园走去。这时，他听见身后传来鞋子踏在草地上的嘎吱声。他以为跟上来的是记者阿甘，但一听见急促的呼吸声，就不假思索地立刻转过了身。

来人是马大亚。他倏然停步。

"还有一个人！"马大亚气喘吁吁地说。

"你从哪里钻出来的？"郑航答非所问。

"我没有进去，"马大亚说，"你们抓住的人可能只是替身。"

郑航不想跟他谈论案子，说："他全交代了，每一个细节都清清楚楚，就是他杀的刘畅。"

"不，确实是他杀了刘警官，"马大亚的胸膛不住地起伏。"但刘警官在调查中发现的人不仅是他，还有另一个人。"

"那个替身，不也死了吗？"

"不是的……"马大亚的吼声听起来像是痛苦的尖鸣，面孔扭曲，似乎无法控制自己的表情。他喘了几口粗气，让自己振作起来。"还有一个，"他低声说，"我知道那个替身，我去看过他的尸体。不是他，你也明白，对不对？"

马大亚朝他迈出一步，郑航立刻把双手从衣服口袋里抽出。"你听着，"郑航说，"你还在保释期，应该老老实实待在出租屋里。"

"刘警官是好人！"马大亚紧握双拳。

郑航明白自己必须立刻找到适当的言语来让马大亚冷静，但他又不能跟他说出自己的怀疑，不想再把他拖进来。马大亚虽然多次入狱，算不上遵纪守法的人，但也是一条活生生的人命，他不能再让他陷入险境。

"你看到了，我们已经给了刘畅应有的荣誉。他的被害，我们会帮他报仇。如果你参与，不仅会影响我们，还会害了自己。"

马大亚不仅没有从中得到安慰，反而两眼似乎要喷出火来。"我找错了你，郑队长。你根本不像刘警官那样公道正义。"丢下这句话，他转身穿过墓碑，往山下奔去。

"他赢了。"郑航在心里哀叹一声。

马大亚虽然赢得了最后的胜利，却一点也不高兴。他重重地叹了口气，跟着上了郑航的汽车。他指引郑航来到一家卖日用杂货品的店里，直接走到收银柜台前。

"这位是刑侦队队长郑航。"他说。

店主是一个中年男子，看到郑航亮出证件，一阵惊慌，说："我……我店里没有鞭炮。"

"别慌，他来打听其他事情。"马大亚说，"你跟警官说说用你这里的座机打电话的那个人，中等身材，戴着棒球帽、口罩，捂得严严实实的。"他用手比画了一下脸形。

"对，"店主说，"来过几次呢，每次都捂着，像害病似的。"

郑航问："你认识他吗？"

"看那身影，似乎见过，但不肯定。"

"见过几次？"

店主放松下来，心情变得不错。"几次不记得了，但他从我这里经过，从没露出脸来。不过，他戴的手表好像不错，是名表呢。"

郑航点了点头。

"有个乞丐好像认识他。"

"嗯，乞丐叫什么？"

"我不知道他叫什么名字，但我知道在哪里能找到他。"

店主出了门，往前面走了几步，指着对面街口的新华书店。店前台阶上坐着一个衣衫褴褛的男人，面前放着一摞书。如果不看他的衣饰，路人会以为他是个卖旧书的。

这时，乞丐感觉有人走到面前，便抬起头。

"我叫郑航，是市里的刑警。"郑航自我介绍道，亮出手里的证件。

乞丐并不慌乱，平静地看着马大亚和郑航。他在这一带待的时间不短，除了偶尔有环卫人员赶他，警察从没找过他麻烦。

"你在看什么书？"郑航问道。

乞丐耸了耸肩，眼里闪过一丝丝轻蔑，好像跟警察谈读书只会浪费时间。"《未来简史》？"郑航看着地上堆积的书籍。"《人类简史》，梁漱溟、冯友兰、饶宗颐，你是个哲学家？"

乞丐不屑地说："我只是想为人类寻找一条正确的道路罢了，这就要求我研究前人的思想，考虑生而为人究竟是为了什么。"

"为什么活着，这不就是一个亘古不变的哲学话题吗？"

乞丐昂起头，重新打量了一番郑航，也许他感觉看走了眼。

"我问过对面的杂货店老板，"郑航说，"他说你每天都坐在这里，一边读书，一边乞讨，观察路人。"

"是的，这是我选择的生活方式。"

郑航拿出笔记本，询问乞丐的全名和住址。原来他姓彭，叫树清，没有常住地址。

"职业是……"

"按你说的，哲学家。"

彭树清满意地看着郑航毫无迟疑地一一记在笔记本上。

郑航点了点头。"好吧，彭学者，你不是为饱腹而坐在这儿，那为什么乞讨呢？"

"因为我是生活的一面镜子，用卑微彰显崇高，以洁净反衬污浊。"

"何为崇高，何为污浊？"

彭树清失望地叹了口气，仿佛在嘲讽郑航的无知。他说："分明懂得多，却把自己弄得很蠢的样子，为别的人制造出心理上优越感；分明没有物质上的缺乏，却愿意自我矮化，让人在你的自我矮化中得到精神满足，这就是崇高。我不愿意待在家里做自己的哲学梦，我坐在这里，就是想对污浊者施加影响，帮助他们，让他们更好地看清自己。"

郑航点了点头。

彭树清露出疑惑的神情："你不懂装懂，对不对？"

"对，也不对，你启发了我的思考。"郑航说，"既然你这么有智慧，我想请教您一个问题。前段时间有一个中等身材，戴着棒球帽、口罩的人从这里经过，你注意到吗？捂得严严实实，或许不是一个，是几个，记得吗？"

"你问对人了。"他说，"在我面前，任何人都别想换件马甲就蒙混过关，更别以为穿上别人的马甲就可以冒充别人。你说的人我见过，是穿同样马甲的三个人，我还特意跟他们打过招呼，他们都以为把我糊弄了过去。"

郑航竖起大拇指。"善于思考的人就是不一样，不仅有智慧，还特别能帮忙。"说着，他拿出视频截图照片给彭树清辨认，同时将一百元钱当书签塞进《未来简史》里。

第二十四章

一

那天上午，何夕约胡悠悠在灯塔咖啡馆见面。这是一家富有个性的小店，雅致幽静，客人百分之九十为女性。她们来这里是为了寻求一个自由的空间，或者抱团取暖，互诉衷肠，或者工作之余，放空自己，找一个地方暗自哭泣。她们几乎不点主食，只是喝咖啡，吃点心、水果，阅读书籍，头碰头说些平日说不出口的体己话。

何夕算不上这里的常客，但对这家店情有独钟。她踏进去时，闻到一股劣质檀香味，一个身穿侍者制服的矮小少年迅速将手里的东西往衣服里藏匿。但何夕还是发现了，在朝霞一般粉红的光线里，她看见一个相框和一朵白色绢花，相框里是张头像照片，背景是白色的。

何夕没跟他计较，冲他点了点头。

少年小跑着过来，问："小姐约人了吗？"

"嗯。"

"我这就安排，这边舒适明亮的卡座有请……"少年显得十分乖巧，把何夕向她往常约人的临窗角落引。何夕看到少年起身的地方有些许香灰，还有未燃尽的烛泪。

何夕坐定，少年立即奉上一杯咖啡，轻巧地退出珠帘。也许是因为少年纤细的脖子与优雅的动作，也许因为他清秀得几乎不自然（过于女性化）的面孔，何夕在他转过头之际联想到猫。待少年转过头来，他的小脸和不成比例的大嘴，以及英国轻喜剧人物般极为尖削的鼻子，更让她觉得他像一只猫，但最重要的是那双眼睛。何夕说不上来，只觉得这些组合在一起令人感觉到恻恻阴冷。

"您慢用。"少年说着，放下珠帘。

他的声音冷静、低沉而温柔，令何夕纳闷，那究竟是他自然的声音还是后天学来的。她知道现在的年轻人会那么做，刻意像女人一般说话，原本的声音在家里使用，刻意的女声用来创造第一印象和社交，还有一种声音用于夜晚的亲密行为。

"照片和绢花，什么意思？"何夕问。

"这是我哥。他死了，今天头七。"

然后何夕有些蒙，因为她看着照片上的人有熟悉的感觉。她确信见过那人，在照片里，当然不是同一张照片。她很快想起自己在哪里见过，是郑航给她看的，在他的办公室，那个死去的替身的遗照。

她曾用手机拍下了替身的遗照。当她正准备翻出来对比时，少年把照片收了回去，掩进了衣兜里。很多人说他哥是自杀，但他坚信哥哥是他杀，因为他哥死的那天给他打过电话，说马上就要拿到钱了，会给他寄学费。他就是循着哥哥的电话追到这座城市的。他想查清哥哥到底出了什么事情。

何夕愣愣地举着手，明白了少年的意思。她说："你哥就是在出租屋'自杀'的那个人？也许……我可以帮你申冤，我是律师……"

"你拿什么让我相信你？"

何夕忽然觉得他也许没有别的声音，只有这一种温暖低沉的嗓音。

"我有警察朋友，我请他们一起帮你。"

"你说的是真的吗，姐？""姐"字在少年嘴里说得那么清晰自然，犹如句子里轻描淡写的几乎没有被说出来的附加词。刹那间，何夕几乎相信自己就是他的姐姐。

"放心，我不会让任何人伤害到你。"

她把证件给少年看，还出示了她跟郑航的合影。两人身高悬殊，少年必须抻长脖子才能看清何夕手机里的照片。"这是你的警察朋友？"他问。

何夕点了点头。"是的。我跟人见完面，马上带你去见他。"

少年犹豫片刻，环视四周，悄悄递给何夕一张卡片，说："我的联系方式。"

有人喊何夕的名字。她看都没看卡片就塞在口袋里，转过身去，恰好看到胡悠悠走进门来。她迎过去，拉着胡悠悠的手进入卡座里。

几天不见，胡悠悠憔悴了不少，但何夕没有说，依然赞美她的容貌和风度。胡悠悠摇了摇头。"我以为你是最真诚的……"她说。

"没事，有我呢。"何夕感到自己有些言不由衷，或许是那少年让她失态。"我只是想安慰你。不过，不论什么时候，你比我都要美几百倍。"

"我只能坐一会儿。"

"你很忙吗？"何夕问道。

"没有，他疯了，自从那天晚上我们约你吃夜宵，你没有来，他就好像疯了。我不能离开他的视线太久，我也怕他去找其他女人。"

"他还是虐待你吗？"何夕说，"他怎么会因为吃一次夜宵突然就变了呢？"

胡悠悠不易察觉地摇了摇头。

何夕露出疑惑的神色，仿佛叹了口气，说："像席总那种有钱人，应酬多，社交广，圈子里有女人是正常的，你不要太敏感，只要给你钱花，他自己花多少钱也不必管得太宽，不就是钱吗，他有的是。"

"这我知道，其实他个人挺节俭的……他只是舍得给别人花钱。"

"我看他穿得很高档啊。"

"那都是我给他买的，衣装是男人的脸面，不穿好点哪行？前年我们去欧洲，我要给他买块好表，你知道表是一个男人的尊严，可他就是不肯，只买了一块普通的瑞士表。"

"他戴表吗？"何夕惊讶地说，"看我这粗心货。"

"你才不粗心呢，平时他都戴在手腕里面，袖子盖着的。"胡悠悠说，"你看他挺讲究，其实是他有些缺陷不愿人看见。"

"戴表不是什么缺陷啊。"

"那块表，也许他既喜欢又怕别人说他吝啬吧，平时都不愿露出来。还有，别看他每天西装革履，领带打得齐齐整整，其实是他脖子上长着个瘊子呢。"

何夕观察胡悠悠，她脸上呈现出好久以来没有的嘲弄神情。

"一颗瘊子也没什么，"何夕喝了口咖啡，"谁没从娘胎里带个什么标记？"

"我也是这么说，但他对自己的外表形象，就是要求十全十美。"

何夕没有回答。胡悠悠转头又问："你的案子有什么进展吗？"

"没有，警察说已经结案了。"何夕说。

"你生母呢，不找了？"

何夕看着吧台前的少年，他在跟老板交接班。捏着老板递给他的几张破纸钞，少年的手指好像不听使唤，一滴泪珠从苍白的面颊上滚落。

"我都不知道怎么办了，"她说，"警察不再查，我也没有其他线索，还得顾及养父母的感受，挺闹心的。"

"哦，那不如找找老席，我看他挺关心你的事。"胡悠悠的语气十分轻柔，轻柔到何夕都有些感动。"这几天他虽然跟我闹别扭，却还向我问起过你。我可以去求他帮你。"

"不要因为我的事委屈了自己。"

"不会，"她撇嘴道，"他可关心你了，从我这儿了解不到你的情况还生气呢。你我都是没人关心的人，你一直对我很好，我会尽力帮你的，就像帮助我自己。"

何夕仔细看着胡悠悠，好像她脸上写着隐藏在内心深处的秘密。她说："谢谢你，你说得对，我们都举目无亲，就像亲姐妹一样，抱团才能取暖，我会把你的情记在心里。"

"对，我们是亲姐妹。"

"我想冒昧地问个问题。"

"问嘛，有什么不能问的。"

"嗯，你说席总独自出去找女人，找的是谁，他经常去哪里，你知道吗？如果连这些都不清楚，乱猜测，我不赞成。如果需要，我可以帮你。"

胡悠悠沉默不语。

"那好吧，你先回去陪着他吧。"何夕站起身。

"其实，我跟踪过他，但被他甩脱了。"胡悠悠说，"他偷偷出去时从不穿西装，那样子……那样子像个打工仔，似乎见不得人。"

"哦……"何夕叹息一声，惊讶地发现自己的脸颊居然发热。

但没等她再问下去，胡悠悠已披上外套。何夕呼来侍者买单，转过头，胡悠悠走了，也不见少年的身影。她将外套挽在手里，来到街上。这时，晕红的太阳缓缓穿过当空的云层，北面的山岭一片片白雾肆意蒸腾。

二

何夕的调查一直没有进展，郑航那里不仅古井似的没有丝毫水声，还告诫她少掺和，特别是要提防一些人。他还说晚报记者阿甘跟他杠上了，让她别跟阿甘搅在一起。阿甘不仅想了解戎城几起命案的情况，还想彻底解开她生身父母的生死之谜。

她当然明白记者调查意味着什么。她不想成为媒体的悲情主角，也不相信像郑航和她这样的专业人员都没有查清的案件，阿甘能做什么。因此，当阿甘打来电话说发现了她外婆的线索时，她感到不可置信。不过，她还是怎么也睡不着。

漆黑的夜里，她从书房走到客厅，又从客厅走到卧室，想着阿甘的话，茶、咖啡都不敢喝，牛奶喝了几杯，希望它能帮助自己睡一会儿。

早晨7点，她又接到阿甘的电话。阿甘有了新发现，但他不愿在手机上说。"是的，是一些实质性的发现，也许是具有决定性的发现，你得过来看看，赶快坐高铁过来。当然，也许需要在戎城待上一两天。你来了就会改变主意的。"

何夕像被主人遗忘的丝瓜，在寒风里晃荡。那天是周五，她跟养父母说好明天回去的。当下，他们在一起还跟以前一样有说有笑，轻松自然，养父母偶尔问起案情，她都会轻描淡写地说："郑航在查着呢。"但她明白，他们之间已经出现了裂隙。从见到荆钗的那一刻起，她的人生就有了一个缺憾，一个裂隙。它带给她的不只是空虚的感觉，而是她的生命所不能承受的。那个裂隙里透出的强光刺得她睁不开眼，这种局面将永远持续下去，直至人生的尽头。

苏越也在找她，说要陪她去养父母家。但她自从对他产生疑心，就再也没跟他好好说话。她给养父母和苏越分别回了信息，说自己周末出差，然后下定决心，用手机订了高铁票。

她继续躺在床上，用被头捂着眼睛，缓缓地呼吸，抑制头部传来的持续不断的隐隐疼痛。她想让自己睡一会儿，哪怕半个小时也好。只有睡眠能让她接下来保持清醒的判断力。

她看了看表，离高铁发车还有两个小时。她想，她还能在床上待一个小时，梳妆一刻钟，赶到高铁站一刻钟，进站及候车半个小时足矣。但她就是静不下来，眯一会儿就睁眼看表，内心里感觉过了好久，秒钟却走了不到一圈。

她就这样在床上折腾着，直到放弃睡觉的念头。她从床上爬起来时，简单地在脸上扑了点粉，这时连选一套合适衣服的时间都不够了。

何夕安慰自己，没事的，也许阿甘的发现根本就是无稽之谈，看一眼就扔在一边，然后搭最近的一班高铁回来。那时，她还可以好好睡一觉，然后把自己打扮得精精神神。临出门时，她又进了一趟厕所，镜子里的她依然清清爽爽，有点漂亮，带着律师职业的精干，只是衣饰有点不太搭。她顺手拿了一包治头痛的药，然后赶往高铁站。

中午时分，何夕到了戎城市下辖的绥靖县委宣传部。阿甘说就在那里，但不知道在忙些什么，何夕半天找不见他。站在楼道里等待时，他却不知从哪个地方冒了出来，几乎吓她一跳。阿甘显得过于亢奋，热情得像着了火一样，拉着她就往密闭的档案室跑。

"何律师，很高兴你能抽空过来。我在手机里含糊其词的说法，能得到你的理解真是太好了。我知道，这样的事情你也不想让别人听到，更不愿意跟别人说得太多。这是你的隐私，一旦泄露出去，对你不好。对我来说，真相大白后，则是独家新闻，我可不想把自己的发现事先就让别人得了去。在现今通讯极其发达的时代，你的一条短信，一个电话，都可能被人获取，然后贴到网上。接下来，就会像病毒一样传播，无法控制。而当事人呢，只能任由他们丑化，甚至攻击。"

"谢谢您。"何夕说。事实上，她听到他的说辞心里没有一点谢意。"可我丝毫不想宣传此事，我只想找到我的母亲，回到过去平静的生活。"

"大律师，现在是信息时代，任何事情都是隐瞒不了的，这就是我们生活的世界。但我们可以学会如何正面发声，引导舆论。放心，现在我会严格保密。来吧，坐下来，看看我帮你找到些什么好东西。"

何夕勉强地在阅档桌旁坐下。阿甘坐在她的对面，从一堆发黄的档案盒里拿出几张报纸，递给何夕。

报纸是复印件。第一张是1989年的，日期是7月16日，照片上一个三十七八岁的男子站着，身边围着八个十几岁的少男少女。图片文字说明上写着这个男子叫吴晓葵，作家、大企业家，支持中学文学社团活动。图片是他跟由他赞助的暑假校园文学大奖赛获奖作者的合影。中间一个高挑漂亮的女学生为这次文学赛第一名获得者，叫许盈。

何夕的生母，当年16岁。

此时，何夕觉得既疲倦又紧张，感觉全身所有的血液都往头顶上涌。"你是怎么找到这些的？"她盯着阿甘问。

阿甘仰坐在椅子上，笑容满面地望着她，仿佛身上的每一个毛孔都散发出骄傲和自得。"警察是不可能帮你找到这些的，只有我。哦，郑航自以为对我保密，现在我比他掌握更多的线索。这个是你母亲，还有这个，是不是有点面熟？刘薇？胡珍珠？还有其他女孩，'地窖女'会不会在里面？这张报纸会不会像推倒的多米诺骨牌，揭开一切谜底？"

他指着报纸上的照片，说："吴晓葵是个自我宣传的狂人。案卷显示，他曾因投机倒把被打击，名声不咋地，后来发了财，到处投钱想挽回声誉。那时，我就想到，他会不会出现在报纸上？省报、市报我都有朋友，没有找到。我就想80年代办报风潮刚起，县里一定有报纸，他上不了省市媒体，用钱开路县报一定行。于是，我就拜托了朋友找到这里。没想到，他还真宣传上瘾，每个月都要在报上登这事那事什么的。"

另一份报纸是1990年的，何夕在新闻配图里又找到了自己学生时代的母亲。这一次是在许盈就读的中学图书馆落成典礼上，吴晓癸是大赞助商。合影中，许盈跟吴晓癸站在一起。

"我想，"阿甘接着说，"你母亲可能是学校学生会负责人，或者……"他顿了一下，"她确实跟吴晓癸关系特别，不然，她也不可能出现在照片里。或者说，她可能出现在某一张照片，却不会出现在大多数照片里。这算是一种猜测吧。不过，我个人认为，这应该是一个很有用的猜测。"

何夕感觉太阳穴突突跳个不停。她翻到下一张，再翻到下一张，总共有六张从1989年至1991年的报纸照片。

翻到最后一张时，阿甘说："这是吴晓癸最后的疯狂，他的国际贸易公司成立庆典。"

"有什么特别吗？这是他被抓的前一年？"何夕问。

阿甘专注地盯着她。"你再仔细看看。"

何夕真的没看出什么特别之处。就像前面几张照片一样，吴晓癸站在中间，前后三排站着几十个人，许盈站在二排中间位置，像大多数人一样笑得很矜持。这是一张很正规的合影，她也没有站在吴晓癸身边。跟她站在一起的是一个中年妇女，笑得很开心，还挽着她的胳膊，似乎能参加这次拍照她非常引以为荣。

"这个妇女，你看出些什么吗？"

"她的母亲?！"何夕说。

阿甘大笑起来。"是的，我想是这么回事。这就是我叫你过来的主要目的。"

何夕疑惑地盯了他一眼，目光像黏上去似的再也没离开照片。

"当然，光是照片是不够的。"阿甘一边说，一边打开自己的笔记本电脑。

"我一拿到这张照片，就跟你一样产生了联想，于是查询了许盈的户籍档案。因为她活着的档案已经销毁，我只得去找她的失踪档案。"

阿甘好像卖关子似的顿了一下。"可惜年代太久了，我翻阅了1000多份档案都没有找到她的信息。"

何夕问："那你在哪里找到了有关她的家庭情况？"

"聪明。还是网络既强大又够意思，最后我在网上搜索关联线索，找到了她的家庭。"

"找到了谁？"

"她的家庭早已经名存实亡。我找到的关联人是她一个远房亲戚，他在一次聊天中偶尔说到被拐卖的许盈，我搜索了他的情况，给他发了一个信息，请他跟我联系。但他一直没有回音。事实上，在网上留言，请人回信是最不靠谱的，我只得再次展开搜索，虽然有点辛苦，但结果还是卓有成效的。"

"你是啰唆族吗？半天不着正题。"何夕感觉疲惫，但阿甘的话勾起了她的兴趣。"最后查到了谁？"她伸手拿他的电脑。"给我看看。"

阿甘摇摇头，享受着何夕急切知道答案的意趣。"听我解释给你听，网上的东西虽然不靠谱，但多啊，皇天不负苦心人。案卷显示，你母亲生于1972或1973年，那她母亲一定在20至25岁之间生了她，我利用搜索软件，不仅搜她的亲戚，也搜她的母亲。果然，就在我感觉山穷水尽时，找到了她母亲。她叫王怡文，还在世，就住在县城里。"

"你联系上她了？那我们现在过去。"

阿甘看了眼手表。"你确定？可要做好心理准备啊。"

三

73岁的王怡文住在绥靖一中围墙下的石库房里。她在这里住了近30年。这是她的伤心之地，20世纪八九十年代，丈夫在这里早逝，女儿离家出走，然后她转嫁他乡，其间几次发生婚姻变故，2011年她卖掉别处的房子，又住回了这里。

前十年，她都是跟邻居苏秀锦相依为命，苏秀锦去世后，她也意识到自己的寿命可能有限，便跟所有愿意听她唠叨的人说，她快要死了，可能等不到女儿回来，如果她死了，她愿意将一半财产交给照顾她的人，另一半留给她必将回来的女儿。

没人知道她有多少财产，不过也没人贪图她的财产。社区在她家对面设立了福利院，一并照顾她的生活起居。那儿的人很好，工作人员效率不错，饮食也很好，可王怡文一直郁郁寡欢，似乎已没有什么能打动她了。这个年纪，已没有人愿意跟她做朋友。她这样跟社区干部说，她认为自己也不可能再对任何人敞开心扉。许多事刚刚做过，转身就忘了，似乎和自己一点关系都没有。这个世界已不属于她，但她还放不下失踪的女儿。

她每天都待在房子里，天晴时就坐在台阶上，泡茶、看书、打瞌睡。她养了一只柯基宠物狗，就叫盈盈。她坐着喝茶、看书时，盈盈就坐在房门边，形影孤单，无人照看。盈盈身子骨很小，刚刚成年，经常伸长舌头望着她，楚楚可怜。

"谁叫你脾气犟，"王怡文一边说着，一边做出驱赶的手势，"连娘也可以不要。"

盈盈低着头，绕到她的脚边，摇晃尾巴。

"我不想理你。"她轻轻地踢了踢它。

盈盈沿着摇椅跑，绕过一圈，又来到她的脚边，蹲坐在她的膝盖旁边。吃饭的时候，她把盈盈抱在高凳上，让它把嘴巴伸到桌上，跟她一起吃。王怡文吃的是饭食，盈盈吃的是狗粮。她每天晚上10点准时上床，将盈盈放在旁边的一张小床上，有时盈盈会跳上她的床，她就抚摸着它，让它在自己腋窝边休息。

这天中午，王怡文忘记将狗带进卧室，就自顾自地睡着了。平日里午睡也就半个小时，但今天在福利院跟老人们唠了会儿嗑，感觉特别累，听到门上的抓挠声才醒过来。她看了看床头的大钟，已经下午3点多。中午睡得太久不是好事情，晚上得熬灯油了。

她打开门，盈盈却一溜烟往外面跑。王怡文碎步跟上去，看到一男一女两个青年站在门口，盈盈低沉地对他们吼着。"安静，孩子。"她一边说，一边把盈盈搂在怀里，感受着盈盈身上的温暖和气味。"没事的，妈妈不会有事的。"

来人中女的很高，男的倒显得矮胖。她的目光主要落在年轻女人身上。女人看起来隐隐约约有些熟悉，但哪里熟悉却又说不上来，这让她有点心绪不宁，显然她以前没见过这个女人。

这可能是她第一次露出痴呆的迹象——她一直对痴呆保持高度警惕。女人很漂亮，但衣服有些打皱，头发也蓬乱，看起来不修边幅，显得非常疲惫。她知道现在很多年轻人喜欢四处旅行，参观古迹。但她不想凭空猜测，石库房不算古迹。

女人掏出身份证，介绍自己叫何夕，她的朋友叫阿甘，是一位记者。这时，王怡文才认真打量阿甘，衣着相当得体，说是记者，应该够专业，笑容抑制不住地挂在脸上，让人放心。

阿甘见她认真看着自己，亲热地说："奶奶，我们有件重要的事情要告诉你。"

王怡文把他们带进客厅。里面非常洁净，给人十分舒适的感觉。她让何夕和阿甘坐在旧沙发上，自己还是那张躺椅，盈盈则靠着躺椅，把头放在她的脚上。她伸出右手，不停地在小狗的头顶轻轻地抚摸。

寒暄几句之后，何夕对王怡文抱歉地笑了笑，说："感谢您愿意见我们。不过，在聊正事之前，我得告诉你一声，接下来的聊天可能触及您痛苦的往事。"

王怡文忧郁地笑了笑，用布着血丝的眼睛庄重地看着她。"小何，"她开口道，"你们是来跟我聊关于我女儿的事情吗？你们有她的消息了？过去了这么多年，几乎是一辈子了啊，我时刻渴望着能跟人聊聊她呢。说吧，她怎么样，发生什么事了吗？"

何夕朝阿甘望去，又转回头看着王怡文。"我们没有她的消息，您的女儿是叫许盈吗？是这个人？"她说着，把1991年的照片放在王怡文的眼前。

还是这句话啊！她大半辈子都在想着她的消息，等来的还是这句话，这无疑是个巨大的打击。她眯眼瞪着报纸，不再抚摸小狗，用颤抖的右手抓住报纸，放到眼前。

"对，是她，我就在旁边呢。"王怡文清清嗓子。"这是多少年前的事了，你们是根据它找到这里来的吗？"她松开报纸，两手在心口揉着，重重地呼出一口气。"对，是他，就是这个遭天谴的，带走了我的女儿。"

"是的，"何夕说，"我知道，我看到了有关资料。"她的泪水不由自主地流了下来。

盈盈拿脑袋抵了抵王怡文的脚，哀鸣起来。"这么多年了，谢谢你们记起她。"她说，"她是一个自以为是的孩子，太顽固了。你是怎么知道她的？"

何夕吸了一口气，说："事实上……她涉及一起案子……她也是受害人之一。不过，她下落不明。"

"案子？什么案子？"

何夕犹豫了一下，然后说："她被拐卖了，28年来，不知去向。"

王怡文脸上露出古怪的表情。"对不起，应该是30年。这30年，我一直等着她回来，或者至少给我一个音信呢。"她闭上眼睛，好像在捉摸一个可怕的事实。"前面两年，你们知道她在哪里，是吗？哦……"她用哀伤的语气说，"哦，她还是怨恨我！"

阿甘挤在何夕身边，把右手放在老人的手背，轻轻地摩挲，时间缓缓地过去。王怡文慢慢恢复冷静，场面也有些冷。最后，她睁开眼睛，开始抚摸盈盈，脸上浮现沉思的神情。良久之后，她说："那两年她是在汉洲吗？"

何夕摇摇头。"在戎城。"

"为什么你认为她会在汉洲呢？"阿甘问。

"她离开这儿的时候……"她停下来，目光在何夕和阿甘身上来回打量着。"你们知道最后是谁拐卖了她吗？"

"不清楚，"何夕说，"她28年前是怎么消失的，还是一个谜。"

"你们认为可能是她家乡的人干的？"

"她失踪前，吴晓癸已经被警察抓了。我们认为她的失踪可能和吴晓癸的手下有关系，目前了解的情况就只有这些。"

一提到吴晓癸，王怡文脸色变了，说："她就是不听话，死活要跟他在一起。"

何夕和阿甘交换了一下眼神。"不是这样的，她是被吴晓癸拐卖的，卖给了一个瘸腿男人。后来，她被控杀了那个男人逃走了。"她说。

王怡文一边听，一边摇头。"她一直追着想嫁给姓吴的，怎么就被他拐卖了呢？"

"她1992年被拐卖给了戎城乡下一个男人，公安局的调查材料是这样记载的。"

"嗯，这也没什么好奇怪的。那个人就是个彻头彻尾的魔鬼，"她对阿甘说，"那个人的国际贸易公司总部在汉洲，他骗她，说要带她去汉洲发展，送她去杂志社当编辑。"

"一开始，你也在他的公司上班吗？"阿甘问。

"是的，我受到那个人……的蛊惑，我想就该这样说。他开出不错的工资，描绘了一个美好的前景。当时是90年代初，全民经商，在某种程度上，他的公司非常理想化，非常具有吸引力，太美好了，而且，"因为悲伤，她的嘴巴突然闭得紧紧的，"可当我知道他和盈盈竟然……不清不白之后……我是说，盈盈才多大！他快40岁了。看清了他的嘴脸后，我就无法待下去了，可对于盈盈来说，他就是她的未来。在很长一段时间里，他就是我女儿美好生活的开端。"

"她想嫁给他吗？"

"是的。"

"还有性关系？"

王怡文尖声说："我撞见了，当然……"她饮泣着，泪流满面。"我冲进去扯开了他们，可她完全被他迷住了，被他的花言巧语洗了脑，还以此为豪。她不知道他有多少女人，即使我告诉了她，她还是认为自己是最特别的，她才是吴晓癸真正爱着的女人。"

阿甘拿出1989年的报纸照片给王怡文看，问："这里面的女孩子还有谁跟他有关系？"

"不知道，我觉得应该有，可我没有看到过。他太会哄人了，说得天花乱坠，完全信口开河。如果盈盈是唯一受骗的，才让人惊讶呢。可我苦口婆心地劝她，她都听不进去，还闹着跟我断绝母女关系。"她又一次闭上眼睛，用深呼吸来稳定心神。"那时，她父亲刚刚去世，理应让她清醒，可她偏不……吴晓癸遭到报应时，报纸上登了消息，我都不敢去看，可我不得不看，我确信她也在罪犯之中，但没找到她的名字……之后，我一直抱着希望……"她的声音越来越小，最后听不见了。

"那年她被控杀人逃走了。"何夕说，"她是什么时候离家的？"

"1992年春节过后不久。吴晓癸说要去汉洲发展，他让所有人相信他将建立一个商业帝国，然后回馈家乡。这话听起来就很好笑，但他就是那么富有煽动力。盈盈坚持要跟着去，我追到车站，才见到她最后一面。"

"打断一下，奶奶，"阿甘从笔记本上抬起头，"你阻拦过她吗？"

"我怎么没阻拦她？连母女关系都断绝了，还有什么比亲情更重要的？"王怡文显然觉得自己已经尽了全力。"她死心塌地要跟他走，我这个母亲反而成了她的绊脚石，不要更好。为了留住她，我甚至报过警，可警察能管什么呢？当时他还没犯法，或者犯了法，还没有暴露，县里许多领导跟他好着呢，我要拦着盈盈，很多人觉得好笑。吴晓癸就有这样的本事，真让人觉得可怕。"她摇摇头，从绝望中恢复过来。"不可能拦住她的，不可能。"

"这期间，你和她有过联系吗？"

"没有，再也没联系上。头一年，我四处打听他们的去处，甚至托去汉洲的人打听公司在汉洲的地址，都没有结果。"王怡文擦着眼睛，然后身体前倾，语气急迫起来。"你们听我说，我知道是我的错，我没能拦住她，没有教育好她，这是事实，我一辈子都在忍受着失去她的煎熬。"

"她当时已经成年，任何选择都是她自己的事情。"阿甘轻声说，"你没有必要为此太过于自责。"

"不，不，有时候我感觉自己再怎么自责也不过分。"

"我想，她更希望你能原谅自己，"何夕说，"她离开后一定也是后悔的，只是世上没有后悔药，她觉得有愧于你，所以没脸见你。"

"希望是这样，"她直视着何夕，"不知道她现在在哪里，我愿意相信她还活着。"

"是的，"何夕说，"很抱歉跟你说这些伤心事，可我想，你应该知道一切，你需要知道这一切。"

王怡文肯定地点点头。"我说的话对你们的调查有帮助吗？"

"有的，你让我知道了她跟吴晓癸在一起的本质。"何夕说，"如果你能再说说与她一起跟着吴晓癸离开的人就更好了。"

"跟着他出去的人好像都没有回来。"

"男的？女的？"

"男的都是他公司的员工，都跟着他犯罪坐牢死了，女的到底跟去了多少人，是谁，我不清楚。"

"你有没有听说她的女同学跟着一起出去？"

"那时候我内心感到非常痛苦，"王怡文说，"知道有人跟了出去，但无心打听，因此并不清楚具体情况。"

何夕点了点头。

"据我们调查，有一个叫刘薇的是许盈的同学。她跟许盈同时被拐卖到一个地方，还跟许盈有过来往。只是在许盈逃走之前就失踪了，后来听说跟一个叫席传礼的生活在一起。席传礼这个名字你有印象吗？"

"是他杀了人嫁祸盈盈吗？怎么不把他抓起来。"

"不用了，不久前有人杀了他，杀他的人也已经抓起来了。"

"他知道盈盈的下落吗？"

"杀人的人说是席传礼请他杀自己的。"何夕露出苦笑。屋里安静下来，阿甘合上笔记本，王怡文摸着柯基的头，若有所思地看着何夕，过了良久，小心地说："我能再问你一个问题吗？"

"当然可以，随便什么问题。"

"谁让你们来找我的？"

何夕朝阿甘略微抬了抬头，不大自然地冲老人笑了笑，说："我自己，是我主动来调查此事的，阿甘给了我很大的帮助。"

"为什么？你为什么对这事感兴趣？"

何夕停顿了几秒时间。她明白老太太一定看出些什么，但他们今天已经给这位老太太叠加了太多的精神负担，也许再给出一个猝不及防的真相会成为压垮她的最后一根稻草，让她承受不住。可是，她把话问了出来。她有权知道何夕与她的血缘关系，何夕也想跟外婆相认，这对下一步调查……一举两得。

"许盈可能就是我的生身母亲。"她说。

王怡文平静地点点头，好像确认了她早就知道的事情。不过，虽然她的反应很克制，但她的眼睛出卖了她，泪水"唰"的流下来，蒙住她的视线。"第一眼看见你，我就明白。"她说，"你跟她离开的时候太像了。"她颤抖地伸出手，何夕连忙将她的手捂在掌心。

两人出了石库房，走上江边的风光带。王怡文想了解何夕生活的方方面面，了解她是怎么长大成人的，了解领养她的家庭情况。

何夕和养父母一家人待在一起，度过了快乐正常的童年，每一个细节都给王怡文带来了安慰。她自己对女儿教育的失败没有影响到下一代，让她感觉很欣慰。跟在寸步不离的盈盈身后，她一再坚持把何夕——她"不可思议"的外孙女——介绍给路上碰到的每个人。

何夕感动不已。这个可怜的孤独老人触动了她内心深处最动情的心弦，这是她的血脉啊，她生命的来处！但也触动了她对养父母的思念，让她好像处于磁力的中线，被对等的正负极力量拉扯着，撕心裂肺。她的头痛一阵阵地涌来，这次跟疲惫引起的反应明显不同，疼痛让她更忍不住泪水。她不得不让热泪无所顾忌地在粉底上肆意横流。

在跟阿甘离开之前，何夕和外婆手拉着手，外婆又带着她在福利院转悠了一圈。道别时她俩拥抱在一起痛哭不已。何夕记下了外婆的电话号码，还把自己的手机号写在石库房的墙壁上，承诺会永远保持问候。

第二十五章

一

那天晚上，何夕给郑航打了个电话，告诉他绥靖之行的收获。不过，她对阿甘的帮助只字未提。因此，郑航并不知道何夕找到外婆是阿甘的关系。他对何夕表示了祝贺，但还是提醒她案件上的事让他来做就行。

事实上，郑航早就对绥靖有过详细调查。对吴晓癸在家乡干了些什么，追随他的是些什么人，后来怎么样了，都有了细致的了解。但他跟何夕不同，公安侦查工作有纪律性，即使案件全破，也不可能把所有信息向一个当事人披露，更不用说律师。

他对何夕提出对宋扬杀人案的质疑，没有加以评论。他从来不认为宋扬是整个案件的罪魁祸首，这也是他们正在深入调查的事情。他也不好制止何夕查下去，因为对自己身世的了解是她的权利。整个案件是从"地窖女"身上搜出何夕的身份信息开始的，"地窖女"还住在精神病院里，无法开口，她的拐卖过程没有查清，何夕的身世就无法画上圆满句号。

这天是周末，郑航难得地回到家里陪伴妻儿。但他一整天都在思考下一步该怎么做。陪着郑诺踢球时，吃中饭时，甚至送方娟去医院急诊时，他还在考虑这个问题。方娟吃坏了肚子，他整个下午都泡在医院里。

傍晚，一家三口终于回到了家。他给方娟煮了粥，父子俩做了晚餐。看着他们父子狼吞虎咽，方娟在一边吞口水，她还不能吃硬食。不过，郑航其实吃得并不像他看起来那样有味，他自始至终都在想着何夕的电话。

虽然他不赞成结案，但他并不认为现有证据有哪里不对劲。他对于案件的证据链很有信心。是的，宋扬可能说了假话，雇用他的可能另有其人，可这跟他杀害三个被害人没有关系，人就是他杀的，尽管他们的死法都不一样。

只是，一时还无法厘清席传礼和替身的表情。他们体内的毒药，区别只在于一个注射，一个吞服。郑航反复问了何昊村，这两者对人死前心情的影响有什么区别，何昊村非常肯定地说，影响是有的，但不会产生如此大的差异。他又咨询过很多法医，毒药注射过量并不会影响死者的表情，死前恐惧或者无论哪一种心情，都会凝固在脸上。郑航想不通席传礼为什么那么平静，面对死亡，而且自己聘请杀手来杀自己，动手的那一刻，无论如何都会有生的留恋，除非他并不知道面临死亡的噩运。

还有何夕让他去咖啡馆找的那个少年，竟然不再在店里，更让他坐立不安。说好在店里等的，少年会去哪里呢？郑航敏感地意识到，那个少年很不对劲，一定受到了威胁——咖啡馆里的其他侍者也这么说。

"地窖女"案发生后，郑航对吴晓癸创办的国际贸易公司人员去向都做了调查。28年前吴晓癸案发时，该公司已被查封，所有人员全部清退，全部涉案财物和证据清单都在案卷里，每一个人员都有询问笔录。除了贾礼，也就是席传礼，没有发现哪一个人员可能跟当下的案件发生交集。

问题是，除了席传礼，如果真的还存在一条漏网之鱼，必然是吴晓癸的亲信，但既不在原团伙成员里，又不是公司员工，他会是什么人呢？如此博得吴晓癸的信任！

如果查实席传礼并非团伙成员，是不是可以推翻其他证据呢？何夕这么说。

她说，据在绥靖了解的情况，贾礼在当地是个逞强斗狠、十分凶残的人，但她看到的席传礼却显得善良、懦弱，是一个地地道道的好人。

二

　　8年前的案卷里写的就是这个贾礼——席传礼，所有的旁证都指向他，他本人亲口承认，而且当时他已经没有活着的兄弟，怎么可能还冒出一个什么人。

　　郑航洗了餐具，放进消毒柜里，接着清理厨房卫生。以前这些事大都是方娟做的，他前后花了半个多小时才料理完一切，然后坐在沙发上，拿起手机，给关欣打了一个电话。"喂，关欣，你在忙什么？"

　　"我刚从父母家出来，准备开车回城里，有事吗？"

　　郑航跟她说了何夕提出的几个疑点，问她有什么看法。

　　关欣沉默了片刻，然后说："等一下，别挂电话。"接着他听到发动汽车的声音，安全带"咔"地系上了，然后她说："主要疑点在于贾礼前后性格有差异，是这样吗？"

　　"就是这个意思。"

　　"你应该有想法了吧？"

　　"没有，我一整天都在想这个问题。案卷里关于他兄弟的调查材料十分扎实，不是吗？"

　　"嗯，如果还有一个贾礼，假设他就是宋扬的雇用人。他指使宋扬杀了席传礼，让警方既以为席传礼就是那条漏网之鱼，又嫁祸刘畅，一举两得……"她停顿了片刻，"不会，他为什么不先杀了刘畅呢？然后伪装自杀，不也是一样的效果？"

　　"也许不敢袭警，也没有把握杀得了刘畅，所以出此下策。"

　　"事实上，宋扬还是杀了刘畅。所以，你的说法并不成立。我不明白这家伙到底想干什么，可我明白他做事一定有他的逻辑，你该知道。"

　　"他确实够狡猾的。"

　　"你忘了那些视频里出现的另一个跟踪者了？"

听到这句话，郑航内心更加不安起来。他不敢相信，自己竟然没有把关欣提取的视频里，除了刘畅，疑似还有三个跟踪者的描述放进考虑范畴内。既然有替身，那就可能还有一个疑似与宋扬相貌类似的人。这人不需要跟席传礼是同胞兄弟。

"你说得对，"郑航说，"对不起，今天整天带着方娟在医院急诊室跑，我想这一定影响了大脑考虑问题。"

关欣的嗓音马上从警察的音调变成了闺蜜的音调："她没事吧？"

"不要紧，只是吃坏了肚子，急性肠炎，吃点药就好了。"

"哦，"关欣说，"要不我来看看，不知她会不会欢迎？对了，何夕跟你说的那个少年到底是什么人？跟案件有没有关系，要不我调取视频追查一下，看他去了哪里？"

"我也不知道有没有关系，她就那么随便一说。"

"那好，你陪好方娟吧。"她说，"晚安。"

二

关欣忍不住打了个哈欠，望着前挡风玻璃外面的风景。笔直的车道上空荡无车，雪亮的路灯驱散了雾气，道路两旁花坛里的三角梅鲜艳地绽放着。她每周都要经过这里，几乎每次都能看到它们开得五彩缤纷。关欣心想，月季都有休花的时候，难道三角梅不分季节，365天连续开放？她对花没有概念，无暇上网百度，更不懂花的种种寓意。她不让人给她送花，现在也没人给她送花了。

其实，她也曾有过男朋友。他是个平凡的男孩，她给他如此归类，因为他不是那种让女人做梦的男孩，只是个偶或想起需要跟他在一起的男孩。她喜欢这种男孩，但这个在别人眼里配不上她的男孩不久之后竟然移情别恋了。这让她十分伤心。后来，刘畅追求她，她心里明白，但她想要的是唯一，她害怕成为某个女人的替代品。她听过太多山盟海誓却脚踩两只船的故事，她一直在考验刘畅。她想，反正考验也不会让她失去太多。

关欣望着窗外，看着从旁边一闪而过的行道树。她感觉车里太安静，便打开收音机，广播里传出《北京东路的日子》，这是一首毕业歌，意在把即将告别的大学生活用歌声永远铭刻在记忆里，如同留在这条路上的每一个脚步，以此来纪念那些逝去的青春。这首歌流行有十多年了，那时她还是警院里一个安静的女学生，脸色苍白，十分羞涩，有人看她就会脸红。但她很喜欢这首歌，现在听来却像在讲述她跟刘畅的故事。"最后的最后，渴望变成天使；歌谣的歌谣，藏着童话的影子。"

没想到莫名的考验成为永别。但她会永远记住他。她的脑容量太大了，她会记住每一个相遇的人，每一个在视频里、照片里见过的人。

她走上街头，看着来来往往的行人，就知道自己见过他们的时间和地点。有的是昨天搭过同一班地铁，有的是十几年前在学校操场上见过，有的可能在某起案件侦查的监控录像中看过，有的可能是她在沃尔玛超市的扶梯上相遇。无论他们容貌变老、化妆或卸妆、换了发型或留了胡子，甚至割了双眼皮或植入硅胶，她都还认得出他们，仿佛她看到的只是他们面孔的骨架，仿佛他们的真面目就像永远不变的DNA编码数字。

这是上天对她的祝福，也是对她的诅咒，有些医生认为她可能幼时有过脑部损伤，使得大脑中负责面孔识别的梭状回试图补偿，有的医生则说她的大脑有储存每张脸孔的独特性，犹如你在电脑里搜索或起草某一个信息，电脑总会有个备份，作为日后备查的依据。

她的这一特长报到公安部，有关领导十分感兴趣，已经发来通知，让她去人民公安大学参加特长班培训。但她一直压着，决定不将刘畅被杀的案情查清，绝不离开。

汽车进入城区，她有意驶上跟踪者出现的路线，两眼紧紧地盯着窗外。接近沃尔玛超市时，她看见一名年轻的男子，大脑开始高速运转起来。但是，这次出现了不寻常的状况，她脑海里有备份，却没有立刻认出那个少年。

他们之间只相距三四米远，少年之所以引起关欣的注意，是因为他神经质的手势，他的手在空中不由自主地划动，好像在绘画或写字。她停下车，轮胎滑动的声音惊动了他，他因此转过头来，也正好面对关欣。她见过这个人，但用来把这张脸和姓名或什么事情连接起来的标识却隐而不现。

也许是因为窗玻璃的水雾，也许是因为少年双眼里蒙着的阴影。正当她打算放弃时，少年往前走了两步，光影有了变化，少年的眼睛和她四目交接。

一股电流窜过关欣的全身。少年的眼神里有着爬虫类的怨愤。

那是阴冷无助的眼神，而且少年似乎一眼就认出了她——他不至于认为车里的美女会对他不怀好意，他一定认出了她是警察！

少年转身就往沃尔玛跑。

关欣的汽车正在街道中间。她不得不迅速靠边，然后下车去追。

她一边追，一边拨打最近的快警平台的电话，请求支援，然后又拨通老舒的手机，让他跟王清明迅速赶来。

她举起警察证就冲进沃尔玛，对制服保安点了点头，那保安手里拿着黑色警棍。

"跟我来。"她说。她穿过挤满人的扶梯，一路走到扶梯中段，细看每张脸孔，继续前进，看见前面一个瘦小的身影正在没命地奔跑，感觉心跳越来越快。她对保安打了个手势，两人从环形通道包抄过去。保安率先按倒那名男子。

"跑什么，你以为逃得过我的掌心？"保安吼道。

男子抬起头来，面对关欣，露出惊恐的神情，脸上长满了青春痘。"我……我不是……以后再也不敢了。"

关欣闭上眼睛，暗暗咒骂一声，朝保安摇了摇头，表示抓错了。那人只是个小偷，顺手牵羊拿了一包副食在袋里，没有买单。

这时，老舒带着王清明找了过来，问："情况怎么样？"

"人不见了。现在搜查还来得及，可能会有人见过他，特征很明显，20岁左右，瘦小单薄，佝偻着背，老鼠似的不敢正视人。不过，或许会化妆逃走，也许会变成一个昂首挺胸的帅小伙。"

"你怀疑他什么？"

"可能是郑航要找的那个少年。你让快警两人一组去询问超市每个楼层的每一家门店，看他们是否发现符合这个特征的人。他在马路上溜达，可能在跟踪什么人或了解什么情况，一定不止一次在这里逗留。"

老舒和王清明分头去找快警和保安，分派工作。关欣走到超市止损部，被抓的男子抬头望了她一眼，眼里似有埋怨。他的眼睛跟关欣在路上见到的少年的眼睛不一样，这点关欣可以肯定，但他的形象真像，特别是猥琐的背影。那少年在咖啡馆做事，应该是清爽的模样，走上街头又是另一个模样，这点可能更重要。

郑航常说："事情可能不重要或没关联，但每样事物一定都代表着什么，所以我们要从已经摊在阳光下、已经可以看出些什么的地方开始搜寻。"

关欣拿出手机，拍下小偷的背影。这时，她突然想起一件事。"过来一下。"她对老舒说，"你以前抓的小偷是不是都是这个样子？"

"差不多，"老舒说，"我以前的同事都说我火眼金睛，其实做什么事的人就有什么气质，有什么样的习惯动作和姿势。我凭着自己的观察找他们，一抓一个准。"

关欣若有所思地点点头，说："现在不是吹牛的时候，赶快把你的经验告诉每一个搜寻的快警，让他们全力寻找这一类人。"

三

郑航踩着深夜的月光回到专案组。虽然方娟还是腹痛，睡不安稳，但他更不放心那个少年。关欣在电话里向他介绍了老舒审讯少年的情况。少年身上没有任何可以证明身份的证件，自称姓杨，叫杨帆，却不愿承认是那个替身的兄弟——他就是一个普通的、刚到这座城市谋生的流浪儿。

专案组里只有关欣一人，她依然待在那个没有窗户的音视频室，里面传出快速敲击键盘的声音。"老舒呢？"他问。

"请你先看看这个人。"关欣说。

郑航盯着关欣布满血丝的眼睛。这是周末，而她却在街头狂奔了一个多小时，又在这里连续盯着屏幕大半夜，不憔悴才怪呢。

她不断地倒带、停止、调焦、放大，旁人完全不知道她在找什么，或能看到什么。但就是她这些琐碎的动作为破案立下了大功。

"这不就是我们认为是替身的那个人吗？"即使郑航对人像没有特别的敏感，但他已多次看过这段视频，对场景和时间十分熟悉。

"看准了吗？"关欣望着他，接着将另一帧画面排列出来。"请接着看看这个人。"

画面中老舒正在提审，对面是出现在咖啡馆的少年。郑航去咖啡馆找过他，调取过视频。"咦，"郑航吸了口气，说，"他们是一对兄弟。"

两幅图像上的人都很年轻，20岁上下，黑色短发、黑眼睛，下颚的线条纤细，显得文质彬彬。当然，年纪稍大的粗犷些，年轻的还有孩子气。两人的面部轮廓，还有眉骨、嘴唇线条非常一致。像何夕说的，他们就是兄弟，一个充当了杀手的替身，一个从外地赶来，却流落街头，可能正在寻找害死哥哥的凶手。

"下面，我们再来看几帧你熟悉的画面。"关欣打开另一个画面，说。"这个是'双镖手'宋扬，我们以前看过的。"

郑航把室内的顶灯关掉，屏幕上的图像更加突出、清晰，然后说："是他，他的个性特征是练习咏春拳的双镖手。"

"先继续往下看。"关欣说。

接着出现的是男子往ATM机里存钱的图像，这段视频他们已看过几次了。那男子在视频里转头面对监视器笑了一下，点击键盘时露出了腕上的手表。

"仔细看他的额头，还有手腕，那只表。"关欣说。

关欣将画面剪辑成一张张图片排列在屏幕上。不同时段和不同监控里提出的视频照片用红线圈起来，以示区别。然后，她用红外线笔点着屏幕。

"我们先看手腕，"关欣说，"你看这，还有这，还有这个……"

关欣点得很快，令郑航眼花缭乱，但他看得很清楚，照片上的手腕有的露出手表，有的没有露出手表。没有露出表的手腕并非手表被衣袖遮住，而是它的主人没有戴表。郑航有些兴奋，两手不自然地敲着桌面，一边咧嘴对着关欣笑，一边紧盯着其他照片。

接着，他明白了关欣的意图，有了更多发现。那些虽然捂着口罩却露出额头的照片上，他看出了额头的区别，有的皮肤些许发皱，有的皮肤光滑……

郑航凝视屏幕好一会儿，视频里追查的跟踪者中果然还有一个逼真的赝品。接着，他让关欣将确认是替身的照片、戴表却额头有些许皱纹的照片，以及没戴表、额头光滑、手势里带双镊手特征的照片全部打印出来。

"那块表是……天梭瑞士手表？"郑航问。

"是的，虽然表面有些反光，但放大画面后，标志还是很清晰，名表就是名表。"

"但是，在有钱人看来，天梭不过是普通品牌而已。"

"是的，席传礼是这样说的。"

席传礼手腕上就戴着这个牌子的表。郑航搜查时发现了，没关注过，但此时他不能不产生联想。席传礼不可能出现在监控里，他臃肿、老态，而视频里的人模样干练，步伐精神，而且席传礼死后，戴表的人仍在监控里出现。关欣看郑航终于认可了她的观点，将他的话备注在画面上，下面落款郑航。

至此，他们已经在监控中发现了四个人：刘畅、宋扬、替身，以及戴表却额头有皱纹的人。前三个人已完全确认，那么最后一个人是谁呢？接下来要做的是，揪出此人。

还有，必须尽快查明关欣找到的少年跟替身是不是兄弟。何夕说过咖啡馆少年在悼念哥哥，可找到的少年既不承认是替身的弟弟，身上也没有何夕提到的那幅照片。

"抓他时，有什么异常表现吗？"

"恐惧，我考虑过他是不是受到了威胁，因此把替身混在其他九个同龄人的照片里，按照正规程序让他进行辨认。他的表情一直很平静，直到看到替身。他拿着照片端详了很久，才说像自己。我们分析，他应该以前没有见过替身，对我们予以辨认的照片也不熟悉。"

好吧，这是个难题。郑航使劲想着这个问题，告诉自己这里肯定有符合逻辑的解释，然而稍后却发现这是自欺欺人。何夕见过替身的尸体，所以一眼就认出少年。他想，连何夕都这么认为，少年有什么理由不承认呢？照片？还有他的祭祀照片去了哪里？他究竟在隐瞒什么呢？一个少年有骗过关欣和老舒的心理素质吗？

郑航以为少年就是替身的兄弟，是从何夕提到那张祭祀照片开始的。关欣说少年在沃尔玛门口溜达，他第一感觉就是少年在寻找报复对象。这是不是有点先入为主呢？但也可能有人威胁过他，如果他还想活下去，就什么都不要说，更不能将真相告诉陌生人。

关欣收拾好东西，走进如水的月色里，准备陪同郑航一起到看守所去看一下少年。郑航的手机响了。大约对方说的是普通话，郑航的声音也变得非常礼貌、很职业化，是一名警察对陌生人说话的那种声音。接着，又透露出客气和热情。

"您住院了，在ICU？老领导，我要赶去看您，我必须尽快见您一面。您给了我很大的帮助，我得感谢您……"郑航说。

关欣听见手机那头传来微弱的喘息和呻吟声。然后，郑航很快地点点头。"好，您在哪家医院，房号呢？好的，我马上赶过去。"

他瞄了瞄关欣。关欣耸耸肩，感觉这个月明之夜突然显得灵动而光滑，让人非常期待。显然，郑航在电话里说到的事情，比去看少年更有悬念。

"需要我帮你吗？"关欣问。

"接老舒已经来不及，要不你跟我一起去戎城？应该不会耽误去公安部参加培训。"

关欣撇了撇嘴，说："此案不破，我不会去参加培训。"

第二十六章

一

郑航跟关欣连夜赶到戎城，只在宾馆里简单地洗漱一番，便出门去看望市中级人民法院前院长莫凡宁。莫凡宁多症并发，已在医院住了半个多月，前天突然转进了ICU。大约他感到了自己时日无多，于是挣扎着给郑航打了一个电话。

"这应该算是一次正式的警方调查吧？"

"当然，如果他的话给了我们关键性的线索或证据，那是要上法庭的。"

住院部到了，西方哥特式风格的老楼，前面是红色的砖墙。"20世纪八九十年代全国上下开展严打，讲究的是从重从快，而且当时法制也不太健全，很多办案人员顶着巨大的风险和压力，出现些许纰漏在所难免。"郑航一边说话，一边将车停进车位。

这一路上，他们都在谈论莫凡宁。关欣见过这位老院长，对他印象不太好，而且听说他跟汉洲的有关领导打听过案情，有干预办案之嫌，更觉得他有问题，建议郑航在询问中尖锐些。老实说，郑航也对前面几次跟这位老院长的对话感到气恼，但郑航跟关欣的想法还是不一样，他认为问话必须委婉，有时迂回比单刀直入更有效果。

"莫凡宁不可能有意放走哪一个罪犯，"两人朝住院楼走去的时候，郑航接着说，"他担任审判长，负责整起案件的全面工作，但前面还有侦查和起诉两道关口，私放罪犯是不可能的，我们要了解的只是他在审判中是不是发现了什么纰漏，却没来得及补救。"

关欣哼了一声。毫无疑问，她已经将莫凡宁列为吴晓癸团伙案出现漏网之鱼的主要责任人。一方面他是案件的最后把关者，另一方面还是因为他打听"地窖女"案情。

郑航本来想说他原来是怀疑莫凡宁失职的，但现在却越来越疑惑了。肖永明对他们侦查思路的支持就是最好的证明。郑航曾对肖永明的暗示十分反感，为了避免干扰，坚持把专案组搬出去，一意孤行地调查吴晓癸案，认定是幸存的团伙成员作案，但肖永明丝毫没有计较。如果他要干预，郑航是不会得逞的。

现在的关键还是吴晓癸案里的幸存者，不过已经排除了改名为席传礼的贾礼，有一条更隐秘的漏网之鱼。莫凡宁可能知道这个人是谁。为什么他在几次谈话中都讲到贾礼？不仅仅因为他是那时仅存的人，郑航清楚地意识到这位老院长并没有掌握答案的关键。也许这段时间，莫凡宁又做了一些功课，即使在重病中，他也没有停止过帮郑航的忙。

现在，也许他仍然没有拿到什么证据，来证实自己那虚无缥缈的推测，但他意识到如果再不跟郑航联系，他可能把它带进棺材里。

距离上次见面才一个多月，但在郑航看来，病床上的莫凡宁仿佛已过了千年。原来面色红润、壮实挺拔的老院长，已变得瘦小、干瘪，像倒在深山里不知多少年的枯木，头发花白、稀稀疏疏，眼睛浑浊，眼角留着湿漉漉的黏液，凹陷的脸上布满了繁星般的老人斑，脖子周围的皮肤打着老褶。

莫凡宁从床单下伸出一只枯枝般的手，抓住郑航的胳膊，手劲出乎意料地大。"很高兴还能见到你，郑队长，还有关警官……"莫凡宁因用力过猛，喘息着，干瘪下垂的眼睛睁得浑圆。"医生，麻烦您帮我倒两杯茶，他们都是我的客人。我们要聊一会儿天，可能需要点儿时间，谁都不能在场。"

主治医生拖曳着脚步，走到门口，不放心地回头看了郑航一眼。郑航冲他点点头，跟着出了门。医生显然很不放心病人，一路上对郑航千嘱咐万叮咛。在办公室倒好茶，医生送郑航到门口，便没再进去。

关欣一直睁大眼睛盯着莫凡宁，两手分别捏着笔和笔记本。但老人一直没有开口说话，直到郑航在面前的小桌上摆好茶，正经地坐下来。

"这里条件有限，招待不周，还请见谅。"他说，"我让儿子今天上午不要过来，我们可以安静地说说话。"他摆了摆手，接着补充道："你们一定是连夜开车过来的，很累吧？"

"没事，我们休息过了。"郑航说。

莫凡宁再次抓住郑航的胳膊，挣扎着要坐起来。因为用力，他的脸红得发亮，呼吸急促，开始咳嗽。郑航之前的所有假设都印证了。不过，病人并没有那么娇弱，靠着床背后，呼吸很快恢复了平静，抽出手捶着自己已经萎缩的胸口，说："老不中用了，我得珍惜这口气，希望你们能帮我完成我几十年的心愿。"

"您把我们叫过来就是为这桩心愿吧？"郑航轻声问。

"我想问问你，郑队长，你们的案子办得怎么样了？"

"还在侦查中。"

"主要卡在哪个环节？"

"实际上，我们已经移交起诉了。"

"是吗？嗯……有意思。如果你不介意，我想问问，你们是怎么移交的？你们要找的那个人找到了吗？"

"就是那个贾礼，他改名席传礼，自知逃脱不了法网，请了个杀手杀了自己，然后杀手被我们抓住了。"

莫凡宁扬了扬他稀疏的白眉毛，自顾自地摇着头。"杀手都交代了？"

郑航犹豫了一下。"是的，就是杀手供认的。"

"杀手怎么杀死他的？"

"注射毒药。呃，一管全注射进去了。我们发现其实三分之一就可致他死亡，所以看起来像是自杀的死亡，我们判定为他杀，然后循踪侦查，发现了杀手。"

关欣给他使了一个眼色，他已经给莫凡宁提供了太多细节。

"有意留下证据。"莫凡宁头脑十分清楚。

郑航却突然思绪混乱，关欣这一刻看起来也脸色苍白。两人面面相觑。

"您怎么这样说？"关欣问道。

"我有幸在法院工作近40年，担任审判员、审判长近20年。虽然没做出什么成绩，但也留下了足迹。我看过的案卷达几百起，八类重大刑事案件上百起，你知道，要审判一起案件，法官不仅要吃透全部案情，还必须审查并模拟每一个环节，包括作案动机，还有你们所说的心理侧写。吴晓癸案是我一辈子耗时最长的一起案件，还有许盈杀人案……"

"许盈杀人案提起过诉讼？"郑航惊讶地问。

"没有。但我提前介入了，因为当时吴晓癸案还没有最后审结，许盈涉及被拐卖，而且她杀的那个男人曾经报过案。鉴于当时的情况，我认为与吴晓癸案有关联。"

"等等，"郑航打断他，"您当时就认为许盈是吴晓癸团伙拐卖的？"

"是的。拐卖妇女团伙都有一定的活动规律，就像上次你们说的路线图，是同一回事。我在审查案件时就发现了这一规律，但很奇怪，马塘和曾家村应该在这一规律之内，却在案卷里丝毫没有体现。"说话时，莫凡宁神采奕奕，没有一丝重病的神情。

"您派人调查过吗？"郑航问。

"拐卖案最难的就是在拐卖地进行取证和解救，"莫凡宁说，"本地人总是有意保护本地人，他们什么都不愿意说，而且死者在当地口碑不错，没人愿意在他死后，还栽他一个收买被拐卖妇女的罪名。"

"所以，一无所获喽。"关欣说。

"也不是完全没有线索，只是没有结果。"莫凡宁答道，"当时吴晓癸案影响很大，群情激愤，上级追得很紧，要求限期审结，以便对一批罪大恶极的人进行枪决，对社会形成震慑，所以来不及细查。"老院长转向关欣。"孩子，当时的环境下容不得你细想，何况吴晓癸案已经很圆满。"

郑航说："是的，即使现在看来，吴晓癸案已经办得很不错了。"

"当时刑事案件之多，你无法想象。一个想法一旦放下，便来不及再查，因为有更多更重大的案件等着你思考，等着你追查。"

"直到我们来调查'地窖女'案件。"关欣替他把话说完。

"我在新闻上看到'地窖女'便联想到了吴晓癸案，本来想跟你们探讨探讨，想想又不认识你们，怕给你们添麻烦，便给汉洲市政府的一个朋友打了电话。但我发现他歪曲了我的意思，而你们来找我时已经带着成见，所以很多话我不好说。"

"是我们不对。"郑航赶忙道歉。

莫凡宁摇了摇头，显得十分伤感。

"不，是我小心眼了。你们走后，我四处搜集当时的笔记，寻找知情人。可惜年纪大的没几个在世了，年轻的又都没印象。我自己的笔记记得太简单。我好几次一个人跑到绥靖和马塘、曾家村，但原来调查过的知情人也都找不着了。我一直在想，我一定要找到他们，时过境迁，当时不愿说的话现在总会说了，就像我一样，当时没查透的案件，成了一个可怕的心理阴影，他们一定愿意卸下这个负担。"

"莫院长，"关欣再次打断他，"找到了吗？"

"找到了。"莫凡宁的脸上难得绽开了笑容，像一朵盛放在庄稼地里的南瓜花。

二

那天太阳如期升起，在莫凡宁虚弱的叙述中，阳光摇摇摆摆地飘洒在半掩的窗帘上，像是许多不为人知的秘密。

"我想我得讲得更快些了。"莫凡宁说。他伸手去拿床头上带吸管的水杯，郑航忙帮着拿过来，凑到他的嘴边。他咕噜咕噜地喝了几口。然后，他从头到尾将整个故事娓娓道来。

"贾礼，也就是席传礼，从小就自强自立，十五六岁就考上了中专，当时还是80年代，在农村这是天大的好事，终于跳出了农门。毕业后，就当了老师，吃上了国家粮。但他还不满足，业余跟人学起了中医，在学校周边赢得了很好的口碑……"

"您是说，他当老师，还行医。"郑航惊讶地说。他感觉莫凡宁的话好熟悉，这不就是席贝仁说他哥哥的话吗？"那时的农村，这类人是不是很多啊？"他皱着眉，一副思考的表情，然后强调地问："这种人多吗？"

"这类人肯定有。那时农村知识分子少，乡村医疗条件差，教学又行医的倒是不少，一方面从一定程度上解决了乡下就医难的问题，另一方面也是为了赚钱。但贾父游手好闲，不务正业，贾母想离开他，有一天晚上两人发生争执，贾父持刀追杀妻子，结果贾母被一刀捅死，贾父被判死刑。那是贾家最黑暗的日子，他弟弟贾仁……"

"弟弟？"关欣不明就里地惊呼。

郑航的笔也在记录本上停了下来。"他弟弟不是得天花死了吗？"但是，转瞬间他明白是自己搞混了，他把席贝仁说哥哥的话想成了席传礼说的。

莫凡宁点点头。"他弟弟是得了疾病，不过，别忘了他是中医。"

"您是说，他医好了弟弟？"

"据知情人说，好像没有完全治好，因为贾仁比他小几岁，他父母出事后，有亲戚愿意抚养，就过继了出去。那时，贾礼应该有抚养弟弟的能力，但不知为什么，他还是选择让弟弟过继，而且此后就没人见过他弟弟。"

"哦。"郑航好像明白了，但内心里还是似是而非。

莫凡宁摆摆手，继续进入正题，语速也更快起来。

"贾礼一直教书、行医，日子慢慢好起来。由于没有别的亲人，他开始寻找自己的弟弟，但那个亲戚找不着了，弟弟也失踪了，没有音信。这期间，有人告诉他，贾仁曾在少林寺出现过，他又跑到少林寺，但仍然没有得到弟弟的消息。

"一年后，贾礼在本校找了女朋友，白天一起教书，晚上和周末走村串乡给村民看病，日子过得十分滋润。据同校一个老师说，他们已经住在一起，计划着年底扯证结婚。

"但是，有一天晚上，那个女教师突然尖叫着跑出来，说看到了鬼。那天，贾礼给人看病未归，同校的一个老师问她怎么啦。她说她看到一个男人在她换衣服的时候朝卧室偷窥，然后在她进浴室洗澡的时候，跟进了浴室。但当她喊贾礼的名字时，那人仓皇逃窜了。老师问她，你怎么喊贾礼的名字？她说，她第一眼看去，以为是贾礼。"

关欣插话道："一个人孤身在家，突然感觉家里有人，以为是家人回来很正常。"

"不，那个女教师说，她看到的就是贾礼，但贾礼分明不在家，即使回了家，又怎么会跑呢？所以，她以为自己看到了鬼。"莫凡宁接着说。

"事实上，贾礼当时确实没有回家。他回来后听了女教师的话，有些受不了。他决定自己解决这件事，换作任何人都会这么做。于是，他偶尔假装出门治病，然后悄悄潜回家，藏在衣柜里。显然这么做是对的，几天后，偷窥者又出现了。"

关欣专注地望着莫凡宁的嘴巴。

"也许，那人从没真正离开过，一直游荡在周围。同校老师有时起夜也看到过莫名的黑影，当然，更多的是在贾礼住处的楼下。跟他同楼的教师叫余有粮，现在还健在。"

郑航飞快地记下这个名字。莫凡宁说过，学校的故事都是余有粮告诉他的。

"……经常遇上黑影的是女教师，她很恐惧，不论贾礼在不在家，她总是紧紧地拉上家里的窗帘，关掉所有的灯，将电视声音开到最低，好让家里看起来像是没人一样。"

莫凡宁说："但是黑影还是不断出现，一般都是夜深人静的时候，她或者她和贾礼准备洗澡、脱衣上床的时候出现。女教师确信那个黑影是冲她来的。

"为了保护女友，贾礼随后又改变策略，每当那个时候，他就守在楼下，并成立护校队，几个男教师在住处周围设立明岗暗哨，想抓住那个黑影，并向派出所报了警。"

关欣急切地问："抓住人没有？"

"那人像幽灵似的，从来只见影不见人。学校加强防备，但女教师的恐惧并没有减轻，之后，她住处的窗下、阳台开始出现各种肢体不全的动物死尸，扯断翅膀的鸟、剥了皮的老鼠、砍了头的猫……女教师确信是那个黑影干的。守夜的男教师抓不到人，也无能为力。贾礼换了防盗门，加装了防盗窗，不仅在走廊里装了长明灯，还在窗户上安了大功率声控灯。女教师不再单独待在家里，而是由贾礼时刻陪着，两人同进同出。

"余有粮记得，有天中午看到女教师坐在教研室里，目光涣散。当他礼貌地敲门进去时，女教师告诉他，'那人又出现了，就在刚才，大白天，他扔进来一只死老鼠'。余有粮不知道说什么好。生活在继续着，几个月后，女教师办了调动手续，正式跟贾礼提出了分手。她坚信，那个黑影是冲她来的没错，但主要还是因为贾礼，因为她跟贾礼在一起。"

"她调去了哪里？"关欣问。

"北边的一个乡镇小学。"莫凡宁说，"听说，她去了那边没多久，就不见了踪影。可能被拐卖，也可能南下打工，30年来，她家里人还一直在找她呢。贾礼也不走运，女教师走了，他生了一场病，那个黑影还在，时不时地窥探他。"

"他们见过面吗？"

莫凡宁摇摇头。"余有粮说，贾礼也从未见过那黑影，但那个黑影就是跟定了他，让他无法安心教学，甚至无法行医。这时，吴晓癸的公司招人，贾礼愤而辞去教职，离开学校，到国际贸易公司担任了秘书，直至锒铛入狱。"

莫凡宁停下来，伸手取水。郑航将水杯凑到他嘴边，问："就这些吗？"

"当然不是，这只是他在学校的故事。他进公司后干得很漂亮，深得吴晓癸的信任。听说，他并不跟着吴晓癸干伤天害理的事情，但在公司里工资却是最高的。"

关欣疑惑地望着他。

"贾礼在公司的主要工作是抄抄写写一些应对上级主管部门的文件，起草一些公告，另外就是给吴晓癸提包，陪着他开会，出席宴会。每天跟着吴晓癸出席豪华场所，吃着山珍海味，拿着最高工资，但贾礼似乎并不高兴。员工除了对他羡慕嫉妒恨，还注意到了他的心情，说他似乎时时刻刻都忧心忡忡的。

"余有粮到公司看过他几次，说他比在学校时还要苦闷。他跟余有粮谈起桃花源，说真想找一个世外桃源孤独一生。余有粮还笑他，世外桃源可是所有人的梦想，还说什么孤独一生？不过，余有粮看得出来，贾礼是真的痛苦，丝毫没有为自己拿着高工资、过上贵族般的生活而高兴。余有粮劝他宽心，不同的境遇有不同的苦恼，千万富翁还自杀呢？"

关欣说："那时，他可能已经发现了吴晓癸的违法犯罪活动。"

"可能吧，但他在后来的供述里没有提到这一点。"莫凡宁点了点头，说，"就在余有粮走后，他卷入了一起杀人案里。"

莫凡宁接着说："有人在绥靖公园里发现两具中年男女的尸体，双双被一把尖刀捅穿心脏。那是一个夏天，公园里时常有人，不论做得如何隐秘，警察很快就找到了几个目击证人，通过模拟画像，锁定了贾礼，并逮捕了他，但他全盘否认。据他自己说，那段时间他没有去过公园，一直陪着吴晓癸在公司里，吴晓癸和公司的员工都可以给他做证。警察搜遍了他的住处，一无所获。没有作案的刀具，也没有其他证据，警察也束手无策。他在看守所待了两天，就被释放了。"

"案件就这么不了了之了？"郑航问。

"你知道公安机关不会放手的，他们成立了一个更大的专案组，加大了侦查力度，对贾礼采取了监视措施，但案件还是办不下去，找不到线索。这时，吴晓癸做出了一个决定，把公司搬去汉洲。他跟县委县政府的领导说，绥靖县的营商环境太差，声称自己已经做好了决定。他和他的公司要离开这里，这是他谋求更大发展的办法。"

莫凡宁喘了口气。"县里领导试图用政策和环境挽留他。劝他先出去考察一下，哪个地方有家乡这么好的条件？至于治安环境，现在是社会转型期嘛，一切都会逐步变好的，哪座庙里没几个歪嘴和尚？"

他接着说："但吴晓癸很固执，尽管没有当面顶撞领导，却还是逐步将公司往外面搬，直到案发时，绥靖县的资产已经变卖得差不多了。不过，案发后查封他的资产时，却没有查出他将资产搬去了哪里，留下一个天大的悬念。当然，也有人说他本来就只有一个空壳公司，根本没什么现金。"

郑航问："您就了解这些？"

"大致就是这些吧。不过，通过这次调查，我坚信一点，贾礼背后藏着一个人！那个人可能就是杀害那对夫妇的凶手，也是骚扰女教师的黑影，这个人做得相当聪明。但雁过留声，风过留痕，贾礼身边发生的种种事件不是偶然的。"

"但您并没有发现有力的证据。"郑航语气平平地说。

"假以时日，我一定会找到的。"莫凡宁哀伤地说，"天不佑人啊。所以，我急急忙忙地把你们叫来这里，告诉你们这一切，希望能给你们提供一点线索、一点启发，希望在我死后别有太多的遗恨。"

"您有这份心，我们非常感谢。"

"还有原来找过我的那位女孩，我也有些话跟她说。你看，方不方便带几句话给她？"

"你是说何夕，何律师？"郑航说。

莫凡宁点点头。"这一个月我多次去了马塘和曾家村，因为那里毕竟离得近，去一次也方便。我感觉何夕生母的案子确实很蹊跷。我怀疑跟贾礼背后的影子有关系。"

这话没什么新意。郑航第一次去曾家村调查时就产生过这种想法，只是时间太久，一直没找到线索查下去。"您有什么发现？"郑航问。

"我用放大镜仔细辨识过贾礼和那个出现在曾家村的男人的照片，发现他们不仅面相有一定差异，而且跟刘薇联系的男人左耳下面的脖子上有一个瘊子，贾礼没有。这一点可能是所有人都没有注意到的。但贾礼在提审中承认找刘薇的就是他，这说明他说了假话，也坐实了他冒名顶替的事实。"

他瞄了一眼郑航。"而且刘薇从曾家村逃走后，就在丁维杰被杀的那天晚上，有人看到过那个男人又出现在曾家村，还有一辆车在村口的公路上接应。"

"您找到了知情人？"郑航问，"那个人在哪里？"

"一个活着的知情人。"莫凡宁挤出一丝不自然的微笑。"他一直在南方发展，清明前回乡祭祖，恰巧被我碰上了。"

由于说话时间过长，莫凡宁的脸色显得更加苍白而憔悴。

"我会把所有我找过的知情人的联系方式提供给你，"他声音越来越弱，好像咕哝声。"这人原来是村里的治保主任，跟丁维杰是同学，自称比村主任父子跟丁维杰的关系更加亲密，了解更多的实情。他根本不相信许盈会杀害丁维杰。

"我知道你也对许盈杀人案持有异议。这个原治保主任说，许盈对丁维杰一直有很深的负疚感，几次看到他们在一起，她都是尽心地呵护他，而且一直很开心。而丁维杰也很爱许盈，如果他能开怀地大笑，能肆无忌惮地笑出声来，那一定跟她有关系。"

"这一点，现任村主任也说过。"郑航静静地说，"他们的关系确实不错。"

"他们也吵过架，不过不是因为他们不相爱，而是因为丁维杰想报警。许盈害怕报了警，她会被送回原籍，会失去他，所以一直反对。"

"会不会还有其他原因，比如保护拐卖她的人？"郑航插嘴道，"原治保主任听丁维杰亲口跟他说过这些事，还是他的个人猜测？"

"他说是丁维杰亲口说的，我想应该是这样，不然他不会知道得这么详细。"

"关于出现在学校里的那个黑影，还有什么补充的吗？"

"也许我说的都是些捕风捉影的话，"莫凡宁实事求是地说，"你可以再实地访一访，把证据做扎实些。还有，那笔资产一定会有去处的，应该是一笔大钱，吴晓癸那么聪明的人，不可能带一个空壳走。那时的钱也不可能扛在身上带着，一定有渠道，查出渠道，揪出那个带走钱的人，我希望在我死前听到他被抓获的好消息。"

郑航张了张嘴，还没等他说话，关欣已经抢先了一步。"癸子？那个癸子我怎么没注意到呢？谢谢您提供了这么重要的信息。"她第一次握了握老院长的手。

"那个长痦子的人一定就是那条漏网之鱼。我一直感觉还有一个人没有到案，一个重要的人，可由于我没有细查，而让他继续作案，这是我的责任。"

郑航摇了摇头，说："您不必自责，当时的案件审判已经很圆满了。"

"可是，我还是认为，至少'地窖女'的事情根本没有辩护的余地。让她受苦28年，是我的责任。显而易见，如果当时揪出那个人，把她解救出来，她就会拥有一段美好的人生。"

第二十七章

一

手机铃声响起时，何夕斜躺在宾馆大堂的沙发上。她觉得自己身上黏糊糊的，一动也不想动，像一只蜘蛛在等候飞虫。阿甘正在吧台前登记住宿，他们跟王怡文外婆告别后，又在绥靖待了两天，刚才回到戎城。

何夕累极了，几天几夜没睡好，路上汽车又颠簸，但她仍然没有瞌睡的感觉。旁边的长沙发上，一个男孩拥着一个同龄女孩。她感觉自己似乎跟那俩孩子相隔了几个年代，而她其实也只是一个女孩。

她无比乏味地移开视线，依然一动不动。她知道这个时候是谁打来电话，除了养父母，就是苏越。养父母那里她刚打过电话，说了几句例行的问候和自己一切安好的汇报，连她自己都觉得有些虚情假意。找到外婆，她越发感觉到对养父母的亏欠，可心里的阴影怎么都驱不走。苏越这几天也一直在苦苦地联系她，她很厌烦，心里却时刻想着。

"在哪儿呢，怎么这么久才接电话？"手机里传出的却是郑航的声音。

何夕冷笑一声，说："你还知道跟我联系啊，有事吗？"

巧了，郑航也在戎城，而且跟她住在同一家宾馆。"我们能不能见个面？"他说。

何夕身子抖了一下，缓缓地起身，走向门口。她看见很深的夜色，突然觉得身子冷得像凄冷的月光。这时候她才发现，刚才坐过的沙发上也有一轮月亮，那是一幅国画，画首题有一句诗："仰头望明月，寄情千里光。"

她想起中学的时候背过这首诗。因为有天晚上跟郑航一起放学回家，听他趁着月色吟出这一句，于是她刻意背诵了这一整首诗。

何夕说："我很累，有点扛不住了。"

郑航没有多说，不到两分钟就出现在大堂里。看到阿甘跟她在一起，怒火迅速燃烧，一把揪住阿甘的衣襟。何夕呵斥了郑航，却主动把行李递给他。阿甘挤出一丝戏谑的笑容，冲他说："您应该对我更好一些才对，没有我，您拿不到那些线索。"

笨重的行李丝毫没有拖累郑航。他低头俯视着阿甘，说："跟我单独待会儿试试，我会让你得到更多的消息。"

何夕再次拉住郑航，推着他往电梯走去。"你误会了，没有他，我找不到外婆。"

郑航横了阿甘一眼，脑子里想着眼下的情形。很简单，记者追踪新闻就像商人逐利一样不择手段，他不能再让这种情形发生。阿甘会提前爆料案情，会让他们的秘密复查公开化。

"好吧，"他说，"你先睡会儿，我看看你这几天收集的资料，头还痛吗？"

"有一点点。"

"你是说有一点点痛，还是好了一点点？"

"都有一点，"何夕进卫生间洗了把脸，说，"一言难尽。"

"你睡会儿吧，醒来后打我电话。"

"你就在这儿看资料不行吗？"

"你确信要我陪着你？"

"我还信不过你吗？一个小时后叫醒我。"

郑航在房间窗前的茶几椅坐下，面对着斜靠在床头的何夕，两人的眼睛处在差不多的高度。他说："你可以多睡一会儿，世界末日不会来临。"

"说不定，"她说，接着又补了一句，"一个小时就够了，真的。"

"你睡吧，天塌下来我先顶着。"郑航想跟她说说阿甘，但怕说起来自己控制不住发火，没完没了，惹她睡不着。接下来，他该教训教训阿甘，让他离何夕远点。

"我知道你会顶着，"何夕说，"但我只能睡一个小时，就这样。"

他叹了一口气。"好吧，接下来我们能够用更多时间谈工作，躺下吧。"

"你真是太好了，谢谢……"

她费力地点点头，咽下了快到嘴边的话。她直直地朝前方看着，却又没看郑航。她其实什么也没看。最后，她用饱经沧桑的嗓音叹了口气，就浑身放松下来，平躺在床上。

"你挪到枕头上去吧，那样会舒服一点。"郑航说。何夕没有回答。他耸耸肩，站起来，去了一趟厕所。出来时，何夕依然像刚才那样躺着，双目紧闭。她的姿势有点异常，这让郑航停下了脚步。他发现何夕并没有轻轻松松地进入睡眠状态，而是似乎处于一种高度紧张之中。她紧攥着拳头，快速而虚弱地喘着气。

"何夕？"他伸手摸摸何夕的脸，问，"何夕，你还好吗？"

她本能地发出一声低沉的呻吟，声音来自她身体里的某个部位，这让郑航的心头涌起了一股真正的恐惧。这是他以前从没有听见过的、充满了原始野蛮味道的声音，他不知道该怎么做。郑航在何夕床前站住，把她的手腕捏在自己的掌心，能感觉到她的脉搏在狂跳。他蹲下来，一手抚着她的额头，嘴凑在她的耳边小声说："没关系，平静下来，一切都会过去。"

突然，何夕翻转身，抬起双腿，身体蜷缩，随即整个身体痉挛起来，好像遭受了电击一般。猛然，她真的哭出来，毫无节制地喘着气，浑身缩成一团，发出莫名其妙的哭声和几乎不曾间断的呻吟。

何夕的失控让郑航惊讶不已，他用双臂紧紧地抱住她——想安慰她，想让她情绪平静下来。可她一点也没意识到郑航就在身边，身体仍然抖个不停，抽搐着，哭泣着。

郑航在身后紧紧地抱着她，任其宣泄下去。他没有办法让何夕停下来，直到最后——两分钟后，还是十分钟后——低沉而令人揪心的哭泣声似乎耗去了她所有的力气，深沉的呻吟终于变成了筋疲力尽的啜泣，最后连喘气声也停了下来。她终于安静了。

二

何夕认为自己这次来绥靖不虚此行。她从接到同心结开始，调查到生父被杀、生母被嫁祸的惨案，一路追踪着杀害父亲的凶手残存的踪迹。郑航让她注意到了吴晓癸拐卖妇女团伙，关注到了化名席传礼的贾礼，然后从贾礼身上追查到生父的家乡，了解了生父和生母快乐和谐的生活；阿甘带着她来到了生母的老家绥靖，见到了自己的外婆；接着，她在绥靖又待了几天，围绕贾礼展开调查，发现他还有一个过继出去的兄弟叫贾仁，贾仁现在是最后一块未搬动的石头了。

如果查不到贾仁，或者贾仁真的已经死亡的话，何夕不知道自己下一步会走向何处，或许，可能走到无路可走的地步。不过，她有了一种模模糊糊的感觉，给自己留下了一点残存的希望：贾仁没那么容易消失，即使贾礼死了。

在绥靖，很多知情人都这么说。

这不就暗示着贾仁可能还活着吗？如果是这样的话，她一定会找到他。

何夕知道，成功的路可能坎坷曲折，但还是有点门道。

如果付出了艰辛的努力，最终还是得不到让人满意的结果，她就坦然面对这个现实：就此罢手，然后回到跟养父母的幸福生活中去。毫无疑问，她已经从中得到了一些好处。从人生经历来看，这本身就是一段让人难以置信的生命旅程：恍如让她重活了一世——现在的一切是养父母给她的，而她了解到的自己不可思议的身世，则是她的上一辈子。这可能会让她形成心理伤疤，但趁着年轻，现在揭开新鲜的伤口，让自己经历一些痛苦，这些伤口是可以愈合的，也许已经在逐步愈合了。

不过，最令她伤心的是跟苏越之间的关系。他们不仅已经相爱了，而且一种全新的信任关系正在生根发芽，她毫无保留地大声宣布深爱着他，要跟他白头偕老，却突然发现自己调查中的失误竟跟他有关，这不能不让她失控或者恐慌。

是的，如果她不得不放弃，不得不承认自己的失败，多多少少跟他有关。在内心深处，何夕不想放弃这种追查，她已经走到最后一步了。在追查的每一站，她都找到了下一步着手的线索。想象一下，最终一无所获对她来说是不能接受的。

在绥靖时，苏越多次拨打她的手机，她没接。他一定又跟阿甘通过电话，她看到阿甘背着她跟人用手机说话。但他们在绥靖调查还算顺利，这说明阿甘是忠诚的。

现在，两人决定在戎城逗留最后一晚，然后返回汉洲。仅仅几天前，此处还那么让人生畏，在感情上充满了不祥之兆，当时她是被阿甘以最大的好奇逼着过来的。他们随意找了家宾馆休息，没想到郑航联系上了她。这不能不说是她此行中又一大收获。

有郑航在身边，她终于可以安心地睡上一觉。郑航是她人生中除养父母外的又一大幸运，是她同学，也是她兄弟，是她爱过的人，不一定爱她却一定是最值得她信任的人，也是不论她露出何种丑态，都不会鄙视她、抛弃她的人。

她醒来时，郑航果然还在身边，还像小时候一样握着她的手，关注着她的状态，却没有任何逾矩的行为。

何夕精神饱满地打破了一开始有点尴尬的沉默。"谢谢你守在我身边。"她说，"你真是一个让人放心的男人，我一定在你面前出尽洋相了吧。"

郑航摇摇头。"我们平时各忙各的，"他说，"这是一个多好的契机，一个让我像小时候关心妹妹一样关心你的契机。"他沉吟了一下，然后吸了一口气接着说。"我不知道说这话有没有意义——你一定要照顾好自己，只有自己身体好才能有精力找母亲，找到了也才有能力养她，如果你因此毁了自己的身体，对所有人来说，都不是一件好事。"

看着郑航正儿八经地说话，何夕笑了，笑得很开心，笑得眼泪肆无忌惮地流满脸颊。

接着，两人正式交流前段时间的调查成果，他们的结论是一致的，贾礼有一个兄弟叫贾仁，这个贾仁潜藏在暗处，但是个什么样的人，干了些什么，无法知晓。

郑航不想瞒着自己的搭档，把关欣叫过来一起讨论。可关欣坚定地拒绝跟一个律师讨论一起看上去已经结案却疑点丛生的案件。郑航有些恼火，却也不想纠缠。因此，他特别强调了何夕的当事人身份，只要求关欣从贾仁犯罪的角度思考。贾仁离家后会去哪里？如何加入吴晓癸团伙？在团伙里充当什么角色？如何瞒过所有人的眼睛？

关欣闷着头，不出声。

何夕又提出对苏越的怀疑。这次，关欣不干了，她从逻辑上直截了当地关上了考虑苏越参与犯罪的大门，任何人犯罪，包括下属跟老板互相掩护着犯罪，都有一定的动机，都会留下蛛丝马迹，这个苏越任何痕迹都没留下，怎么可能呢？

当然，还有一层意思关欣没说，那就是苏越是她表哥，把他纳入怀疑对象，跟她对他的了解是相抵触的，何夕的意见没什么值得重视的符合情理之处。

郑航跟苏越也熟悉，不仅是因为关欣或何夕的关系。他得知何夕对苏越的怀疑后，干的第一件事就是在犯罪数据库里把苏越查了个底朝天，他当然知道这个人没有犯罪记录，数据库也完全印证了这一点。然后，在搜索中关联了他的社会关系，跟他关系最密切的也就只有何夕，以及他的老板席贝仁。这是再正常不过的关系，他的家庭和旁系亲属也都干干净净，没有任何人跟违法犯罪有过瓜葛。简而言之，都是社会上最清白的人。

如果郑航着手调查苏越，要从哪里着手呢，查他有没有可能雇用杀手杀了席传礼，然后伪装成席传礼自杀，还找了替身，杀了刘畅、出租车司机？哦，郑航不得不说，没有任何证据表明有这种可能性。

作为一名刑警，没有任何的迹象和苗头，郑航不会把一个正常人想象成谋杀嫌疑犯，然后像堂吉诃德一样与之斗智斗勇。

郑航不想纠缠于一些模糊的、还没有形成定论的环节里，这除了让人感觉荒唐可笑之外，他将一无所获。

当然，如果有机会，他会对苏越发起突然袭击，试探一下他的心理素质。这并不是说他要以此证实何夕的怀疑，仅凭表情或言行举止就能查出对苏越怀疑的真凭实据。但郑航还是没有否定何夕。过去几年，他俩一起参与过多起案件的起诉工作，虽然一个是诉方，一个是辩方，但大多数时候，他们的观点一致，少数观点差不多。在那些案件中，何夕的洞察力和直觉甚至比郑航略胜一筹。

郑航知道，何夕能够理解案件的微妙之处究竟在哪里。所以，尽管他依然对何夕直指苏越参与犯罪的观点保持怀疑，但他自己可能已经受到了感染，无法说服自己毫不理会何夕提供的有关苏越的信息。

何夕是一个孜孜不倦的律师，有时候很灵敏。按警方的标准来看，她也是一个让人完全猜不透的人——律师不必像刑警那样按规矩办事，何夕可以靠自己的直觉和预感来办案，通过激怒别人、以自我为中心以及纯粹故意刁难的方式行事，这在某种程度上是郑航做不到的，这使得何夕无论是作为朋友还是作为诉辩对立方都很难缠，但没有必要为何夕的成功感到眼红。

何夕是错的，郑航在心里这么说，但他更想去印证，所有的事只有用事实来检验才是明智的。想到这一点，他决定带着何夕和关欣再一次去见一见老师傅费佑民。他拨打了费佑民的手机。刚响了几声，老师傅就接通了电话，和蔼可亲地问候了郑航一声，他还记得两人上一次的谈话。当时，他告诉郑航如果自己还能提供帮助的话，郑航可以随时找他。

已经是晚餐时间，郑航三人把费佑民接出家门，在不远的餐馆里边吃边聊。

"你是说，"费佑民说，"那桩28年前的无头案和汉洲发生的多次杀人案全部结案了，都是贾礼做的，而且他还雇用杀手杀了自己？"

"目前侦查的结论是这样。"

"这不寻常啊！"

"我们也是这样认为的。特别是发现贾礼那个兄弟并不像他说的那样已经死亡，而可能躲在贾礼的幕后。哦，还记得出现在曾家村的那个男人吗？"

"当然记得，上次我们讨论过的，贾礼承认就是他自己，怎么了？"

"那可能不是贾礼，而是一个跟他相貌一致的人。贾礼脖子上没有瘊子，那个人有。"

"你怎么知道？"

"照片，我们都没发现这个细节。"

"你们怀疑那个人是贾礼的兄弟？"

"种种迹象表明，可能是他。但除此之外，似乎没有任何一个知情人见过他。"

费佑民端起酒杯又放下，摇摇头，然后又倒进嘴里。"也许并非没人见过，只是没人分辨出是贾礼还是他的兄弟贾仁。"

郑航点点头。"我想有这个可能，这也许就是我们一直兜圈子的原因。"他说："在接受询问时，贾礼承认有一个弟弟，但他自述弟弟早已经死了。莫凡宁调查发现他弟弟只是患了一场病，然后过继给了别人，之后再也没有找到过。随后，他任职的学校出现一系列的怪事，我怀疑那就是他弟弟贾仁回来搞的，唯一的问题是没有找到证据。女教师转校后，贾礼因那个黑影而无法安心教学，无法行医，进而辞职，也许就是贾仁搞的。这时，贾仁虽然仍旧没有在人前出现，但一定见过了贾礼。随后，出现在吴晓癸公司的，看似只一个人，却可能是两个人，明处是贾礼，暗处是躲着的贾仁。"

费佑民一边听，一边频频点头。"但这一切都是你的推测，有见证人吗？"

"老院长莫凡宁找到了两个证人，一个是贾礼之前的同事的老师余有粮，一个是马塘村原治保主任。"

费佑民扮着苦脸。"郑队长，这是28年前的事了，你说的一切确实足够引发你深入调查。但是，我可以告诉你，从那两个证人的证词看，很难认定贾礼幕后就是他的弟弟。而且，想要将他定性为吴晓癸落网后的头号嫌疑犯，至少是主要嫌疑犯之一，没有更直接的人证、物证是不可能的。"

"我来找你，不是要你证明我的推测。我想了解的是，当年你经办吴晓癸团伙案时，曾在绥靖待了近一个月，是不是怀疑过贾礼跟吴晓癸的关系？这么说吧，吴晓癸在绥靖期间，每天跟着他的，真的就只是贾礼吗？有没有人怀疑还有其他人？"

费佑民眼里闪出一道亮光，说："你提到这件事，倒真引发了我的回忆。当时确实有人说贾礼变幻莫测，有时老实巴交，有时凶狠残忍。"

"既然如此，有没有引起你们的怀疑？"

"当时只以为这是人的多面性。"费佑民一边喝着酒，一边思考着说，"记得当地发生过一起夫妇被杀案，我们复查过多次，最终却没能给贾礼定罪。"

"还有一件事。"郑航说。

"什么？"

"何夕在绥靖找到了外婆，随后她找了很多当年的知情人，有些曾经是吴晓癸国际贸易公司的员工，他们也认为贾礼完全是两个人。其中一个极得吴晓癸的信任，一应事务都交给他来做，另一个却只是跟屁虫。"

"当时我们也听到过这类言论。"

"在涂力明死后，你们有没有联想到这个人？"

费佑民低下头，想起了难过的往事，伤心地摇摇头。"涂力明是个好人，"他说，"他自杀时我真不敢相信，你是说，也许他就是被贾礼的弟弟贾仁杀的？"

"我不知道我说得是否准确。当时，涂力明正在调查贾礼冒名顶替的问题，之前就怀疑到曾家村的男人并非贾礼，而是另有其人，正是那人杀害了丁维杰，并且嫁祸许盈。涂所长几乎已经接近真相，拿到证据……"

"你怀疑监狱里有人给他通风报信？"

"据我了解，你以前多次去大通湖监狱提审贾礼，此人假释后，又是你的监管对象，你觉得监狱内外，最有可能为贾礼通风报信的人是谁？范围不妨大一点。"

"这怎么说呢？郑队长，我不是说你或许怀疑我，但我真没想到有人通风报信这一类情况，你可能从跟我这几次聊天中注意到了。"

郑航耸了耸肩，说："你想哪儿去了，我怎么会怀疑你呢？我就是想知道贾礼在这段时间里有谁联系过他，或者谁跟他联系最紧密？我需要一个调查名单。"

"这个……"费佑民考虑了一下，说，"我可以翻一下过去的笔记，以前我对贾礼在狱期间的会客记录做了一张表，对他在戎城生活期间的社会关系也有留存，希望能给你的调查带来一些帮助。"

第二十八章

一

上午8点，郑航和关欣赶到了大通湖监狱。背上写着28号的罪犯李晓毛眼神空洞地望着他。郑航也以同样的眼神跟李晓毛对望着。缓了一会儿，他跨坐在椅子上，拿出一包白沙香烟，用手指弹了弹烟盒，抽出一根，朝李晓毛递过去。

"你当警察，还抽这种烟？"李晓毛说。

"如果我抽的是和天下，我就不是坐在你的对面，而是跟你住在一起了。"郑航说，"我没那个胆，也不想冒那个险。"

李晓毛只是盯着郑航瞧。

"这烟质不错，"郑航说，"害处跟和天下一样，好处也差不多。"

李晓毛冷冷一笑，接过郑航递过来的烟。

"昨晚忙到半夜，才排查出你这个人。"郑航说，拿出打火机。"我跟监狱长谈过了，他说你一直表现不错，前20年当狱警是这样，服刑的这几年也是这样。他也一直对你很照顾，不同意我们打扰你，不过最后他还是答应了，因为我们要了解的情况对你没有害处。"

"为什么？"李晓毛问，将烟凑上打火机，小心翼翼地吸了一口。

"我等一下再回答这个问题，不过你应该知道如果你不合作，如果我从别处得知那些情况，可就对你没好处了。"

"啊哈，你一会儿扮白脸，一会儿扮黑脸，可算不上太好的审讯策略。"

"古话说，人在做，天在看，现在可不仅是天看着，还有四处布置的天眼看着呢！你在这里工作了20年，应该很明白犯人的一举一动都在监控之中吧？"

李晓毛环视四周，像是检查某个地方的天眼视频。"听着，我没有做过其他违法的事，如果没有监控录像的话，我不想再回答任何问题了，我要求人身保护。"他说。

"放心，从你走进这里，你的一举一动监狱长都看着呢。"

接下来的时间凝滞而沉稳，提审室里没有丝毫杂音，郑航的目光像吸附在天花板上的圆形灯默默地将视线洒满整个房间。李晓毛睁大双眼东张西望，心里慌慌的。

"我知道你们是为汉洲的'地窖女'案而来。你们想查贾礼，他在狱期间，我是管教之一，他的朋友给我送过东西。可我真跟他没有关系。当时就没关系，现在更没关系了。"他说，"不过，那时确实有人通过其他渠道给他传递过东西，包括信件，有人受到过警告、威胁，可不是我……"

郑航被李晓毛的话吸引，目光闪亮成午后的阳光，嘲讽地笑了，说："我知道，你就是传递东西的人之一，否则你也不会从看守变成犯人。我还知道，现在仍有人跟你保持着联系，那个人就是贾礼幕后的凶手。"

李晓毛身子略微抖动了一下，脑袋垂了下去。"我真的没有窝藏犯罪，我也不知道凶手在哪里，你们不能把我当替罪羊！"他低沉地吼了一声。

郑航用手机在桌面上敲了一下，很轻，但李晓毛听起来振聋发聩。

"听着，李晓毛，我不想让你当替罪羊，也不认为你有能力遥控杀害贾礼和刑警。但是，你是个懂法的人，应该明白，如果现在把私下里跟贾礼联系的人告诉我，绝对会把伤害降到最低，否则你跟贾礼幕后人的交易会扩大化，甚至摆上司法厅有关领导的案头，不论会不会给你增加刑期，但一定会在你的减刑共商会上成为话柄。"

李晓毛沉默片刻，他没想到，郑航看似柔和的话语，每一句都直击他的内心。他的喉结在长满胡茬的脖子上滚动，好像连口水都咽不下去。

他的嘴角微微抽动了一下，请求郑航将看守他的警官叫进来。他跟看守警官嘀咕了几句，警官拿来一个包裹，那是李晓毛的私人物品。他从中拿出一沓信件递给郑航。

"信件用的是暗语。"李晓毛说着，又从贴身的口袋里拿出一张纸条。

郑航尽量不让内心的讶异表现出来。他瞬间意识到，监狱内外的人在选择联系方式时的想象力实在是非同寻常。他想起绥靖公园的那起命案，那个悬置30年的谜题。

"一个多月前，我突然收到一封信，里面夹着这个。"李晓毛说，"乍看之下，我以为是信写完之后还有几句话需要补充，可是我念来念去完全看不懂，拿着信跟信件正文比对之后才发现这些文字是密码。信件里写的都是些家长里短，看不出什么，但一解密，就可以看出种种警告和威胁。还有信封上的地址，也是密码的一部分……"

二

艾顺利是鸿达搬家公司的老板，这家公司之所以能在利润相当有限的搬家市场上立足，是因为它定价低、采用侵略性营销策略、雇用廉价劳工，而且要求物品一旦搬上货车，客户就得在出发前往目的地之前付现。他从来没在任何一个客户身上赔过钱。艾顺利有一套办法对付各种客户，甚至搬家过程中损坏、丢失物品，他都可以概不负责。

艾顺利年轻时讲义气，好勇斗狠，帮人打架坐过牢，跟贾礼是同监室狱友。贾礼在狱时显得十分听话温顺，总有人欺负他，艾顺利没少帮忙，两人成了生死之交。出狱后，艾顺利就踏进了搬家行业，在鸿达搬家公司上班。这家公司的老板是艾顺利父亲的朋友，他会进这家公司就是通过父亲的安排。

"这小子混过社会，坐过牢，干其他职业没人要。"他父亲说，"你能收留他吗？"

艾顺利当了业务员，赚取佣金，很快就以自身的魅力、效率和蛮横闯出一片天。同时，他很聪明，公司有事时，总有社会上的朋友帮忙。5年后，公司获利可观，艾顺利成了老板不可或缺的左右手。3年后，老板突然心脏病发作，不治身亡。接下来几天，艾顺利安慰老板的妻子说他有办法而且是非常有办法扛起这家公司。丧礼过后，艾顺利和她敲定了一笔几乎只是象征性的经营权转移费用。就这样，艾顺利成了鸿达搬家公司的老板。

30岁那年，艾顺利终于见到了那个一直在暗处帮助他的人。那时，他已经拥有了汉洲北部临山的一栋别墅，开上了轿车。但走进那人华丽的宅邸，看见那些洁净无尘、豪华气派的家具时，他才发现自己的财富几乎可以忽略不计，当时，艾顺利就下定决心以后一定要拥有那种气派，那是品位、风格和强悍的优越感。

一晃多年过去，他跟那人的差距依然存在，不过自己已换了东部临夷江的别墅。曾经介绍他进入鸿达搬家公司的父亲已经去世，母亲因为白内障，眼睛已经不识物了，却仍然住在她的老房子里。那是处于城中心的一套公寓，建成六七十年了，他就是在那里长大的。

现在，艾顺利坐在老城区那套陈旧的公寓里，面对着一男一女两名身材高挑的年轻人，男子的声音温和得体，微微笑着，问他是否认识李晓毛和贾礼。艾顺利喉头哽了一下，注意到女子的目光始终停留在他的脸上，偶尔闪过一丝寒意。

此前，他认真看过两人的证件，显示男的叫郑航、女的叫关欣，是汉洲市公安局的。不过，叫郑航的男子看起来像已经连续工作48小时的苦力，而不像警官。

艾顺利从事搬家行业后，一直主动跟辖区派出所保持联系，跟不少警官关系不错，但警察不打招呼贸然找上门，并且找到母亲的公寓里还是第一次。因此当两名警察亮出警官证给他看时，艾顺利有种不好的预感，脑子里快速地回忆着哪一次搬家损失没有赔偿到位，或者得罪了什么人。他叫母亲的保姆带着母亲回卧室去，请两位警官坐下，自己掏出一支烟，准备为某起事件找到借口。

"怎么样？"郑航追着问。

"李晓毛？"失算了的艾顺利重复着第一个名字，试着点燃香烟，快速思索该如何回答才好，可是他既点不燃香烟，也答不出话来，似乎脑袋突然梗死了。

"我知道，你需要镇定，"郑航拿出一包烟说，"没关系，我们可以等。"

艾顺利看着郑航点燃一支白沙香烟，倾身向前，借着警官的打火机将烟点燃。

"谢谢。"艾顺利咕哝道，用力吸了一口。烟气灌满了他的肺脏，尼古丁注入他的血管，带来一阵轻微的眩晕。他总觉得事情一旦做下，迟早会东窗事发，警察迟早会发现他寄给李晓毛的信，即使使用了密码，地址是这套老房子。

跟李晓毛通信，先前他只操心如何隐瞒送钱给这个狱警的事情，但现在的情形不一样了，从现在这一刻起，情形变得截然不同，因为他从没有想到警察可能会将李晓毛跟贾礼联系在一起。

"李晓毛留着你给他的信，还有一张小纸条，"郑航说，"写的是家长里短，特别是你母亲对他的感谢之辞，毫无疑问，你在监狱里得到过他很多关照。"

"一张纸条？"艾顺利脱口而出。

"你一定联想到了什么。不知道这算不算自首，可是这句疑问语还不够。我能够找到这里来，可不仅仅是费尽心思的问题，还有一个关键因素。"

艾顺利仿佛坐在一艘船上漂流，看着浪潮从地平线那端升起。他没有说话。

"我能够看到你眼中的恐惧，也知道你在想办法应对，可我不想逼你说出一切，那样会加重你的刑期。公检法的程序你是熟悉的，没必要想得太多。"

"我……我只是想感谢他而已。"

"他已经就贪赃枉法判过刑了，送钱的事加不了他的刑期。"

艾顺利从凳子上站起来，走到窗边。即使是老公寓，这套房子也有观景窗，可以看见夷江在这里拐了个弯，往东流去，对面的清夷公园沐浴在阳光中。

艾顺利深深吸了口气，听见郑航在瓷砖地板上拖着脚滑动，他知道任何拖延战术都无法耗尽这名警官的耐心，那个原以为加挂了双倍保险锁的货单他没办法丢进垃圾桶了事，如今那项自以为只需跑跑腿就稳赚不赔、终身受益的中间人业务将让他血本无归，甚至会把他带到监狱里去。

"他很得意地告诉我说，你或者你的委托人设密水平真是太差了，"郑航说，"他一接到纸条就发现了其中的奥秘，包括你写在信封上的地址。"

"应该说，我就是为了让他简单易解，简单易记，"艾顺利纠正郑航，狠了狠心回到凳子上，平视郑航。"我的意思是让他记住就扔掉。"

"嗯，"郑航说，两手撑住自己的膝盖，又从烟盒里弹出一支烟，给艾顺利递过去。"可惜他没你这么好的记性，毕竟已经50多岁了。"

"我们差不多年纪。"

"你的委托人也跟你们差不多年纪？"郑航从那包烟里再抽出一根，自顾自点上，凑向百叶窗漏出来的午后阳光。"还抽得惯吗？"

艾顺利点点头。等一支烟燃尽，他站起身，说："我们换个地方说话吧。"

三

那栋华丽的宅邸艾顺利已经有十多年没有进去过了。他们后来见面都是在宾馆、会所或者咖啡厅。其实，他们见面很少，有时几年才见一次，每次都是那人主动联系艾顺利。艾顺利始终不知道那人姓甚名谁。

他们的汽车转过街角，来到一片安静的街区。郑航朝挡风玻璃倾过身，抬头往那栋老别墅的窗户看过去。他本来可以打电话给肖永明，或是拨打110，请指挥中心调派快警随他一起进去，但考虑到不能确定那栋楼是否还在艾顺利的委托人手里，他有太多需要顾虑的东西。他下了车，来到别墅外院的大门前，按下磨光了标识的门铃，等待一会儿，接着又按了一次。他走回车子，从后备厢里拿出撬棒，回到大门前，再次按下门铃。

30秒后，里面还是没有动静。

郑航使用了撬棒，进入后，客厅大门的标识依然磨得光滑，说明这栋楼的主人一直没有更换智能门。他再一次按响门铃，将耳朵贴在冰冷的铁门上聆听，然后再次将撬棒顶端嵌入门框间的缝隙，门锁的正上方。20多年前的别墅是乡下来的建筑工人盖的，那时的建材还没有现代化、智能化。郑航在几分钟内使用了两次强行进入权，如果里面没有他要的证据，接下来可能惹上民事纠纷。

他站在走廊的阴影里聆听片刻，没有摁下电灯开关，低头看着面前的鞋架。鞋架上有大大小小数双鞋，都是穿旧了的，没有一双鞋不是蒙着灰尘。他拿起一双男性皮鞋，底部印着"金利来"字样，鞋底摩擦痕迹明显，至少是10年前的。

郑航走进客厅，松木地板呈现明显的磨损，有些木板间甚至钉着大钉子。客厅里摆着宽大的棕色皮沙发、高大的展品架、一组上世纪的高级音响喇叭。靠窗有间茶室，红木树兜茶桌有些破损，但依然显得鲜亮大气。这间屋子给人的感觉是豪华、气派和奢侈。茶室的博古架上露出一张脸，那张脸用僵硬的神情看着他，接着又看到另一张，然后又是一张。那是三张黑色木制面具，上面有刻纹和彩绘。

他仍然没有开灯，只是在查看沙发、展览架角落时按亮手电筒，以免被人在街头发现这户人家里有不速之客。

郑航让艾顺利待在客厅沙发上，他和关欣分头展开搜查。书房两面墙都是书架，只有一张书桌，比画家的作画台案还宽大，书桌下面有一层抽屉柜，每个抽屉里都放着剪报夹。目光掠过一张张剪报，他感觉脉搏犹如起搏器般强烈跳动。

抽屉里收藏的全是吴晓癸团伙案剪报。

而且有多年后老警察退休回忆此案的报道，因为年代久远，剪报已经发黄，但郑航清楚地记得这些报刊，因为它们大都在阿甘手里有复印件：自从发现"地窖女"之后，阿甘一直在做这件事情。

桌上有一台主机硕大的电脑和打印机。郑航试启了一下，迟迟没有开机，大约已经老化。屏幕旁放着一叠档案夹。他打开其中一个，里面并不是有关吴晓癸案的报告，而是戎城市公安局的内部资料，另一个档案夹里是大通湖监狱有关人员的情况，有的人名下面画着红线。第三个档案夹里是汉洲市公安机关的相关资料。郑航翻看报告，发现一份肖永明的个人情况介绍。他继续翻看着，没有发现他和关欣的资料，年青一代的警官资料一张都没有。

大通湖监狱的档案夹里，不仅有管教，还有一些是在押犯人。郑航看到李晓毛的名字，那时他应该还是管教警官，因此，被重点突出，粘贴了一些附件，其中就有艾顺利。郑航心想，艾顺利大概是这个人选中的联络员，或许也有李晓毛的原因。

他接着搜查书房的另一头，在心中告诉自己他一直教导其他警员的话：清空脑袋里的预期，只要查看，不要选择。他打开书架下面所有的纸箱和抽屉，里面放的却不是读书人常用的东西，而是厨房用具、清洁用具以及外国的洗发精、香水。他一不小心打翻了一瓶，香水味浓浓地弥漫在书房里。他直起身，在房间里徘徊。他不知道自己要找什么，只知道那样东西不在这里。他走到窗前，回身环顾四周。

不对。

那样东西一定在这里，他只是还没找到而已。

他开始一本本地拿下架上的书，清空抽屉，检查书架里是否有松动的木板，翻开桌子下面的脚垫。每个地方他都搜过了。他没能成功找到那样东西，但任何搜索行动最重要的前提是：你没找到的东西和你找到的东西同样重要。

郑航明白了一个事实：这里的东西没有留下任何主人的痕迹，更不用说主人的个人资料信息。他看了看表，开始收拾。

他将抽屉放回原位时，突然看到电脑屏幕闪了一下，竟然开了机。

郑航又看了看表，凝神细听，等待计算机启动，开机速度非常慢，仿佛花了一光年的时间。他直接进入搜索功能，键入关键词，用鼠标按下"搜索"。一只小狗跑了出来，跳上跳下，无声吠叫，仿佛让人排遣等待的时间。

郑航盯着快速闪过的被搜索文件的名称，最后视线停留到一排文字上：没有符合搜索的项目。他检查自己是否打错关键词：席贝仁。他闭上眼睛，听见计算机发出深沉的嗡嗡声，犹如一头行将就木的老牛。电脑停了下来。郑航睁开眼睛。找到几个关联链接。

他喉咙的血管似乎鼓胀起来，血液突然开始激烈地奔流，脑部大声呼喊需要更多氧气。

郑航将光标移动到 Word 标识上，用颤抖的手指按了两下鼠标键，几张简历表格出现在屏幕上。毋庸置疑，这正是他苦苦寻找的东西。

四

郑航呼叫技术人员赶来旧别墅的时候，收到了老舒发给他的语音信息。

老舒在语音里告诉他，查到了刘畅被害当晚，宋扬的帮凶小尾巴申杰炜的一个关联电话。那天晚上申杰炜给那个手机打过一个电话，时间只有 30 秒，10分钟后，那个手机给另外一个号码打了电话，另外号码的账户名为席贝仁。那个电话持续了将近 10 分钟。目前，与小尾巴通话的那个手机机主已经到案，承认是小尾巴带来的人，也就是宋扬，用他的手机给那个号码打了电话。

对郑航来说，此时所有的扑朔迷离，全都豁然开朗，所有的调查都指向了同一个谜底：席贝仁就是那条漏网之鱼，那个幕后人，也就是贾仁，贾礼的弟弟。在贾礼入狱后，贾仁彻底地做了一次整容，拿着吴晓葵团伙的犯罪所得，改头换面当起了大老板。

席传礼死后，刘畅跟马大亚注意上了宋扬，并跟踪上申杰炜，破坏了宋扬原定的嫁祸计划，盯上了宋扬。宋扬没了主意，想请示席贝仁下一步怎么办，但又不敢用跟自己的个人信息有关联的手机给席贝仁打电话，便转了个弯，借用了申杰炜朋友的手机。

席贝仁该怎样应对这个突如其来的变化呢？

郑航在脑海中模拟可能的情景，宋扬毫无疑问知道刘畅在四处找他，席贝仁让宋扬再次现身，引刘畅跟上他，然后指使申杰炜，叫人在拆迁安置村埋伏。宋扬一路引着刘畅往郊外走，等刘畅搭乘的出租车赶到安置村，申杰炜一群人便一拥而上拦住他。宋扬残忍地杀害刘畅之后，又乘出租车出了村，在路上觉得出租车司机不可靠，接着杀害司机。

郑航给老舒回了个电话，让他再查找席传礼的关联电话，确认席传礼之前怎么跟席贝仁联系，特别是警方盯上席传礼之后，他们一定有过攻守同盟。在郑航的推测里，席贝仁得知席传礼暴露后，经过慎重思考，构思了下一步计划，然后约他到度假山庄，一番哄骗之后，精心伪造了席传礼自杀的场景。

郑航知道，这一切不再是他的推测了。乞丐彭树清的指认、旧别墅的实际主人、艾顺利的供述以及老院长莫凡宁的调查等，都是实实在在的证据。即使申杰炜及他的朋友咬定宋扬打的那个电话内容无法印证，与当前的案情没有一丁点关系，在铁一般的证据链面前，席贝仁也无处遁形。

他试着给肖永明打电话，汇报了调查情况，非常惊喜地发现肖永明直接肯定了他的结论。就在郑航和关欣去戎城的这两天，肖永明没有闲着，他跟戎城市公安局进行了联系，发现了席贝仁的一些疑点，但是他不能确定席贝仁是不是贾礼的弟弟贾仁。他们还原出了28年前吴晓葵在绥靖的活动，跟夫妇被杀案产生了联系，怀疑席贝仁是团伙里那个充当清道夫角色的幕后杀手，获取了令人振奋的证据。

肖永明告诉郑航，戎城市公安局刑侦负责人一听到贾仁这个名字差点从椅子上跳起来。是的，他以前也是此案的侦查员，听说过贾仁这个人，甚至怀疑，并调查过贾仁跟那对夫妇被杀案之间的联系。那时，他带队在绥靖调查，听说吴晓葵身边有一个两面人，在查明贾礼有完全不在现场证明后，他就怀疑存在一个跟贾礼长得一模一样的人存在，这个人可能就是贾礼失踪多年的弟弟贾仁。

他的这一怀疑得到同人的一致认同。但是，他们在户籍调查和国际贸易公司内部资料审查中，却始终找不到这个人，那起命案至今还悬而未破。

"不论水有多深，总能摸透的。"肖永明说这句话的时候，郑航看到大街上吹起了婉约顽皮的风，就像奏响了美妙的春之交响曲。他走在街头听风，很快风声就把他的耳朵灌满了。驾车回局里，他开启了车窗听风，许多细风撞进来，灌进他的脖子，他的心欢叫了一下。

五

晚上6点30分，刑警支队里异常忙碌。

郑航在传真机旁找到王清明，他看了一眼传真机吐出的纸，是国际刑警传来的。席贝仁的资产已经陆续转往国外，储蓄在瑞士的某家银行里。

"清明，这是怎么回事？"

"肖局长往公安部打了报告，要求启动国际刑警调查程序，这是传来的第一份调查资料。另外，支队长已经打电话召回全支队的人。所有人都回来了，一定要逮到那个真正杀害刘畅的家伙。"

王清明的语气十分坚定，郑航一听就知道这反映了今晚整个支队的气氛。郑航走进专案办公室，老舒正站在办公桌前打电话，快速而大声地说着什么。

"苏越，如果你不赶快去帮我找人，我可以给你和你的职业生涯制造更多想象不到的麻烦，我会让你再也找不到工作，让你成为失业者，我说得够清楚了吗？听好了，就是你的老板席贝仁……"

"以前叫贾仁。"郑航说。

老舒抬起头，对郑航点了点头。"不论是贾仁，还是席贝仁，你给我找到他，然后第一时间报告。"他挂上电话。"外面闹哄哄地忙成一团，每个人都随时准备行动，我从来没见过这种情况。"他说。

"嗯，"郑航说，"席贝仁听到风声逃走了？"

"是风也会留下个影子，苏越告诉我们，席贝仁的妻子胡悠悠说，夫妻俩约好今天晚上在音乐厅碰面，他们的位子在贵宾包厢。"

郑航突然有一种预感，这么重要的时刻何夕不可能缺席，而从戎城回来后，他们就没再联系。他必须知道她的去向。他迅速拨打何夕的手机，竟然不在服务区内。她这是去哪里了呢？接着，他又拨打苏越的手机。

苏越听出了郑航的声音，叹了口气，说："何夕怎么啦，她不总跟着你瞎忙活吗？"

"我要找她，联系不上。"

"我这就去找。"

"好吧，"郑航说，"那拜托你了，找到她报声平安……"

话没说完，老舒对他说，席贝仁的手机位于夷江东岸，可能是在他的别墅里。但是，肖局长已派人监视了别墅，席贝仁不在家里。

郑航突然把手伸出去，抓起桌面上的一把枪，几乎在电光石火之间，快速换上新的弹夹，并将其重重地插到腰带上，对老舒说："走，去音乐厅。"

这个温馨的夜晚，音乐厅巨大的玻璃帷幕上五彩缤纷，广场上欢喜的人流快步穿行在宜人的春风里。郑航走到音乐厅入口处，发现两侧各站着一名身穿黑色外套、戴着耳机的宽肩男子。他明白了，进场的几个路口、广场，肖永明早已经让雷震暗中安排了便衣。这些人带着枪和席贝仁的照片紧盯着可疑的人，并准备随时实施抓捕。

但他们不知道的是，来看表演的观众早已发现他们，一边聊天，一边对他们投以好奇的目光，因为广场上突然出现这么多精壮的无所事事的中青年男子是很罕见的。

郑航在入口旁站了一会儿，感觉这个灵动而温润的夜晚充满了悬念，让人有些担心。他在便衣里认出了雷震，便朝他走去，说："我不知道猎豹突击队也出动了。"

"是的，"雷震说，"我跟领导讲，一下子出动这么多人，影响太大了，但接到的指示是嫌疑人可能携带武器，没有我们可能伤亡更大"

郑航点了点头，从外套内袋里拿出一包烟，抽出一根递给雷震。雷震摇了摇头。

"有没有可疑的人？"

"没发现，"雷震说，"贵宾包厢区域已经安排了我们的人进去。"

郑航把烟盒收起来，抽烟会影响广场上清新的气息。他说："我们在这里可能会空等。"

"你是说席贝仁已经知道游戏开始了？"

郑航摇了摇头，冷眼注视着熙熙攘攘的广场，全是来看演出的人。天上翻滚起黑云，像突然决堤的洪水。最后演出铃响了，在郑航的眼里如同退去了一摊海潮。他一边往里面走，一边对雷震说："我先进去看看，如果胡悠悠出现的话，立刻将她带离。"

音乐厅座无虚席，台上的灯光热烈刺激，台下却缥缈迷离。郑航从过道进去，让身子尽量放低，用眼角的余光辨认两边座位上的人。突然，他看见一张脸被台上飞舞的聚光灯照亮，在那一瞬间，他很确定那张忧郁苍白的脸，正是胡悠悠。

她预先进来了，但她身边没有席贝仁。

郑航在观众席左前方的墙角站定。这里正对着贵宾座，可以直接观察绝大部分观众，而且隐身。他凝神望去，胡悠悠大半张侧脸就在眼底。不过——他摸了摸外套里的枪柄，如果席贝仁出现，音乐会上显然不适宜使用枪支。

这是个绝妙的观察哨位。观众的面孔被灯光照亮，像一幕幕电影轮番播放。郑航心里终于感到几分宁静，而乐队奏出的音乐声在他的耳朵里轻下去、轻下去，在这样的寂静无声里，他看到的是越来越清晰的表情。

跟刚看到时不同，胡悠悠的嘴角竟然挂起了喜悦的微笑，面容在乐曲高扬时变得很不一样，被压抑的忧郁神态不见了，年轻的眼睛放出光芒，仿佛打心底里欣赏那些曲子。

席贝仁仍然没有出现，胡悠悠周围笼罩着一层迷雾。郑航观察了一会儿，悄悄地靠过去。胡悠悠转过身，平静地问："你在找我吗？"

"你为什么觉得我一定在找你呢？不过，你既然这么问，心里一定有所猜测，我给你一个机会，告诉我席贝仁在哪里？"

胡悠悠沉沉地叹了口气，说："如果我告诉你，我完全不知道他在哪里呢？"

郑航冷笑了一声，说："如果你坚持这样，事后最好不要后悔，因为你会因为协助、包庇他人犯罪而被逮捕，你觉得这样就如意了吗？"

"如意？我什么时候称心如意过，何夕没告诉你吗？"她露出疲惫的苦笑，"他犯不犯罪跟我有什么关系，我只听他说你搅了他的好事，想让他活不下去。"

"我怎么搅他好事了，如果他不犯罪，我出不出现跟他有什么关系？"

胡悠悠沉默良久。"他说你嫁祸于他，想毁掉他的生意。"她说，"那个席传礼才是一系列案件的真凶，自知寿命不长，想报复警察，便叫杀手来杀了自己。这一切跟他无关。"

"这都是席贝仁告诉你的吧？他还说了些什么？"

胡悠悠沉默不语。

"我知道你想保护他，"郑航说，"因为你跟他利益相连，他被抓，你将失去享有的一切，但你知不知道，他已经将财产全部转去了瑞士，国内几乎只剩下一个空壳。如果他潜逃国外，你除了背负一身债务之外，将一无所有。"

"别再说了。"她呜咽着，伸出无力的手推开郑航。郑航以为她生气，却见她提起包起身往外面走，又回头望向他。"我们出去吧，"她说，"我已没有心情。"

郑航深深地环视了一遍剧场，跟随出了门，说："你想说什么？"

"下午的时候，他接了一个电话，变得歇斯底里，叫嚣着要杀掉你——他这样子已经有一段时间了，应该是从让我约何夕出来吃夜宵那晚开始的。他突然暴怒，骂我打我，完全变了个人。"

郑航凝视着胡悠悠。他相信她说的是实情，席贝仁，也就是贾仁，年幼屡遭磨难，心理在一定程度上也存在着创伤后应激综合征。遇上吴晓癸后，他才摆脱那种晦暗的生活，靠着拳头、大脑和打拼，以罪恶的方式证明丛林法则，在他的圈子里，他从来都扮演鹰，别人扮演兔子，维持自己在个人意志上最高统领的幻象。现在有人揭开了他最阴暗、隐秘的部分，一切都将颠倒过来，紧张焦虑、畏惧恐慌，他怎么会不精神失常，歇斯底里，变成一个怒气冲冲的危险人物呢？

"他跟你一起进来的吗？"

胡悠悠摇了摇头。"他一定什么都计划好了。他放下电话便收拾了行李，还藏起一本伪造的护照。随后才说要带我看音乐会。我……被他当成了一枚棋子。"

第二十九章

一

郑航走出音乐厅，望着湛蓝的天空，仿佛要把飘过的每朵黑云记在心中。

胡悠悠说得对，她只是席贝仁手里的一枚棋子。席贝仁得知郑航找到艾顺利后，就布置了一个圆满的逃遁计划。他首先购买了音乐会贵宾票，告诉胡悠悠晚上一起看演出。他知道身份暴露，他和胡悠悠很快会受到监控，便把自己的手机落在家里，以胡悠悠为诱饵引导警方的行动。而他自己则赶往机场，坐最早的一班飞机持假护照逃遁出境。

郑航回到广场，雷震还在那里严阵以待，一男一女在离他不远的路灯下站着，被亮闪闪的灯光压缩成灰乎乎的烧饼，是胡悠悠和苏越。

"你怎么在这里？来接应席贝仁吗？"郑航对着苏越吼道。

苏越满腹委屈地看着他，郑航却又转过头面向雷震，说："跟我来，去机场。"

油门粗暴的轰鸣声中，苏越和胡悠悠抓紧了车门。正在起步的警车顿了一下，又停了一停，接着飞驰起来。终于下雨了，雨水被汽车撞得纷纷扬扬。

机场公安将他们直接引到了监控室里。

那是一间过道般的小房子，狭窄拥挤，各种仪器嗡嗡作响，里面有两名监控警察，再插入郑航等人，显得越发的拥挤。"贝仁！"胡悠悠尖声叫道，伸手指向中间的一排屏幕。

郑航讶异地盯了她一眼，转头朝屏幕墙上她所指的一个画面看去。

"哪里？"他问。

胡悠悠用手指着一个屏幕，但那个屏幕的画面中只有空荡无人的走廊。"刚才我看见他经过了，我确定就是他。"

"那是通往贵宾室的走廊监视器。"一名监控警察说。

"谢谢，"郑航说，"你们看好胡悠悠，接下来交给我就好了。"

"等一下，"监控警察说，"这里是国际机场，虽然你有警官证，但需要授权才能……"

监控警察话没说完就停了下来，因为郑航从腰际拔出手枪，拿在手上掂了掂重量。他没等对方回答转身就跑。

但监控警察不屈不挠地追了出来。"往右拐，从隔壁小门进去，可以截住他。"他说。

郑航双手握枪，听到侧面有门合上的声音。他冲过去，见女厕所的门轻轻地晃动着，便不管不顾地一脚踹开，用枪瞄准前面一个精壮的男子。

那人正是席贝仁，但他只是嘿嘿笑着，手里也握着枪，他的枪正指着一个靠着墙壁的女人。女人嘴里塞着口套，委顿无力，却是何夕。

"嘿，郑航，你来得可真快，但你再快，快得过我射击她脑袋的子弹吗？"

"快不过，"郑航实事求是地说，"但钻进你后脑勺的子弹不会推迟0.01秒。我先警告你一次：把枪放下！"

"你根本不敢开枪，不是吗？"

"你可以试试。"郑航看见席贝仁扣在扳机上的手指收紧了些。"你不是惯用毒吗？怎么不像杀害你哥哥席传礼一样拿起你的注射器？"郑航看见席贝仁身子一僵。

"席传礼？"席贝仁说，"你凭什么认为他是我哥哥？他们兄弟可是一个模子刻出来的。"

"不错，你的脸蒙蔽了所有人，也蒙蔽了我，但你再怎么整容，也断不了跟他的联系，更改不了自己体内的基因。"

席贝仁顿了一下，问："可你怎么断定是我亲手杀了他呢？"

"你真以为我们都是糨糊脑袋吗？"郑航说，"席传礼是患了癌症，但他去收治中心的行为，让我做了点思考。他想在自己的有生之年为社会做点事情，承诺那些病人要治好他们，他还想活下去。而他死前十分平静，因为他正在跟自己关系亲密的人聊天，或许正听着甜言蜜语，但那人早就动了杀心，突然袭击。"

席贝仁咧嘴笑了，说："我亲手杀他，何必又露出痕迹，伪装成别的人杀了他？"

"因为你需要制造完美的不在场证明，而宋扬愿意为你去死，愿意为你顶替罪名。倘若宋扬不幸被捕，他可以招供是席传礼雇用他的，而你绝对不会被怀疑，因为你伪装得太好了，宋扬完全可以把你说成是席传礼，说是席传礼雇用他杀了自己，他只是奉命行事而已。这就是这个计划最天才的地方。"

郑航接着说："而且，虽然宋扬本来就是你的人，但你仍不惜重金通过第三方雇用他，你就是想让第三方在戎城国际酒店看见席传礼的背影，误以为雇用者就是席传礼，可以为你这个完美计划做证。这个计划就像一个逻辑圈，好比蛇吞掉自己的尾巴，形成自我毁灭的循环，最后什么都不会留下。"

"哈哈，你也觉得这个计划很完美？"席贝仁说，"可是为什么？我为什么要杀我哥哥？"

"因为席传礼威胁到了你。因为我们的调查已经接近席传礼，但他的所作所为，特别是在监狱的表现并不像吴晓癸团伙案里的那个狠人。如果我们将席传礼带去审讯，他很有可能供出你。因为他不再是30年前的席传礼，他已经没有那个女教师，没什么可以让你威胁，而且他一心向善，一直在为过去的事情忏悔。'地窖女'案发生后，他找过你，想让你主动站出来，去自首，但你不听他的。"

"你真有想象力。"席贝仁嘲讽道。

"女教师就是刘薇,她当代课老师时跟席传礼在一起,后来被吴晓葵卖到了曾家村。几经周折随席传礼到了汉洲,可惜早早病逝了,但她留下了一本日记。遗憾的是她也不知道你这个人,只以为她被拐卖的痛苦都是吴晓葵造成的。"

席贝仁凝视着郑航,内心被深深地震撼了。"她的日记并不足以破坏我的计划,"他说,"你们从哪里找出了我的破绽?"

"你太相信丛林法则,太精于算计了。"郑航说,"你不该偏执到想嫁祸警察,又不顾一切地杀害警察,然后还为宋扬找一个替身。"

"替身?"

"你想用替身混淆视听,然后自己又伪装成宋扬出现,却忘了任何伪装都是经不起检验的,你的手表和脖子上的痦子暴露了你。并且,替身其实还有一个弟弟,一直跟哥哥有联系。替身将你们所做的一切都告诉了他,而他追来了汉洲,把真相告诉了我们。"

席贝仁缓缓点了点头。"原来如此,如果我仅仅将席传礼的死伪装成自杀,你们是不是就相信以前的一切,包括'地窖女'案都是他做的?"

"可能,我只是说有可能。"郑航说,"但法网恢恢,疏而不漏,你逃不掉的。"

"那只是你们警察的虚幻之言而已。如果不是你,我就逃掉了。不过,即使你现在用枪对着我,我也能走掉,但你和你亲爱的何夕却有可能丧命。我劝你,保命要紧。"

"这就是我跟你的不同之处,"郑航说,"我是警察,即使死也不会让你逃掉。现在,我既不会死,也不会让你逃掉。"郑航的手臂肌肉已开始酸痛。"你相不相信?"

席贝仁的喉结宛如漂浮物般上下跳动。他摇了摇头。

"放下枪!"郑航说。

席贝仁的目光越过何夕的肩膀,和郑航四目交接,并从郑航的眼神中明白他已经走投无路，但他不会投降。他从郑航的眼神里仿佛看到了年轻时的自己，无论面对怎样的苦难和磨砺，依然坚持，不屈不挠。如果他不是罪大恶极，如果不是明白缴械也是死路，他就杠不过郑航。因为郑航眼里的坚毅比他更胜一筹。

二

郑航跟席贝仁对峙的时候，雷震将猎豹突击队全部调了过来，封锁了整个机场候机大厅及大厅后面的贵宾室，也封锁了进入登机口的所有通道。肖永明率领的指挥车，以及反恐组、特警队的车辆在机场前面宽敞的主干道上排成一长列，一辆巡逻车载着四名特警驶进停机坪，在各个出口处巡查；一辆巡逻车带着四名特警堵在机场出口的路上。机场前广场，亮起一盏盏弧光灯，把各个出入口照得亮如白昼。电视转播车和记者沿着大街排成一列。

前线指挥部就设在指挥车里，机场各处的监控探头，以及车载图传系统的视频同时播放在指挥车的大屏幕上。尽管不是警察，苏越也上了指挥车，因为雷震拨打了郑航的手机，得知席贝仁劫持了何夕，正与郑航对峙着。苏越不顾一切地想冲进去，但雷震留下了他。

警灯闪烁，警笛嘶鸣。苏越的心脏差点儿跳出了喉咙。他怎么也没有想到，席贝仁竟然就是一系列案件的主凶，就是杀害何夕父亲、嫁祸并拐卖了何夕母亲的人。他跟席贝仁在一起那么长的时间，竟然一直被蒙在鼓里，还以为他打听何夕的情况、帮着提供视频跟踪线索，是出于诚挚的关心。

肖永明以谈判的名义，拨通郑航的手机，在手机免提状态下，告诉席贝仁不论想搭乘原来的飞机，还是要重新安排飞机，都有商量余地。

但席贝仁并不相信。他说："我知道你们包围了机场，在我准备进入登机口之前，我要你们所有的警车全部离开这儿，离开机场前面的街道，离开后面的小巷，听明白了吗？

"你们谁经历过我幼年的痛苦和绝望，谁懂得我跟着吴晓癸时的恐惧和惊慌。这么多年，你们一直追查，让我不得安宁，逼得我万劫不复，一直生活在黑暗里。既然我没好日子过，你们也别想好过。"席贝仁像丧家犬一样呜咽着，每一个字都显得歇斯底里。

肖永明接触过太多的犯罪嫌疑人，知道此时法治和道德的说教绝对唤不回他们对社会的良心。他只能顺着席贝仁的意愿说下去："好，你要出境也可以，我们立即撤离，并做好让你登机的准备，但你必须保证人质的安全，不允许再出人命。"

"我就是要杀人，一命抵一命。"

"这不可能！在我们让你登机之前，如果他们任何人有什么闪失，你别想走出这里。"

"哈哈，已经有人昏迷不醒了。她不能保证我的安全，我需要换人，我要姓郑的出去，把苏越找来，我跟你们做交易，我带着苏越和何夕走，上了飞机，再还给你们。"

"好，没问题。"肖永明说，"那你要给我们时间，苏越还在城里。"

"不行，我要他马上进来。我知道他在这里……否则，我就跟郑航同归于尽。"

面对这种疯狂残忍的犯罪嫌疑人，谈判并不能解决问题，最多是分散他的注意力，拖延时间，给警方逮捕良机。可席贝仁虽然已经50多岁，却依然精力旺盛，而且十分冷静，丝毫不受其扰，与郑航的对峙一直没有放松。

席贝仁一边跟肖永明对话，一边紧紧地盯着郑航，郑航也在紧紧地盯着他。郑航寻找着战机，并且知道透过窗户能看到厕所的某个地方，还有狙击手在跟他一样寻找着战机。但他还不能让席贝仁死，他还有很多谜底要从席贝仁心里挖出来。

何夕不知被席贝仁动了什么手脚，一直迷迷瞪瞪，口不能言，身体也没什么反应，似乎处于致幻状态中。这也让郑航十分担心。

"你对她做了什么？"郑航插话道，"你害她害得还不够吗？"

席贝仁警觉地抓紧何夕，盯着郑航的眼睛，说："我害她了吗？我只是将她迷晕在这里，以备不时之需。谁叫你来得这么快！如果我上了飞机，才不稀罕用她当人质呢？"

"可你为什么杀害她的父亲，拐卖她母亲？"郑航想深挖他的犯罪动机。

"为什么？"他满不在乎地耸耸肩，说，"因为他们就是一个威胁。"

"一对刚有了女儿的恩爱夫妻怎么会威胁到你？"

席贝仁耸了耸肩。"威胁就是威胁，和他们有没有女儿无关。丁维杰发现了我，想要向警察举报我的行踪，那他就得死。"

"涂力明呢？"

"那个警察，是吧？看你能不能猜到。"席贝仁得意地笑起来。

"他发现了你跟李晓毛、艾顺利联系的蛛丝马迹。"

"哈哈，你高估他了。不过，他抓住那个犯人的死不放，已经和李晓毛谈过话，还把狱里的事跟丁维杰的案子联系在一起，李晓毛十分害怕，可能迟早会说出我通过艾顺利联系他的事情。那时，我只想照顾好我哥哥，他总是我的软肋。"席贝仁说着，似乎明白了郑航逗他说话的端倪，拿枪在何夕的太阳穴比画了一下。"退出去，现在就退。叫他们把飞机准备好，换苏越进来，我要你立即去办！"

郑航往手机示意了一下，通话仍在进行中，开着免提。

席贝仁冲手机喊："让苏越快点过来，我要他做人质。"他示意郑航拿起手机，说："我们现在就动身，我发命令，你开门。"

"你怎么就那么相信苏越呢？他怎么会傻到去保护你？"郑航说。

"他就是个傻子，为了钱，为了自己的荣华富贵不顾一切的傻子。"席贝仁说，"他会对我言听计从的，因为我许诺带他出国，他一定会跟着我背靠背，哈哈……"

也许吧，钱的力量确实巨大。不过，郑航很纳闷儿，在他的印象中，苏越并不是这样的人。"伪装刘畅跟踪何夕的视频，是你指使苏越告诉何夕的，对吗？"郑航说，"那些点位，他肯定是不清楚的。"

"是啊，是不是很成功？"席贝仁说，"就是你，你坏了我的好事，还有刘畅，他竟然发现了宋扬，跟踪宋扬，所以你们都得死！"

席贝仁摇晃着脑袋，一会儿得意，一会儿愤怒，但枪口始终没有离开何夕。

面对危险，郑航表情平静，他看出何夕已经逐步清醒，想进一步打消她对苏越的疑心，让席贝仁亲口说出苏越所做的一切都是因为全心全意爱着她。

他说："那是因为他为何夕着想，急于帮何夕找到母亲。"

"他就是个爱情傻子。"席贝仁说，"他根本不清楚我要干什么，还以为我在帮他呢。他想去国外发展，我就许诺他，给他们足够的钱，去国外创业，让他和何夕去欧洲双宿双飞。他信以为真，死心塌地地听我安排。"

这个人将人们所有最本能最鄙俗的需要都想到了，可他没想到这个世界上还有更多东西，比如爱和它无所不包的拯救力量，比如灿烂如阳光一般的精神和信仰，总是以一种夺目的姿态照亮天空。

这时，肖永明已做好部署。他觉得长时间的对峙不是办法，让苏越进去，或许是一个机会。席贝仁对机场内部环境的熟悉，以及他的狡猾和奸诈，不会让自己暴露在枪口之下，给靠近窗口或拐角处的狙击手任何机会，他对手里的人质更不会轻易放弃，既然他自以为苏越值得信任，会给他垫背，那就让苏越去引他出来。

肖永明跟苏越谈了会儿心，知道苏越的个人品质没有问题，加上他对何夕的痴情，一定会保护好她。基于这一点，现场特警和关欣对苏越进行了简单的反劫持培训，告诉他如何配合警方又不露痕迹，如何骚扰劫持者又不激怒他，争取一切释放人质的可能。

当然，每个人都知道，不付出任何代价，想让席贝仁主动释放人质，是不可能的。

在一名便衣特警的陪同下，苏越走下指挥车，抬头看了看路灯光下密密地斜织着的小雨，雨丝被灯光照亮，像一束束银丝从天而降。附近有多双特警的眼睛在盯着他，但他并不觉得恐惧，反而心里变得越来越宁静。

那条走廊苏越走过多次，每次陪同席贝仁出国都从这里走向登机口，熟悉的红地毯一直延伸到贵宾室的台阶，其间有一个门洞，通向厕所。

走廊异乎寻常的安静，甚至有种荒废已久的萧瑟。他知道，该区域已经封锁，而现场的每一个人都像拉满的弓箭一般。他想象厕所里三人的模样，何夕孱弱不堪，甚至昏迷，郑航高度警觉，而那个曾经对他和何夕满面笑容的男人，睁着阴森森的双眼，冷漠的脸，紧握着手枪，枪口正对着何夕的脑袋。

苏越仿佛是用积蓄了一生的力气在接近女厕所的门。他似乎听到了里面传出的呼吸声。他想象里面的一举一动，将更大的注意力放在那扇弹簧门上。他想，按照电视剧的镜头，一定是席贝仁后退着先出来，然后是被劫持的何夕，再后面跟着持枪的郑航。他要如何突然袭击，才能救下何夕呢？

"苏越，苏越……"里面传来席贝仁的声音，"你过来了吗？喊一二三，然后停在门口，将门全部拉开，让我看见。"

苏越迟疑了一下，踏起步子，由轻至重，然后回应了一声。他已经极大程度地接近了女厕所的门，抓着门把手，让自己离何夕又近了一步。他想再回应一声，就朝里面推门，但在推门之前，他得想好自己站的位置。位置很重要，应该有利于袭击，即使袭击不成功，也要有利于救出何夕，让自己替她挡住子弹。

这时，每一分每一秒都拉得很长很长，苏越抬腿的时间就像过去了一年，而他又生怕席贝仁注意到他的异常，踩下脚步时不知该放慢还是再急促些。当他正要用力推门时，门里传出席贝仁的声音："你怎么还不进来？"

苏越并没有推开门。也许是因为慌乱，也许是因为那扇门本来就不是往里推的，而是往外拉的，他迟疑了一下，门竟然自动向他倒了过来。他抓紧拉手，尽力保持平衡，身子却不由自主地往里面冲去，"啪"的一声摔倒在厕所里面。

突如其来的变化分散了席贝仁的注意力。看到倒在地上的苏越，他的身子往后面闪了一点点。郑航一直在等待他注意力分散的时刻，现在机会来了……

郑航紧跨两步，朝前冲去。他用尽全身的力气猛烈撞击着席贝仁，把他抵在墙面。何夕沙袋似的直接倒在地上。

郑航用胳膊勒住席贝仁，想把他侧身摔倒在地，可中间隔着何夕，只得就势抓住席贝仁的右手腕狠狠地往墙壁甩去。

"咔嗒"一声，席贝仁的手枪掉落在他的身后。

席贝仁迅速反应过来，挥起左拳砸向郑航的头部，接着不顾一切地压过去，右手抓住郑航的手臂，想要夺枪。郑航就势一滚，避过这一击，枪和手臂都压在身体下面。

席贝仁接着一个飞扑，郑航一个闪避，在地上打了一个滚，右手被席贝仁抓住，枪柄眼看着就要落入席贝仁的手里。

在两人搏斗的时候，何夕被苏越扶了起来。她刚才倒在一摊污水里，冰凉的污水贴着她的脸颊，让她一激灵醒过了神。她拿起席贝仁掉落在地上的手枪，扣动了扳机。第一枪把席贝仁打得退后了两步，他靠在墙上，用一种奇怪的眼神直盯着何夕。

何夕继续平端着手枪对准席贝仁。"这是为我父亲打的，剩下的……"她一边说着，一边又连开了两枪。"砰！砰！"两发子弹都射在席贝仁身边的墙壁上。"我……我不能让你这么轻易死掉，一定要让你接受法律的审判。"

她瘫倒在苏越的怀里，嘴唇已经被她咬出了血，她咧开嘴努力地朝郑航送出一个苍白无力的笑容，眼眶里慢慢积聚起泪花。她说："谢谢你们来救我，谢谢……"

苏越见她这样说，更加紧紧地抱住了她。

郑航稳稳地站着，冷静地用枪指着席贝仁，看着他顺墙滑落在地上，一抹红色在他右臂的衣袖上绽放开来。席贝仁自知人生最后一次赌博输了，再也无力反抗，索性放弃了。

随后赶来的特警将他押了出去。

苏越抱着何夕一路狂奔。何夕的头发在风中散乱地拂着她的脸，她轻咬着嘴唇，朝苏越微笑着，眼神温情而迷离。她声音喃喃地，说："是我误会了你……"

苏越把她的嘴唇印在自己的脸上，不让她继续说下去。医护人员赶了过来，将何夕送到救护车上。何夕到底被服用或注射了什么药物，还不清楚，但医生给她输了解毒药，她的头脑变得更加清醒。她在苏越青春而宽广的怀抱里品尝到一份甜蜜、一份感动，一种纯粹而巨大无比的幸福涌上心头……

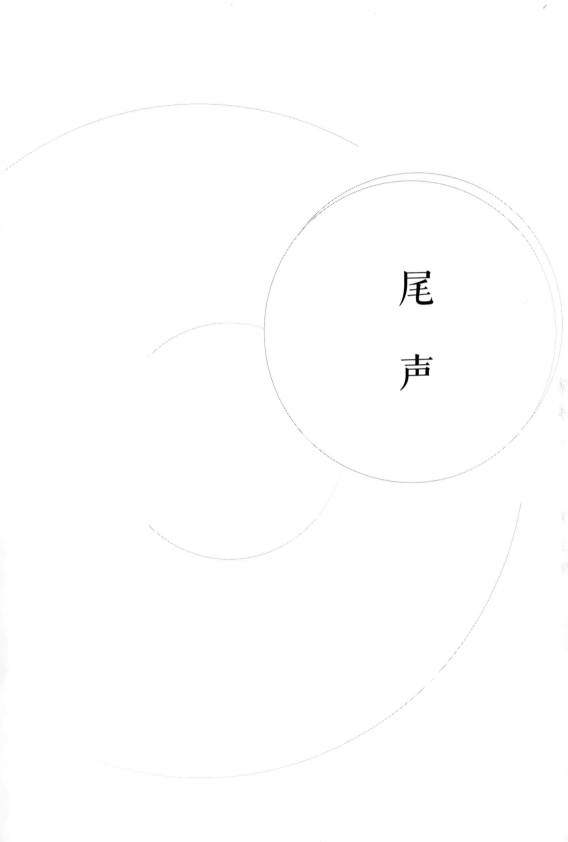

尾声

一

　　轻衣薄衫的五月，郑航走上脑科医院的绿色小径。他脚步依然匆匆，但心情轻快多了。他仰望天空的时候，满树繁荫漏下的星星点点阳光就像涂力明、刘畅的目光。他们并没有走远，草地上还留着他们凌乱的脚印。他们在笑，在嘀咕，大约在议论席贝仁那个案子。风起的时候，他们向他挥了挥手，朝着南方去了，只留给他飘忽的背影。这让他有些伤感，他总觉得他们一直在背后看着他，又感到他们总是要跟他告别的。

　　那天席贝仁被捕后，矢口否认跟郑航对峙时说过的话，仍旧把一切责任推给他哥哥席传礼。他以为自己的逻辑圈完美无缺，郑航几乎要佩服他了。连脖子上的痦子，他都说席传礼也有，只是在整容中去掉了。但他没想到，还有三个人可以对他进行指证。

　　一个是新华书店门口的乞丐。古话说得好，民间有异人。他的观察能力真是惊人，能细致入微地说出化装成同一形象的替身、宋扬和席贝仁言行举止的差别，用词准确精到，让法官和检察官都无可挑剔。

一个是替身的弟弟，也是席贝仁做梦都没想到的人。从他给替身钱的那一刻起，弟弟就注意上了他，替身死后，弟弟几乎没日没夜地在追踪着他。

另一个就是他祸害的那个女孩李娅。每个女人都是一流的特工，只要不被感情冲昏了头脑，她们不仅非常勇敢，而且可以查出许多不为人知的东西。对席贝仁来说，那真是一个悲剧性的事故。那女人化装成乞丐，每天都跟踪他，收集他的行踪，暗地里想采取报复行动。郑航后来找到了李娅，她把所有情况都告诉了他。她的跟踪路线刚好跟关欣在监控里发现的席贝仁的行踪相重合。

三人的指证不仅给席贝仁以毁灭性打击，也对促使宋扬指控席贝仁起了一定作用。宋扬既是杀人犯，又是受害人，他本质不坏，年少时泥石流淹没了家，然后跟着奶奶，是席贝仁把他从他奶奶手里拐了出来，抚养长大成人，没有让他上过一天学，却控制着他，把他训练成一具杀人机器，一个傀儡。郑航找到了宋扬年迈的奶奶，做了DNA认亲。

没有人是可以完全被控制的。宋扬成了污点证人。

郑航要去的住院楼，规模宏大，自成一体，有独立的门岗，巨幅玻璃幕墙光影流动，进出通道的水磨石地面擦得干干净净，闪着光泽。

正要走进大门，关欣突然出现，递给他一杯咖啡。

关欣留着干净清爽的短发，像一缕风一样。她刚从刑警学院回来，一下车便打了郑航电话。那时，郑航还在从绥靖回汉洲的路上。他在绥靖找到了"地窖女"的弟弟。直至这时，他才知道"地窖女"叫纪敏，是许盈的中学同学，跟许盈同在那张校园文学奖的合影照片里。那张照片里的四个女生，还有一人目前下落不明。

关欣追问了一句："那个女生呢，是不是也是被他拐卖的？"

"应该是，协查通报已经发了出去。"

关欣直勾勾地看着郑航，带着难以置信的神情，说："吴晓癸这个杂种，杂种！他真的一个都没放过。他竟然忍心对那些花季少女下手，还是乡里乡亲的。"

"是啊，纪敏和刘薇都是他控制在手里的'仙人跳'对象，他被捕前安排席贝仁把她们带走并隐藏起来，刘薇几经周折跟席传礼生活在一起，纪敏则落到了交通事故死亡的那个男人手里，那个男人也跟席贝仁是一伙的。席贝仁杀害丁维杰后，挟持许盈和她女儿跟纪敏等人一起逃往汉洲。在路上，许盈偷偷地把何夕的信物交给了纪敏。"

关欣捏紧拳头，竭力控制着自己想要捶打墙壁的冲动。她希望自己不要那么激动。生活还在继续。这个案子一开始就很糟糕，随着每一个新证据的出现，情况变得越来越复杂。他们面对的不是普通的坏小子，而是两代经验老到、智商很高并且穷凶极恶的惯犯。时刻接触这种案情比时间让她成熟得更快。

两人往住院楼上走的时候，郑航问关欣这次回来是休假，还是有什么特殊任务。

关欣惊讶地看着他，说："你不知道？席贝仁的资金去向查清了，在检察院的数据库里显示，帮助席贝仁转移资金的人员是一名涉外恐怖活动嫌疑犯。相关部门已经插手，部分视频鉴定是我负责的，肖局长就把我叫了回来。"

"那我们又有事做了……我是说……或许席贝仁可以揭开另外一个惊天大案。"

"恐怕轮不到你来办了。上级已经开过会，他们认为要么由公安侦查，要么公安丝毫不能插手，他们最后决定不让公安插手。所以，也难怪你还不清楚状况。"

"可他是这一系列拐卖妇女案和杀人案的主使人……"

关欣摇了摇头，说："你说得完全正确。可是，上级担心如果只从这两类刑事案件去审讯，他可能会对跟恐怖分子联系的事情闭口不谈，而恐怖分子也就有机会潜逃，甚至在他开口之前就把他除掉。"

郑航叹息一声，走到窗前的垃圾桶前扔掉空咖啡杯。日薄西山，楼宇间满地的如血残阳，天空呈现出一片伤痕累累、暗夜将至的灰色。几名年轻的女护士迈着急促的步子走了过来，互相打闹嬉笑着，打量他一眼，然后融入走廊的人群里。

"我总感觉这起案子还没有办完。"他说。

关欣沉吟片刻，也扔掉手里的杯子。"至少我们解救了那个'地窖女'，为她找到了亲人，为何夕找到了生母，这比什么都重要。"

两人在楼梯上走得很慢，仿佛这是一条百无聊赖而又漫长的路，但周围全是匆忙的脚步，耳朵里灌满了鼎沸的人声。郑航再一次想起刘畅，他的脚步每次都是急促的，台阶都是两级两级地跨，他一定就隐没在周围的人群里。

前面就是脑科病室了，郑航突然在门口停下脚步。他看到许盈坐在床头，两眼真切无误地凝结在何夕韶秀生动的脸上。何夕把她的双手握在掌心，仿佛在用爱唤它复苏，给它希望和活力。苏越刚讲了句俏皮话，引得两个女人发笑，喜悦的皱纹渐渐冲破笼罩许盈的浓雾，在她的前额隐隐出现。何夕正好面对房门，笑着的嘴巴张开，睁大双眼，望着郑航和关欣。

"救命恩人来了。"何夕高声说。郑航走进门，跟站起来的苏越握了握手，又拍了拍何夕的肩。关欣则只是频频点头。

"阿姨好，您的气色看起来比上次强多了。"郑航问候许盈。

"跟女儿在一起，什么都好。"许盈的声音没有了原来的茫然，恢复了活力和底气，好像花朵焕发出娇艳的色彩。她瑟瑟发抖的手指忽然落在郑航的手上，哀求说："其实我已经可以出院了，可医生还让我再待一个星期。你让我出院好不好？"

郑航拉住许盈的手。"我可以帮着求情，但您要听医生的话。您脚腕的肌腱受了伤，虽然缝了针，神经末梢生长需要时间，只有痊愈，才不会影响您以后的行动。这里的医疗条件比绥靖要好。"

"可我想去看看母亲，我怕……"

"不会的，"郑航说，"我前天才去看过她，她让我转告您，不论您是回到她身边住，还是选择陪着自己的女儿，她都尊重您。"

许盈的脸上又浮起淡淡的阴云，然后眼巴巴地望着何夕。"我不是纯粹为自己考虑的，我对不起她，她等了我30年，年纪大了，更需要我，而我在这里只是一个拖累。"她说。

"我也觉得您可以跟外婆生活在一起，但绝不像您说的对我是拖累。"

许盈发出一种疲惫的声音，既不像叹息，也不像呻吟，说："唉，那个该死的……"

"席贝仁会判死刑吗？"何夕好像对母亲未说完的话作了补充。

"你是律师，明白流程。"

苏越说："听说他聘请了一个很厉害的律师，提出对他进行精神病鉴定，说他从小就精神异常，经常发疯，是隐性精神病人。"苏越加重了"发疯"这个通俗词的发音，因为不仅形容得十分恰当，而且带有诗意。"说他发疯可能会得到公司员工的认同，因为他骂人确实从不顾忌员工的感受。"

"以我的观点，即使鉴定他发疯，也一定要判无期徒刑。"何夕说，侧过了头，看着苏越的脸。"让他在监狱里待一辈子也不错。"

"不枪毙他十次真是太便宜他了。"关欣不满地说，"他或许少年时受过创伤，但根源还在于吴晓葵罪恶的引导，在于他对社会充满恶毒和敌意。要说精神病，有好多病得比他更严重的。邪恶就是邪恶，我们每个人或多或少都会在心理上有些创伤，甚至因此导致某些出格行为，但这并不表示因为创伤产生的行为就不需要我们负责了。如果他不判死刑，那些因他而死的人会死不瞑目，活着的女性也会睡不安稳。"

"我只是从律师的角度分析。"何夕嗫嚅道。她想起经历的种种，心里仍带着晕眩、紧张和刺激感，那些罪恶丛生的场景让她无法忘怀，刷新了她不仅作为一个女人还有一个律师的认知。"就我妈妈过的几十年悲惨日子来说，他死一百回也不为过。而且，一定还有更多像席贝仁类型的人存在，每一个都不是什么善茬，就该杀一儆百。"

"纪敏恢复得怎么样？"郑航转换话题，害怕他俩又互相针对。

"恢复得出乎意料的好，"何夕说，"我和母亲刚去看过她，她一眼就认出了母亲。两人有说有笑，回忆起年轻时候的事情。她对自己被拐卖、关押的事也逐渐记了起来。"

郑航说："何昊村分析，她那也是创伤后应激障碍，因为太恐惧，又在恐惧中生活得太久，以至大脑神经对以前受到的伤害和正在受到的伤害产生抵触，直至选择性遗忘，让她处于'发疯'状态。只要远离那种恐惧状态，让亲人照顾一段时间，让她感受到亲情和温暖，恢复起来就会更快些，并且逐渐恢复到正常状态。"

"太好了，等她恢复了，可以跟母亲一起生活。"何夕说。

"嗯。"郑航心不在焉地回答。

他想到从那个乡村的畜屋里解救出许盈的情形。那时，那家男人刚从附近的中学接她最小的儿子回家，她儿子嘶喊着"别带走我妈"，一次次跪在地上。当地民警问他，看到父亲用铁链锁住你母亲，为什么不救她？她儿子说：她疯了。那为什么不送她去医院呢？她儿子却只会说自己如何爱着妈妈，说自己没钱送妈妈就医。

"我需要妈妈，我要妈妈在我身边。我爸被你们抓了，我妈也被带走，我还怎么读书呢？"

"你学过法律吗？知道拐卖妇女是犯罪吗？"

"可我没有犯罪呀，这一切对我不公平。"

许盈没有看到、听到这些，那时警车已带着她飞驰离去。郑航知道，当时许盈像"地窖女"一样，精神上已逐渐崩溃，她现在的恢复只是在医生的帮助下，感受到何夕的温暖，对眼前事实的认同，对母亲及青春回忆的复苏，但现实的伤害依然存在，而且永远不会消失。

郑航低头看着许盈。她儿子说得对，他需要妈妈，妈妈也需要他。任何一次解救都是一场撕心裂肺的分离，留下多少痛苦和遗憾。

一名护士在门口提示性地咳了一声，说："该打针了，许盈。"

护士的话是她工作的日常，却唤醒了许盈对过去家庭的回忆，像一块布似的盖住了何夕带给她的那一束光，让她迅速陷入了过去的生活中。她说："哦，我儿子说了，像我这样的病不用打针。"

"打了针才能好起来，才能见到儿子。"护士说。

许盈又发出那种疲惫的声音，说："护士，我家里还有儿子要照顾呀，他们没了母亲，怎么活下去呢？"

郑航、关欣和苏越都僵住了，没人注意到何夕离开了病房。

二

楼下有一座供康复病人活动的假山，依靠着金水湾的江岸。郑航看到何夕坐在山脚的一个亭子里，亭子披着下午的橘色阳光，但廊道阴暗，空气里氤氲着雨的气味。他快步走过去，绕廊的枝叶挂着亮闪闪的露水，淋湿了他的心情。

他们没有握手或类似的招呼，似乎心领神会。郑航觉得这里太阴湿了，两人便出了亭子，踏上江畔小径。春风和煦，淡蓝色天际挂着晕黄的太阳。路上的落叶发出碎裂声，瓦解在他们沉重的脚底。

何夕一点点侧过身，仰脸望着郑航。那双从凹陷的眼眶里凸出来的眼睛，目光炯炯，像节日里挂在路边的灯珠。"我患了梦游症。"她说。

郑航十分惊讶，既为她的憔悴，又为她的话语，但他尽力隐藏起来，像平常一样打趣道："想象的吧，最近发生了太多事，别把过去跟现实混淆在一起。"

"绝对不是的，"她摇摇头，说，"真的是梦游症。我在病房陪护母亲，醒过神来莫名其妙就出现在那边的亭子里；母亲让我回家休息，我明明上了床，却不自觉地下了床在书房、卧室里走来走去，天知道我都做了些什么。"

"你能发现自己在亭子里，或者在书房里走动，就不是梦游。"

"也有不清楚的时候，将母亲送进医院的那天晚上，我回家很早，上床也早，醒过来却发现自己站在厕所里，地上一行行湿脚印，光着脚丫，身上没穿衣服。那时候是半夜，我手里还拿着一把菜刀。"

郑航意识到问题的严重性，何夕是认真的，他必须付出十足的耐心和诚意。

"何昊村跟我说成人压力大的时候会梦游。"他说，目光笃定地看着她，好像要给她一个支撑。"我办案碰到难题，无线索可查时，也梦游过，过了那个坎就好了。"

两人在江岸上停下脚步，看着一群水鸟浮在水面上。它们一动也不动，没发出一丝声响，只是静静地相依相偎着漂过蓝色江面。

"我虽然没去过那个乡村，"何夕说，"可是，当你将她交到我手里，又一起送到医院的时候，我就知道复杂的亲情关系问题来了。"

郑航深深吸进清爽的空气，感觉到空气的芬芳还带着冬季的滋味。他抬头面向昏黄的太阳，闭上双眼聆听。

"母亲身体上确实已经痊愈。她很清醒，只是不愿表现得清醒，因为那份清醒让她比以前更加痛苦和矛盾。她无法面对，不知道把接下来的决定交给哪一个亲人。我呢，我也无法决定。也许我有两个选择，一个是把她留在身边，把外婆接来，三代人住在一起，她或许不会强烈反对，但内心肯定痛苦，而我也会痛苦，因为这样会伤害到我养父母，他们对我视如己出，爱我、照顾我，我怎么忍心伤害他们呢；另一个选择是放任母亲离去，表面上她会说跟外婆在一起，但我知道她只会去看一看外婆，或许会忏悔，然后又回到那个乡村，回到她的儿子身边去，让解救她的这件事变得很荒谬。"

何夕顿了顿，接着说："你很清楚我对荒谬是什么感觉。以前如果有人跟我说，有一天我会生活在一种荒谬的关系里，我一定会强烈反对，像我这种人绝对不可能让这种事情发生。年轻的时候总以为事情都很简单，根本不知道日后你可能会面临多么难以想象的抉择。如果我只需要考虑我一个人，这件事就会很简单，可是要考虑的事实在太多了。我必须考虑的不只是我是不是要伤害养父母，还必须考虑我是不是要毁掉法律保护的权益，然后我还必须考虑外婆。你说，我应该优先考虑什么？"

"我明白，"郑航说，"我完全理解你的难处。"

"不，"她说，"你理解的只是你的案子，只是法律保护的权益。如果还是过去，我完全跟你的观点一样。现在……你一定认为我只是想假装做一个更好的人。"

"我没这样想，"郑航说，"我认为你正在思考尊重你的母亲。其实尊重她的意愿恐怕是最好的，或许她会逐步解决各种矛盾。"

她转过头，"如果社会就是这样一条河，会容许所有人像水鸟群一样平静地生活吗？"她问，"共融共生，相依相偎？"

"社会就是这样一条河。"郑航说。

"水鸟群会分离吗？"

"看似不会，但意外随时有可能发生。"

一抹黑影掠过他们的头顶，朝灰黄的江岸沙滩飞去。他们抬头一看，原来是一只水鸟离开了集体，在独自觅食。

"我希望可以从头来过，"她叹息道，"或者假装什么事都没有发生。"

"我知道。"

"但你不明白，这是完全不可能的。"

郑航从她的语气中听出哀怨，还有很多很多无法解决的疑问。